Von John Kellermann sind bereits folgende Titel erschienen:

Deutsche Ausgaben:
Das Gold-Komplott　　　　　ISBN 978-3-7412-6167-1
Die Snow White Verschwörung　ISBN 978-3-7504-1884-4
CREE – Die Weissagung　　　ISBN 978-3-7519-0429-2

Englische Ausgaben:
The Gold Conspiracy　　　　ISBN 978-3-7412-2652-6
Operation Snow White　　　 ISBN 979-8-6070 6407-5

Videotrailer zum Buch:
https://www.youtube.com/watch?v=vwxRNfWH5Qw

Pressestimmen: Das Gold-Komplott

„ ... durchgehend spannend, genau recherchiert und systematisch zu Ende gedacht."

Handelsblatt

„... ein beklemmend reales Bild ... kurzweilige Lektüre"

€uro

„Rasant, verstrickt, verschwörerisch ... In Manier eines Dan Brown treibt der Autor seinen Protagonisten durch die Bundesrepublik"

Journal Frankfurt

„Ein Polit-Thriller, dem nie die Puste ausgeht"

Huffington Post

Pressestimmen: Die Snow White Verschwörung

„ ... pure Hochspannung von der ersten bis zur letzten Seite."
Wiener Zeitung

JOHN KELLERMANN

OVER & OUT
DAS GOLD-KOMPLOTT

Thriller

Bibliografische Information
der Deutschen Nationalbibliothek:
Die Deutsche Nationalbibliothek verzeichnet diese
Publikation in der Deutschen Nationalbibliografie;
detaillierte bibliografische Daten sind im Internet
über dnb.dnb.de abrufbar.

3. Auflage 2020
John Kellermann
www.john-kellermann.de
Umschlaggestaltung: eichfelder artworks

© 2016, 2020
Herstellung und Verlag:
BoD - Books on Demand, Norderstedt
ISBN: 978-3-7412-6167-1

Vorrede

Frankfurt am Main

Der Leser, der dieses Buch in den Händen hält, muss wissen, dass alles meiner Phantasie entsprungen ist. Ähnlichkeiten mit existierenden Personen und Sachverhalten können jedoch nicht vollständig ausgeschlossen werden. Aussagen über die Zukunft bleiben, unabhängig von ihrem Wahrheitsgehalt, aber immer Fiktion. Um Beteiligte und Informationsquellen zu schützen, habe ich die Personennamen geändert. Die meisten Orte sind real.

Das, was jetzt folgt, beginnt in naher Zukunft.

gez. John Kellermann

Montag

Polen, Szczytno-Szymany, 01:00 Uhr. Lange Zeit war es geheim gewesen. Streng geheim. Vor 15 Jahren allerdings hatte das Barackenlager in der Nähe des kleinen Flugplatzes im Nordosten Polens eine zweifelhafte Berühmtheit erlangt. Damals kamen die illegalen Internierungen und Folterungen von Gefangenen ans Tageslicht – nach den Anschlägen von 9/11 hatte der polnische Geheimdienst das Lager der CIA überlassen. Inzwischen jedoch war der Skandal um Waterboarding, Schlafentzug, Schläge und andere Methoden, um Gefangene ohne Rechte zu zweifelhaften Aussagen zu bewegen, wieder in Vergessenheit geraten. Sowohl die polnische Regierung als auch die Amerikaner hatten wiederholt verlauten lassen, das Verhörzentrum mit dem damaligen Codenamen *Quarz* existiere nicht mehr.

Eine Lüge. *Vorübergehende Nichtnutzung bis erneut Bedarf besteht*, wäre treffender gewesen, wie die Geschehnisse der vergangenen Nacht verdeutlichten. Da landete eine kleine Maschine vom Typ Gulfstream G550 auf dem Flugplatz Szczytno-Szymany. Die Kennzeichnung auf den Rumpftriebwerken war unkenntlich gemacht worden. Klares Indiz für eine geheime Mission mit hoher Dringlichkeit, welche eine Reaktivierung des Verhörzentrums rechtfertigte. Zumindest in den Augen der Verantwortlichen.

Es ging auf Neumond zu, und um 01:00 Uhr nachts herrschte entsprechende Dunkelheit. Am Rande des Rollfeldes wartete ein schwarzer Chevrolet-Van mit verspiegelten Scheiben, bis aus dem Flugzeug mehrere Personen ausstiegen. Eine Gestalt, die Hände auf den Rücken gefesselt, links und rechts flankiert von schwarz gekleideten Bewachern, wurde über die Landebahn Richtung Fahrzeug geführt. Über den Kopf hatte man ihr einen dunklen Sack gezogen. Es dauerte keine Minute, bis die Personen in den Van eingestiegen waren, der sich nun langsam in Bewegung setzte.

Die Fahrt zum Barackenlager war kurz. Es war umgeben von einem mannshohen, massiven Zaun, oben zusätzlich gesichert mit messerscharfem T-Draht. Hinter dem Zaun lag ein befahrbarer Kontrollstreifen, dann mehrere Reihen Tannen, die einen näheren Blick auf die dahinter liegenden Holzbaracken verwehrten. Erkennbar befanden sich die äußeren Sicherungseinrichtungen der Anlage, im Gegensatz zu den Holzbaracken, in gutem Zustand.

„Stopp!", rief der mit einer Maschinenpistole bewaffnete Wachposten am Eingangstor. An seinem Tarnanzug fehlten die Hoheitsabzeichen, so dass kein Hinweis auf die Nationalität möglich war. Langsam rollte der Van auf das Tor zu, der Fahrer hielt seinen Ausweis hoch, ohne das Fenster ganz herunterzulassen. Daraufhin salutierte der Posten zackig und ließ das Fahrzeug passieren. Offenbar war er über den Transport instruiert.

*

Fünf Stunden hatte das Verhör gedauert. Für den Spezialisten Ted Branigan normalerweise reine Routine. Er war zuständig für solche Aktionen in Zentral-Europa und hatte Derartiges schon hunderte Male durchgeführt. Je nach Situation wendete er verschiedenste Techniken an, um an die gewünschten Informationen zu kommen. Doch heute war es nicht so gelaufen wie sonst immer. Das Problem war die Zeit. Die Informationen wurden dringend gebraucht.

„Verdammte Scheiße!", Ted Branigan zog seine blutverschmierten Lederhandschuhe aus und warf sie auf den Betonboden. Sichtlich sauer schnappte er sich sein Satellitentelefon.

„Peter soll mich auf einer abhörsicheren Leitung zurückrufen! ... Ja! Sofort!"

Branigan wirkte angespannt, als er auf den Rückruf wartete. Einen Moment später klingelte das Telefon. Beim zweiten Klingelzeichen hatte er das Gerät bereits am Ohr:

„Ja?"

„Ted, was ist los?", fragte Peter Redman am anderen Ende.

„Du weißt, wo ich gerade bin?"

„Ja, an einem ruhigen Ort, um Informationen zu sammeln", antwortete Redman.

„Exakt. Ich habe versucht, Neuigkeiten aus dem Huntsman rauszuquetschen. Anfangs hat er wie erwartet auf die Behandlung reagiert", teilte Branigan seinem Kollegen mit. Sein Gesichtsausdruck zeigte keine Spur von Mitgefühl, für ihn war es einfach nur ein Job. „Er hat gewimmert und gefleht. Und in den ersten Stunden hat er unsere Fragen zufriedenstellend beantwortet."

„Welche Ergebnisse habt ihr?"

„Wir wissen nun, wo er die Unterlagen und Informationen versteckt hat. Aber in der Sache konnten wir nichts Neues aus ihm rauskriegen. Er hat genau das ausgepackt, was wir schon vorher wussten." Nach einer kurzen Pause fuhr Branigan fort: „Wir hatten nur noch gut zwei Stunden Zeit, darum haben wir härtere Methoden angewendet."

„Und? Was hat das gebracht?"

„Nun ja ... Vielleicht habe ich ihn schlecht getroffen? ... Vielleicht war er labil? ... Mitten in der Vernehmung sackte er jedenfalls zusammen. Und das war's."

„Er ist tot?"

„Ja, verdammt. Ich konnte doch ..."

Weiter kam Branigan nicht.

„Du Vollidiot!", zischte Redman wütend.

Dann war es still in der Leitung. Branigan wusste, dass er einen dramatischen Fehler gemacht hatte. Das hätte ihm nicht passieren dürfen. Aber bei Befragungen dieser Art, auch noch unter Zeitdruck, blieben immer Risiken. Und der Huntsman hatte offenbar ein schwaches Herz gehabt, das der brutalen Prozedur nicht standhielt.

„Ihr wisst also nicht mehr, als wir aus den Papieren schon kennen?", nahm Peter Redman das Gespräch nach ein paar Sekunden wieder auf.

„Nein."

„Hat er Namen genannt? Wer wusste außer ihm von der Gold-Geschichte?"

„Er erzählte etwas von einem Miller, der Kontakt zu ihm aufgenommen habe. Aber der Name ist vermutlich falsch, und beschreiben konnte er ihn auch nicht, weil er ihn nie persönlich getroffen hat."

„Und woher hatte er die Unterlagen?"

„Auch das wusste er angeblich nicht. Er sagte, sie seien an der Rezeption seines Hotels abgegeben worden."

„Verdammter Mist, das bringt uns nicht weiter!", fluchte Redman.

Er ließ sich von Branigan noch erklären, wo der Huntsman die Unterlagen und die Informationen versteckt hatte, dann gab er ihm neue Instruktionen: „Ted, ihr müsst ihn zurück nach Berlin schaffen, und das schnell. Nichts darf auf eine Befragung schließenlassen."

Er zögerte einige Sekunden … „Habt ihr einen Plan?"

„Ja, haben wir." Ted Branigan hatte mehrere Möglichkeiten im Kopf, wie man eine dermaßen übel zugerichtete Person loswurde, ohne viele Fragen zu provozieren. Liefe alles nach Plan, würde auf dem Totenschein nur stehen *Todesart: nicht natürlich durch Suizid*. Eine oberflächliche Inaugenscheinnahme durch einen Pathologen, der aus finanziellen Motiven nicht so genau hinsah, würde nichts anderes ergeben.

„Die nächsten Schritte besprechen wir, wenn das erledigt ist. Und jetzt keine Fehler mehr, verstanden?" Peter Redman beendete das Gespräch, ohne eine Antwort abzuwarten.

Ted Branigan steckte sein Telefon in die Hosentasche.

Ein zweiter Mann, er hatte etwas abseits in einer dunklen Ecke gesessen und das Verhör die ganze Nacht lang schweigend verfolgt, stand jetzt auf, drehte seinen Kopf leicht nach links. Ein deutliches Knacken seiner Halswirbel war hörbar. Zusammen mit Ted Branigan verließ er den Raum.

Ted musste sich jetzt darum kümmern, dass alles ordentlich aufgeräumt wurde.

*

Frankfurt am Main, Flughafen, 06:10 Uhr. Der Nachthimmel hatte schon einen Hauch ins Stahlblaue, die Luft war kalt und glasklar. Am Ende der Landebahn Süd zeigte sich ein orange leuchtender Strich, der langsam breiter wurde. Gleich würde die Sonne aufgehen ...

Die *Otto Lilienthal* landete auf dem militärischen Abschnitt des Frankfurter Flughafens. Es war ein A310 der Bundesluftwaffe, der gerade aus New York zurückkam. Die Ankunftszeit entsprach exakt der generalstabsmäßigen Planung.

Das graue Langstreckentransportflugzeug von Airbus gehörte zur Flugbereitschaft des Bundesverteidigungsministeriums, es war für spezielle Aufträge bestimmt. Und dieser Auftrag war absolut speziell.

„Pass doch auf, du Vollpfosten!", brüllte der Frachtführer den Fahrer des Gabelstaplers an. Der war gerade dabei, eine Euro-Palette aus dem Flugzeug in einen gepanzerten Transporter umzuladen. „Die Fracht ist hochsensibel!", wurde der Gabelstaplerfahrer eindringlich auf die Bedeutung seiner Aufgabe hingewiesen. Es durfte kein Fehler passieren. Fehler konnten sehr teuer werden. Äußerste Vorsicht war angesagt.

Etwas abseits, auf einer eigens dafür aufgebauten Empore, warteten mehrere Journalisten, die das hochgradig gesicherte Umladen der wertvollen Fracht für die Öffentlichkeit aufzeichnen sollten.

„Die *Otto Lilienthal* ist mit einem laserbasierten Abwehrsystem gegen infrarotgelenkte Raketen ausgerüstet", ließ einer der Reporter, der mit seinem Teleobjektiv die Szene fotografierte, die anderen wissen, ohne dass ihn jemand danach gefragt hätte. „Und hat eine Reichweite von über 13.000 Kilometern. Schafft die Strecke New York – Frankfurt folglich ohne Zwischenlandung."

„Klugscheißer!", murmelte sein fröstelnder Nebenmann, der solche Belehrungen am frühen Morgen nicht vertrug, und rieb sich die kalten Hände. Er wollte einfach nur den Job erledigen und dann unverzüglich zurück in sein warmes Büro.

Aber noch war es nicht so weit. Die Gruppe beobachtete das Umladen der wertvollen Ladung in einen gepanzerten Transporter. Sie hatten an diesem kalten Novembermorgen den Auftrag, Fotos von der kostbaren Fracht zu schießen.

Möglichst viele und möglichst beeindruckende Fotos sollten es sein. Und damit alles schön kamerafreundlich glänzte, wurde die Kiste mit dem Gold sogar kurz geöffnet. Zehn Schichten mit jeweils 24 Goldbarren à 12,5 Kilogramm kamen zum Vorschein. Perfekt aufgeschichtet wie große goldfarbene Legosteine, abwechselnd um 90 Grad gedreht, damit der ganze Stapel Halt hatte. Nach einer Minute freien Blicks auf den Goldhaufen klappten zwei mit Sturmhauben vermummte Soldaten, die Seitenwände wieder hoch. Nach dem Arretieren der Metallschnallen hoben sie den Deckel wieder auf die Kiste. Nur wenige Minuten dauerte das Spektakel, und die Männer hatten die Palette verladen und sorgfältig in dem Transporter verstaut. Das Fotoshooting war beendet.

Rasch stiegen Fahrer und Beifahrer in das gepanzerte Fahrzeug und verriegelten die Fahrerzelle von innen. Langsam setzte sich das Gefährt in Bewegung, als Begleitschutz vorweg fuhr ein Jeep mit zwei Soldaten.

„Ankunft Eagle Null-Siebenhundert!", meldete der Kommandierende über sein Funksprechgerät. „Wir rücken ab! Over and out!"

Schnell wurden noch letzte Fotos von dem abrückenden Konvoi geschossen, dann kam Aufbruchsstimmung unter die Journalisten. Fünf von ihnen schleppten Profiausrüstungen mit großen Teleobjektiven. Nur Markus Manx hatte ein einfaches Equipment dabei, seine Uralt-Canon EOS 50D und ein mageres 300er Hobby-Tele. Er war von der *Hessischen Neuesten Presse* beauftragt worden, eine Reportage über den Goldrücktransport von New York nach Frankfurt zu schreiben. Und wenn er schon mal vor Ort war, dann sollte er auch gleich ein paar Fotos schießen. Das ersparte der Redaktion, diese später teuer von den Profikollegen kaufen zu müssen.

John Spencer der gerade sein schweres Stativ zusammenpackte war einer dieser Profis. Markus Manx kannte ihn recht gut. Früher hatten sie zusammen eine ganze Reihe Aufträge erledigt. John schoss die Fotos und Markus schrieb die Geschichte dazu. Dass sie sich heute hier begegneten, war reiner Zufall.

"Hallo John, soll ich dir beim Tragen helfen? Ich habe noch eine Hand frei", bot Markus seinem Kollegen an.

"Gerne. Ich parke nur ein paar hundert Meter entfernt. Allerdings im Halteverbot. Wenn du willst, kannst du auch gleich mit mir zurück in die Stadt fahren. Oder hast du dir zwischenzeitlich ein eigenes Auto angeschafft?"

Markus klemmte sich das zusammengeschobene Fotostativ unter den Arm.

"Du weißt ja, wie mager die Auftragslage noch immer ist und wie schlecht man freie Journalisten bezahlt. Klar, ich fahre gern mit."

John Spencer nickte, und beide machten sich auf den Weg zu seinem Auto.

*

Markus, John und die übrigen Journalisten verließen die Plattform. Nur einer blieb zurück und verschickte mit seinem Notebook erste Fotos bereits an Ort und Stelle.

Als wenn es bei diesem Routineauftrag um Minuten ginge, dachte Markus, als er mit John den Schauplatz räumte. Er hatte keine Ahnung, wie dringend der Auftrag wirklich war.

Der Fotojournalist tippte auf seinem Notebook und dachte mit breitem Grinsen an die Äußerung des wichtigtuerischen Kollegen. *A310 mit laserbasiertem Abwehrsystem? ... Funktioniert fast immer, nur nicht im Einsatz – wie das Gewehr G36.*

Besonders erfreut war er über ein Foto, auf dem keine Spur von Gold zu sehen war. Es zeigte das auf ein Klemmbrett gespannte Papier, das der ranghöchste Offizier an den Oberleutnant überreichte. Dank des 800er Teleobjektivs ließ sich mühelos lesen, welche Route der Einsatzbefehl für den Konvoi vorgab.

"Das Päckchen ist abgeschickt", flüsterte er in ein abhörsicheres Satellitentelefon. "Es wird heute über Neu-Isenburg geliefert."

"Verstanden. Das Päckchen kommt über Neu-Isenburg", kam es aus dem Telefon zurück.

Der mysteriöse Fotograf verstaute das Telefon zusammen mit dem Notebook in seiner Ausrüstungstasche. Er schlug den Kragen seiner Pelzjacke hoch und verschwand in der Morgendämmerung.

*

Währenddessen waren John und Markus bei einem braunen Audi 100 Avant angekommen. *Nicht mehr lange, und John kann ein steuerbegünstigtes Oldtimer-Kennzeichen beantragen. Na ja, vermutlich nicht wirklich, weil der Wagen keinesfalls den notwendigen Erhaltungszustand für ein solches Kennzeichen erfüllen wird*, dachte Markus, als er den Wagen betrachtete. Der Audi machte einen ziemlich heruntergekommenen Eindruck, und die braune Farbe – absolut hässlich. Vorsichtig schloss Markus die klapprige Tür. John entfernte das „Presse"-Schild unter der Windschutzscheibe, mit dem er den Parkplatz im Halteverbot rechtfertigte, und fuhr los.

Die Fahrt vom Flughafen in die Frankfurter Innenstadt dauerte nicht lange, um diese Zeit war der Berufsverkehr noch nicht in vollem Gange. Markus und John plauderten über alte Zeiten. Zeiten, in denen alles noch irgendwie besser gewesen war.

„Wem sagst du das! Mit der heutigen Bearbeitungssoftware ist Fotojournalismus ein Geschäft für Jedermann geworden. Du bist mit deiner Amateurkamera der beste Beweis", frotzelte John und warf Markus einen herausfordernden Blick zu.

„Ja ja, hast ja Recht. Aber ich kann doch auch nichts dafür, wenn die Redaktionen immer mehr sparen und jeden freien Journalisten als eierlegende Wollmilchsau sehen."

Markus versuchte das Gespräch in eine andere Richtung zu lenken, das ewige Gejammer unter Kollegen nervte ihn. Auch sein eigenes.

„Jedenfalls ganz schön beeindruckend, wenn man die Verladung von drei Tonnen Gold beobachtet. Immerhin reden wir über stramme einhundert Millionen Euro."

John fingerte umständlich eine Zigarette aus der Brusttasche und zündete sie an. Tief inhalierte er genüsslich den ersten Zug, den Rauch blies er durch das spaltweit geöffnete Seitenfenster nach draußen.

„Ich war schon zum dritten Mal bei einer dieser Verladeaktionen", kommentierte er. „Immer wieder für andere Auftraggeber. Die Bundesbank und die Bundesregierung wollen offenbar allen auf Teufel komm raus zeigen, wie sie das Gold aus den USA zurückholen."

„Du hast Recht. Das Ganze ist ein Schauspiel zur Beruhigung der Bevölkerung", stimmte Markus zu. „Seit der offiziellen Pleite von Griechenland vor sechs Monaten wird eine Menge unternommen, um die panischen Finanzmärkte zu beruhigen."

Markus betrachtete John von der Seite, wie dieser einen weiteren tiefen Zug nahm.

„Ich verstehe von Börsen und Wirtschaft nicht viel", gab John zu, nachdem er ruhig den Rauch ausgeatmet hatte, „aber von unserer Regierung komme ich mir schon seit Jahren veräppelt vor. Die 160 Milliarden Euro, die wir den Griechen gegeben haben, waren doch von Anfang an futsch. Das müssen die doch gewusst haben!"

„Sicher. Niemand mit einem gesunden wirtschaftlichen Grundverständnis konnte ernsthaft glauben, dass Griechenland seine Schulden jemals zurückbezahlen würde ... Und demnächst kommen Spanien oder Italien daher und fordern einen teilweisen Schuldenverzicht. Dann ist es endgültig aus mit dem Euro."

„Ich kann das Thema nicht mehr hören", versuchte jetzt John die Diskussion zu beenden. „Sag mir lieber, wo ich dich rauswerfen soll." Geschickt flippte er den Zigarettenstummel durch den Fensterspalt auf die Straße.

„Am besten an der Taunusanlage bei der Gold-Pyramide. Ich muss dort noch ein paar Fotos schießen, bevor ich mich an meine Reportage setze."

John lenkte den Wagen Richtung Taunusanlage.

„Kennst du den schon?", fragte er.

Markus drehte sich zu ihm um und musste schmunzeln.

Es war bisher noch kein einziges Treffen vergangen, an dem John nicht mit einem neuen Witz aufwartete.

„Also", begann John, „Meine Frau ist heute mitten in der Nacht hochgeschreckt und hat geschrien – ich habe aus Reflex sofort den Müll rausgebracht!"

Aus dem Augenwinkel schaute er auf die Reaktion seines Beifahrers.

Markus grinste, höflichkeitshalber. Seine ehrliche Meinung für diesen typischen Spencer behielt er für sich. Kurz darauf hielt John. Markus bedankte sich für das Mitnehmen.

„Man sieht sich", erwiderte John und schüttelte ihm die Hand.

Markus stieg aus. Vor ihm erhob sich geradezu majestätisch die Gold-Pyramide. Er ahnte nicht, was ihn heute noch erwartete.

*

Neu-Isenburg, 06:30 Uhr. „Alles läuft planmäßig!", funkte Oberleutnant Noah Schmidt, als der gepanzerte Konvoi Neu-Isenburg erreichte. Schmidt, 28 Jahre, durchtrainierter Körper, resolutes Auftreten war Führer der für den Transport verantwortlichen Gruppe. Neben ihm, auf dem Fahrersitz des Jeeps, saß Unteroffizier Ali. Wegen der Unaussprechbarkeit seines Nachnamens kannten ihn alle nur als *Uffz Ali*. Hinter dem Jeep folgten im gepanzerten Transporter die erfahrenen Hauptfeldwebel Klaus Nahgold als Fahrer und Patrick Jakobi als Beifahrer.

Ja, alles lief nach Plan. Was sollte schon passieren? Die Fahrstrecke wurde jedes Mal geändert, um das Risiko für Überfälle zu verringern. Schmidt und seine Gruppe erfuhren die Route erst kurz vor der Abfahrt.

Heute hatte die Einsatzzentrale eine Nebenstrecke durch Neu-Isenburg gewählt. Mit gutem Grund: Eine mobile Autobahnbaustelle auf der A3 vor dem Kreuz Frankfurt-Süd führte kurzzeitig zu einer Fahrbahnverengung auf eine einzige Spur. Da es keine Ausweichspur gab, hatten die Spezialkräfte das Nadelöhr als *kritisch* eingestuft. Aber die Engstelle ließ sich über Neu-Isenburg sicher umfahren, so der Beschluss der Einsatzleitung.

„Eagle, wir haben eure Peilung deutlich auf dem Monitor – Over", antwortete die Leitstelle in der Zentralbank. Der gepanzerte Transporter hatte sich an der vereinbarten Koordinate Alpha zurückgemeldet. „Alpha wie Araltankstelle, leicht zu merken", hatte Hauptfeldwebel Nahgold bei der morgendlichen Routenbesprechung gutlaunig kommentiert.

Jene Araltankstelle auf der Friedhofstraße hatten sie soeben passiert, als der Führungsjeep auf einmal stoppte. Ein Feuerwehrmann in voller Montur, mit von weitem sichtbaren fluoreszierenden Leuchtstreifen und blinkender Kelle in der Hand, versperrte den Weg. Hinter Uffz Ali blieb auch sein Hintermann Nahgold mit seinem Fahrzeug stehen. Schmidt kurbelte das Fenster herunter, um die Ursache festzustellen.

„Vollsperrung der Friedhofstraße wegen Verkehrsunfall", informierte der Feuerwehrmann routiniert. „Am besten Sie nutzen die Umgehung über Buchenbusch. Hier rechts, nach hundert Metern dann links."

„Okay. Danke", antwortete Schmidt. Durch die offene Seitenscheibe gab er das Handzeichen zur Weiterfahrt. Der Konvoi setzte sich in Bewegung und bog rechts ab. Das GPS-Navigationsgerät sprang sofort auf die alternative Route um. Hundert Meter weiter die Abbiegung nach links in den Buchenbusch. Die Umgehung war mustergültig ausgeschildert.

Auf Höhe des Alten Friedhofs schoben zwei junge Mütter ihre Kinderwagen über die Straße, sie unterhielten sich angeregt.

Der Konvoi reduzierte die Geschwindigkeit.

„Vorsicht!", schrie Nahgold im Sicherheitstransporter. Von links raste ein SUV auf den vorausfahrenden Jeep zu. Doch Uffz Ali im Führungsfahrzeug konnte ihn nicht hören. Zum Ausweichen wäre es sowieso zu spät gewesen.

Ein ohrenbetäubender Knall, der sogar durch die gepanzerten Scheiben des Sicherheitstransporters zu hören war, zerriss die morgendliche Idylle. Der schwere VW Touareg, der aus einer Nebenstraße gepresscht kam, erwischte das Führungsfahrzeug voll am linken Kotflügel. Glas splitterte, die Wucht des Aufpralls riss Uffz Ali fast das Lenkrad aus den Händen. Instinktiv umklammerte Ali es mit aller Kraft. Vergeblich, der Jeep schleuderte gegen die Bordsteinkante und kippte auf die Beifahrerseite.

Hauptfeldwebel Nahgold und sein Kamerad Jakobi in dem Sicherheitstransporter starrten wie gelähmt auf die Szenerie vor ihnen. Eine Vollbremsung brachte sie gerade noch rechtzeitig zum Stehen.

„Was ist hier los?", brüllte Nahgold entsetzt.

Die erste Schrecksekunde war noch nicht vergangen, da krachte es noch einmal, rechts neben dem Sicherheitstransporter. Ein hinter ihnen fahrender Mercedes konnte nicht mehr rechtzeitig bremsen und wich ruckartig auf den Seitenstreifen aus. Mit deutlich reduzierter Geschwindigkeit endete er an einem Baum.

„War das wirklich ein Unfall?" Was sich hier gerade abspielte, verunsicherte Nahgold. Er war überfordert und wusste nicht mit der Situation umzugehen.

„Keine Ahnung", entgegnete Jakobi. „Wir bleiben jedenfalls erstmal hier drinnen sitzen."

„Aber die Verletzten brauchen Hilfe!"

„Du kennst die Vorschriften", rüffelte ihn Jakobi zurecht. „Wir informieren als erstes die Leitstelle."

Schon wenige Sekunden später zeigte sich, wie sinnvoll diese Vorschriften waren. Zwei Vermummte mit Maschinenpistolen eröffneten das Feuer auf das Führungsfahrzeug. Nahgold war völlig schleierhaft, woher sie so plötzlich auftauchten. Sie mussten ganz in der Nähe gelauert haben.

Eine der beiden Mütter schrie auf und versuchte, mit ihrem Kinderwagen hinter dem Transporter Deckung zu finden. Blitzschnell riss auch die zweite Frau ihren Kinderwagen herum und folgte ihr schutzsuchend. Jakobi riss das Funkgerät an sich und informierte die Einsatzzentrale.

„Fahrzeug hat unseren Führungsjeep gerammt. Bewaffnete haben mit MPs das Feuer eröffnet." Noch während er das sagte, wurde es plötzlich stockdunkel im Fahrzeug. Kurz darauf brach die Funkverbindung zusammen.

*

Frankfurt am Main, Taunusanlage, 06:40 Uhr. „Was willst du?", schnauzte Markus einen übelriechenden Mann mit Kapuzenpullover an, der ihn um 50 Cent anbettelte. *Wenn das so weitergeht, kann man Frankfurt bald abschreiben. Die gerade fertiggestellte Gold-Pyramide zieht Penner magisch an, wie Sch... die Fliegen!* Trotz seines Ärgers sprach Markus nicht einmal in Gedanken das Sch-Wort aus. Wegen seiner Kinder hatte er sich das vor Jahren abgewöhnt.

Früher gab es nur eine Handvoll Fixer hier, alles war unter Kontrolle. Aber jetzt wird die Taunusanlage von Hunderten gestrandeter Existenzen bevölkert und verdreckt. Kein Wunder, dass Spötter meinten, der Sicherheitsgraben um das Pyramiden-Bauwerk herum sei der größte Mülleimer Frankfurts.

Aber ein Knaller ist die Gold-Pyramide trotzdem, sinnierte Markus. Er trat dicht an die Absperrung aus Glas und Edelstahl heran. Das Geländer fühlte sich noch eiskalt und feucht von der Nacht an. Nur ein etwa fünf Meter tiefer Graben trennte ihn jetzt noch von den Goldbarren, die dort in großen Stapeln zur Schau gestellt wurden.

In der morgendlichen Dämmerung warf die Pyramide ein golden schimmerndes Licht bis hinüber zur Alten Oper. Träge tanzten die Lichtreflexe auf der hellen Sandsteinfassade des prächtigen Renaissancebaus. Fast schien ihm, als habe die Alte Oper ein zweigeschossiges Eingangsportal aus massivem Gold. Auch die umliegenden Luxus-Wohntürme bekamen ein wenig goldenen Glimmer von der Pyramide ab. *Welche Symbolik! Offensichtlich kein Wohngebiet für mies bezahlte Journalisten*, folgerte Markus in Gedanken. *Fünfstellige Preise pro Quadratmeter sprechen ganz andere Berufsgruppen an.*

Böse Zungen behaupteten, die Deutsche Bank habe den Bau der Pyramide mit einem hohen dreistelligen Millionenbetrag bezuschusst. Einzige Bedingung soll der Standort genau im Knick der Taunusanlage gewesen sein. Genauer gesagt zwischen Taunusanlage und Neue Mainzer. Nach den vielen Skandalen der letzten Jahre wolle die Deutsche Bank etwas vom Glanz der Pyramide abbekommen, grummelte es im Volk. Den Bankern war es egal. Die Doppeltürme erstrahlten jetzt jede Nacht gülden – tagsüber in der Unternehmensfarbe blau.

Markus amüsierte der Spottname der Pyramidengegner: *Das Zäpfchen der Bundesbank.* Bei weitem nicht alle empfanden die horrenden Ausgaben für den Bau als angemessen. Die einzigartigen Sicherheitsvorkehrungen entpuppten sich als Kostentreiber.

„Markus?" hörte er plötzlich hinter sich eine Stimme, die ihn aus seinen Gedanken riss. Neugierig drehte er sich um.

„Mensch Markus", rief der Mann, „wir haben uns ja schon Ewigkeiten nicht mehr gesehen. Gut siehst du aus. Wie geht's dir?"

Während ihm geradezu euphorisch die Hand geschüttelt wurde, durchsiebte Markus fieberhaft sein Namensgedächtnis. Kurz vor der Blamage fiel es ihm ein: *Ja, Thomas!* Sie kannten sich aus ihrer gemeinsamen Zeit an der Goethe-Universität.

„Thomas, altes Haus. Gut geht's. Und dir?"

An den Nachnamen konnte er sich beim besten Willen nicht erinnern. Aber dass Thomas einen gutbezahlten Job in einer der Frankfurter Großbanken hatte, das war ihm im Gedächtnis geblieben. Sie hatten beruflich vollkommen unterschiedliche Richtungen eingeschlagen und liefen sich auch deshalb gefühlt nur alle zehn Jahre über den Weg. So wie gerade jetzt.

„Karriere läuft. Obwohl wir gerade super viel Stress mit den unruhigen Finanzmärkten und der Bankenaufsicht haben, die jeden Monat eine neue Sau durchs Dorf treibt", ließ ihn Thomas wissen, hörbar gutlaunig.

„Verstehe."

„Und bei dir, Markus? Was macht die Auftragslage? Du bist doch noch Journalist, oder?"

Jovial klopfte er Markus auf die Schulter.

„Läuft so. Man soll nicht klagen."

Markus spürte keine große Lust, mit dem offenbar blendend aufgelegten Thomas eine intensive Unterhaltung anzufangen, schon gar nicht über seine wenig erbauliche Karriere. Die Auftragslage war bescheiden und sein Jahresverdienst lag vermutlich noch unter dem, was Thomas im Monat verdiente. Deshalb lenkte er das Gespräch in eine andere Richtung. Er zeigte auf das imposante Bauwerk neben ihnen.

„Glaubt man dem Hamburger Architekten Derhan soll die Gold-Pyramide eine Symbiose aus Pariser Louvre, Cheops-Pyramide und der Kuppel des Deutschen Bundestages sein. Mit einer Grundfläche von 75 mal 75 Metern und einer Höhe von fast 50 Metern ist sie doppelt so groß wie die Glas-Pyramide des Louvre", wollte Markus vor seinem alten Studienkollegen wenigstens mit Wissen glänzen. Dass er sich diese Informationen erst vor kurzem im Vorfeld für seine Reportage angelesen hatte, ließ er offen.

„Ich weiß", entgegnete Thomas unbeeindruckt. „Ohne Inhalt gerechnet war sie doppelt so teuer wie die Elb-Philharmonie in Hamburg, aber nur halb so groß wie Gizeh – zumindest was den überirdischen Teil betrifft. Und Derhan soll bei der Entwurfspräsentation ironisch gemeint haben, dass man Frankfurt komplett überdachen müsste, wenn man größer als Gizeh sein möchte."

Thomas kam immer mehr in Fahrt. Markus merkte schnell, dass der Exkommilitone besser informiert war als er. Aber er hatte keine Chance, dessen Redeschwall zu stoppen.

„Und der architektonische Clou ist der: Zwei Pyramiden umgekehrt übereinander. Eine Hälfte über der Erde, die gespiegelte Seite darunter. Alles verglast. Alles Hoch-Sicherheitsglas. Streben aus Titanstahl. Und der freie Blick auf 75 Milliarden Euro in Gold. Fast 2.500 Tonnen, poliert und sorgfältig gestapelt. Sechs Etagen, unendlich lange Regalreihen. Eine goldgelb strahlende Sonne. Fort Knox ist dagegen ein Ponyhof!"

„Ja, da hast du Recht!" Mehr fiel Markus spontan nicht ein. Längst hatte er realisiert, dass Thomas sich offenbar enorm für die Gold-Pyramide interessierte. Und wenn er ihn in Sachen Pyramidenwissen schon nicht schlagen konnte, wollte er wenigstens ein paar Aspekte für seine Reportage aus ihm herauskitzeln. Umgehend schaltete er in den interviewenden Journalistenmodus:

„Sag mal, Thomas, wie siehst du als Experte eigentlich das Rückholkonzept der Bundesbank?"

„Deutschland verfügt hinter den USA über die zweitgrößten Goldreserven der Welt", begann Thomas wie ein Universitätsprofessor, der vor seinen Studenten eine Vorlesung hält. „3.380 Tonnen an reinem Gold. Diese Bestände sind zur Besicherung von Zahlungen in Krisenfällen bei der Federal Reserve Bank in New York, bei der Banque de France in Paris, bei der Bank of England in London und der deutschen Bundesbank in Frankfurt gelagert."

„Und warum holen Bundesbank und Bundesregierung deiner Meinung nach das Gold nun nach Deutschland zurück?"

„Der Bundesrechnungshof bezweifelt, dass das deutsche Gold im Ausland sicher aufgehoben ist", vermutete Thomas.

„Das bemängeln die aber doch schon seit Jahren."

„Genau. Aber seit der Pleite Griechenlands und den Finanzierungsproblemen in Italien nimmt die Unruhe in der Bevölkerung zu. Und nur darauf reagiert die Bundesregierung", bekräftigte Thomas seinen Ansatz. „Deshalb hat der Bundestag das neue Goldlagerstellenkonzept verabschiedet. Dahinter verbirgt sich die Rückführung aller Goldreserven nach Deutschland. Und zwar möglichst öffentlichkeitswirksam. Daher wird die Presse bei der Rückholaktion aktiv eingebunden. Die Bevölkerung soll sehen, wie reich Deutschland ist. Die Botschaft lautet: Kein Grund zur Sorge, Leute, das bundesdeutsche Gold ist sicher!"

Markus schätzte die detaillierten Informationen seines ehemaligen Kommilitonen, trotzdem nervte ihn die streberhafte Art des Vortrages. Demonstrativ blickte er auf seine Rolex-Armbanduhr. Die Oyster mit einem sich selbst aufziehenden Perpetual-Uhrwerk war ein Erbstück seines Großvaters.

„Tut mir leid, Thomas. Ich muss hier noch ein paar Fotos für eine Reportage schießen, die ich heute abgeben muss.

War nett, dich zu sehen. Mach's gut."

Ohne eine Antwort abzuwarten, zog er seine Canon aus der Tasche, ging zur linken Ecke des Pyramidengeländers und schoss aus der Hocke erste Fotos. Thomas warf einen letzten Blick auf die Gold-Pyramide, hob die Hand zum Abschiedsgruß und ging.

Markus schoss eine Reihe von Fotos. Der Industriekletterer im Sicherheitsgraben der Pyramide, der sich tagtäglich in den Morgenstunden in den Graben abseilte, um den makellosen Schein von neuem herzustellen, kam ihm gerade recht. So hatte er etwas Aktion im Bild, anstatt simple Architektur-Motive liefern zu müssen. Auch wenn es nur so wimmelte von Gold.

Es ist gut, dass wir unser Gold aus dem Ausland zurückholen, dachte Markus, als er schließlich seinen Weg fortsetzte.

*

Wenige Minuten später öffnete Markus Manx die Tür zu seinem Büro. Alles war noch ziemlich dunkel. Mit der rechten Hand flippte er den Lichtschalter neben der Tür nach oben. Manuelle Kippschalter, diese Technik gehörte bereits seit Jahrzehnten ins Museum.

Sein Büro in einer Redaktionsgemeinschaft freier Journalisten war das erste Zimmer gleich rechts hinter der Eingangstür. Vor dem Dachfenster, das tagsüber eine halbwegs ordentliche Belichtung des Raumes ermöglichte, stand ein wuchtiger alter Holzschreibtisch. Alle Wände waren vollgestellt mit deckenhohen Regalen, die von Zeitungen und ausgeschnittenen Artikeln überquollen. Was nicht in Regale und Ordner passte, verteilte sich auf etwa fünfzehn Quadratmeter Bodenfläche. Das Gemeinschaftsbüro befand sich in einer Altbauwohnung. Die Miete war für Frankfurter Verhältnisse bezahlbar.

Genau so muss der Arbeitsraum eines Reporters aussehen, rechtfertigte er wieder einmal das Chaos vor sich selbst. *Und jetzt erstmal einen Kaffee!*

Die Kaffeemaschine stand zwei Türen weiter in der ehemaligen Küche. Von den Ecken der Oberschränke, mintgrün und irgendwie aus der Zeit gefallen, löste sich langsam die Kunststoffbeschichtung. Den Elektroherd mit vier gusseisernen Kochplatten hatte der Vermieter letztes Jahr stillgelegt. Sicherheitsbedenken. An der Kaffeemaschine, dem modernsten Gerät der Küche, klebte mit Tesafilm fixiert ein handgeschriebener Zettel:

1. Becher ziehen
2. Geld einwerfen
3. Kaffeesorte wählen

Anleitung für Dummies, schmunzelte Markus, als er den Weg zum Kaffeeglück zum tausendsten Mal las. Immer wenn er vor der Maschine stand und auf den ersehnten Kaffee wartete, überflog er die Anleitung, unweigerlich. *Vermutlich wird diese Anleitung häufiger gelesen als die meisten meiner Artikel,* sinnierte er, als die Betriebsanzeige endlich grün aufleuchtete und das Display ‚betriebsbereit' anzeigte. Er zog einen Pappbecher aus dem Spender neben der Maschine und stellte ihn mittig unter den Kaffeeauslauf. *Gibt es das Wort ‚Pappbecherspender' überhaupt, oder handelt es sich nicht doch um ein ‚Einzel-Pappbecher-Fördergerät'?* Aber selbst, wenn es dieses Wortungetüm geben sollte, dieses Exemplar verdiente eine solche Bezeichnung keinesfalls. Denn grundsätzlich warf es nur drei zusammenhängende Becher aus, auch bei Einzelabruf. Die überzähligen Becher stapelten sich dann während des Tages auf der Maschine. Warum niemand die Becher benutzte, blieb Markus schleierhaft. Er selber benutzte sie allerdings auch nicht. Vielleicht stopften die Reinigungskräfte sie abends zurück in den Spender.

Das 50-Cent-Stück verschwand in der Maschine. *Kaffee mit Milch.* Es blieb bei dem Wunsch, denn mit dem Drücken der Wahltaste erlosch die Betriebsanzeige des Gerätes. Fast gleichzeitig erlosch die Deckenbeleuchtung, eine weiße Rundleuchte mit 70er-Jahre-Charme, die ihn irgendwie an ein landendes Ufo erinnerte. *Stromausfall! Irgendwann verklage ich die Bundesregierung. Die 50 Cent sind definitiv weg! Wenn der Strom in fünf Minuten wieder da ist, kann sich die Kaffeemaschine erfahrungsgemäß nicht mehr an meine Spende erinnern. Mein Schaden beläuft sich bestimmt schon auf fünf Euro, mindestens. So viel Pech muss man haben, ich stehe immer im falschen Moment vor der Kaffeemaschine.*

Seine Bürokollegin Michaela schwor hingegen, sie habe noch keine Verluste durch die Stromausfälle beklagen müssen. *Kein Kunststück, wenn man erst gegen Neun auftaucht, und die anderen die Falle bereits entschärft haben,* dachte Markus dann immer.

Seit die Regierung die Energiewende forcierte, kam es häufiger zu kurzen Stromausfällen. Wenn die Belastung der Stromnetze schwankte, brachen sie häufig zusammen. Schwankungen der Windstärke, großflächige Verschattungen oder, oder, oder ... Markus unterstellte eine ganz andere Ursache: Wenn nämlich geschätzte 10.000 Büroangestellte gleichzeitig ihrem Wunsch nach Kaffee durch Druck auf die Starttaste ihres Automaten Ausdruck verliehen!

Sei's drum, warten lohnte nicht. Das einzige 50-Cent-Stück, das eben noch in der Schreibtischschublade gelegen hatte, war futsch. Ergo fiel der Morgen-Kaffee heute aus.

Leicht genervt schlurfte Markus zurück in sein Büro. Auf dem Display des Radio-Weckers blinkten vier rote Nullen wie immer lustlos im Gleichschritt. Der Strom war wieder da. *Hoppla, das ging aber fix heute,* wunderte sich Markus.

Im nächsten Gedankengang haderte er mit der Technik in den Redaktionsräumen. Die neuen Büros waren gegen die Verschnaufpausen des Stromnetzes gewappnet. Alle hatten Notstromaggregate. Die Technik reagierte in Milli-Sekunden. Unmerklich übernahm eine Kombination aus Puffer-Akkus und gasbetriebenen Strom-Aggregaten die Versorgung. Kein Computer stürzte mehr ab. Die Kaffeemaschinen blubberten weiter vor sich hin, als wenn nichts wäre.

In dem renovierungsbedürftigen Altbau in der Ulmenstraße gab es keine solche Notstromversorgung. Dafür war wenigstens die Miete für die Bürogemeinschaft bezahlbar. Und dank seines Akkus lief Markus' Notebook auch ohne Notstromversorgung ungestört weiter.

Nicht aber der blinkende Wecker. Außen schwarzes Plastikgehäuse, innen vier große rot leuchtende LED-Ziffern. Mittig ein roter Doppelpunkt, der ebenfalls blinkte und die Stunden von den Minuten trennte. Das Relikt aus Jugendzeiten hatte Markus schon in seine Ehe „eingeschleppt", wie es Claudia, seine Ex-Frau, einmal scherzhaft umschrieben hatte. Es hatte, dem Baujahr entsprechend, weder Schlummer-Funktion noch Alarmwiederholung, und gab lediglich einen Rundfunk-Empfang über Mittelwelle und UKW her. Dazu noch ein markerschütternd piependes Wecksignal, welches erst nach fünfzehn Minuten endete, so man es in der eigenen Morgentranigkeit nicht schaffte, den Störenfried per Hand zum Schweigen zu bringen. Markus nannte ihn *Mad Max*.

Claudia, seine Ex-Frau, hatte ihm vor Jahren erklärt, das heruntergekommene „Wecker-Wrack" mit der völlig abgegriffenen Typenbezeichnung strahle nicht nur Ungemütlichkeit aus, sondern auch erhebliche Mengen gefährlichen Elektrosmogs. Folglich flogen die unsichtbaren elektrischen und magnetischen Felder aus dem gemeinsamen Schlafzimmer und hatten seitdem in seinem Büro eine neue Bleibe gefunden.

Markus nahm den Wecker, aus dem Regal und stellte die Zeit neu ein: 06:59 Uhr. Seine Gedanken schweiften dabei zu seinen Kindern und seiner Ex-Frau ab. Nicht lange, dann nahm er pflichtbewusst das schnurlose Mobiltelefon aus der Ladestation auf seinem Schreibtisch und wählte die Nummer von Dorothea Mund, einer Redakteurin der Frankfurter Rundschau. Die Wahlsequenz ertönte, dann das Freizeichen ...

*

Frankfurt am Main, Europäische Zentralbank, 06:50 Uhr. Darius Dongi war seit über sieben Jahren Präsident der Europäischen Zentralbank. Groß gewachsen, brünetter Typ, maßgeschneiderter Zweireiher. Seine Manschettenknöpfe aus

Weißgold, ein Geschenk seiner Frau zum Hochzeitstag im Mai letzten Jahres.

Bodentiefe Fenster erlaubten den Blick aus dem 200 Meter hohen Nordturm auf die Skyline von Frankfurt. Fantastisch! Dongi liebte diesen Blick aus seinem Büro. Sonnenaufgänge waren an sich schon beeindruckend. Aber Sonnenuntergänge hinter den Türmen der Frankfurter Banken, das wirkte von hier aus geradezu spektakulär. Der Architekt musste die Planung mehrmals anpassen, um diese ultimative Aussicht zu erreichen. Nun erstreckte sich das Büro des EZB-Präsidenten fast über eine halbe Etage des Nordturms. Damit ließ sich die Wichtigkeit des Amtes von niemandem mehr übersehen.

Seit die EZB 2014 ihren Sitz aus dem Eurotower im Zentrum in die neuen Gebäude im Frankfurter Ostend verlegt hatte, konnte Dongi diesen Blick genießen. Auch die anfänglichen Proteste in der Bevölkerung gegen den Neubau gerieten bald in Vergessenheit.

Dongi pflegte seine politischen Kontakte. Kritiker sagten ihm eine zu enge Beziehung zur Politik nach. In Wirklichkeit war die Europäische Zentralbank ohnehin nur noch auf dem Papier unabhängig. Die EZB musste die Politik unterstützen, als Geldmengensteuerer, als Staatsfinanzierer oder einfach als Konjunkturmotor. Bester Beweis für die enge Verknüpfung: der laufende Kauf von Staatsanleihen. Dongi unterstützte dieses schon mehrfach auf mittlerweile 2.000 Milliarden Euro aufgestockte Programm von Anfang an aktiv. Selbst die Idee dafür, so behauptete er, stamme von ihm.

„Herr Präsident, ihr Besuch", kündigte die Assistentin ihrem Chef die Ankunft des Gastes an. Während Dr. Wieder das Büro mit schnellen Schritten betrat, schloss sie hinter ihm leise die Tür.

Die beiden wichtigsten Zentralbanker Europas, Dr. Jürgen Wieder, Präsident der Deutschen Bundesbank, und Darius Dongi, Präsident der Europäischen Zentralbank, trafen sich jeden ersten Montag im Monat. Was ursprünglich als spontanes und informelles Treffen in Krisensituationen begonnen hatte, entwickelte sich mit der Zeit zu einem Jour Fixe. Die

Folgetermine, in den elektronischen Kalendern beider Herren als *wiederkehrend* eingetragen, verlängerten sich automatisch für das Folgejahr. Heute standen nur Routinethemen an.

„Was heißt, Sie wissen nicht, wie das passieren konnte?"

Dr. Wieder brüllte in den Telefonhörer. Er hatte sein Handy noch am Ohr, während er eintrat.

Dongi ärgerte sich, dass sein Kollege telefonierend wie ein Straßenflegel hereinkam. Ein absoluter Fauxpas! Doch aus Dr. Wieders rüdem Ton ließ sich leicht schließen, dass es wirklich absolut wichtig sein musste. Er konnte sich nicht erinnern, ihn jemals so wütend gesehen zu haben.

„Mir fehlt absolut jede Fantasie dafür, wie einem ein gutbewachter Werttransport mit drei Tonnen Gold mal so eben abhandenkommen kann!"

Dr. Wieder spuckte Speicheltropfen auf den Tisch von Dongi, so hatte er sich in Rage geschimpft.

„Wir sind hier nicht im Bermuda Dreieck, wir sind mitten in Frankfurt!" zeterte er. „Wann hatten Sie den letzten Kontakt zum Fahrzeug?"

„Sechs Uhr dreißig am ersten Kontrollpunkt", kam es kleinlaut zurück, „um sechs Uhr vierunddreißig dann der abgebrochene Notruf."

Nachdem Dr. Wieder die Information über die eingeleiteten Fahndungsmaßnahmen kommentarlos entgegengenommen hatte, knallte er mit hochrotem Kopf das Handy auf den Tisch.

„Entschuldigung für den Wutausbruch, Darius."

Er ging zum Fenster und atmete kurz durch, um seine Fassung wiederzufinden.

„Seit zwei Jahren haben wir unzählige Goldtransporte durchgeführt. Pannen? Keine! Ausfälle? Fehlanzeige! Und heute? Heute verschwindet ein gepanzerter Transporter. Zusammen mit dem ganzen Sicherheitsteam. Spurlos!"

Einen Moment herrschte Stille im Raum.

„Kann der Begleitschutz selbst dahinterstecken? Oder osteuropäische Gruppen?", erkundigte sich Dongi rational und analytisch.

„Keine Ahnung, wir fangen gerade bei Punkt Null an. Sicher ist, das Fahrzeug lässt sich nicht von außen öffnen. Ohne Mithilfe der Transporter-Besatzung kommt niemand an das Gold heran."

Darius Dongi blieb ruhig.

„Jürgen, ich dachte, ihr verfolgt die Position aller Goldtransporte lückenlos über GPS?"

„Das ist genau der nächste Knackpunkt, Darius! Die Leitwarte hat das GPS-Signal des Fahrzeugs die ganze Zeit über aufgezeichnet. Und zwar planmäßig. Das Signal endet um sechs Uhr vierunddreißig mitten in Neu-Isenburg! Es war schlagartig weg. Ebenso das Fahrzeug."

Der Bundesbankchef hatte sich wieder einigermaßen unter Kontrolle und versuchte nun ebenfalls den Vorgang kriminalistisch abzuklopfen.

„Die von uns eingesetzte *precise* Positionsbestimmung ist angeblich auf fünf Meter genau. Alle Fahrzeuge hatten zusätzlich zum GPS-Empfänger einen GPS-Transponder, der die aktuelle Position an die Einsatzzentrale übermittelte. Wir wussten immer in Echtzeit Bescheid. Zumindest theoretisch."

Nach einer kurzen Pause ergänzte er: „Die Notfallfrequenz wurde für einen kurzen Hilferuf um sechs Uhr vierunddreißig genutzt. Dann brach der Kontakt ab."

„Wurde die Frequenz gestört? Oder hat der Begleitschutz nicht mehr versucht, Kontakt zu halten?"

„Wissen wir noch nicht."

„Profis", stellte der EZB-Präsident fest und runzelte die Stirn.

„Wie auch immer, der Vorfall kann äußerst unangenehme Folgen für uns haben. Wir dürfen uns auf keinen Fall eine weitere Panne leisten!"

Nach kurzem Schweigen fuhr Dongi fort: „Bis wir die Täter haben, sollten wir alle Werttransporte aussetzen. Und zwar in ganz Europa. Was meinst du?"

„Du hast Recht", stimmte Dr. Wieder zu, resigniert und etwas geistesabwesend.

Zehn Minuten später ging eine verschlüsselte E-Mail in allen europäischen Hauptstädten ein.

GEHEIMHALTUNGSSTUFE II - STRENG GEHEIM

EZB-PRÄSIDIUM

SICHERHEITSWARNUNG!

IN FRANKFURT AM MAIN WURDE HEUTE EIN MIT VIER SOLDATEN BEWACHTER GOLDTRANSPORT DER DEUTSCHEN BUNDESBANK ÜBERFALLEN. ALLE BEGLEITPERSONEN WURDEN ENTFÜHRT.

ÜBER DIE HINTERGRÜNDE DER TAT IST DERZEIT NOCH NICHTS BEKANNT. AUCH DER VERBLEIB DES GOLDES IST UNGEKLÄRT. DER ABLAUF DES ÜBERFALLS ZEIGT EIN UNGEWÖHNLICH PROFESSIONELLES VORGEHEN. DIE HOHEN SICHERHEITSMAßNAHMEN WAREN WIRKUNGSLOS.

BIS ZUR AUFKLÄRUNG DER HINTERGRÜNDE WIRD EMPFOHLEN, KEINE GRÖßEREN WERTTRANSPORTE DURCHFÜHREN ZU LASSEN. DIE SICHERHEITSMAßNAHMEN FÜR ROUTINEMÄßIGE GELDLIEFERUNGEN AN GESCHÄFTSBANKEN SOLLTEN ERHÖHT WERDEN.

DER PRÄSIDENT

Europas Notenbanken und Regierungen waren informiert. Die Fahndung nach den Tätern lief an, koordiniert vom Krisenstab der Bundespolizei. Das Lagezentrum hatte man in den Räumen der Bundespolizeidirektion im Frankfurter Flughafen eingerichtet. Die Spezialkräfte des Bundes wurden von der Polizei der Länder Hessen, Rheinland-Pfalz und Bayern unterstützt. Den zeitlichen Vorsprung der Täter hatten Experten der Polizei mit vierzig Minuten berechnet.

Wie schnell konnte ein schweres Fahrzeug dieser Art verschwinden? Reichte ein Radius von dreißig Kilometern für die Fahndung aus? Zusätzlich war die Überwachung des Luftraumes angeordnet worden. Aktionismus sollte die allgemeine Ratlosigkeit überspielen.

*

Frankfurt am Main, Ulmenstraße, 07:30 Uhr. Nachdem der Morgenkaffee Blackout bedingt ausgefallen war, switchte Markus in den Arbeitsrhythmus. Auf seinem nicht mehr ganz taufrischen Notebook, Markus nannte es respektlos *Oldbook*, checkte er die neuesten E-Mails, las aktuelle Nachrichten und plante den Tag. Schließlich musste er heute noch die Reportage zum Goldtransport für die *Hessische Neueste Presse* schreiben.

In den E-Mails nichts Wichtiges. Ein paar Newsletters überfliegen, wie der von Meedia.de, den er berufsbedingt gerne las. Die Sportnachrichten.

+++ 2:1 für die Eintracht Frankfurt. *Drei Punkte. Ist auch mal wieder Zeit geworden,* dacht Markus, der sich nur am Rande für die Fußball-Bundesliga interessierte. Sein Herz schlug mehr für Basketball, das hatte er in seiner Jugend gespielt. Für eine Karriere hatte es allerdings nicht gereicht. Mit seinen 1,85 Metern war er zwar groß, aber für einen Basketballer reichte das dann doch nicht.

+++ 87:78. Seine Fraport Skyliners hatten den FC Bayern besiegt. „Jaahh!", kommentierte er lautstark, als er das Ergebnis las. *Besser als Fußball. Dort sind die Spiele immer sehr einseitig und schon fast langweilig. Im Basketball kann Frankfurt sogar die Bayern schlagen!* Er wechselte zum Wetter.

+++ Morgens klar und um die 7°C kalt. Tagsüber sonnig und trocken mit Höchsttemperaturen bis zu 15°C. *Ist okay für diese Jahreszeit.* Markus wechselte zum Abschluss auf die Homepage der *Hessischen Neuesten Presse*.

+++ EILMELDUNG: Überfall auf einen Goldtransporter der Bundesbank.

Gerade in dem Moment, als er die Meldung durch einen Klick auf die Überschrift aufrufen wollte, klingelte sein Telefon.

„Markus Manx", meldete er sich nach einer Schrecksekunde.

„Hallo Markus, passt es gerade?"

Ohne dass sich der Anrufer mit Namen gemeldet hätte, war klar, wer es war. An der tiefen und ruhigen Stimme erkannte Markus seinen Freund Jonathan Schreiber, Redakteur bei der *Hessischen Neuesten Presse*.

„Kannst du kurz den Überfall auf den Goldtransporter recherchieren? Ich brauche einen Beitrag sowohl für die Print-Ausgabe, als auch für Online. Die Reportage, die ich gestern bei dir in Auftrag gegeben habe, ist erstmal gecancelt. Maximal einhundert Zeilen für Online bis spätestens Mittag und hundertfünfzig Zeilen bis heute Abend für Print", fuhr er nach einer kurzen Denkpause fort. „Schaffst du das?"

Die Frage war eher rhetorischer Art. Jonathan unterstellte, dass freie Journalisten grundsätzlich immer Zeit haben und jeden Auftrag brauchen. Womit er meistens richtig lag.

„Du sollst den Fall aber nicht komplett aufklären, sondern nur einen interessanten Dreispalter schreiben", fügte er hinzu. „Der Überfall sieht für mich so aus, als ob eigene Leute mit den Tätern unter einer Decke stecken", ließ er Markus seine Vermutung wissen. „Lieferst du mir den Artikel?"

In der Zwischenzeit hatte Markus den Link im Internet angeklickt, die Eilmeldung bestand aber nur aus der Information, dass die Bundesbank einen Transporter bei einem Überfall verloren hatte.

„Geht klar. Gibt es noch mehr Hintergrundinfos, außer der winzigen Meldung auf dem News Ticker?"

„Markus, das ist jetzt allein dein Job."

Freizeichen. Jonathan Schreiber hatte mit dem letzten Wort aufgelegt.

Markus stand auf der Liste für freie Journalisten aller Frankfurter Zeitungen. Die *Frankfurter Allgemeine Zeitung* kam bei wirtschaftlichen Themen gelegentlich auf ihn zurück. Die FAZ hatte damals fast eine ganze Sonderseite zur Einweihung der Gold-Pyramide und zu den wirtschaftlichen Hintergründen gebracht. Für diese Recherche hatte er viel Lob bekommen, was in der Branche eher selten war.

Am meisten sparte die *Frankfurter Rundschau* und hatte schon länger keine Geschichte mehr bei ihm bestellt. Genau deshalb hatte Markus vor gut einer halben Stunde versucht, die Redakteurin Dorothea Mund anzurufen, vergeblich.

Von der *Hessischen Neuesten Presse* dagegen bekam er regelmäßig Aufträge zu Boulevardthemen. Die HNP war weniger an wirtschaftlichen Hintergründen interessiert, eher an spannender Unterhaltung: Hier also Tat – Täter – Motiv, garniert mit einem spektakulären Bild. „Überfall auf Goldtransporter" war ein guter Aufhänger, das passte. In den letzten Jahren hatte Markus sich langsam mit Boulevardthemen angefreundet: spannend, unterhaltend, aktuell, aber leicht und ungefährlich.

Früher war ihm dieser Ansatz verhasst. Aber die Zeiten änderten sich. Und manchmal schneller, als einem lieb war.

*

Frankfurt am Main, Eschborner Dreieck, 07:30 Uhr.
Lena Eck durchfuhr in ihrem roten Fiat 500 das Eschborner Dreieck Richtung Innenstadt. *Like a Virgin*, tönte es aus dem Radio. Munter sang sie den Madonna-Hit mit. Sie liebte den Song. „Touched for the very first time. Like a vir ir ir ir gin", stimmte Lena lauthals mit ein. „With your heartbeat, next to mine."

Machte das gute Laune für einen vielversprechenden Tag!

Lena, eine zierliche junge Frau mit moderner strenger Bob-Frisur. Ihre braunen Augen verschwanden fast unter dem scharf geschnittenen Pony, ihre dunklen Haare fielen seitlich bis zum Kinn. Seit sie vor 15 Jahren bei ihrer Mutter, von der sie den deutschen Nachnamen hatte, ausgezogen war, lebte sie in Frankfurt. Zu ihrem russischen Vater hatte sie nie eine Beziehung aufbauen können. Für ihn war Erziehung das Androhen von Strafen und auch deren Ausführung, wenn seine Tochter nicht gehorchte. Deshalb zog sich Lena schon sehr früh in eine virtuelle Welt zurück. Computer wurden ihr Leben, sie entwickelte sich zu einem richtigen Nerd. Zweifellos ein hübscher Nerd mit markanten slawischen Gesichtszügen.

Nach dem IT-Studium nahm sie einen Job in der IT-Abteilung einer Großbank an, den sie aber schnell abbrach. Überraschend schnell. Sie sprach nicht gern darüber. Ihr damaliger Abteilungsleiter war zudringlich geworden, dies sogar mehrfach, auch während der Arbeitszeit. Lena hatte die Sache der Frauenbeauftragten angezeigt, doch die Bank hatte ihr keinen Glauben geschenkt, sich sogar vor den Abteilungsleiter gestellt und ihr einen Wechsel nahegelegt.

Seit acht Jahren arbeitete sie nun als selbstständige IT-Expertin – Vorträge, Analysen von Sicherheitssystemen, Vorschläge für robuste Firewalls und dergleichen. Heute, im Rahmen des internationalen IT-Symposiums, ein Vortrag zum Thema *IT-Sicherheit im deutschen Mittelstand.* Frankfurter Messe, Congress Center, Beginn 09:00 Uhr. Mit dem Honorar, 1.200 Euro für einen 60-Minuten-Vortrag, konnte sie zufrieden sein. Auf dem Beifahrersitz lag alles, was sie dafür brauchte: Ihr Notebook und ihr Maskottchen, ein handgroßes weißes Plüschtier mit schwarzen Hängeohren.

„When you hug me, and your heart beats and you love me", verkündete Madonna soeben, als auf Höhe Rödelheim plötzlich lauter Bremslichter wie rote Pilze vor Lena aus der Fahrbahn schossen. Mit dem Tritt aufs Bremspedal stoppte auch Lenas Euphorie.

Stillstand. Lena brachte Madonna zum Schweigen, zückte ihr Handy, um von ihrer Stau-App Details zu erfahren. *Gut, dass ich genügend Puffer für die Fahrt zu meinem Vortrag eingeplant habe.*

*

Frankfurt am Main, Ulmenstraße, 08:10 Uhr. Leicht genervt hievte Markus seine Füße auf den Schreibtisch und wählte zum vierten Mal dieselbe Nummer. „... Wir können ihren Anruf leider momentan nicht persönlich entgegennehmen ...", höhnte es aus der Leitung.

Markus' Blick fiel auf zwei verschiedenfarbige Socken. Seit seiner Scheidung waren immer mehr einzelne Socken verschwunden. In der Zwischenzeit war es ihm völlig egal geworden, ob Socken möglicherweise zur Leibspeise seiner Waschmaschine gehörten oder ob Außerirdische ihm die Dinger klauten, um daraus Treibstoff zu zaubern. Er hatte schon lange aufgegeben, nach der Ursache zu suchen. Die einzelnen Socken blieben dauerhaft verschwunden. Jetzt trug er grundsätzlich immer zwei verschiedenartige Exemplare, nicht nur zu Jeans.

„Wir können ihren Anruf leider momentan nicht persönlich entgegennehmen", hörte Markus bereits zum fünften Mal, bevor er dann doch endlich durchgestellt wurde.

„Guten Tag, Sie sprechen mit der Pressestelle der Deutschen Bundesbank, mein Name ist Rose de Jong, womit kann ich Ihnen helfen?", fragte eine freundliche Stimme.

Solch freundliche persönliche Ansprache nach dem vorangegangenen Warteschleifen-Frust überraschte Markus. Er brauchte einen kurzen Moment, um seine Gedanken zu ordnen, die Füße vom Schreibtisch zu nehmen und sich wieder aufrecht hinzusetzen.

„Markus Manx, ich bin freier Journalist. Und ich überfalle Sie gleich mal mit einer beruflichen Frage: Können Sie mir Hintergrundinformationen zu dem heutigen Überfall auf den Goldtransporter der Bundesbank geben?"

„Gern. Was möchten Sie genau wissen?"

Markus hatte sich Ansatzpunkte für Fragen grob auf einem Blatt notiert.

„Oh, da ist einiges zusammengekommen. Ich fange am besten einfach mal oben auf meiner Frageliste an. Also: Was war der konkrete Anlass für diesen Transport? Und von wo nach wohin sollte das Gold gebracht werden?"

Die Antwort konnte er sich in etwa denken. Trotzdem musste er sichergehen, dass es sich wirklich um den von ihm beim Beladen beobachteten Goldtransport handelte.

„Herr Manx, es handelt sich um einen Routinetransport aus unserer Lagerstelle in New York nach Frankfurt. Es gab keinen konkreten Anlass. Hintergrund ist die von der Bundesregierung beschlossene Rückführung aller Goldreserven nach Deutschland."

Die Pressestellen-Dame mit der freundlichen Stimme hatte sich seinen Namen gemerkt. *Klar, gehört mit zu ihrem Job. Aber wäre sie ebenso freundlich, wenn sie wüsste, dass ich einer der akkreditierten Journalisten bin, die heute Morgen den Verladevorgang am Flughafen dokumentiert haben?* Egal, Markus war es unangenehm, seine Gesprächspartnerin nicht ebenso professionell mit Namen ansprechen zu können. Er hatte sich ihren Namen nicht gemerkt.

„Können Sie mir sagen, ob dieser Transport speziell gesichert war?"

„Der Transport wird standardmäßig von Einheiten der Bundeswehr durchgeführt und bewacht. Beginnend mit der Landung in Frankfurt erfolgt die Koordination und Überwachung des Transportes über unsere Einsatzleitung in Frankfurt", erläuterte die Pressesprecherin. „Es galten die normalen Sicherheitsvorkehrungen."

„Okay, dann darf ich Ihnen die nächste Frage servieren: Gibt es Ansatzpunkte, wer hinter dem Überfall stecken könnte?"

„Darüber liegen mir momentan keine Informationen vor. Aber, Herr Manx, die polizeilichen Ermittlungen laufen auf Hochtouren."

„Gab es bei dem heutigen Transport Besonderheiten oder Auffälligkeiten im Vorfeld?", fragte Markus weiter.

„Darüber liegen mir keine Informationen vor."

„Gibt es bereits eine Pressemitteilung mit offiziellen Informationen von Ihnen?"

„Eine solche wird in den nächsten Minuten online gestellt. Sie finden sie dann auf unserer Homepage *www* - Punkt - *Bundesbank* - Punkt - *de* - Slash - *de* - slash - *presse* - slash - *gold*. Das zweite *de* nicht vergessen, es leitet Sie auf die deutschsprachige Seite. Dort hinterlegen wir auch weiterhin neuere Informationen zum Download, sobald es Neuigkeiten geben sollte."

Angenehm bemüht, und absolut professionell, diese Pressesprecherin, und dazu immer freundlich und zuvorkommend, resümierte Markus. Weniger angenehm für ihn, dass die Informationen nicht über den bekannten Stand hinausgingen.

Dennoch wollte er seinen Höflichkeits-Flop irgendwie reparieren.

„Sorry, ich hatte am Anfang offenbar kurz ein Leitungsproblem. Mit wem habe ich jetzt gesprochen?

„Kein Problem, Herr Manx. Mein Name ist de Jong, Rose de Jong."

Markus bedankte sich ausdrücklich für das freundliche Gespräch und stellte das Mobiltelefon zurück auf die Ladeschale. *Puhh, viel länger hätte das Telefonat auch nicht dauern dürfen, dann hätte ich die nächste Peinlichkeit am Hals gehabt,* dachte er mit Erleichterung. Bei seinem Gerät hatte sich die laut Hersteller verfügbare Gesprächsdauer von ursprünglichen fünfzehn Stunden mit den Jahren auf knapp dreißig Minuten reduziert. Das lag vermutlich an den verschlissenen Akkus. Bis er sich neue würde leisten können, hatte das silberne Mobilteil, das er im Stillen *Silberrücken* nannte, eben einen Dauerplatz auf der Ladeschale.

Markus öffnete den angegebenen Link. Schon jetzt standen jede Menge interessanter Informationen zum Download bereit: Zur Höhe der Goldbestände, zum Lagerstellenkonzept, zum Stand der Transporte, außerdem technische Details zu den Sicherheitssystemen des Fahrzeugs. Die Sicherheitsexperten der Bundesbank waren davon überzeugt, so konnte man lesen, dass der Transporter von außen nicht zu öffnen sei. Zumindest nicht, ohne ihn vollständig zu zerstören.

Wie könnten die Räuber denn dann bei dem Überfall vorgegangen sein? Die stehen doch nicht mit einem Dosenöffner vor dem Wagen und bekommen ihn nicht auf. Wo saßen die Komplizen? Noch war es zu früh, um Spekulationen anzustellen. Erst musste Markus seine Hausaufgaben vollständig erledigen. Dazu gehörte eine Nachfrage bei der Polizei. Er suchte die Telefonnummer der Pressestelle in Frankfurt heraus und wählte.

„Marie Meier von der Pressestelle der Polizei Frankfurt. Was kann ich für Sie tun?", vernahm Markus, ebenfalls in sehr höflichem Ton. *Wie lange muss man geschult werden, um in Krisensituationen immer so freundlich und unverbindlich zu klingen?*

„Hier spricht Markus Manx. Ich recherchiere für die *Hessische Neueste Presse* zu dem heutigen Überfall auf den Goldtransporter der Bundesbank. Wer könnte mir hierzu ein paar Fragen beantworten?"

„Dazu müssten Sie sich an die Stabsstelle Öffentlichkeitsarbeit des hierfür eingerichteten Krisenstabes Gold wenden. Wenn Sie etwas zu schreiben haben, kann ich Ihnen direkt die Telefon-Nummer geben."

„Gerne", antwortete Markus und notierte die Nummer, die er nach dem Auflegen sofort wählte.

„Guten Morgen, hier spricht Manfred Krüger von der Bundespolizei", klang es zackig schon nach dem zweiten Klingeln.

„Markus Manx. Ich recherchiere für die *Hessische Neueste Presse* zu dem Raubüberfall auf den Goldtransport der Bundesbank", wiederholte er seine Standardeinleitung. Wie oft er diese heute wohl noch bringen würde? „Können Sie mir schon etwas zum Stand der Ermittlungen sagen?"

„Leider nicht viel. Die laufen derzeit auf Hochtouren an. Wir haben eine Großfahndung nach dem vermissten Transporter laufen. Weiträumig um Frankfurt werden verstärkt Kontrollen durchgeführt. Außerdem bitten wir die Bevölkerung um Hinweise, die zur Aufklärung des Überfalles beitragen können."

„Gibt es schon Erkenntnisse, wie der Überfall abgelaufen sein könnte?"

„Nein, die Kollegen sind derzeit noch vor Ort und sichern Spuren. Außerdem befragen wir Anwohner, um eventuelle Hinweise zu erhalten. Das Übliche eben."

„Gab es Tote oder Verletzte?"

„Wir vermissen die zwei Soldaten im Transporter und auch die zwei Soldaten im Begleitfahrzeug. Leider kann ich Ihnen über deren Gesundheitszustand nichts sagen."

Es war sinnlos, weiter zu fragen. Entweder, es war tatsächlich noch zu früh, um etwas sagen zu können oder der Pressemann wollte nichts verlauten lassen.

„Okay. Noch eine letzte Frage: Wo genau ist der Überfall denn passiert?"

„Der Raub fand im Buchenbusch in Neu-Isenburg statt."

„Vielen Dank. Darf ich Sie später für ein Update noch einmal anrufen?", wollte Markus zum Schluss noch wissen

„Selbstverständlich, immer gerne", beendete Manfred Krüger das Telefonat.

Auch wenn die Telefonate insgesamt nur wenige Neuigkeiten erbrachten, so war Markus nicht unzufrieden. Immerhin hatte er die Adresse des Überfalls. Ein erster Ansatzpunkt, die Vor-Ort-Recherche konnte beginnen. Aber hatte die Polizei wirklich keinen Verdacht, wer die Täter sein könnten? *Vielleicht eine mafiose Bande mit organisierten Strukturen?* Wenn seine Vermutung zutraf, dürften die entführten Personen so gut wie tot sein. Wenn sie nicht zu den Komplizen gehörten.

*

Frankfurter am Main, Messegelände, Congress Center, 09:00 Uhr. „Meine Damen und Herren, ich begrüße Sie alle recht herzlich zu unserem diesjährigen IT-Symposium", begann der Moderator routiniert. Etwa 400 Zuhörerinnen und Zuhörer saßen im Auditorium des Saales *Harmonie*, um sich den Vortrag von Lena Eck zum Thema IT-Sicherheit im deutschen Mittelstand anzuhören. Alle hatten einen perfekten Blick auf das Podium, da der Saal wie bei einem Parlament im Halbkreis mit nach hinten aufsteigenden Sitzreihen bestuhlt war.

Nach einigen organisatorischen Hinweisen leitete der Moderator zum Auftaktvortrag von Lena Eck über.

„Begrüßen Sie jetzt mit mir unsere erste Rednerin des heutigen Tages, Lena Eck. Auch wenn sie noch jung aussieht, in IT-Sicherheitsfragen ist sie ein alter Hase. Man könnte fast sagen, sie ist ein junger alter Hase", wollte der Moderator das Eis brechen. Mit mäßigem Erfolg, das Auditorium war noch etwas müde, viele hatten eine lange Anreise hinter sich.

„Seit Edward Snowden öffentlich gemacht hat, wie stark die NSA und andere Nachrichtendienste dieser Welt uns ausspionieren, gibt es niemanden mehr unter uns, der sich noch keine Gedanken über IT-Sicherheit gemacht hat. Wie können wir uns schützen? Wo lauern die größten Risiken? All das sind Fragen, die uns nun Lena Eck beantworten wird."

Der Moderator bat Lena auf die Bühne.

„Meine Damen und Herren, Lena Eck hat schon viele namhafte Firmen zu diesem Thema beraten. Sie schreibt regelmäßig für die *IT-Sicherheits-Post*, die vermutlich viele von Ihnen regelmäßig lesen. Bekannt ist sie auch für ihre angekündigten Hackerangriffe, mit denen sie unablässig beweist, wie anfällig unsere IT-Systeme sind. Vielleicht ist es demnächst Ihr Unternehmen, bei dem sie versucht, an sensible Geschäftsgeheimnisse zu kommen. Aber besser sie, als echte Hacker. Ich will nicht zu viel von ihrem Vortrag verraten, aber besonders ein heute hier anwesendes Unternehmen sollte gut zuhören. Sie wird heute einen neuen Fall eines erfolgreichen Hackerangriffs präsentieren. Meine Damen und Herren, Lenaaa Eeeck!"

*

Frankfurt am Main/Neu-Isenburg, 09:00 Uhr. Für die Fahrt nach Neu-Isenburg leistete sich Markus heute ein car2go. Er hatte keine Lust und auch keine Zeit, von der S-Bahnstation Neu-Isenburg zwei Kilometer bis nach Buchenbusch zu Fuß zu laufen. Außerdem würde er die Kosten ohnehin der *Hessischen Neuesten Presse* aufbrummen. Während der Fahrt überlegte er, was er in seinem Online-Beitrag schreiben könnte. *Für Spekulationen über Komplizen ist es noch zu früh. Aber wie haben die Räuber es geschafft, in den Sicherheitstransporter reinzukommen? Waren Begleitsoldaten an dem Überfall beteiligt? Bei über einhundert Millionen fällt schließlich für alle genug ab.*

Das Navi zeigte an, dass er von der Frankfurter Straße nach links in den Buchenbusch abbiegen musste. Auf Höhe

Herzogstraße verhinderte eine Polizeisperre die Weiterfahrt. Er fuhr trotzdem vor und zeigte seinen Presseausweis.

„Okay, Sie können durch. Sie müssen aber gleich Ihr Auto rechts parken. Vorne sind dann Kollegen, die Ihnen weiterhelfen können", sagte die Polizistin mit einem netten Lächeln. Markus parkte ein. Dieser Tag schien erfolgreich zu werden. Alle Frauen, mit denen er in Kontakt kam, waren extrem freundlich zu ihm. *Muss wohl an meiner Ausstrahlung heute liegen. Das ist ja vielversprechend.*

Am rot-weiß-gestreiften Flatterband rund um den Tatort angekommen, holte ihn die unfreundliche Realität ein. Ein Polizist mit grimmigem Blick zeigte sich sichtlich unbeeindruckt von seinem Presseausweis. Er solle sich doch gefälligst an die Pressestelle wenden und die Polizei in Ruhe ihre Arbeit machen lassen. Doch so leicht ließ sich ein Journalist wie Markus Manx nicht abschütteln. Eine kleine Gruppe von Schaulustigen stand etwas abseits auf der Seite des Alten Friedhofs und versuchte, einen Blick auf den Tatort zu erhaschen. Er ging direkt zu ihnen hinüber.

„Guten Morgen allerseits! Mein Name ist Markus Manx, ich bin Journalist. Kann mir jemand von Ihnen etwas zu dem Raubüberfall sagen?"

Eine ältere Dame drängte sich nach vorne.

„Ja, ich", rief sie aufgeregt. Ich wohne in der Nummer siebenundfünfzig und habe heute Morgen Schüsse gehört. Wie von einem Maschinengewehr klang das. So wie man es aus Gangsterfilmen im Fernsehen kennt, wissen Sie. Allerdings konnte ich von meinem Fenster aus nicht viel sehen. Trotzdem habe ich die Polizei gerufen."

„Und was ist dann passiert?", fragte Markus, der sofort erkannt hatte, wie interessiert die alte Dame auf das Wort Journalist reagierte. So viel Glück, einen auskunftsfreudigen Augenzeugen zu finden, hatte man als Journalist nicht alle Tage.

„Und weiter, was passierte dann?", lockte Markus.

„Die Polizei meinte, ich solle unbedingt im Haus bleiben. Ich habe mich erst auf die Straße getraut als die erste Streife eintraf, wissen Sie, so etwa zehn Minuten später."

„Ich verstehe." Markus nickte ihr aufmunternd zu. „Und wie hat es hier ausgesehen, als Sie aus dem Haus gingen?"

„Außer den zwei Polizisten habe ich zuerst niemanden gesehen. Aber in dem Mercedes da vorne, wissen Sie, da waren noch ein Fahrer und eine Beifahrerin drin. Ich weiß nicht, was denen fehlte. Ein Krankenwagen mit Blaulicht hat sie dann abtransportiert."

„Haben Sie den Sicherheitstransporter noch gesehen?", hakte Markus nach.

„Nein, der war schon weg. Wissen Sie, es ging alles so schnell."

„Gut, ich gebe Ihnen hier meine Visitenkarte. Falls Ihnen noch etwas einfallen sollte, rufen Sie mich bitte an, ja? Außerdem wäre es nett, wenn ich mir Ihren Namen und Ihre Telefonnummer notieren dürfte."

Die alte Dame lächelte geschmeichelt und nahm die Karte an sich. *Ein Raubüberfall! Direkt vor meiner Haustür! Und ein richtiger Journalist fragt mich, was ich gesehen hab! Wie aufregend. Endlich mal im Mittelpunkt ...*

Markus packte vorsichtig seine Canon aus, um ein paar Fotos vom Tatort zu schießen. Zuerst mit dem Weitwinkelobjektiv, um möglichst viel von der gesamten Szenerie einfangen zu können. Dann wechselte er zum Teleobjektiv. Das reichte locker, um ein paar eindrucksvolle Detailfotos zu schießen. Von dem umgekippten Militärjeep, von dem Kinderwagen, der so gar nicht zur Szenerie passen wollte, und von dem Mercedes, dessen vorläufige Endstation ein Baum war. Er zoomte den Mercedes ran, um den Aufkleber auf der Heckklappe lesen zu können - *Animal Heaven Frankfurt*. Als ein im Weg stehender beleibter Mitarbeiter der Spurensicherung endlich die Sicht freigab, konnte er sogar das Patronenmeer in einem Ozean von Glassplittern bildfüllend einfangen.

Markus verstaute sein Fotoequipment und überlegte, ob er zusätzlich ein kurzes Video drehen sollte. Die Redaktion würde es ihm danken, wenn sie damit den Onlinebeitrag anreichern konnten. Doch irgendwie war alles zu statisch.

Auf die Schnelle kann ich hier kein brauchbares Video drehen, entschied er.

Bevor er jedoch den Schauplatz verließ, wollte er, wie die Kommissare im Fernsehen, ganz in Ruhe kombinieren, wie der Überfall abgelaufen sein könnte. Er stellte sich breitbeinig in die Mitte des Buchenbuschs vor das Flatterband und prägte sich das Gesamtbild ein. Dann schloss er die Augen. Auf seinem geistigen Bildschirm sah er den rechts abseits stehenden verbeulten Mercedes mit offenen Türen, schräg davor den umgekippten, völlig demolierten Militärjeep. Und hinter dem Haus an der Ecke zum Birkenweg war das Heck eines Gabelstaplers zu erkennen.

Gabelstapler? Er öffnete die Augen. Tatsächlich, dort stand einer. *Was macht der Gabelstapler hier? Um den Militärjeep abzutransportieren benötigt die Polizei keinen Gabelstapler dieser Größe.* Er notierte sich vorsichtshalber die Typenbezeichnung und die Eigentümerfirma, die auf dem Fahrzeug aufgedruckt waren: *HOLLMANN* stand da in großen Lettern und in kleiner Schrift darunter *SVETRUCK 25120*.

Markus spürte, dass dieses Detail von großer Bedeutung sein könnte.

*

Frankfurt am Main, Messegelände, Congress Center, 09:45 Uhr. Der rege Applaus der Zuhörer bestätigte eindrucksvoll, dass die Rednerin Lena Eck die Erwartungen des Auditoriums erfüllt hatte. Als der Beifall langsam abflaute, schwang sich der Moderator des Symposiums auf die Bühne zur Rednerin.

„Vielen Dank, Frau Eck, für diesen äußerst spannenden Vortrag. Die von Ihnen dargestellte Vision, dass wir zwar alles speichern, auswerten und überwachen können, dass man aber unsere heutigen IT-Systeme viel zu leicht von außen angreifen kann, macht mir persönlich Angst. Allein die Vorstellung ist beängstigend, dass unsere industriellen Geheimnisse in falsche Hände gelangen. Meine sehr verehrten Damen, meine Herren", fuhr er geschmeidig fort, „Sie haben jetzt die Gelegenheit, weitere Fragen an Frau Eck zu stellen. Bitte schön!"

„Frau Eck, toller Vortrag. Mein Name ist Kurt Gieseke, ich bin Sicherheitsmanager bei einem Maschinenbauunternehmen. Meine Frage: Sehen Sie Ansätze, wie wir vollautomatisierte Fertigungsketten gegen äußere Hacker-Angriffe sichern können?"

Ein weiterer Zuhörer, dessen Name nicht zu verstehen war, fragte: „Wie müssen die IT-Standards aussehen, damit Fertigungs-, Steuerungs- und Sicherheitssysteme bedrohungssicher zusammenarbeiten?"

Präzise und klar beantwortete Lena Eck alle an sie gestellten Fragen. Das Auditorium nutzte die Gelegenheit für weitere Fragen zu Abschottung von betrieblichen Prozessen vom Internet, robusten IT-Systemen, Sabotage-Vermeidung und den Möglichkeiten und Gefahren der Cloud-Speicherung.

Offenbar hatte Lenas Performance voll ins Schwarze getroffen. Das bestätigten ihr auch die Worte des Moderators.

„Frau Eck, im Namen des Veranstalters bedanke ich mich bei Ihnen für diesen aktuellen und hoch interessanten Vortrag zur IT-Sicherheit. Die vielen Fragen und die angeregte Diskussion zeigen, dass Sie genau den richtigen Zugang zu diesem Thema für uns gefunden haben. Noch einmal: Vielen Dank!"

Erneuter Applaus, der Moderator schüttelte ihr betont herzlich die Hand, und sie verließ das Podium.

Nach der Verabschiedung ging Lena beschwingt durch das lichtdurchflutete Foyer des Congress Centrums in Richtung Ludwig-Erhard-Anlage. Wie immer war ihre innere Anspannung, nach wenigen Vortragsminuten gewichen. Die Fragerunde hatte Spaß gemacht, die Leute hatten sich heute extrem interessiert gezeigt. Und vielleicht würde sich, bedingt durch den Schock über die Datenpannen der letzten Monate und wegen der neuesten Meldungen über die NSA-Ausspähung deutscher Industrieunternehmen, eine gute Werbung für weitere Vorträge ergeben …

Das IT-Symposium war der einzige Termin für heute. Den Rest des Tages hatte sie frei. Lena entschloss sich, die zwanzig Minuten zu Fuß in die Innenstadt zu gehen, um bei Wackers im Stammhaus einen Kaffee zu trinken. Ihren Wagen konnte sie später holen. Nach zehn Minuten überquerte sie die Taunusanlage direkt neben der Gold-Pyramide. *Irgendwie ganz schön verrückt, was die hier hingestellt haben. Ob das wirklich alles Gold ist, was da so glänzt?* Sie dachte an die Juweliergeschäfte, die am Abend billige Imitationen in ihre Schaufenster stellten. *Bad luck und lange Gesichter für potenzielle Diebe,* lächelte sie in sich hinein ...

Kurz darauf erreichte sie gutgelaunt ihr Ziel am Kornmarkt. *Ah, voll wie immer.* Sie reihte sich in die Schlange der Wartenden vor dem Café ein.

*

Neu-Isenburg, 09:50 Uhr. Vor seiner Rückfahrt hatte Markus auf seinem Smartphone ein paar Internetseiten gecheckt und zwei Telefonnummern ermittelt. Er wählte die erste und fuhr, die Freisprecheinrichtung ignorierend, Richtung Frankfurter Innenstadt.

„Hollmann Schwertransporte, mein Name ist Angelika Spinnrad, was kann ich für Sie tun?"

„Guten Morgen. Mein Name ist Markus Manx. Ich wohne in Neu-Isenburg und hätte eine Frage. Vorhin ist mir einer ihrer großen Gabelstapler aufgefallen, der nur zweihundert Meter von meinem Haus entfernt steht. Wäre es möglich, diesen für einen Miniauftrag kurzfristig zu buchen? Vor meinem Haus wartet ein großer Wassertrog aus Stein, um in meinen Garten gehoben zu werden. Ist bestimmt in fünf Minuten erledigt. Und ich dachte, wenn Sie schon um die Ecke stehen, dann könnten Sie das vielleicht schnell machen."

„Welchen Stapler meinen Sie? Haben Sie sich das Kennzeichen notiert?", wollte die Mitarbeiterin der Firma Hollmann wissen. Auf Markus wirkte sie etwas irritiert.

„Das Kennzeichen habe ich mir nicht notiert. Aber auf der Seite stand neben Ihrem Firmennamen noch die Bezeichnung Svetruck 25120."

„Wo genau steht der Stapler?", wollte sie wissen, jetzt hörbar aufgeregt.

„Im Birkenweg in Neu-Isenburg. Das ist um die Ecke von meinem Haus."

„Helfen werde ich Ihnen bei Ihrem Problem nicht können", erklärte die Frau. „Aber Sie haben uns sehr geholfen. Ich werde das sofort an die Polizei weitergeben. Der Gabelstapler wurde uns nämlich heute Nacht gestohlen. Wir haben das bereits zur Anzeige gebracht. Aber so schnell haben wir nicht damit gerechnet, dass wir ihn zurückbekommen."

„Schade", log Markus. „Dann kann man nichts machen. Ich wünsche Ihnen noch viel Glück bei der Rückholung. Einen schönen Tag noch, auf Wiederhören."

Das ist mein Glückstag! Der Gabelstapler wurde gestohlen und steht mit Sicherheit nicht zufällig am Tatort herum. Er tippte die zweite Nummer, die er recherchiert hatte, in sein Handy und fuhr mit flottem Tempo auf der Darmstädter Landstraße in Richtung Frankfurter Skyline.

„Universitätsklinikum Frankfurt, Guten Tag", meldete sich eine freundliche Frauenstimme.

„Hallo, hier spricht Markus Manx. Meine Tante Elisabeth und mein Onkel Franz wurden bei Ihnen heute mit einem Krankenwagen eingeliefert. Können Sie mir sagen, wie es ihnen geht?"

„Gut, können Sie mir bitte den Nachnamen sagen", forderte die Frau am Telefon ihn auf.

„Elisabeth und Franz Altmeier. Meier mit m-e-i-e-r geschrieben."

„Einen Moment, bitte."

Im Hintergrund hörte Markus das Klackern der Computertastatur.

„Tut mir leid, ich kann niemanden mit diesem Namen finden. Wann wurden sie denn eingeliefert?"

„Das müsste so gegen halb acht gewesen sein. Sie hatten einen Autounfall."

„Dann kann ich sie noch nicht in meinem System finden. Die sind bestimmt noch in der Notaufnahme. Einen Moment bitte, ich verbinde Sie."

Markus hörte ein paar Takte *Für Elise* von Ludwig van Beethoven, ziemlich blechern, wie er fand, bevor sich eine andere Frauenstimme meldete.

„Schwester Hildegard, Notaufnahme", sagte sie kurz und resolut.

„Guten Tag, Schwester Hildegard, mein Name ist Markus Manx und ich würde gerne wissen, wie es meiner Tante Elisabeth und meinem Onkel Franz Altmeier geht. Sie wurden heute Morgen gegen halb acht nach einem Autounfall bei Ihnen eingeliefert."

„Tut mir leid Herr Manch", blockierte die Krankenschwester. An den Namendreher war Markus gewöhn, er ließ das so stehen. Wenigstens hatte sie nicht *Marx* gesagt, wie es ihm allzu oft widerfuhr. Manche glaubten sogar, den Kalauer mit *Karl Marx?* anfügen zu müssen.

„Am Telefon dürfen wir keine Auskünfte geben. Ich bitte um Verständnis."

„Das verstehe ich, Schwester Hildegard. Sie haben ja Ihre Vorschriften. Aber können Sie mir nicht wenigstens sagen, ob es ihnen gut geht? Ich mache mir große Sorgen", versuchte es Markus auf die Mitleidstour. Doch sie blieb hart.

„Bedaure, das darf ich Ihnen nicht sagen."

„Bitte, nur, ob es ihnen gut geht."

„Kommen Sie doch heute Nachmittag vorbei, dann können Sie Ihre Tante und Ihren Onkel besuchen."

„Vielen Dank. Das werde ich tun. Noch einen schönen Tag", beendete Markus das Telefonat.

Zweimal Bingo! Mann, bin ich gut. Jetzt weiß ich, dass der Gabelstapler gestohlen wurde und die beiden Tatzeugen im Universitätsklinikum liegen. Und nur, weil auf dem Mercedes hinten ein kleiner Aufkleber 'Animal Heaven Frankfurt' mit Bild und Namen der beiden Altmeiers klebte.

Fünfundzwanzig Minuten Autofahrt und zwei Telefonate später erreichte Markus hochzufrieden die Frankfurter Innenstadt. Er bog in die Sandgasse ein, um das car2go dort abzustellen. Und das Glück war erneut auf seiner Seite, der freie Parkplatz lag quasi um die Ecke zu Wackers Kaffee.

Jetzt brauchte er endlich seine Koffein-Dröhnung.

*

Frankfurt am Main, Lagezentrum der Bundespolizei, 10:00 Uhr. Die Einrichtung eines Krisenstabes erfolgte sofort und behördenübergreifend. Nicht eben verwunderlich angesichts einer Beute von über einhundert Millionen Euro. Abgesehen von der Wirkung, wenn diese Bombenmeldung bei den Medien einschlug.

„Meine Herren", eröffnete Hans-Joachim Hartmann, Direktor der Bundespolizei, die erste Sitzung. Seine Stimme klang ernst. „Der Überfall geht auf das Konto extrem brutal agierender Krimineller."

Der Sitzungsraum bildete das Herzstück des Lagezentrums, eingerichtet in den Räumen der Bundespolizeidirektion im Frankfurter Flughafen: Sechs rechteckige Tische mit grauer Resopalplatte, in der Raummitte zu einer großen Arbeitsfläche zusammengeschoben, eingerahmt von zwölf Stühlen, Typ Freischwinger mit verchromten Rundrohrgestellen und abgewetzten Stoffbezügen. An der Decke grelle Neonröhren, die den Raum taghell erleuchteten. Im krassen Gegensatz hierzu modernste Technik: Drei Großbildschirme an der Wand, die Anschlusskabel baumelten noch zusammengerollt herunter, daneben klebte jeweils ein DIN A4 Blatt mit Nummer eins bis drei. In der Tischmitte moderne Computer, Lautsprecher, Kamera, Beamer.

„Fahren Sie fort", ertönte es bestimmend aus einem der Lautsprecher auf dem Tisch. Es war die Stimme von Sven Stahl, dem Kanzleramtsminister. Ihm unterstanden alle Verbindungen zu den Fachministerien und die Koordination der Nachrichtendienste. Stahl war die rechte Hand der Bundeskanzlerin und nach ihr die mächtigste Person im Staat.

Polizeidirektor Hartmann holte tief Luft, bevor er weitersprach. „Der Überfallhergang stellt sich uns folgendermaßen dar: Die Täter haben um circa sechs Uhr dreißig den Konvoi gestoppt, das Führungsfahrzeug durch einen Wagen gerammt und massiv mit Maschinenpistolen beschossen. Am Tatort haben die Kollegen jede Menge Blut festgestellt. Fahrer und Beifahrer werden vermisst. Der Sicherheitstransporter, besetzt mit zwei weiteren Personen, ist samt Ladung verschwunden. Wir vermuten, dass ein vor Ort vorgefundener Schwerlastgabelstapler genutzt wurde, um den Transporter auf ein anderes Fahrzeug zu verladen. Das Ganze dürfte nur wenige Minuten gedauert haben. Unsere Kollegen sichern noch Beweise vor Ort und befragen die Anwohner", beendete Hartmann seine erste Zusammenfassung. „Herr Brandner kann uns als nächstes erklären, welche Erkenntnisse die Bundesbank hat."

„Danke Herr Hartmann", begann Brandner, persönlicher Assistent des Bundesbankpräsidenten. „Wir haben den Transporter ab dem Flughafen überwacht. Um sechs Uhr dreißig meldete sich der Sicherheitstransport plangemäß in Neu-Isenburg. Durch die ständig offene Telefonleitung wissen wir, dass der Transport aufgrund einer Umleitung durch die Feuerwehr einen kleinen Bogen über den Buchenbusch machte. Von den Räubern wurde offenbar ein Unfall vorgetäuscht. Um sechs Uhr vierunddreißig kam ein Notruf aus dem Sicherheitstransporter, dass das Führungsfahrzeug von einem schwarzen Wagen gerammt worden sei. Kurz danach brach der Notruf mitten im Satz ab, gleichzeitig verloren wir das GPS-Signal."

„Gibt es schon Erkenntnisse, wie die Verbindung so abrupt abbrechen konnte?", unterbrach ihn Stahl.

Keine Antwort. Die Beteiligten schauten sich fragend an. Bundesbankvertreter Brandner zuckte ratlos mit den Schultern.

Einige Sekunden vergingen, ohne dass einer der Beteiligten etwas sagte. Eine Welle der Ratlosigkeit schwappte durch den Raum. Dann ergriff Bundeswehrgeneral Alfred Steiner das Wort.

„Die Militärpolizei befragt gerade Kameraden auf ungewöhnliches Verhalten der vier Transportbeteiligten. Auch wenn wir es für unwahrscheinlich halten, prüfen wir, ob einer oder mehrere unserer Kameraden als Komplizen infrage kommen könnten. Schließlich geht es um einhundert Millionen Euro. Ich weise regelmäßig darauf hin, dass wir unsere Soldaten besser bezahlen müssen."

„Herr Steiner", kam es unwirsch aus den Lautsprechern. „Bitte schweifen Sie nicht ab."

„Jawohl, Herr Minister. Wir haben außerdem die Militärpolizei zu den Wohnungen der vier Soldaten geschickt. Dort befragen wir deren Familienangehörige", beeilte sich General Steiner, seinen Bericht jetzt zügig abzuschließen.

Hans-Joachim Hartmann verschränkte die Arme vor der Brust und schaute fassungslos zu Steiner hinüber. „Ist das nicht Aufgabe der Polizei?", missbilligte er die Kompetenzüberschreitung der Bundeswehr.

„Herr Hartmann", übernahm der Kanzleramtsminister die Antwort, „wir wollen in dieser Angelegenheit keine Kompetenzdiskussionen führen. Wenn General Steiner die Verantwortung dafür übernimmt, dann werden wir in dieser Runde nicht wegen kleiner Grenzüberschreitungen diskutieren. Es geht um die schnellstmögliche Gewinnung von zielführenden Ergebnissen. Ich erwarte, dass alle Beteiligten ihren Beitrag leisten."

„Selbstverständlich", räumte Hartmann ein, jetzt wieder kleinlauter. „Dann gebe ich das Wort an den BND. Herr Gmeiner, bitte."

Friedrich Gmeiner unterstrich zuerst die Wichtigkeit des Bundesnachrichtendienstes zur Lösung dieses Falls. Allerdings wussten alle Beteiligten, dass Raubüberfälle dieser Art deutlich unter seinem Niveau lagen. Bei jeder Gelegenheit machte er deutlich, die Polizei solle allein für die Aufklärung sorgen und den BND in Ruhe lassen. Ausführlich erläuterte er heute die eingeleiteten Maßnahmen: Auswertungen von Telefonnetzen, Suchen von Signalwörtern mit Unterstützung der NSA, Bewertung von Satellitenbildern. Mit anderen Worten: Gmeiner wusste nichts. Scheinbar hatten die Täter keine Spuren hinterlassen.

„Okay", nahm Hartmann wieder die Zügel in die Hand. Lösungsorientierung und Beherrschtheit waren seine typischen Eigenschaften. Auf die Arroganz von Gmeiner reagierte er aber dünnhäutig. Hartmann hatte die letzten Minuten von Gmeiners Ausführungen benutzt, um seine Sitzungsunterlagen sorgfältig auszurichten und transportfähig zu stapeln. Ein provokantes Zeichen, das er da aussandte. Er wusste, dass Gmeiner sich darüber ärgern würde. „Wenn das alles war, bedanke ich mich bei allen Beteiligten. Wenn niemand etwas dagegen hat, setzte ich das nächste Update für Fünfzehn Uhr an."

„Einverstanden", kam es aus den Lautsprechern. Alle persönlich Anwesenden nickten und verließen den Raum, um die Aufklärung des Raubüberfalles in ihren Ressorts weiter voranzutreiben.

*

Frankfurt am Main, Kornmarkt, Wackers Kaffee, 10:20 Uhr. Lena Eck betrachtete die Schlange der Wartenden vor ihr. *Studenten, Banker, zwei Männer der Stadtreinigung in Arbeitsmontur, alles gemischt, so wie immer. Und wie schön altmodisch dieser Laden innen ist*, dachte sie.

Ein Mann reihte sich in die Schlange ein. Lena musterte ihn unauffällig in den verspiegelten Wänden des Tresens. Jeans, weißes, etwas zerknittertes Hemd, ein altmodisches Sakko, sportliche Schuhe. Über einsachtzig, nicht der übliche Karrieretyp, aber irgendwie sympathisch. Er lächelte sie an, als er ihren Blick bemerkte.

„Hallo", sagte er etwas zögerlich von der Seite her. „Sie warten auch auf Ihren Kaffee?"

Eine doofe Frage, schoss es ihm sogleich durch den Kopf, worauf sonst sollte sie warten? Aber egal, vielleicht reichte es, um ein Gespräch in Gang zu bringen.

„Ja, ich mag den Honduras Marcala, den sie hier zaubern."

„Stimmt, den finde ich auch absolut lecker. Wenig Säure und Fairtrade gehandelt. Eine gute Wahl."

„Bitteschön, was darf es sein", fragte die Servicekraft dazwischen.

„Zwei Honduras Marcala zum Mitnehmen, bitte", sagte Lena und drehte sich jetzt ganz zu dem Mann hinter ihr um.

„Einer ist für Sie."

„Oh, vielen Dank", erwiderte Markus überrascht. „Dann müssen Sie mir beim Kaffee-Trinken aber auch Gesellschaft leisten", lächelte er galant.

Lena zahlte, nahm die beiden Kaffee entgegen, drückte Markus einen davon in die Hand. Sie gingen hinaus.

„Dort drüben, die Steinmauer auf der anderen Straßenseite ist mein Lieblingsplatz."

„Gute Wahl. Ich bin übrigens Markus ... Ist es okay, wenn wir das Sie weglassen?"

„Gerne. Ich heiße Lena."

An der Steinmauer angekommen setzten sie sich nebeneinander. Dort konnten sie die Wärme der letzten Sonnenstrahlen des Jahres genießen.

„Hmh, immer wieder ein Genuss, dieser Kaffee", schwärmte sie. „... Bist du öfter hier? Ich habe dich noch nie gesehen."

„Nur gelegentlich. Heute hatte ich Lust auf einen richtig guten Kaffee. Vor allem, weil mein hauseigener Morgenkaffee ausgefallen ist."

„Was ist passiert?", griff Lena den Hinweis auf, um das Gespräch in Gang zu bringen.

„Die Kaffeemaschine hat mich ausgetrickst. In unserer Gemeinschaftsredaktion steht eine Maschine, die einem für Fünfzig Cent einen Kaffee verspricht. Doch Pustekuchen, genau in dem Moment, als ich das Geld eingeworfen habe und den Knopf für den Kaffee drückte, fiel der Strom aus. Nur ein paar Sekunden, aber das Geld war weg und die Maschine rückte den Kaffee nicht raus."

„Kam der Kaffee denn nicht, als der Strom wieder ansprang?", fragte Lena nach.

„Ich habe nicht gewartet. Aber wie soll sich die blöde Maschine denn nach der Rückkehr des Stroms noch an meine Fünfzig Cent erinnern?"

„Ganz einfach", begann Lena zu erklären. „Solche Automaten haben einen Akku, meistens nur ein paar Batterien, die die Speicherung gewisser Grundeinstellungen sicherstellen. Zum Beispiel, wie viel Wasser bei einer bestimmten Auswahltaste durchlaufen soll. Und so wird auch bei einem Stromausfall gespeichert, dass du Fünfzig Cent eingeworfen hast."

„Bist du Kaffeeautomatenverkäuferin?", witzelte er.

Lena lachte.

„Nein, ich beschäftige mich viel mit IT-Fragen."

„Schade. Eine Bekanntschaft, über die man günstig an einen Automaten kommt, der wirklich guten Kaffee braut, wären nicht schlecht." Markus lachte und schob schnell nach: „Aber eine IT-Expertin kann man als Journalist auch gut brauchen."

Lena musste erneut lachen. Der Humor von Markus gefiel ihr.

Auch Markus hatte Gefallen gefunden an Lena und ihrer unbekümmerten Art. Und ausgerechnet jetzt drängte die Zeit!

„Lena, leider muss ich unhöflich sein und unser nettes Gespräch abbrechen. Zu blöd, aber ich muss noch einen Artikel schreiben." Lena schaute ihn fragend an. „Heute Morgen ist ein Goldtransport der Bundesbank überfallen worden. Die *Hessische Neueste Presse* will dazu eine Story von mir."

„Klingt ja spannend."

„Ist es auch. Wenn du magst, erzähle ich sie dir später. Was hältst du von einem Essen heute Abend? Außerdem bin ich dir noch eine Einladung schuldig."

„Ach was", winkte Lena ab, „das ist schon okay. Aber zum Essen lasse ich mich gern von dir einladen."

„Super." Markus überlegte wohin es sie ausführen könnte. „Sagen wir um 19:30 Uhr im Hamsilos? Das ist ein Fischrestaurant in der Nähe des Hauptbahnhofs."

„Das finde ich. Gibst du mir noch deine Handynummer, falls etwas dazwischenkommen sollte?"

Markus gab Lena seine Visitenkarte, sie revanchierte sich mit ihrer eigenen.

„Darf ich dir noch eine kurze fachliche Frage stellen?", fragte Markus.

„Gerne."

„Ist es möglich, den Transponder in einem Sicherheitstransporter so abzuschirmen, dass er kein Signal mehr senden kann?"

„Sicher. Es gibt verschiedene Möglichkeiten, einen Transponder so abzuschirmen, dass sein Signal nie bei einem Satelliten ankommt. Eine davon wäre ein entsprechend dicker Bleimantel. Niemand weiß dann, von wo der Transponder sendet. Aber warum fragst du?", wollte Lena wissen.

„Das erkläre ich dir heute Abend. Aber vielen Dank erstmal."

Er drehte sich um und winkte zum Abschied.

Beschwingt ging er zu seinem Büro zurück. Seine Hochstimmung hatte viel mit seiner spannenden Recherche zu tun. Aber ebenso viel mit seiner Verabredung am Abend.

*

Berlin, Amerikanische Botschaft, 10:30 Uhr. Peter Redman, CIA-Koordinator für Europa, war immer noch sauer auf seinen Kollegen Ted Branigan. Der hatte den Huntsman durch sein dilettantisches Vorgehen zu früh sterben lassen. Jetzt war ihre beste Quelle für immer verloren. Einem Profi durfte so etwas nicht passieren.

Natürlich kannte Redman die Risiken. Vor zwanzig Jahren war es ihm selbst passiert, dass ein Mann durch seine Methoden zu früh zu Tode kam. Damals war er noch jung und unerfahren und seine Zielperson ein ausländischer Agent, der mit den Maßnahmen vertraut war. Bei diesen Menschen war es immer schwieriger, sie zum Reden zu bewegen. Aber dieser Huntsman war ein einfacher Zivilist, der üblicherweise schon bei der Androhung von Gewalt alles erzählte, was man wissen wollte. Zumindest die Verstecke der Informationen hatte er vor seinem Ableben noch verraten. Vielleicht konnten sie damit die entscheidenden Rückschlüsse auf das Leck ziehen. Niemand durfte die laufenden Operationen gefährden.

Peter Redman hatte Aaron direkt auf den Weg geschickt. Nun stand er vor der Tür eines Altbaus in der Fasanenstraße in Berlin und rauchte eine Zigarette. Im zweiten Stock lag sein Ziel, das Büro ihres zu Tode gekommenen Opfers. Er wartete, ob zufällig jemand aus dem Haus ging, damit er die Eingangstür ohne Läuten betreten konnte. Doch niemand erschien.

Okay, dann eben der Bauerntrick! Aaron klingelte ganz oben. Aus der Gegensprechanlage ertönte ein knackendes „Bitte?"

„Die Post", rief Aaron. Umgehend surrte der Türöffner. Der Trick funktionierte fast immer. Schon halb in der Tür, nahm Aaron einen letzten tiefen Zug, schnippte den Zigarettenstummel zur Seite und lief die zwei Etagen hoch.

Oben an der Tür klingelte er erneut, um sicher zu gehen, dass das Büro wirklich leer war. Da der Mann dort alleine arbeitete, besser gesagt gearbeitet hatte, rechnete er nicht mit einer Reaktion. Erwartungsgemäß blieb sie aus. Mit wenigen Handgriffen öffnete Aaron die Tür. Jetzt stand er mitten in dem Zwei-Zimmer-Appartment, das dem Huntsman als Büro gedient hatte.

Aaron wusste, wo er suchen musste. Zuerst ging er zum Schreibtisch, zog den Rollcontainer darunter hervor und kippte ihn auf die Seite. Tatsächlich fand er ein braunes Kuvert, mit Paketband an die Unterseite geklebt. Der Mann hatte die Wahrheit gesagt.

Aaron riss das Kuvert auf und fand darin einen ganzen Stapel von Kopien. Er überflog sie kurz und erkannte sofort, worum es sich handelte. Die Kopien schränkten die Gruppe der potenziellen Täter deutlich ein. Mit einem zufriedenen Lächeln steckte er die Papiere zurück in das Kuvert und ließ es in seiner Jacke verschwinden.

Dann schaltete er den Computer ein. Das Passwort *Melinda* hatte der Huntsman ebenfalls verraten. Die gesuchten Dateien waren auf dem Rechner schnell gefunden. Aaron überlegte kurz, ob er den kompletten Computer mitnehmen sollte. Doch das würde nur unnötige Fragen nach einem Einbruch aufwerfen. Er entschied sich, die Dateien auf seinen USB-Stick zu kopieren und auf dem Rechner zu löschen. Er startete das auf dem USB-Stick gespeicherte Eraser-Programm, damit die Informationen auf der Festplatte endgültig und vollständig entfernt wurden. Während der Computer die Dateien löschte, schaute sich Aaron vorsichtshalber im Büro um, ob er eventuell Spuren hinterlassen haben könnte. Auch wenn es unwahrscheinlich war, dass jemand kleinste Veränderungen bemerkte, wollte er kein Risiko eingehen. Nichts sollte auf einen Einbruch hindeuten.

Nach einer halben Stunde war das Eraser-Programm durchgelaufen. Aaron war zu der Überzeugung gekommen, dass die unfreiwillig beendete Befragung die Wahrheit erbracht hatte. Vermutlich hatte der Mann wirklich nicht mehr gewusst, als das, was er erzählt hatte. Aaron fuhr den Rechner herunter und verließ das Büro so unbemerkt, wie er es betreten hatte.

Auftrag erledigt, in seinen Taschen hatte er alles, was er brauchte.

*

Frankfurt am Main, Ulmenstraße, 12:00 Uhr. Markus stand zufrieden in seinem Büro. In Gedanken ordnete er die gesammelten Informationen. Um seinen Fokus voll auf das Gold-Thema zu lenken, beschloss er, ausnahmsweise seinen Schreibtisch freizuräumen. Zunächst stapelte er alle auf dem Schreibtisch liegenden angefangenen Rechercheunterlagen übereinander. Dann suchte er im Regal neben sich einen geeigneten Parkplatz dafür. Aussichtslos, alle Regalböden quollen bereits über. Kurz entschlossen eröffnete er auf dem Fußboden einen neuen Stapel.

Nach vollbrachter Tat setzte er sich an den ungewohnt freien Schreibtisch und holte noch einmal offizielle Statements bei der Bundespolizei und bei der Bundesbank ein. Dann schrieb er die Online-Version für die HNP. Vor dem Abschicken las er sie ein letztes Mal mit kritischem Blick durch:

100 Millionen in Gold erbeutet
Größter Raubüberfall der Geschichte

Heute Morgen haben unbekannte Täter den Transport von drei Tonnen Gold überfallen. Das Gold war unterwegs von New York nach Deutschland, um am Ende zu den anderen Goldreserven an der Taunusanlage in Frankfurt gepackt zu werden. Dort kam es aber nicht an. „Noch nie kam es zu irgendwelchen Zwischenfällen bei den Goldrückholtransporten aus den USA. Es galt höchste Sicherheitsstufe", erklärte die Pressesprecherin der Bundesbank auf Nachfrage.

Angeblich sei der Sicherheitstransporter, in dem sich die sorgfältig aufgeschichteten Goldbarren befanden, von außen nicht zu öffnen. Trotzdem haben es die Täter geschafft, das Gold samt Transporter und Besatzung heute Morgen im Buchenbusch in Neu-Isenburg spurlos verschwinden zu lassen. Vor Ort fand sich nur noch ein umgekippter Militärjeep, der dem Transporter Begleitschutz gab. Außerdem eine erhebliche Menge an Patronenhülsen, ein Kinderwagen und ein offenbar nur zufällig zum Geschehen hinzu gekommener Mercedes.

Gut unterrichtete Kreise halten es für denkbar, dass eine der Personen im Sicherheitstransporter den Räubern als Komplize half. Dagegen spricht ein am Tatort vorgefundener Schwerlast-Gabelstapler, der heute Nacht von der Firma Hollmann Schwertransporte gestohlen wurde. Mit diesem könnten die Täter den Sicherheitstransporter samt Besatzung auf einen Flucht-LKW geladen haben, um diesen abzutransportieren. Der Flucht-LKW dürfte zudem mit einem dicken Bleimantel ausgestattet sein, um das Transpondersignal, über das jederzeit die genaue Position der Sicherheitstransporters ermittelt werden kann, abzuschirmen. Manfred Krüger, Pressesprecher der Bundespolizei am Frankfurter Flughafen, wollte sich dazu auf Anfrage nicht äußern. Man könne zum derzeitigen Stand der Ermittlungen noch nichts Konkretes sagen. Die Bevölkerung wird um sachdienliche Hinweise gebeten, die bei jeder Polizeidienststelle gemeldet werden können.

Gut, so kann ich den Beitrag abschicken. Dazu kommen noch zwei Fotos von der Verladeaktion heute Morgen am Flughafen und mehrere Fotos vom Tatort. Das dürfte genügen.

Steckte der Begleitschutz mit den Tätern unter einer Decke? sinnierte Markus. Wie auch immer, bis ein eindeutiger Hinweis das Rätsel löste, war er auf Spekulationen angewiesen.

Er freute sich auf sein Date heute Abend mit Lena.

*

Frankfurt am Main, Lagezentrum der Bundespolizei, 12:00 Uhr. „Herr Polizeidirektor, hier spricht Manfred Krüger von der Stabsstelle Öffentlichkeitsarbeit."

„Was gibt's?", wollte Hartmann wissen. Sein Einsatzbüro hatte man für die Dauer der Ermittlungen direkt neben dem Sitzungssaal eingerichtet. Die Möbel entstammten offensichtlich demselben Lager, aus dessen Fundus auch der Sitzungssaal bestückt war: Tisch mit grauer Kunststoffbeschichtung, davor ein rollbarer Bürodrehstuhl mit halbhoher Rückenlehne, dessen durchgescheuerte anthrazitfarbene Polsterung von Sitzschale und Armlehnen auf zahlreiche Vorbesitzer hindeutete. Auf dem Tisch, zwischen Telefon und Bildschirm, ein selbststehender Bilderrahmen, die beiden transparenten Acrylscheiben umschlossen ein leicht verblasstes Familienfoto: Hartmann, seine Frau und die beiden gemeinsamen Kinder. *Noch zwei Jahre bis zum Ruhestand*, dachte er. Die Kinder waren jetzt erwachsen, was das Foto indirekt über seinen Vergilbungsgrad hergab. Der Raum roch muffig.

„Bei mir hat vorhin ein Journalist angerufen und mich um eine Stellungnahme zu einem Gabelstapler gebeten. Er sei von der Firma Hollmann Schwertransporte heute Nacht gestohlen worden und befände sich am Tatort unseres Raubüberfalls", fuhr Manfred Krüger ohne zu zögern fort.

„Und? Das wissen wir doch längst", gab der Polizeidirektor barsch zurück, während er sich im Stuhl zur Wand drehte und dann aufstand. An der Leichtbauwand hatte er mit roten Reißnägeln eine Straßenkarte von Neu-Isenburg, eine Tatortskizze und diverse Bilder und Fotos der beteiligten Fahrzeuge festgepinnt. Hartmann löste das Bild eines Gabelstaplers und befestigte es neu oben links neben der Straßenkarte. Die Wandcollage war das Einzige, was dem grauen Raum einen Hauch von Farbe verlieh.

„Ich wollte sie nur darüber informieren, dass er das kurzfristig bei der *Hessischen Neuesten Presse* veröffentlichen wird. Zusammen mit der Spekulation, der Gabelstapler wurde dazu genutzt, um den Sicherheitstransporter auf einen LKW mit Bleimantel zu verladen. So hätten die Räuber den Transponder zur Ortung außer Gefecht gesetzt."

„Der Junge ist gut", kam es jetzt etwas freundlicher vom Polizeidirektor zurück. Genau das ist momentan auch unser präferiertes Szenario. Hat er sonst noch etwas gefragt?"

„Ja, er fragte auch nach den beiden Insassen des Mercedes. Er wusste, wie sie heißen und wollte wissen, ob es ihnen gut geht im Universitätsklinikum."

„Ich hoffe, Sie haben das nicht weiter kommentiert und dadurch indirekt bestätigt!"

„Natürlich nicht. Aber das war vermutlich ohnehin nur ein Versuch, um meine Reaktion zu testen."

„Wie heißt der Typ?"

„Markus Manx. Ich habe von ihm vorher noch nie gehört."

„Danke. Sollte er noch einmal anrufen und eine Stellungnahme zu neuen Rechercheergebnissen einfordern, informieren Sie mich bitte", schloss der Polizeidirektor und legte auf.

Polizeidirektor Hartmann kritzelte in sein Notizbuch *Markus Manx*! und nahm seine Unterlagen. Er dachte an die nächste Lagebesprechung des Krisenstabes Gold. Bis 15:00 Uhr brauchte er dringend Ergebnisse. Kanzleramtsminister Stahl wurde äußerst schnell ungeduldig.

*

Frankfurt am Main, S-Bahn Taunusanlage, 12.39 Uhr.
Markus bestieg die S3 Richtung Darmstadt Hauptbahnhof. Er wollte bis zur Stresemannallee und von dort in das Universitätsklinikum laufen. Die Fahrt dauerte zehn Minuten und verlief in einem großen Bogen über das Ostend.

Die Bahn war um die Mittagszeit ziemlich leer, Markus setzte sich an einen Fensterplatz und ließ seinen Gedanken freien Lauf. Endlich wieder ein Thema investigativ recherchieren. Mal was komplett anderes als dieser belanglose Berichte-Kram. Wie gut sich das anfühlte! Als junger Reporter liebte er den Schnüffler-Ansatz, das Graben in Dingen, über die andere liebend gerne Gras wachsen lassen würden. Heikle Nachforschungen waren genau sein Ding. Allerdings konnte man sich daran auch böse die Finger verbrennen, wie es selber hatte erleben müssen. Damals ging es um eine Recherche über das Offenbacher Rotlichtmilieu. Je tiefer er in die Hintergründe und Zusammenhänge der Offenbacher Zuhälterszene hineingeleuchtet hatte, desto spannender war es für ihn geworden - aber auch zunehmend brenzliger. Dass ihm die Luden manchmal Prügel angedroht hatten, empfand er regelrecht als Nervenkitzel, sozusagen als das Salz in der Suppe. Bis eines Tages die Situation kippte.

„Gehst du bitte ran?", hatte Markus seiner damaligen Ehefrau Claudia zugerufen, weil er gerade damit beschäftigt war, die Kaffeemaschine zu entkalken. Ihre beiden Kinder Lisa, damals acht Jahre alt, und der sechsjährige Max waren in der Schule.

„Frau Manx?", meldete sich der Anrufer, ohne seinen Namen zu nennen.

„Ja, bitte! Mit wem spreche ich?"

„Unwichtig!", kam die unwirsche Antwort. „Steckt eure Nasen nicht in fremde Dinge und passt besser auf eure Familie auf! Wir wissen, auf welche Schule Lisa und Max gehen."

Das Gespräch war beendet.

Der Anrufer kannte die Namen der Kinder und ihre Schule! Die unverhohlene Drohung war eingeschlagen wie eine Granate. Claudia, die sonst bei unerwarteten Geschehnissen immer gelassen reagierte, war nicht mehr zu beruhigen. Es dauerte Tage, bis die Kinder wieder alleine mit dem Rad zur Schule fahren durften.

Ein paar Wochen später hatten sie den Vorfall verdrängt, vorerst jedenfalls.

Doch der nächste Warnschuss ließ nicht lange auf sich warten. Glücklicherweise war Claudia gerade einkaufen, als ein erneuter Anruf dieser Kategorie eintraf.

„Manx, stell deine Drecks-Schnüffeleien ein! Und übrigens ... weißt du, wo Lisa und Max gerade sind?", fragte eine lauernde Stimme. Nicht mehr, aber das reichte. Bei Markus schrillten alle Alarmsirenen.

Es war 11:30 Uhr. Schulschluss in einer halben Stunde! Vorsichtshalber rief Markus im Schulsekretariat an.

„Die Schule hat für die letzte Stunde Hitzefrei gegeben. Die Kinder sind bereits nach Hause gegangen." Die freundliche Sekretärin kannte fast alle Kinder der kleinen Schule und gab gerne Auskunft. „Auch Lisa und Max", fügte sie noch hinzu.

„Aber ...", bevor Markus seine Empörung über die Unverantwortlichkeit der Schulleitung in Worte fassen konnte, ergänzte die Sekretärin: „Alle Kinder haben vorgestern einen Zettel für ihre Eltern mit nach Hause bekommen."

Dieser idiotische Zettel, der Tage und Uhrzeiten für ein potenzielles Hitzefrei enthielt, hatte es nicht aus den Schulranzen der Kinder bis zu ihm oder Claudia geschafft.

Mist verdammter! Markus spürte seinen Puls rasen, als er das Telefonat beendet hatte. Er riss seine Lederjacke vom Haken. *Wo sind die Kinder? Wenn ihnen etwas passiert ist, werde ich mir das nie verzeihen!* Er schnappte sich den Schlüssel und rannte zur Haustür.

In diesem Moment klingelte es. Strahlend standen Lisa und Max mit ihren Fahrrädern vor der Tür.

„Papi, wir haben Hitzefrei!"

Gegenüber Claudia hatte er das Erlebnis heruntergespielt. Ihn selbst nahm die wiederholte Drohung aber merklich mit. Manchmal wachte er nachts auf, immer die gleiche Geschichte vor Augen.

Die Schulranzen wurden jetzt täglich vollständig entleert, um eine ähnliche Situation auszuschließen. Schnell stand auch der Beschluss fest: Ab sofort fahren die Kinder nicht mehr alleine mit dem Fahrrad zur Schule. Entweder Claudia oder Markus würden sie hinbringen, einer holt sie wieder ab. Die Aufgabenteilung regelte ein Wochenplan.

Einige Wochen später brachte eine andere Situation das Fass zum überlaufen. Sie führte schlussendlich dazu, dass Markus seine Investigativ-Recherchen im Offenbacher Rotlichtmilieu einstellte.

Es war ein Dienstag. Claudia hatte die Kinder morgens zur Schule gebracht, Markus war um 12:30 Uhr mit dem Abholen dran. Er war kurz im Büro gewesen, die Rückfahrt verzögerte sich etwas wegen eines Unfalls, aber um 12:35 Uhr stand er vor dem Schultor. Die letzten Kinder verließen das Gebäude, andere warteten auf ihre Eltern. Nur Lisa und Max sah er nicht. Dabei waren die beiden doch immer pünktlich ... Markus wartete noch zwei Minuten. Von Lisa und Max weiterhin keine Spur.

Markus spürte seinen Pulsschlag in die Höhe schießen. Er sprintete über den Schulhof – das Klassenzimmer war leer. Weiter zum Sekretariat.

„Ja, Lisa und Max sind schon von einer jungen Frau abgeholt worden. Ich habe sie aber nur kurz von hinten gesehen."

Markus atmete erleichtert durch. *Wahrscheinlich ist Claudia heute mit dem Abholen dran. Ich muss etwas vertauscht haben.*

„Danke", murmelte er beim Hinausgehen. *Die Drohungen machen mich langsam phobisch,* brodelte es in seinen Gedanken.

„Mitte dreißig, zirka eins siebzig, brünett", rief ihm die Sekretärin noch hinterher. Ihrer Aufmerksamkeit entging wenig. Die Fenster im Sekretariat, eines zum Ausgang, das andere ein Klappfenster zum Schulhof, garantierten einen fast perfekten Überblick. Für den Rest sorgte ihre Neugier.

Die hinterhergerufene Beschreibung traf Markus wie ein Wurfmesser von hinten. *Claudia ist strohblond, nicht brü-*

nett! Dieses Mal ist es passiert! Meine Schuld. Verdammte Verspätung. Warum bin ich nicht zehn Minuten früher losgefahren. Ich muss sofort Claudia warnen!

Doch Claudia ging nicht ans Telefon. Nur die Mailbox sprang an: „Bitte hinterlassen Sie nach dem Signalton eine Nachricht ... Piep."

„Hier ist Markus. Claudia, ruf mich sofort zurück, es ist etwas Schlimmes passiert."

Sofort die Polizei einschalten? Oder erst Claudia finden? Markus entschloss sich für das Zweite. Er rannte durch zwei Geschäfte, die Claudia heute besuchen wollte. NICHTS! Hektischer Anruf bei zwei ihrer besten Freundinnen. AUCH NICHTS! Dann schnell nach Hause. Verzweifelt und schweißgebadet stieg Markus vor dem Haus aus dem Wagen. *Wie soll ich der Polizei die Entführung nur klarmachen? Die erklären mich für bekloppt, wenn ich nach fünf Minuten Verspätung der Kinder eine Fahndung beantrage. Versteht die Polizei überhaupt die Brisanz der Bedrohung?* Seine Gedanken überschlugen sich.

Oder würde der Ermittlungsbeamte nur abwiegeln: „Herr Manx, beruhigen Sie sich doch. Erzählen Sie uns die Ereignisse noch einmal ganz von vorn und bitte ganz langsam. Das Verschwinden der meisten Kinder hat erklärbare Ursachen ..."

Bei Markus drehte sich alles. Trotzdem nahm er sich zusammen und versuchte seine Gedanken zu ordnen. *Was ist jetzt der erste entscheidende Schritt?* Hypernervös schloss er die Haustür auf.

Der Geruch von frisch gebrühtem Kaffee und gebackenem Kuchen stieg ihm in die Nase. Claudia und ihre beste Freundin Susanne hatten den Tisch für das Kaffeetrinken gedeckt und unterhielten sich angeregt. Lisa und Max spielten im Garten Softball!

Ein Blick auf den Wochenplan zeigte: Heute war Claudia mit dem Kinderabholen dran. Sie hatte mit laufendem Motor vor der Schule im Parkverbot gehalten, erfuhr er gleich darauf. Susanne war ausgestiegen und hatte die Kinder am Schuleingang aufgesammelt. *Gottlob ist nichts passiert!*

Markus atmete tief durch, von seinem Herzen löste sich eine ganze Gesteinslawine.

Dennoch lagen die Nerven beider Ehepartner zunehmend blank. Die Spannungen zwischen ihnen nahmen in den nächsten Wochen immer weiter zu. Wenige Monate später hatten sich Claudia und Markus dann getrennt.

Die Kinder haben unter der Trennung nicht gelitten. Bis heute kümmern wir uns beide gut um sie, redete sich Markus die Geschehnisse, die nun bereits acht Jahre zurücklagen, in Gedanken schön. Seit dieser Zeit schrieb er viel über Boulevardthemen. *Es gibt auch ein Leben vor dem Tod,* antwortete er verwunderten Kollegen gerne auf die Frage nach dem Warum.

„Nächster Halt, Stresemannallee", riss ihn die Stimme aus dem Lautsprecher von seinen Gedanken los. Er griff seinen Rucksack und machte sich per pedes auf zur nächsten Recherche. Seit der Scheidung konnte er sich kein Auto mehr leisten.

*

Berlin, Amerikanische Botschaft, 13:00 Uhr. Peter Redman, CIA-Koordinator für Europa, ließ seinen Blick über das Stelenfeld des Holocaust-Mahnmals schweifen. Hier aus seinem Büro im vierten Stock der amerikanischen Botschaft in Berlin genoss er einen eindrucksvollen Blick auf tausende bis zu fünf Meter hohe Betonquader. Ein bedrückendes Gefühl ... Im Hintergrund der moderne Potsdamer Platz. Zwei Zimmer rechts neben seinem Büro lagen die Räumlichkeiten des amerikanischen Botschafters in Deutschland.

Kurze Zeit später betrat Aaron das Büro. Nach knapper Begrüßung setzten sich beide an den Konferenztisch einander gegenüber. Aaron berichtete sofort über die zweite Hälfte der Nachforschungen. *Huntsman*, das Pseudonym benutzten sie häufig im Einsatz, um nicht den echten Namen einer Person verwenden zu müssen, hieß mit richtigem Namen Felix Armbrüster. Aaron übergab die Unterlagen, die er bei der Durchsuchung des Büros von Armbrüster sichergestellt hatte, außerdem den USB-Stick mit allen elektronischen Daten. Abschließend unterbreitete er ein paar Vorschläge zur weiteren Vorgehensweise. Dann verließ er den Raum wieder.

Peter Redman setzte sich zurück an seinen Schreibtisch und schob die Maus von seinem Computer zur Seite. Er breitete die von Aaron übergebenen Kopien aus, leicht vergilbt, klassisches US-Format, die Blätter etwas breiter und etwas kürzer als das deutsche DIN-A4-Format. Das oberste Blatt zeigte Produktionsdaten einer US-Goldmine im Laufe der letzten Jahre.

Anschließend klickte sich Redman durch einige Dateien auf dem USB-Stick, lehnte sich dann in dem bequemen Chefsessel zurück. Die Unterlagen trafen voll ins Schwarze. Der Junge hatte wirklich gut recherchiert! Und eine gute Quelle angezapft. Die Daten waren in der vorliegenden Form nie veröffentlicht worden. Folglich musste die undichte Stelle in der Minengesellschaft selbst liegen. Das grenzte die Zielgruppe der Verdächtigen stark ein. Alle Personen, die in der Mine mit den geheimen Produktionsdaten zu tun hatten, kamen als potenzielle Verräter infrage. Leider war keine eindeutige Zuordnung zu einer Person möglich. Auch die kopierten Dateien des Rechners lösten das Problem nicht.

Redman wählte eine amerikanische Telefonnummer. Dass es in den USA jetzt sechs Uhr morgens war, kümmerte ihn nicht.

Der Verräter musste schnell gefunden werden, bevor er weiteren Schaden anrichten konnte.

*

Frankfurt am Main, Universitätsklinik, 13:05 Uhr. „Guten Tag. Auf welchem Zimmer liegen bitte Elisabeth und Franz Altmeier?"

„Hier in Haus 23C, auf Zimmer 246, im zweiten Stock. Die Treppe hoch und dann nach links", schepperte es metallisch aus der Gegensprechanlage.

Wunderbar, dachte Markus. *Sie sind schon von der Notaufnahme verlegt worden, und es geht ihnen gut. Das macht*

den Besuch einfacher.
Kurz darauf stand er vor dem genannten Krankenzimmer. Nur zwei Namen standen auf dem Belegungsschild neben der Tür. Die richtigen Namen. Er klopfte an und hörte ein deutliches „Herein!" Er öffnete die Tür und trat ein.

„Guten Tag Frau Altmeier, guten Tag Herr Altmeier", begann er vorsichtig das Gespräch. „Mein Name ist Markus Manx. Ich habe heute Morgen Ihren Mercedes am Buchenbusch in Neu-Isenburg gesehen. Dabei ist mir Ihr Aufkleber *Animals Heaven Frankfurt* aufgefallen. Ich liebe Tiere auch, und ich würde ihnen gerne ein paar Fragen stellen. Haben Sie ein paar Minuten Zeit für mich?"

Elisabeth und Franz Altmeier saßen in ihren Betten und nahmen ein verspätetes Mittagessen ein. Auf Elisabeth Altmeiers Stirn klebte ein großes Pflaster, bei ihrem Mann ließen sich keine äußeren Verletzungen erkennen. Offenbar hatten beide großes Glück gehabt.

„Wollen Sie jetzt mit uns über eine Tierbestattung reden?", fragte Elisabeth Altmeier mit skeptischer Miene.

„Nein, ganz bestimmt nicht", antwortete Markus lächelnd. „Ich würde gerne etwas über den Raubüberfall von heute Morgen von Ihnen erfahren. Ich bin Journalist und schreibe zu dem Vorfall einen Beitrag für die *Hessische Neueste Presse.*"

Markus merkte, wie er unter Hochspannung geriet. Sätze wie diese konnten zum kritischen Moment für einen Journalisten werden. Kopf oder Zahl. Entweder, er würde gleich hinausgeworfen und musste unverrichteter Dinge abziehen oder der überraschte Interviewpartner war der Presse gegenüber positiv eingestellt und gab bereitwillig Auskunft.

Franz Altmeier legte die Gabel beiseite, mit der er eben noch den Kartoffelsalat zum Mund führen wollte.

„Wollen Sie uns denn in Ihrem Beitrag namentlich nennen?"

„Sie können wirklich ganz beruhigt sein, Herr Altmeier. Ich mache das so, wie Sie es wünschen. Gerne kann ich Ihren Namen nennen. Wenn Sie es aber anders wollen, wird niemand erfahren, von wem ich die Informationen habe."

„Viel können wir ohnehin nicht berichten", schaltete sich seine Frau ein. „Es ging alles sehr schnell. Wir fuhren den Buchenbusch entlang und plötzlich bremste der Transporter vor uns. Mein Franzl hat nicht mehr schnell genug bremsen können. Trotzdem hat er toll reagiert und ist dem Transporter in letzter Sekunde ausgewichen. Sonst wären wir ihm frontal hinten draufgefahren."

Franz Altmeier grinste bei diesem Lob seiner Frau. „Leider stand da aber der Baum im Weg", fuhr sie fort. „Und dann beim Aufprall explodierten plötzlich diese modernen Luftballons."

„Airbags, meine Liebe", korrigierte Franz Altmeier sanft.

„Diese Airbags eben. Die sind schon gut, wirklich. Ich habe mich nur leicht hier an der Stirn verletzt. Sonst wäre es sicher nicht so glimpflich ausgegangen. Ich will gar nicht daran denken ..."

„Und was ist dann passiert?", führte Markus das Gespräch zum Überfall zurück.

„Vor dem Militärjeep standen zwei vermummte Männer mit Maschinenpistolen und haben geschossen", übernahm Franz Altmeier. „Einer ist dann zu uns gelaufen und hat die Fahrertür aufgerissen. Fast gleichzeitig kam von irgendwo jemand an die Tür meiner Frau. Wir haben beide die Arme hochgehalten, damit die nicht auf uns schießen. Offenbar wollten sie uns aber nichts tun und haben uns beide betäubt."

„Sie wurden betäubt?", fragte Markus ungläubig.

„Ja. Man hat uns ein Tuch vor Mund und Nase gehalten und alles wurde plötzlich schwarz. Im Krankenhaus haben sie gesagt, es wäre vermutlich Chloroform gewesen. Es roch süßlich, und so soll es laut den Ärzten riechen. Genaueres wird man erst wissen, wenn unsere Blutproben analysiert sind."

„Das ist ja Wahnsinn", zeigte Markus Anteilnahme. Aber das reichte ihm nicht.

„Haben Sie bis zu Ihrer Betäubung noch etwas anderes beobachtet? Zum Beispiel, ob jemand aus dem Sicherheitstransporter ausgestiegen ist?"

„Nein, ich war so in Panik wegen dem Mann mit dem Maschinengewehr, dass ich sonst überhaupt nichts mehr wahrgenommen habe."

„Maschinenpistole, meine Liebe ..."

Und zu Markus gewandt: „Es lief genauso, wie meine Frau es eben geschildert hat", bestätigte er.

„Gut, vielen Dank. Dann wäre nur noch zu klären, ob ich Ihren Namen nennen soll oder nicht?"

Kurzes Schweigen. „Ich glaube, es ist besser, wenn Sie uns da rauslassen", entschied Franz Altmeier, und seine Frau nickte. „Wir wollen keinen Ärger und sind froh, wenn wir das Ganze vergessen können."

„Kein Problem. Ich werde Ihre Namen nicht nennen, das ist versprochen. Und nun will ich Sie nicht länger stören. Ach ... darf ich Ihnen meine Telefonnummer hierlassen, falls Ihnen doch noch etwas einfallen sollte?" Er legte seine Visitenkarte auf den rollbaren Nachttisch.

„Ich wünsche Ihnen gute Besserung. Und vielen Dank für das Gespräch."

Markus verließ das Zimmer und machte sich auf den Weg nach draußen. *Viel ist es nicht, was ich jetzt mehr weiß. Aber es hätte schlimmer kommen und sie hätten mir überhaupt nichts erzählt.*

Auf der S-Bahn-Fahrt zurück ins Büro dachte er intensiv darüber nach, wie der Überfall im Detail abgelaufen sein könnte. Zumindest seine Theorie mit dem Gabelstapler und dem Flucht-LKW war nicht widerlegt worden. Und dass es sich um absolute Profis gehandelt haben musste, hatte sich erneut bestätigt. Das unbeteiligte Ehepaar Altmeier sollte offenbar nicht zu Schaden kommen.

Die Altmeiers waren vermutlich nur zur falschen Zeit am falschen Ort gewesen. Aber ernsthafte Hinweise auf das Verschwinden der übrigen vier Personen fehlten noch immer.

*

Frankfurt am Main, Lagezentrum der Bundespolizei, 15:00 Uhr. „Meine Herren", eröffnete Hans-Joachim Hartmann die zweite *Krisensitzung Gold*. Er wirkte deprimiert. „Leider können wir trotz massiver Anstrengungen und Einbeziehung unterschiedlichster Polizeidienststellen noch keinen Fahndungserfolg vermelden. Es ist wie verhext, die Goldräuber sind wie vom Erdboden verschluckt. Auf der Suche nach den Fahrzeugen haben wir mehrere Fabrikhallen ergebnislos durchsucht. Zahlreiche Straßensperren und hunderte Fahrzeugkontrollen brachten ebenfalls kein Ergebnis. Die Täter sind immer noch flüchtig."

Die Zusammenfassung der bisherigen Fahndungsmisserfolge rief unruhiges Gemurmel unter den Anwesenden hervor. Alle wussten nur zu gut, dass die ersten Stunden nach einer Tat entscheidend waren. Gab es in dieser Zeitspanne keine Festnahmen, konnte es Wochen oder Monate dauern. Vielleicht würde man die bisher fehlerlos agierenden Räuber sogar nie erwischen.

„Bevor ich zu den einzelnen Ergebnissen der Ermittlungen komme, möchte ich Ihnen aber etwas Positives mitteilen: Vor gut einer Stunde wurden drei der vier begleitenden Soldaten des Goldtransportes lebend und fast unverletzt gefunden. Die Goldräuber haben sie in Offenbach ausgesetzt. Einer meiner Mitarbeiter wird uns in den nächsten Minuten die neuesten Erkenntnisse aus deren Vernehmungen berichten."

„Gut", bestätigte General Steiner. „Aber was ist mit dem vierten Soldaten?"

Hartmann zögerte. „Wir müssen davon ausgehen, dass er tot ist." Im Raum war es still. Wäre eine Stecknadel auf den Boden gefallen, man hätte es hören können.

„Und wie kommen Sie darauf?", unterbrach Steiner die angespannte Ruhe.

„Wie ich schon heute Morgen ausführte, wurde in dem Begleitjeep viel Blut gefunden. Es stammt von einer Person mit der Blutgruppe A. Der zwischenzeitlich gefundene Beifahrer hat Blutgruppe 0 und ist, wie wir nun wissen, unverletzt. Deshalb ist es unwahrscheinlich, dass der Fahrer, angesichts der Menge Blut im Jeep, überlebt hat."

„Dann war es kaltblütiger Mord", kommentierte Kanzleramtsminister Stahl, der über Video zugeschaltet war. Überlebensgroß schaute er geradeaus aus Monitor eins. Die Anwesenden hatten sich heute nicht um den Tisch verteilt, sondern sich auf einer Seite aufgereiht, mit Blick zu Monitor und Videokamera.

„Davon müssen wir ausgehen. Aber kommen wir zu den übrigen Ergebnissen der Spurensicherung vom Tatort", setzte Hartmann seine Ausführungen fort. „Die neunundsiebzig gefundenen Patronenhülsen stammen von zwei verschiedenen Maschinenpistolen der israelischen Marke Uzi. Offenbar wurden Magazine mit jeweils vierzig Schuss verwendet. In einem Fall muss das Magazin vollständig leer geschossen worden sein, im anderen Fall fehlt eine Patrone."

„Welche Rückschlüsse können wir aus den verwendeten Waffen ziehen?", wollte Bernd Brandner wissen.

„Leider nur wenige. Die Uzi ist die meistverkaufte und meistverwendete Maschinenpistole. Sie wird von Armeen und Polizeikräften quasi weltweit benutzt. Ungewöhnlich ist nur die verwendete Magazingröße mit vierzig Schuss. Üblicherweise werden Magazine mit fünfundzwanzig oder zweiunddreißig Schuss eingesetzt. Die Bundeswehr verwendet meines Wissens Magazine mit zweiunddreißig Schuss."

„Stimmt. Wir nutzen derzeit noch überwiegend die alten MP2-Modelle, die allerdings schrittweise durch die neuere MP7 ersetzt werden", antwortete General Steiner, leicht nach vorne auf den Tisch gelehnt, den Oberkörper Richtung Mikrofon in der Tischmitte.

Hartmann war schon früher aufgefallen, dass, sobald ein Monitor zugeschaltet war, die Beteiligten nicht mehr miteinander sprachen, sondern mit dem Fernseher. Je schlechter die Videoverbindung, umso lauter die Antworten, obwohl bis auf eine Person alle im Raum in einem Abstand von fünfzig Zentimetern saßen. Genau aus diesem Grund hasste Hartmann Videokonferenzen. Dass diese moderne Form der Kommunikation besser als früher sein sollte, leuchtete ihm nicht ein. *Egal, die zwei Jahre bis zur Pensionierung werde ich auch noch schaffen. Dann könnten sich die Leute mei-*

netwegen persönlich hin und her beamen, auch in 3D oder mehr.

„Vielen Dank für die Ergänzung, Herr General. Derzeit gleichen wir die ballistischen Daten der gefundenen Patronen noch mit der Datenbank ab. Höchstwahrscheinlich wird das allerdings keine Ergebnisse bringen. Die Täter haben mit Sicherheit keine registrierten Waffen benutzt. Hinsichtlich der Befragung der Anwohner gibt es leider keine entscheidenden Erkenntnisse. Niemand hat den Überfall von Beginn an beobachtet. Erst nachdem die Schüsse zu hören waren, hat eine Frau aus dem Fenster gesehen. Ihre Aussage bestätigt allerdings nur das, was wir bereits wissen. Gleiches gilt für die zwei Personen in einem Mercedes, die fast auf den Sicherheitstransporter aufgefahren wären."

„Wie, Sie meinen, die sind hinter dem Transport hergefahren, konnten alles mitverfolgen und leben noch?", warf Friedrich Gmeiner ungläubig ein.

„Nicht ganz. Nachdem der Fahrer nicht mehr rechtzeitig bremsen konnte, ist er nach rechts ausgewichen. Die Airbags öffneten sich und die Beiden blieben fast unverletzt. Aber dann wurden sie betäubt und im Auto zurückgelassen. Folglich haben sie nur einen Teil des Überfalls beobachtet."

„Und inwieweit konnten sie den Überfall rekonstruieren?", hakte Brandner nach.

„Noch fehlen uns Puzzlestücke", setzte Hartmann soeben erneut an, als es klopfte. Es war Nils Schuhmacher, ein erfahrener Mitarbeiter des Polizeidirektors, der die Vernehmungen leitete.

„Herr Polizeidirektor, wir haben erste Ergebnisse aus den Befragungen von zwei Soldaten."

„Kommen Sie rein, Schuhmacher."

„Meine Herren", unterbrach der Direktor die Besprechung, „lassen Sie uns das aktuelle Material sichten." Und zu Schuhmacher gewandt, „Fangen Sie bitte an."

„Zuerst die Lageeinschätzung oder die Gesprächsmitschnitte?"

„Die Gesprächsmitschnitte, damit wir uns ein eigenes Bild machen können. Nehmen Sie Monitor zwei", antwortete der Direktor.

„Ist nur ein Ton-File ohne Bild."

Nils Schuhmacher schob den USB-Stick in den mit '2' gekennzeichneten Steckplatz.

Monitor zwei blieb schwarz, aber aus den Lautsprechern war ein Knistern zu hören, dann die Stimme Schuhmachers, welcher sich namentlich vorstellte und Datum sowie Uhrzeit nannte.

„Erstbefragung von Oberleutnant Schmidt, dem Führer des überfallenen Transportes." - *Räuspern* - „Oberleutnant Schmidt, bitte schildern Sie von Beginn an, was sich zugetragen hat."

Schmidt: „An den Unfall selbst kann ich mich nicht erinnern. Das Letzte, was ich wahrgenommen habe, ist ein schwarzes Fahrzeug, das von links kommend auf uns zuraste. Vermutlich ein SUV von Volkswagen. Ab dem Aufprall habe ich eine Lücke. Ich muss das Bewusstsein verloren haben."

Schuhmacher: „Ab wann setzen Ihre Erinnerungen wieder ein?"

Schmidt: „Als ich zu mir kam, saß ich in einem dunklen Raum auf dem Boden. Meine Hände waren auf dem Rücken gefesselt. Die Fesseln, vermutlich Kabelbinder, schnitten mir in die Handgelenke."

Schuhmacher: „Waren Sie in dem Raum allein? Oder zusammen mit Ihren Kameraden?"

Schmidt: „Ich hörte keine Geräusche und kein Atmen in meiner Nähe. Ich hörte nur Stimmen nebenan. Plötzlich ging das Licht an und zwei Männer betraten den Raum, ihre Gesichter waren mit Sturmhauben getarnt."

Schuhmacher: „Trugen die Männer Uniform?"

Schmidt: „Nein, alle trugen die gleichen Jeans und Pullover. Dazu Handschuhe, Militärstiefel und eben Sturmhauben. Alles in Schwarz, alles gleich aussehend."

Schuhmacher: „Und was taten die beiden Männer dann, als sie den Raum betraten?"

Schmidt: „Der Größere, mindestens eins neunzig, riss mich vom Boden hoch und begann mich zu befragen. Ich solle ihnen die Namen der Gruppenmitglieder nennen, dann Bewaffnung und Sicherung des Transportzuges."

Schuhmacher: „Und?"

Schmidt: „Ich habe ihnen die Informationen gegeben. Dann sollte ich den Hauptfeldwebeln Nahgold und Jakobi im gepanzerten Transporter befehlen, das Fahrzeug von innen zu öffnen. Ich sagte, dass die beiden Hauptfeldwebel klare Instruktionen haben, nicht zu öffnen, und dass sie den Befehl verweigern würden."

Schuhmacher: „Und dann?"

Schmidt: „Der Große stieß mich zu Boden, beide verließen den Raum. Es war ein Ankleideraum mit Metall-Spinden, wie ich mit einem Blick erkennen konnte. Dann ging das Licht aus."

Bisher hatte der Oberleutnant in beherrschtem Ton gesprochen, jetzt klang seine Stimme zittrig aus dem Lautsprecher. „Ich hörte, wie die Stimmen im Nebenraum lauter wurden. Jemand brüllte einen anderen an. Verstehen konnte ich nichts. Dann fiel ein gedämpfter Schuss."

Schuhmacher: „Ganz ruhig, Oberleutnant Schmidt, atmen Sie erstmal richtig durch."

Schmidt: „Die Tür wurde aufgestoßen. Der Große riss mich vom Boden hoch und zog mich aus dem Raum. Wir standen in einer großen Halle. Vor uns der gepanzerte Transporter. Davor lag blutüberströmt Uffz Ali. Er war mit Sicherheit tot."

Deutlich war zu hören, wie Schmidt tief Luft ein- und ausatmete. Seine Stimme stockte. „Sie hatten Ali in den Kopf geschossen. Die Frontscheibe des Fahrzeugs war besprizt mit Blut und ...", Schmidt beendete den Satz nicht. Seine Stimme klang, als ob er am ganzen Körper zitterte.

Schuhmacher: „Langsam ... lassen Sie sich Zeit."

Schmidt: „Der Große zog mich nah ans Fahrzeug und presste mein Gesicht gegen die blutige Frontscheibe. Es ging alles sehr schnell. In der Fahrerkabine konnte ich Nahgold und Jakobi erkennen. Ihre Gesichter waren angstverzerrt. Sie sahen aus wie Gespenster. Der Große hatte eine Pistole mit Schalldämpfer in der Hand und drückte sie mir an die Schläfe. Was er sagte, habe ich nicht verstanden. Ich hatte panische Angst. Vermutlich habe ich mehrfach „Bitte!" geflüstert. Ich wollte nicht sterben ... Mit einem Mal wurde die Fahrerkabine von innen geöffnet. Nahgold stieg zuerst aus dem Fahrzeug."

Schuhmacher: „Berichten Sie weiter."

Schmidt: „An mehr kann ich mich nicht erinnern. Ich bekam einen Schlag auf den Kopf und verlor erneut das Bewusstsein. Meine Erinnerungen beginnen erst wieder, als wir gefunden wurden."

Schuhmacher: „Wie viele Täter konnten Sie identifizieren?"

Schmidt: „In der Halle waren mindestens drei. Alle mit Sturmhauben und gleich gekleidet."

Schuhmacher: „Danke Herr Oberleutnant! ...Wir beenden die erste Befragung von Oberleutnant Schmidt, dem Führer des Transportes."

Im Lautsprecher ertönte ein Knacken, dann Stille, bis wieder die Stimme von Nils Schuhmacher zu hören war. Er kündigte das zweite Gespräch formal mit Anlass und Uhrzeit an.

„Erstbefragung von Hauptfeldwebel Nahgold, dem Fahrer des Transporters. Hauptfeldwebel Nahgold, bitte schildern Sie, was sich zugetragen hat. Beginnen Sie beim Unfall in Neu-Isenburg."

Nahgold: „Überraschend tauchte dieser Wagen auf und rammte unser Führungsfahrzeug von links. Der Jeep kippte auf die Seite. Durch Vollbremsung konnte ich den Transporter gerade noch vor dem Jeep zum Stehen bekommen."

Schuhmacher: „Welche Personen waren noch an der Unfallstelle?"

Nahgold: „Zwei Mütter mit ihren Kinderwagen und ein Fahrzeug hinter uns, das nicht mehr rechtzeitig bremsen konnte."

Schuhmacher: „Wurden die Frauen verletzt?"

Nahgold: „Nein, der Jeep war schon wenige Meter an ihnen vorbei. Anfänglich ging ich von einem Verkehrsunfall aus. Der Jeep lag auf der Beifahrerseite. Uffz Ali drückte die

Fahrertür nach oben und versuchte, aus dem Jeep zu klettern. Auf einmal eröffneten mehrere Personen das Feuer auf den Jeep."

Schuhmacher: „Wie viele Personen?"

Nahgold: „Hab ich keine Erinnerung mehr."

Schuhmacher: „Sie blieben in der Sicherheitszelle?"

Nahgold: „Ja."

Schuhmacher: „Haben Sie einen Alarm-Funkspruch abgesetzt?"

Nahgold: „Ja, aber plötzlich war es dunkel in unserer Kabine. Wir konnten nicht mehr sehen, was draußen passierte. Etwa so, als wenn jemand eine schwarze Decke über das Fahrzeug geworfen hätte. Dann wurde unser Fahrzeug durchgeschüttelt. Ich glaube, wir wurden erst angehoben und dann weggefahren. Das ging ganz schnell. Es dauerte vielleicht eine Minute, vielleicht zwei."

Schuhmacher: „Haben Sie dabei den Funkkontakt zur Zentrale gehalten?"

Nahgold: „Jakobi hat es die ganze Zeit versucht. Aber die Verbindung war gestört. Wir hatten keinen Kontakt mehr zur Zentrale. Selbst dann nicht, als das Ruckeln wenig später aufhörte. Auf einmal wurde es in unserer Fahrerkabine schlagartig hell. Jemand hatte die Verdunkelung weggezogen. Wir standen in einer Halle."

Schuhmacher: „Konnten Sie Ihre beiden Kameraden Schmidt und Ali sehen?"

Nahgold: „Nein. Ich wusste nicht, wo sie waren und ob sie noch lebten. In der Halle kam einer der maskierten Entführer auf uns zu und forderte uns auf, das Fahrzeug zu öffnen. Uns würde nichts passieren. Wir weigerten uns, wie unsere Befehle es vorsahen. Der Maskierte fing sofort an zu brüllen: Sie würden das Fahrzeug sowieso aufkriegen. Wir würden nur jede vergeudete Minute teuer bezahlen." Nahgolds letzte Worte kamen nur noch gehaucht.

Schuhmacher: „Hier, trinken Sie einen Schluck Wasser."

Nahgold: „Er ging in einen Nebenraum. Als er zurückkam schleifte er Uffz Ali hinter sich her. Ali blutete. Er riss Ali hoch, drückt ihn mit dem Rücken gegen unsere Scheibe.

Er wiederholte seine Aufforderung, das Fahrzeug zu öffnen. Als wir nicht reagierten, erschoss er Ali vor unseren Augen. Jakobi schrie. Ich war wie gelähmt."

Schuhmacher: „Was passierte dann?"

Nahgold: „Er ließ Ali einfach fallen und ging direkt in den Nebenraum. Dann zerrte er Oberleutnant Schmidt hinter sich her. Er drückte ihn gegen die blutige Scheibe. Ich konnte Schmidts Gesicht sehen. Er wimmerte regelrecht. Ich glaube, er hat immer wieder „Bitte, Bitte" gesagt. Dann wiederholte der Maskierte seine Aufforderung. Wir haben dann die Tür geöffnet. Als ich das Fahrzeug verließ, presste mir jemand einen Lappen aufs Gesicht. Ich verlor das Bewusstsein."

Schuhmacher: „Wie viele Täter konnten Sie zählen?"

Nahgold: „In der Halle fünf. Drei standen vor dem Fahrzeug und zwei konnte ich vorher in den Rückspiegeln sehen."

Schuhmacher: „Wann setzt Ihre Erinnerung wieder ein?"

Nahgold: „Jemand warf uns aus einem Kleinbus. Ich war noch ganz benommen, an Einzelheiten kann ich mich nicht erinnern."

Damit endete die Vernehmung von Hauptfeldwebel Nahgold, dem Fahrer des Transportes. Die Lautsprecher verstummten. Im Raum war es jetzt totenstill. Schuhmacher hatte sich während der ganzen Zeit nicht gesetzt, sondern stand, die Hände auf dem Rücken, vor Monitor Zwei. Die Lautsprecher rechts und links neben ihm vermittelten den Eindruck, als kämen die Worte aus seinem Munde und nicht vom USB-Stick.

„Jetzt bitte Ihre Lageeinschätzung", unterbrach Direktor Hartmann die betretene Stille.

„Der dritte Soldat ist noch nicht vernehmungsfähig", begann Schuhmacher. „Erstens: Wir nehmen als sicher an, dass Uffz Ali, der Fahrer des Jeeps, von den Tätern erschossen worden ist. Zweitens: Von keinem der Täter wurde berichtet, dass er einen Dialekt hatte oder eine Fremdsprache benutzte. Dieses deutet auf einen deutschen Hintergrund hin. Drittens: Die präzisen Abläufe des Überfalls und die aufwändige Planung haben gewisse militärische Züge. Die Gefangenen zu verschonen, deutet ebenfalls auf einen Armee-Kodex hin. Nach unserer Schätzung müssen zwischen zehn und zwanzig Personen an dem Überfall beteiligt gewesen sein."

„Wie passt die Ermordung des Fahrers ins Bild?"

„Das können wir derzeit noch nicht abschließend sagen. Wir vermuten aber, dass er aufgrund des Blutverlustes schon beim Überfall oder kurz danach gestorben ist. Da aber Oberleutnant Schmidt durch den Aufprall ohnmächtig wurde, fällt der einzige direkte Zeuge aus. Die beiden Hauptfeldwebel im Sicherheitstransporter konnten von hinten nicht beobachten, wie Unteroffizier Ali im Begleitjeep reagiert hat. Vielleicht hat er seine Waffe gezogen und die Räuber haben ihn deshalb erschossen. Aber das ist nur eine Vermutung."

„Vielen Dank Herr Schuhmacher. Sie können gehen", schickte Hartmann seinen Mitarbeiter aus dem Raum. Die authentischen Mitschnitte aus den Verhören hatten eine spürbare Betroffenheit ausgelöst. Alle schwiegen. Die Mitglieder stimmten dem nächsten Treffen für 09:00 Uhr am kommenden Tag zu.

Die Luft im Sitzungsraum roch jetzt verbraucht. Hartmann öffnete die Fenster, bevor er als letzter den Raum verließ und eine Tür weiter in seinem Einsatzbüro verschwand. Ebenso wie die anderen Mitglieder des Krisenstabes musste auch er die neuesten Ergebnisse noch für sich verarbeiten. Dabei ließ ihm ein Gedanke keine Ruhe: *Wenn der Jeepfahrer bereits am Ort des Überfalls starb, was angesichts des gefundenen Blutes anzunehmen war, dann hatten die Goldräuber zur Öffnung des Sicherheitstransporters als Drohung einen Toten erschossen.*

*

Frankfurt am Main, Ulmenstraße, 15:00 Uhr. Zurück in seinem Büro, checkte Markus als erstes die Homepages der Bundesbank und der Bundespolizei, ob es dort neue Informationen zum Überfall gab. Fehlanzeige. *Zumindest eines ist jetzt klar. Die Täter sind ihnen entwischt. Eine Festnahme würden die sofort veröffentlichen, nachdem die Handschellen* *geklickt hätten.*

Während er sich den Aufbau seines Artikels überlegte, brachte der leise im Hintergrund laufende Radiowecker die Nachrichten. Schon die ersten Worte machten Markus hellhörig.

15.00 Uhr, Hessen und die Welt:
Die Polizei in Offenbach hat drei verwirrte Personen aufgegriffen …

Er sprang auf. Die nächsten Sätze der Meldung saugte er stehend vor dem Radio ein.

… die vermutlich unter Einfluss von Betäubungsmitteln standen. Erste Hinweise deuten darauf hin, dass es sich bei den Personen um den Begleitschutz des heute Morgen in Neu-Isenburg überfallenen Goldtransportes der Bundesbank handelt.

Die Theorie von osteuropäischen Kriminellen, die brutal alle potentiellen Zeugen direkt umbringen, ist damit widerlegt, dachte Markus. *Unbewaffnete Gefangene nicht zu erschießen, sondern freizulassen, könnte auf einen Ehrenkodex hindeuten. Aber warum ist in der Meldung nur von drei Personen die Rede?*

Er setzte sich und suchte eifrig in den morgens überflogenen Pressemitteilungen der Bundesbank. Da war sie. „Typische Sicherheitsvorkehrungen bei einem Goldtransport", lautete die Überschrift. „… immer zwei Personen im Sicherheitstransporter und zwei weitere Personen in einem Begleitfahrzeug. Alle bewaffnet …"

Also doch. Eine Person fehlt. Wenn man die Vorgehensweise der Räuber betrachtete, dann gibt es keinen Grund, den vierten Mann nicht auch freizulassen. Außer … er ist tot! Oder … er war ein Komplize. Aber warum dann der Aufwand mit dem Gabelstapler? Und warum lagen so viele Patronenhülsen am Tatort?

*

„Bundespolizei, Manfred Krüger", klang es kurz angebunden aus der Telefonhörermuschel.

„Hallo Herr Krüger, ich bin's schon wieder, Markus Manx."

„Guten Tag Herr Manx, wollen Sie mir Ihre Freundschaft antragen? Das ist jetzt schon Ihr dritter Anruf heute", frotzelte Krüger.

„Stimmt", gab Markus zu. „Aber aller guten Dinge sind drei. Außerdem hätte ich da noch ein paar Fragen, die sich erst jetzt ergeben haben."

Krüger atmete hörbar aus. „Okay, dann bringen wir es hinter uns."

„Stimmt es, dass einer der Soldaten tot ist?"

Für einen Moment war absolute Stille in der Leitung. „Woher wollen Sie das denn wissen?", fragte Krüger schließlich.

„Also stimmt es ..."

„Bitte schreiben Sie das nicht", stöhnte Krüger. „Wir sind uns selbst noch nicht sicher. Die beiden Insassen des Sicherheitstransporters und der Beifahrer des Begleitjeeps werden noch immer befragt. Auf der anderen Seite: ja, wir müssen damit rechnen, dass ein Soldat bei dem Überfall getötet wurde."

„Gut!", sagte Markus, zufrieden mit dem Fortschritt seiner Nachforschungen. „Nein, sorry. Ich meine natürlich nicht gut", korrigierte er sich sofort, seine unpassende Wortwahl bemerkend. „Ist es in Ordnung, wenn ich es als Vermutung in meinen Beitrag für die Printausgabe der morgigen *Hessischen Neuesten Presse* schreibe?"

„Das geht klar. Aber keinesfalls vor heute, sagen wir achtzehn Uhr, als Vorabmeldung veröffentlichen."

„Wenn Sie versprechen, es ebenfalls nicht vorher zu bringen ..."

„Abgemacht. Was wollen Sie noch wissen?"

„Ist es richtig, dass die Soldaten mit Chloroform betäubt wurden, ebenso wie die beiden unbeteiligten Zivilisten in dem Mercedes?"

„Sie sind offenbar bestens informiert! Aber auch das haben Sie nicht offiziell von mir – die Ergebnisse der Blutuntersuchungen liegen noch nicht vor. Ich habe einen Vorschlag: Wenn Sie diese Information erst nach achtzehn Uhr verbreiten, dann verspreche ich Ihnen, Sie anzurufen, falls es doch kein Chloroform war.

„Deal!", bestätigte Markus kurz und bündig.

„Ich bräuchte dann Ihre Telefonnummer … nur für den Fall."

Markus gab seine Festnetznummer vom Büro und seine Handynummer durch.

„Vielen Dank Herr Krüger. Vermutlich bis bald", verabschiedete er sich.

Manfred Krüger legte das Telefon nicht beiseite, umgehend tippte er auf eine Kurzwahltaste, um seinen Chef über das Telefonat zu informieren.

*

Berlin, Staatsanwaltschaft, 17:30 Uhr. „Es war ein dumpfer, durchdringender Schlag auf die Windschutzscheibe meiner Lok. Wie durch ein Wunder ist sie nicht in tausend Teile zersprungen. Ich hatte keine Chance rechtzeitig zu bremsen. Das müssen Sie mir glauben! Ich konnte nicht sehen, dass da jemand auf der Fußgängerbrücke stand und springen wollte. Es war ja schon dämmrig."

Herbert Mahler stand unter Schock. Es war sein erster Personenunfall, PU, wie ein Schienensuizid in der Lokführersprache offiziell hieß. Bei jährlich 700 bis 900 Todesfällen auf den Gleisen war es Mahler bewusst, dass es auch ihn irgendwann treffen würde. Statistisch müssten ihm in seinem Berufsleben zwei bis drei Bahnsuizide zustoßen. Ein Kollege, der eine bei Selbstmördern besonders beliebte Strecke fuhr, hatte bereits zwölf Todesfälle erlebt. Nach zwei Wochen Pause stand er jedes Mal wieder in der Lokführerkanzel. Unter den Kollegen genoss er den Status eines Idols, auch wenn er selber keineswegs stolz darauf war.

„Herr Mahler, mir ist bewusst, dass Sie absolut keine Schuld trifft. Trotzdem muss ich Ihnen für das Protokoll einige Fragen stellen."

Staatsanwalt Heinrichs kannte das Procedere gut. Dies war sein siebter Suizidfall dieser Art.

„Wie schnell sind Sie gefahren, bevor Ihnen der Mann vor den Zug gesprungen ist?"

„Ich bin die erlaubten 70 Kilometer pro Stunde gefahren."

„Wie hat sich der Unfall genau zugetragen?"

„Er muss vom Fußgängerüberweg gesprungen sein, denn er kam von oben. Er ist mir noch in der Luft vor die Lok geknallt. Ich habe ihn erst gesehen, als es schon zu spät war."

„Ich weiß, das ist jetzt sehr hart für Sie. Aber können Sie mir bitte beschreiben, ob der Mann mit den Füßen oder dem Kopf nach unten fiel?"

„Es ging alles sehr schnell ... Soweit ich mich erinnere, lag er fast waagerecht in der Luft ... Der Kopf war etwas tiefer und ist als erstes eingeschlagen ... knapp unter der Windschutzscheibe ... Die Füße waren noch etwas höher und sind voll in die Windschutzscheibe rein."

Herbert Mahler musste bei seinen Ausführungen immer wieder schlucken und die Tränen unterdrücken. Der Vorfall ging ihm sichtbar nahe. Er war nicht in der Lage gewesen, die verstreuten Einzelteile des Leichnams anzusehen. Die Leute, deren Job es war, die blutigen Überreste einzusammeln, waren nur zu bedauern. Grauenhaft, wie hielten die das bloß aus?

„Herr Mahler, wenn Sie eine Pause machen möchten ...?", bot Staatsanwalt Heinrichs ihm an.

„Nein, nein ... ich will es schnell hinter mich bringen."

„In Ordnung. Haben Sie auf dem Fußgängerüberweg noch Jemanden gesehen oder irgendetwas anderes Auffälliges beobachtet?"

„Nein, es war schon zu dämmrig und ich habe vielleicht auch zu wenig auf die Fußgängerbrücke geachtet. Ich habe ja auf die Gleise gesehen."

Staatsanwalt Heinrichs versuchte, Worte zu finden, die dem Mann klar machten, dass es hier nicht um eine mögliche

Schuld seinerseits ging. Denn das war ihm schon jetzt klar.

„Herr Mahler, auch wenn Sie den Mann auf der Brücke bemerkt hätten, hätten Sie niemals rechtzeitig bremsen können. Machen Sie sich keine Vorwürfe! Mir geht es nur darum, ob der Mann wirklich selbst gesprungen ist oder nicht."

„Das weiß ich nicht."

„Ich betone es gerne noch einmal: Sie können absolut nichts dafür. Sie haben keinen Fehler gemacht."

„Ich weiß. Wir wurden für solche Situationen geschult. Aber die Realität zum ersten Mal zu erleben, das ist dann trotzdem ein Schock", antwortete Herbert Mahler von Selbstzweifeln geplagt.

„Danke, Herr Mahler, ich glaube, es reicht für heute! Ich werde mich in den nächsten Tagen bei Ihnen melden. Dann können wir das Protokoll von heute in Ruhe durchgehen. Sollte Ihnen bis dahin noch etwas einfallen, können Sie mich gern vorher anrufen. Hier ist meine Karte."

Der Lokführer verließ den Raum. Staatsanwalt Heinrichs zog eine Schublade seines Schreibtisches auf und entnahm Personalausweis, Kreditkarten und die letzten Habseligkeiten des Toten. Es sah nach Selbstmord aus. *Aber warten wir die Obduktion ab.* Er breitete alles ordentlich auf seinem Schreibtisch aus und betrachtete das Foto des Toten.

Warum stürzt sich ein Mann in den besten Jahren wie dieser Felix Armbrüster in den Tod?

*

Frankfurt am Main, Restaurant Hamsilos, 19:20 Uhr. Markus war zehn Minuten zu früh, aufgeregt wie bei seinem ersten Rendezvous. Lena Eck hatte bei ihrem ersten Zusammentreffen im Kaffee Wackers emotionale Spuren bei ihm hinterlassen. Dieser Typ Frau gefiel ihm, rein äußerlich sowieso. Aber vermutlich lag es auch an ihrer selbstbewussten Art. Wie selbstverständlich sie ihn auf einen Kaffee eingeladen hatte. Und dann ihr Lachen. In den wenigen Minuten hatte sie ihn damit glatt verzaubert.

Was sie wohl anhaben wird? dachte er, als er am Tisch saß und auf sie wartete. *Hoffentlich nimmt sie es mir nicht krumm, dass ich mich nicht extra umgezogen habe. Soll ich gleich zu Beginn sagen, ich hätte wegen meiner Goldgeschichte keine Zeit mehr gehabt, nach Hause zu fahren? Oder soll ich das Thema besser gleich ganz außen vor lassen?*

Er war nervös wie ein kleiner Junge vor der weihnachtlichen Bescherung. *Mensch Markus, reiß dich zusammen! Dein Hemd und dein Sakko sind absolut ausreichend für diesen Laden ... Aber was mache ich, wenn sie dieses türkische Flair und die etwas schlichte Einrichtung nicht mag? Und sowieso, das Bahnhofsviertel ist nicht gerade die schickste Gegend.*

„Hi Markus! Wartest du schon lange?", riss Lenas Stimme ihn aus seinen Gedanken. Er hatte sie nicht kommen sehen. *Donnerwetter*, dachte er. Unter einer dunkelbraunen Lederjacke trug sie ein blau-weiß-rot gemustertes Minikleid dazu braune Stiefel, kniehoch. *Lässig, sexy und modern, einhundert Punkte,* urteilte sein innerer Schiedsrichter.

„Nein, ich bin auch gerade gekommen", log das offizielle Ich. „Darf ich dir die Jacke abnehmen?"

Ganz der Gentleman, dachte Lena. *Das kann ja spannend werden.*

„Ein interessantes Lokal hast du ausgesucht."

Interessant! Heißt das jetzt, sie findet es schrottig?

„Ich komme gerne her. Der Fisch ist sensationell. Ich hoffe, du magst Fisch?"

„Ich liebe Fisch", antwortete Lena in ihrer lebendigen Art.

Beide vertieften sich in ihre Speisenkarte. „Wenn du schon öfter hier warst, kannst du mich ja beraten. Welcher Fisch ist denn besonders empfehlenswert?"

„Ich esse gerne Loup de Mer oder Dorade Royal. Beide sind hervorragend."

„Aha, einen Wolfsbarsch oder eine Goldbrasse. Beides lecker."

Wolfsbarsch! Goldbrasse! Beeindruckend, was sie alles weiß.

Beide legten ihre Karten beiseite. Und jetzt? Süßholz raspeln? Privater Smalltalk? Was machst du sonst so? ... Keines von alledem. Ganz unromantisch begann Lena, Markus Fragen zu stellen.

„Jetzt erzähl mal, Markus. Warum hast du mich heute Vormittag nach der Abschirmung eines Transponders gefragt?"

Markus fühlte sich etwas auf dem falschen Bein erwischt. *Ist sie gar nicht so sehr an mir interessiert, sondern trifft sich eher aus fachlichen Gründen mit mir. Aus Neugier? ...*

„Es geht um den Goldraub heute früh", klärte er sie auf. „Hast du von dem Raub gehört?"

Lena nickte. „Im Radio haben sie kurz darüber berichtet."

„Ich habe mich gefragt, wie die Räuber es schaffen konnten, das Gold samt Transporter und Besatzung an sich zu bringen, ohne dass die Polizei sie über das Transpondersignal geortet hat?", teilte Markus ihr seine Gedanken mit.

„Was glaubst du, wie die das geschafft haben?"

„Also ich habe da so ein paar Überlegungen angestellt. Als ich heute Morgen am Tatort war, habe ich einen Schwergut-Gabelstapler entdeckt und die Firma angerufen, deren Name auf der Fahrertür stand. Mit einem fingerzeigenden Ergebnis: Das Fahrzeug ist denen heute Nacht gestohlen worden. Na ja, und da kam mir so ein Verdacht wegen des Transponders."

„Bravo Herr Kommissar!", scherzte Lena. „Du denkst, die haben den Stapler benutzt, um den Sicherheitstransporter auf ein anderes Fahrzeug zu heben, zum Beispiel einen großen LKW, der wiederum durch einen Bleimantel so abgeschirmt ist, dass das Transpondersignal nicht mehr geortet werden kann."

Sie dachte kurz nach. Dabei biss sie mit ihren blendend weißen Schneidezähnen leicht auf die linke Hälfte ihrer Unterlippe.

Wie süß, befand Markus in Gedanken, bevor Lena sich zu seinen Nachforschungen äußerte.

„Aber die in der Überwachungszentrale hätten doch gleich bemerken müssen, wenn das Signal verschwindet. Dann hätten sie sofort Alarm ausgelöst."

„Stimmt", bestätigte Markus. „Vermutlich wurde sogar schon vorher über Funk Alarm ausgelöst. Den Räubern wird das auch klar gewesen sein, sie mussten nur schnell genug zuschlagen, um vor dem Eintreffen der Polizei verschwinden zu können."

„Gewagt, aber nicht unmöglich. Von Neu-Isenburg aus ist man schnell auf der Autobahn. Oder in irgendeiner Industriehalle verschwunden. Ein normaler LKW fällt da nicht weiter auf."

„Haben die Herrschaften schon gewählt?", unterbrach sie der Kellner und schaute Markus fragend an.

„Wofür hast du dich entschieden?", spielte Markus den Ball zu Lena.

„Ich nehme die Goldbrasse mit Gemüse und Bratkartoffeln. Und eine Apfelschorle."

„Für mich das Gleiche bitte, nur statt der Apfelschorle ein Weizenbier."

„Gute Wahl", nickte der Kellner, als er die Bestellung notierte. Als er sich entfernt hatte, nahm Lena den Gesprächsfaden wieder auf. „Lass uns doch mal ein Denkmodell durchspielen, wie der Überfall abgelaufen sein könnte."

Markus war von Lenas ernsthaftem Interesse an diesem Thema etwas überrascht, schätzte aber ihren guten Input. „Gute Idee, Kommissaranwärterin Eck", knüpfte Markus an Lenas Bemerkung von vorhin an. „Nach meiner Theorie hat einer den vorausfahrenden Militärjeep gerammt und das bewaffnete Begleitpersonal ausgeschaltet. Dann kam jemand mit dem Gabelstapler und hat den kompletten Sicherheitstransporter auf einen LKW gehoben. Wenn alles gut geplant ist, kann das in zwei Minuten vorbei sein. Entscheidend ist, dass die weitere Ortung des Transporters ausgeschlossen wird."

„Das ist nicht schwer", brachte Lena ihr Technikwissen ein. „Du musst die LKW-Wände nur mit verschiedenen Materialschichten auskleiden. Sie müssen sowohl hochfrequente als auch niederfrequente Signale absorbieren und reflektieren, damit eben nichts mehr nach außen dringen kann."

„Klingt kompliziert."

„Na ja, ich bin keine Expertin. Vermutlich wussten die Räuber nicht genau, mit welchen Geräten der Transporter ausgestattet ist. Folglich musste die Abschirmung alle Frequenzbandbreiten einschließen."

„Expertin oder nicht, jedenfalls sind wir wieder einen Schritt weiter. Wie das alles im Detail funktioniert, ist nicht so wichtig. Entscheidend ist nur, dass es überhaupt möglich ist."

„Mit Gold-Delikten habe ich in meinem *Kommissariat* nichts zu tun. Dafür umso mehr mit Datenklau."

„Das habe ich im Internet gelesen. Ich habe dich nämlich gegoogelt." Markus lächelte und schaute Lena an, um ihre Reaktion zu sehen. „Du hast schon öfter Firmennetzwerke geknackt. Da muss man sicher auch sehr systematisch und logisch vorgehen."

„Absolut richtig. Aber du hast hoffentlich auch gesehen, dass ich meine Hackertätigkeiten vorher ankündige. Bei erfolgreichen Fällen lege ich den Betroffenen hinterher die Lücken offen. Mir geht es darum, Schwächen aufzuzeigen, damit sie beseitigt werden können."

„Das ist ja fast wie Journalismus. Wir recherchieren auch Missstände, damit sich nach ihrer Aufdeckung etwas verbessert", probierte Markus einen Vergleich. Mit mäßigem Erfolg.

„Nicht wirklich, was will Boulevardjournalismus schon verändern? Ich habe dich auch gegoogelt, klar." Jetzt lächelte auch Lena. „Wenn ich bei unserem zweiten Zusammentreffen schon so ehrlich sein darf: Deine investigativen Geschichten fand ich besser. Warum bist du zu den Boulevardthemen gewechselt?"

Markus zuckte zusammen.

„Das ist ein düsteres Kapitel meiner Vergangenheit. Lass uns besser ein andermal darüber reden, okay?"

Das Gespräch war in eine unerwartete Richtung gedriftet. Ganz plötzlich herrschte Stille. Glücklicherweise schickte ein unsichtbarer Regisseur wenige Sekunden später den Kellner, der sie aus ihrer Kommunikationsklemme erlöste, indem er die Fische servierte und beide sich einem schmackhaften Thema zuwandten.

Markus hatte nicht übertrieben, der Fisch war wirklich ein Gedicht. Und dass dieses Lokal nicht zur Kategorie *schick essen* gehörte, störte Lena offenbar kein bisschen, wie er erleichtert feststellte. Noch viel mehr aber freute er sich darüber, dass sein emotionaler Aussetzer offenbar keinen Schaden hinterlassen hatte.

„Und was essen wir zum Nachtisch, *Herr Kommissar*, neckte Lena unter ihrem Pony hervor. „Vielleicht einen leckeren Überfall?"

Markus lachte und nahm dann ihren Steilpass auf.

„Okay. Was würdest du mit drei Tonnen Gold machen?"

„Wenn du damit das geklaute Gold meinst, dann ist das sicher nicht so einfach loszuwerden."

„Davon kannst du ausgehen. Der Marktwert beträgt gute einhundert Millionen Euro. Dieser dürfte sich um zehn bis zwanzig Prozent für Geldwäscheaktionen reduzieren. Also bliebe noch genug, um die Welt zu erkunden und Spaß zu haben."

Der Abend entwickelte sich zunehmend entspannter. Reisen in andere Länder, berufliche Visionen und private Träume wurden ausgetauscht. Sie lachten viel.

Als Lena die Toilette aufsuchte, zog Markus einen schwarzen Edding-Stift aus seiner Sakkotasche. Er nahm eine cremefarbene Papier-Serviette vom Nachbartisch und begann zu zeichnen. Die ersten Striche bestätigten eine geeignete Papierqualität, nichts zerlief. Wenige Striche später waren zwei übertrieben mandelförmige Augen zu erkennen. Eine perfekte Nase folgte und ein Mund mit vollen Lippen. Die Lippen waren ein wenig überzeichnet, das Kinn und die hohen Wangen fielen beinahe elfenhaft aus. Rasch fügte er noch Ohren, Haare und Hals hinzu.

Markus warf einen prüfenden Blick auf seinen Cartoon. Nach einigen kleineren Ergänzungen setzte er seine zwei übereinanderliegenden M's in die rechte untere Ecke. Er war mit seinem Werk zufrieden, verstaute den Edding und legte die Zeichnung auf Lenas Platz. Keine Sekunde zu früh, denn schon sah er sie am anderen Ende des Raumes auftauchen.

Als sie sich wieder zu ihm gesetzt hatte, stutzte sie.

„Hast du das gezeichnet?"

Sie griff nach der Serviette.

„Gefällt es dir?"

„Ja, und ob. Ich finde, es ist gut gelungen. Sag bloß, du hast das in den paar Minuten eben hingezaubert?", fragte Lena sichtlich beeindruckt. Sie fühlte sich geschmeichelt von der überzeichneten Schönheit.

„Darf ich?"

Sie warte seine Antwort nicht ab und ließ die Serviette flink in ihrer Handtasche verschwinden.

Markus berichtete von diversen Zeichnungen, die er gelegentlich für Zeitungen anfertige. Seine humorvollen Bilder zu aktuellen Themen wurden gerne genommen, bezahlt wurden sie allerdings ebenso dürftig wie Wortbeiträge.

Gegen 23:00 Uhr, nach einem Kaffee, brachen sie auf. Markus half Lena in die Jacke.

„Hast du für morgen Abend schon was vor?", wollte er wissen. Lena hatte unmissverständlich klargemacht, dass eine Einladung auf eine Tasse Kaffee bei ihr zu Hause beim zweiten Treffen noch nicht drin sei.

Markus frohlockte innerlich über das „*noch*". Nach außen hin blieb er sachlich.

„Nichts Konkretes. Was schlägst du vor?"

„Mir hat das Essen mit dir sehr gefallen. Ich würde das gerne wiederholen."

„Okay. Sagen wir um dieselbe Zeit im Gallo Nero auf der Fressgass?"

„Schön, ich freue mich", antwortete Markus, sichtlich verblüfft über ihre offensive Antwort.

Zur Verabschiedung gab Lena ihm einen Kuss auf die Wange und verschwand leichtfüßig Richtung Kassenraum des Parkhauses.

Dienstag

Luxemburg, Banque Privée de Luxembourg, 07:30 Uhr. Frank Semeyer bog zügig in die Avenue Amélie ein und brachte seinen BMW fünfzig Meter weiter mit einem temperamentvollen Schwung auf dem Kundenparkplatz vor dem Bankgebäude zum Stehen. Die etwas matte schwarze Metallic-Lackierung ließ darauf schließen, dass der sportliche Wagen bereits die allerbesten Jahre hinter sich hatte. Den Wagen hatte er sich selbst geschenkt, damals, als seine Firma SEFAKO KG, Semeyer Fahrzeugkomponenten, noch ausgezeichnet lief.

Semeyer war heute spät dran. Mit zwei Sätzen stürmte er die Stufen des Eingangsbereichs hoch. Die Dame am Empfang erkannte ihn sofort, die gesicherte Eingangstür schwang mit einem Summen automatisch auf, um sich unmittelbar hinter ihm wieder zu schließen. Wie viele Jahre die BPL, die Banque Privée de Luxembourg, ihn und seine Firma schon begleitete, daran erinnerte Semeyer sich nicht genau.

„Guten Morgen Herr Semeyer, Herr Bellini erwartet Sie schon", begrüßte die Empfangsdame ihn mit einem Lächeln. Sie stand auf und begleitete ihn durch das Foyer.

Sehr freundliche Geste, dachte Semeyer. Denn er wusste sehr wohl, wo das Büro von Mauro Bellini lag. Seit der Eröffnung seines Kontos war Mauro ohne Unterbrechung sein Kundenberater. Er wusste alles über ihn und die Firma. Und seit der Kontoeröffnung hatte Mauro sein Büro nie gewechselt.

„Herr Bellini? Herr Semeyer ist da."

Die Empfangsdame öffnete die Tür und ließ den Besucher eintreten.

„Frank, schön dich zu sehen!", begrüßte ihn Mauro Bellini.

„Guten Morgen, Mauro."

„Und, wie geht's dir?"

„Na ja, der heutige Anlass ist nicht besonders erfreulich", antwortete Semeyer. „Und wie geht's dir?"

„Doch, ganz gut."

Ohne darüber zu sprechen, wusste Mauro Bellini, aus welchem Grund sein Kunde heute gekommen war. SEFAKO wurde durch die China-Krise auf dem falschen Fuß erwischt. Die kostspielige Expansion der vergangenen Zeit hatte seit zwei Jahren zu immer neuen finanziellen Engpässen geführt.

„Bist du gut durchgekommen? Oder war die Autobahn wieder voll?"

„Viel Verkehr, sehr viel", antwortete Semeyer kurz.

Dichter Verkehr hatte die Fahrt von seinem Büro in Saarbrücken bis Luxemburg um mindestens dreißig Minuten verzögert. Da nützten auch die fünf Liter Hubraum und 507 PS seines BMW M5 Touring nichts.

„Eine Tasse Kaffee oder ein Glas Wasser?"

Die obligatorische Frage nach Tee ließ Mauro automatisch weg. In all den Jahren hatte sein Kunde noch nie nach Tee verlangt.

„Danke, ich möchte nichts."

„Bitte, nimm Platz", sagte Mauro. Mit einer einladenden Handbewegung bot er seinem Gast einen komfortablen Lehnstuhl an, der vor einem eleganten Tisch im Louis-seize-Stil stand.

„Nein danke", antwortete Semeyer. „Können wir direkt zum Tresor gehen. Ich bin heute etwas knapp in der Zeit.

„Selbstverständlich, Frank, selbstverständlich", antwortete Mauro Bellini, während er aufstand. Er zog sein Sakko über und ging voran, Semeyer folgte ihm. Bellini tippte eine Zahlenkombination ein und legte seine rechte Hand auf den Scanner neben dem Fahrstuhl. Der Fahrstuhl öffnete sich und brachte beide nach unten in die Tresorräume. Zügigen Schrittes gingen sie den Flur entlang, Betonwände weiß getüncht, rechts und links Räume mit schweren gesicherten Tresortüren. Bellini blieb vor einer der Türen stehen. Zahlenkombination und Scanner öffneten auch diese.

„Frank, ich warte hier draußen vor dem Tresorraum", erklärte Bellini routinemäßig das Procedere.

Ohne zu antworten betrat Frank Semeyer den Tresorraum. Die schwere Tür schloss sich hinter ihm. Er ging direkt zum Terminal mitten im Raum, gab die Nummer seines Schließfaches ein, anschließend seine Geheimnummer, dann legte er seine Hand auf den Scanner. Mit einem dumpfen metallenen Klang verriegelte sich die Tür des Tresorraumes. Jetzt konnte der Raum von außen nicht mehr betreten werden, Semeyer war absolut ungestört.

Alle Wände des Tresorraumes waren von unten bis oben vollständig mit Tresorfächern bedeckt. Alle Fächer die gleiche Größe, die gleiche Optik, gebürsteter Edelstahl, alle hatten eine unsichtbare 12-Punkt Bolzenverriegelung, innen liegende Scharniere. Die Fächer unterschieden sich nur durch eingravierte Nummern.

Wenige Sekunden später sprang ein Tresorfach automatisch auf. Es war Frank Semeyers Fach. Er zog die Stahl-Kassette heraus und öffnete den Deckel: Neben einigen Schriftstücken lag ein einziger Barren Gold. Nach der Jahrtausendwende, als die Wirtschaft brummte, machte SEFAKO gute Gewinne und er hatte ordentlich Rücklagen bilden können. Jetzt war nur noch ein Barren übrig. Die anderen hatte er in den letzten zwei Jahren verkaufen müssen, um die Firma zu stabilisieren und die Löhne bezahlen zu können.

Immerhin war das Gold eine gute Wertanlage. Gekauft hatte er die 12,5 Kilogramm-Barren für rund 150.000 Euro pro Stück, jetzt waren sie über das Dreifache wert. Den Anlagetipp gab ihm damals Mauro Bellini.

Semeyer entnahm den letzten Barren, legte die Kassette zurück und schloss das Fach wieder. Geheimzahl und biometrische Erkennung öffneten die Tür des Tresorraums von innen.

„Das ging ja flott", kommentierte der draußen wartende Bellini die Aktion.

„Ja, ich bin so weit."

Zurück zum Büro. Bellini hatte alles vorbereitet.

„Wie immer unten rechts den Verkaufsauftrag unterschreiben", sagte er und legt die vorbereiteten Dokumente auf den Tisch. „Den Gegenwert überweisen wir auf dein Privatkonto."

Den Barren übergab er einem Saaldiener, der wie aus dem Nichts heraus den Raum betreten hatte. Vermutlich hatte

Mauro für solche Zwecke irgendwo unter dem Schreibtisch einen unsichtbaren Knopf, dachte Semeyer, der den Verkauf ohne Gefühlsregungen über die Bühne brachte. *Der Herr hat's gegeben ... Der Herr hat's genommen ...*

Kurze Zeit später verabschiedeten sich die beiden, und Frank Semeyer fuhr mit seinem BMW auf die Autobahn Richtung Saarbrücken.

*

Luxemburg, Banque Privée de Luxembourg, 07:50 Uhr.
In Mauro Bellinis Büro klingelte das Telefon.

„Mauro, kommst du mal bitte in den Handelsraum!", ordnete die Leiterin des Edelmetallhandels der BPL an.

Kaum fünf Minuten später begrüßte Mauro Bellini die Anruferin persönlich.

„Guten Morgen Etienne."

„Hallo", antwortete Etienne Peeters, eine blendend aussehende Belgierin mittleren Alters. Mit High Heels, Minirock und zu viel Schmuck sah sie für einen Externen nicht gerade aus wie die Leiterin des Edelmetallhandels einer seriösen Luxemburger Privatbank. Wer Etienne kannte, wusste jedoch: sie war perfekt informiert über jede Marktbewegung an der Börse, kannte jedes Gerücht über Produktion, Lagerung oder Verkäufe von Edelmetallen. Angeblich konnte sie sogar Fälschungen blind erkennen.

„Was gibt's so Dringendes?"

Sie hielt einen Goldbarren in der Hand

„Mauro, das Ding hier, das du mir runtergeschickt hast, was soll das sein?"

„Ich verstehe deine Frage nicht, Etienne ..."

Sie strecke ihm den Barren entgegen.

„Das Ding mag alles Mögliche sein. Aber kein Gold."

„Was?"

Bellinis Gesichtsfarbe wechselte in eine leicht blasse Tönung. „Das Ding, wie du es nennst, ist aus meiner Sicht ein dreizehn Kilogramm-Heraeus-Feingold-Barren. Geschätzter Marktwert: rund eine halbe Million Euro."

„Mitnichten, mein Lieber! So ein schlechtes Fake habe ich lange nicht mehr in der Hand gehabt. Okay, die Optik ist gut. Aber schon die Dichte, das Gewicht ... das stimmt nicht. Das ist mit Gold überzogenes Blei."

Bellini wurde noch eine Tönung blasser.

„Kein Zweifel?"

„Nein, absolut kein Zweifel."

„Das verstehe ich nicht."

„Wer Gold-Fakes in den Handel bringt, nimmt mindestens einen Wolframkern mit einer ähnlichen Dichte wie Gold. Aber selbst solche Fälschungen verkauft man nicht einer Bank mit Ultraschall und Röntgengerät", fauchte Etienne Peeters.

„Verstehe."

„Hat dein Kunde heute Drogen genommen?", fügte sie hinzu.

Mauro verstand die Welt nicht. *Semeyer ein Fälscher? Unvorstellbar!* „Was machen wir jetzt?"

„Du machst erstmal nichts."

„Soll ich nicht meinen Kunden informieren?"

„Nein! Du machst gar nichts, klar! Und vor allem kein Wort zu deinem Kunden. Ich informiere Compliance und die Finanzbehörde. Die unternehmen alle notwendigen Schritte und knöpfen sich deinen Kunden mal vor", beendete Etienne die Unterhaltung und griff zum Telefon. Sie wusste genau, was jetzt zu tun war.

*

Frankfurt am Main, Ulmenstraße, 08:15 Uhr. Die vier rot leuchtenden LED-Ziffern des Elektro-Weckers zeigten 08:15 Uhr. Markus Manx saß an seinem alten Holzschreibtisch. Routinemäßig checkte er seit gut einer halben Stunde die Newsportale.

Das Telefon klingelte. Markus hörte die sonore Stimme von Jonathan Schreiber, dem Redakteur der *Hessischen Neuesten Presse*, die unaufgeregt aus dem Hörer klang.

„Markus, ordentliche Arbeit, deine Artikel für Online und Print waren Volltreffer. Das Thema kommt bestens an bei den Lesern. Der Online-Artikel hat reichlich Klicks bekommen, deshalb brauche ich heute ein Update auf das Thema. Möglichst schnell und ungefähr der gleiche Umfang wie gestern. Okay?"

Als Markus antwortete: „Ja, geht klar", hatte Schreiber bereits aufgelegt. Markus streckte sich, dehnte seine vom falschen Sitzen verspannte Rückenmuskulatur, stand auf und entlockte in der Küche der Problem-Maschine einen zweiten Kaffee. Zwar bescherte ihm der Pappbecherspender ein weiteres Mal drei zusammenhängende Becher, dafür funktionierte aber diesmal die Kaffeemaschine tadellos.

Ein gutes Omen? Gleich mal checken, ob der Pressemann von der Bundespolizei schon erreichbar ist ...

„Guten Morgen Herr Manx", kam es freundlich aus dem Telefon.

„Hallo Herr Krüger. Sie kennen meine Nummer schon auswendig?", begann Markus betont locker.

„Auch wenn Sie es von der Bundespolizei nicht erwarten, aber ich habe hier tatsächlich ein modernes Telefon. Nachdem ich gestern Ihre Kontaktdaten in mein Adressverzeichnis eingetragen habe, sehe ich statt der Nummer Ihren Namen auf dem Display. Aber ich vermute, dass Sie sich nicht über die Telefonanlage der Bundespolizei mit mir unterhalten wollen", frotzelte Krüger.

„Stimmt. Gibt es Neuigkeiten bei den Ermittlungen in unserem Raubüberfall?"

„Na ja, jedenfalls nichts, was schon für die Öffentlichkeit bestimmt wäre."

„Heißt das, Sie sind den Tätern schon auf der Spur?", hakte Markus nach. So leicht wollte er sich nicht abspeisen lassen.

„Wir arbeiten daran, Herr Manx, wir arbeiten daran."

„Ach Herr Krüger ...", tadelte Markus überzogen ironisch, „ich bin Ihnen doch gestern auch entgegengekommen und habe mich an unsere Absprache gehalten. Jetzt erzählen Sie schon, was die Vernehmung der Begleitpersonen brachte!

Wie ist der Überfall denn abgelaufen?"

Es gefiel dem Pressemann, dass er zur Abwechslung einmal jemanden an der Strippe hatte, der nicht so branchentypisch ernst daherkam. Dennoch hielt er sich an das, was er sagen durfte.

„Details kann ich Ihnen aus ermittlungstaktischen Gründen nicht erzählen. Aber zumindest so viel: Die Jungs waren ziemlich schnell. Sie haben vermutlich eine Abdeckung über den Transporter geworfen, um zu verhindern, dass die Insassen vom Geschehen etwas mitbekamen. Dann haben sie den Wagen mit dem Gabelstapler auf ein großes Transportfahrzeug gehoben und sind zwei Minuten später auf und davon gewesen. Wie Sie gestern schon vermutet haben, muss der LKW gut abgeschirmt gewesen sein, weil ab da Funk und alle Ortungssignale weg waren. Mehr darf ich Ihnen derzeit nicht sagen, tut mir wirklich leid, Herr Manx."

„Okay, das reicht mir erst einmal. Vielen Dank, und noch einen erfolgreichen Tag", beendete Markus das Telefonat. Vorsichtshalber überprüfte er die Homepage der Bundesbank auf Neuigkeiten, und natürlich las er einige Artikel, die seine Kollegen zu dem Überfall geschrieben hatten. Vielleicht gab es irgendwelche Informationen oder Gedanken, die er für sein Update verwenden konnte.

Doch für ihn war nichts Neues dabei. Die meisten Artikel ergänzten die Nachricht über den Überfall mit Hintergrundinformationen zum Lagerstellenkonzept oder über die Goldpreisentwicklung. Eine Zeitung hatte zwanzig Menschen in ganz Deutschland befragt, was sie mit einhundert Millionen Euro in Gold machen würden. So entstand beinahe der Eindruck, als fände man die Dreistigkeit und Raffinesse der Räuber cool und dass die Bundesbank die zu Recht beraubte böse Institution sei. *Als hätte Deutschland bisher ein solcher Coup gefehlt. Irgendwie verrückt.*

Markus wollte die neuen Informationen schnell veröffentlichen, bevor jemand anderer ihm zuvorkam. Er begann zu schreiben.

100 Millionen Euro in 2 Minuten
Der schnellste Raubüberfall aller Zeiten

Noch immer laufen die Ermittlungen der Polizei zu dem gestrigen spektakulären Raubüberfall auf einen Goldtransport auf Hochtouren. Erfolge können noch nicht vermeldet werden.

Offenbar ist der Überfall generalstabsmäßig geplant und durchgeführt worden. Während ein Auto den vorausfahrenden Militärjeep brutal rammte und damit außer Gefecht setzte, haben andere Komplizen sofort über den zum Stehen gekommenen Sicherheitstransporter eine Decke geworfen. So konnte die Besatzung nicht mehr erkennen, was anschließend draußen passierte.

Die Räuber nutzten die Situation, um den Sicherheitstransporter mit einem Schwergutgabelstapler auf einen LKW zu laden. Keine zwei Minuten später waren die Täter schon unterwegs. Durch eine gute Abschirmung auf dem LKW konnte der Sicherheitstransporter weder Ortungssignale noch Funksprüche absetzen. So gelang die erfolgreiche Flucht in dem größten und schnellsten Raubüberfall aller Zeiten.

Markus schrieb den Beitrag in einem Guss herunter. Danach las er das Ganze erneut und fügte die eine oder andere stilistische Verbesserung ein.

Auf seinem Bildschirm blinkte eine eingehende E-Mail von Google auf, eine News zu einem von ihm gestern eingerichteten Alert. Google informierte ihn jetzt automatisch zu allen Neuigkeiten über Gold. Das Wort „Luxembourg" in der Headline machte Markus neugierig. Schnell wechselte er in das Fenster mit den eingegangenen Mails.

+++ Police Grand-Ducale - Polizeipressebericht - Die Luxembourger Polizei warnt: Vorsicht vor gefälschten Goldbarren +++

Die Luxemburger fälschen mühsam Goldbarren, die Deutschen klauen direkt drei Tonnen echtes Gold, dachte Markus. *Letztere Variante dürfte ohne Zweifel deutlich lukrativer sein.*

Neugierig öffnete er die beigefügte PDF-Datei mit der vollständigen Pressemeldung:

DIE POLIZEI ERHIELT DIE MELDUNG EINER PRIVATBANK, DASS EINE PERSON VERSUCHT HABE, EINEN MANIPULIERTEN 13 KILOGRAMM SCHWEREN GOLDBARREN ZU VERKAUFEN. DIE POLIZEI WARNT, PRIVATPERSONEN SOLLTEN GRUNDSÄTZLICH KEINE EDELMETALLE VON ANDEREN PRIVATPERSONEN KAUFEN. OPTISCH SIND GUT MANIPULIERTE BARREN NICHT ALS FÄLSCHUNG ZU ERKENNEN.

Das Bild unter der Kurzmeldung zeigte den gefälschten Goldbarren. Die Beschriftung darauf war gut zu lesen: Heraeus – 997,4 – 13023,7 - 20863. Der Goldbarren faszinierte Markus. Die Bedeutung der Beschriftung war ihm inzwischen geläufig: Hersteller - Feingoldgehalt - Gewicht - Barrennummer. Er googelte den Namen *Heraeus*. Die Homepage enthielt auch einen Link für die Presse. Noch ein Klick auf *Ansprechpartner*, und Markus hatte gefunden, was er suchte. Er wählte die angegebene Nummer vom *Ansprechpartner für Ihre Fragen zu Edelmetallen*.

„Sie sind mit der Pressestelle von Heraeus verbunden. Was kann ich für Sie tun?", meldete sich eine Frauenstimme, etwas rau klingend, aber freundlich.

„Guten Tag. Mein Name ist Markus Manx, ich bin freier Journalist in Frankfurt. Darf ich Ihnen ein paar Fragen zu Ihren Produkten stellen?"

„Gern. Solange Sie nicht Namen wissen wollen, wer - wann – wie viel bei uns gekauft hat", antwortete sie keck.

„Hintergrund meiner Anfrage ist ein gefälschter dreizehn Kilo-Barren, der heute in Luxemburg aufgetaucht ist. Stellen Sie auch Barren dieser Größe her?"

„Ja, wir stellen Goldbarren dieser Größe her."

„Auf Ihrer Internetseite finde ich aber nur Barren von einem Gramm und bis zu einem Kilogramm."

„Unsere Homepage ist auf Privatanleger zugeschnitten. Privatanleger kaufen meistens geprägte Goldbarren bis maximal ein Kilogramm. Deshalb endet dort unsere Produktübersicht im Internet."

„Und wer kauft die großen Barren von Ihnen?"

„Sie wollen jetzt nicht wirklich die Namen der Käufer hören?"

„Nein, keine Namen. Ich meinte, welche Käufergruppen?"

„Diese sogenannten Zwölfkommafünf-Kilo-Barren sind für Zentralbanken, Goldfonds und High Wealth Individuals, also die superreiche Klientel."

„Verstehe. Und die Zahl 997,4 auf dem Barren gibt den Feingoldgehalt wieder?"

„Genau."

„Ich dachte, Goldbarren haben immer einen Feingoldgehalt von 999,9?", erkundigte sich Markus.

„Vollkommen richtig. Geprägte Goldbarren für Privatanleger haben immer einen Feingoldgehalt von 999,9 und ein exaktes Gewicht, zum Beispiel einhundert Gramm, welches auf den Barren geprägt ist. Bei den alten gegossenen Goldbarren können aber Feingoldgehalt und Barrengewicht abweichen."

„Ist denn ein Feingoldgehalt von 997,4 ungewöhnlich?"

„Nein, keineswegs. Das liegt innerhalb der normalen Schwankungsbreite."

„Sie sprachen von sogenannten Zwölfkommafünf-Kilo-Barren. Der gefälschte Barren zeigt ein Gewicht von über dreizehn Kilogramm. Kommen Abweichungen über fünfhundert Gramm vor?"

„Ja, auch das ist nicht ungewöhnlich."

„Dann hat ja der Käufer ein Schnäppchen gemacht, weil er ein Pfund Gold mehr für sein Geld bekommt."

„Das wäre schön. Nein, ein Anleger zahlt beim Kauf das exakte Feingoldgewicht, also Feinheit des Goldes mal tatsächliches Gewicht."

„Danke für die Informationen. Sie haben mir damit sehr geholfen. Aber eine letzte Frage habe ich noch."

„Bitte."

„Gibt es die Nummer 20863 für einen Ihrer Goldbarren?"

Seine Gesprächspartnerin antwortete mit etwas Zeitverzögerung, offenbar sah sie irgendwo nach.

„Ja", sagte sie schließlich, „die Nummer haben wir mal verwendet."

Nach einer kurzen Pause ergänzte sie: „Aber jeder Hersteller kann beliebige Nummern verwenden. Das heißt, die Nummer kann von uns sein, muss aber nicht."

„Wenn aber zusätzlich Heraeus draufsteht?"

„Dann ist der Barren von uns. In Ihrem Fall bezeichnet diese Nummer allerdings keinen spezifischen Goldbarren, sondern einen ganzen Melt."

„Und was ist bitte ein Melt?", fragt Markus.

„Für große Investoren wurden früher in einem Schmelzvorgang ungefähr zwanzig Barren gemeinsam gegossen. Diese Barren haben die gleiche Feinheit, etwas unterschiedliche Barrengewichte und tragen die gleiche Nummer. Die Nummer, die Sie mir genannt haben, gilt für alle zwanzig Barren dieses Melts."

„Es gibt zwanzig Barren von Ihnen mit derselben Nummer?"

„In diesem Fall ja."

„Kann man die einzelnen Barren trotzdem getrennt verkaufen?", wollte Markus wissen.

„Ja, selbstverständlich. Es ist allerdings ungewöhnlich, einen Melt auseinanderzureißen. Und wenn jemand etwas fälschen möchte, sucht er sich eher kleine, geprägte Barren mit einem Gewicht deutlich unter einem Kilogramm aus."

„Wer kommt als Fälscher für große Barren in Betracht?"

„Uns liegt bisher noch keine Fälschung von gegossenen Zwölfkommafünf-Kilo-Barren oder eines ganzen Melts vor. Ihr Fall erscheint mir persönlich sehr ungewöhnlich, Herr Manx."

Markus bedankte sich für die Informationen und legte auf. *Warum sollte eine Privatperson einen Barren eines*

Melts fälschen und ausgerechnet der eigenen Hausbank zum Kauf anbieten? Spätestens bei der Echtheitsprüfung musste der Bluff doch auffliegen. Hier stimmte etwas nicht, weder hinten noch vorne ...

*

Frankfurt am Main, Lagezentrum der Bundespolizei, 08:55 Uhr. In Hartmanns Einsatzbüro roch es frisch, das Fenster zum Innenhof stand sperrangelweit offen. Die Foto-Kollektion an der Wand hatte über Nacht Zuwachs bekommen. Mehrere Pfeile, hingeworfen mit einem blauen Marker, verbanden die Hinzugekommenen mit einem Punkt auf der Straßenkarte. Dieser, rot eingekreist, befand sich ganz in der Nähe von Neu-Isenburg: Rödermark.

Übellaunig betrachtete Hartmann die gesammelten Mosaikstücke. Die bisherigen Ergebnisse reichten nicht aus, keine Frage. Aber wenn er selber kaum etwas vorzuweisen hatte, dann hatte hoffentlich auch der arrogante Gmeiner vom BND nichts Wichtiges gefunden. Wenn aber doch, dann konnte er sich dessen herablassendes Grinsen nur zu gut vorstellen.

Hartmann schaute auf seine Armbanduhr, in fünf Minuten begann die Sitzung des Krisenstabes. Er schaltete seinen Computer aus, schloss das Fenster und ging hinüber in den Sitzungsraum. Beinahe gleichzeitig mit Gmeiner betrat er den noch leeren Raum. *Ganz schön übermüdet siehst du aus*, befand Hartmann, während er den Rivalen mit Handschlag begrüßte.

Normalerweise ein untrügliches Zeichen für einen fehlenden Fahndungserfolg, registrierte er, dies regelrecht erleichtert. Beide nahmen in der Mitte der Tischreihe mit Blick zum Monitor Platz.

Kurz darauf trafen Bernd Brandner von der Bundesbank und General Alfred Steiner ein. Das kantige Gesicht von Kanzleramtsminister Sven Stahl erschien - heute auf dem mittleren Wandmonitor.

„Guten Morgen die Herren", eröffnete Hartmann die dritte Sitzung des Krisenstabes Gold. „Zu Beginn möchte ich kurz zusammenfassen, was meine Mitarbeiterinnen und Mitarbeiter gestern Abend und heute Nacht zusammengetragen haben, um den Ablauf des Überfalls zu rekonstruieren."

Keines der Details ließ Hartmann bei seiner Darstellung der Ermittlungsergebnisse aus. Wenn er schon keine konkreten Festnahmen verkünden konnte, wollte er wenigstens durch zahlreiche Kleinigkeiten den Eindruck erwecken, dass sie schon viel erreicht hätten.

„Respekt! Klingt nach generalstabsmäßiger Planung", warf General Steiner ein, nachdem Hartmann die Rekonstruktion des Tathergangs abgeschlossen hatte. „Auch die Vermeidung unnötiger Gewalt deutet auf einen militärischen Hintergrund hin."

„Konnten Sie schon den Fluchtweg rekonstruieren? Oder haben Sie wenigstens irgendwelche Spuren gefunden, die Rückschlüsse auf die Täter zulassen?", wollte Stahl von Hartmann wissen.

„Nun ja, der Fluchtweg ist uns zumindest ungefähr bekannt. Der LKW sowie mehrere andere an der Tat beteiligte Fahrzeuge sind in eine fünfzehn Kilometer entfernte Lagerhalle in Rödermark gefahren. Dort dürften sie bereits fünfundzwanzig Minuten nach dem Überfall eingetroffen sein. Also zu einem Zeitpunkt, zu dem die Großfahndung erst so richtig anlief. Die Polizei hat bei ihrem Eintreffen in der Halle den geöffneten Sicherheitstransporter sowie einen verbeulten VW Touareg vorgefunden, mit dem die Räuber den Begleitjeep rammten. Der VW wurde zwei Tage vorher als gestohlen gemeldet. Die Fahrzeugkennzeichen wurden in der Nacht vorher entwendet. Sowohl bei beiden Fahrzeugen als auch in der Halle haben wir jede Menge Fingerabdrücke und sonstige DNA-Spuren gefunden. Wir befürchten aber, dass keine von den Tätern stammt. Der Transport-LKW und weitere Fahrzeuge wurden bisher nicht gefunden."

„Das ist nicht viel", kommentierte Stahl. Der Knurrton in seiner Stimme verdeutlichte den Anwesenden die schwachen Fahndungserfolge. „Hat noch jemand etwas Konstruktives beizutragen? Ich muss mich nämlich heute schnell verabschieden. Ein Termin bei der Kanzlerin, und der würde ich natürlich gerne etwas Positives melden."

Brandner und General Steiner schüttelten den Kopf, Gmeiner schaute mit unbewegtem Gesichtsausdruck geradeaus, als hätte er die Frage nicht gehört.

„Wir haben noch eine frische Spur aus Luxemburg", setzte Hartmann seine Ausführungen fort. „Dort hat heute Morgen ein deutscher Unternehmer einen Zwölfkommafünf-Kilogramm-Goldbarren aus seinem Bankschließfach geholt und seiner Bank zum Kauf angeboten."

Hartmann beugte sich auf den Tisch und betätigte eine Tastatur. Monitor Drei sprang an und zeigte großformatig das Bild des Luxemburger Goldbarrens.

„Dabei stellte sich heraus, dass der Barren gefälscht war. An sich schon ungewöhnlich genug, da niemand mit einigermaßen Hirn seiner eignen Bank einen gefälschten Goldbarren andreht, sollte man denken. Aber in diesem Fall führt die Nummer auf dem Barren auch noch zu den Goldreserven der Bundesbank."

Brandner zuckte zusammen. Doch niemand bemerkte seine Reaktion, weil alle Augen auf die Monitore gerichtet waren.

„Meine Mitarbeiterinnen und Mitarbeiter klären momentan, ob der Barren etwas mit dem gestohlenen Transport zu tun haben könnte. Es wäre sehr freundlich, Herr Brandner, wenn Sie nach unserer Sitzung veranlassen könnten, dass dies alles unbürokratisch und schnell vonstattengehen kann."

„Selbstverständlich", antwortete Brandner nach außen selbstbewusst. Innerlich fürchtete er sich vor dem Ergebnis.

„Gut, noch kann ich zwar nicht erkennen, was uns das bringen soll, aber bleiben Sie dran, Hartmann. Ich muss jetzt zur Kanzlerin. Können wir heute Nachmittag noch einmal um sechzehn Uhr dreißig zusammenkommen?"

Alle Beteiligten nickten. Sie hätten sich ohnehin nicht getraut, dem Kanzleramtsminister seinen Terminwunsch abzuschlagen. Hartmann bestätigte die Uhrzeit für alle, schaltete dann die Verbindung zu Stahl ab. Die übrigen Mitglieder des

Krisenstabes blieben, um auch noch so unbedeutend erscheinende Informationen auszutauschen.

Hartmann lehnte sich zurück. General Steiner berichtete von der ergebnislosen Befragung der Kameraden und Angehörigen der Transportbeteiligten durch die Militärpolizei. Daraus ergab sich keinerlei Verdacht auf mögliche Komplizenschaften. Friedrich Gmeiner musste eingestehen, dass die Abhöraktionen von Telefonaten und Mails durch die NSA bisher keine Anhaltspunkte geliefert hatten, obwohl man die Schlüsselwörter gezielt auf den Goldraub ausweitete.

Hartmann ließ sich seine Schadenfreude nicht anmerken, dass der BND nichts gefunden hatte.

Schließlich gingen die Mitglieder des Krisenstabes mit dem feuchtkalten Gefühl auseinander, dass die Goldräuber möglicherweise das perfekte Verbrechen verübt hatten.

*

Frankfurt am Main, Ulmenstraße, 11:05 Uhr. Das Telefon klingelte. Die Nummer kam Markus bekannt vor. Wem sie gehörte, wusste er aber nicht.

„Markus Manx", meldete er sich brummig.

„Hi Markus, hier spricht Lena!" Ihre Stimme klang melodisch. Offenbar freute sie sich, ihn erreicht zu haben.

„Hi Lena, schön Deine Stimme zu hören. Wie geht's?"

„Ich wollte mich für den schönen Abend bedanken. Und ..."

Markus überfiel ein ungutes Gefühl. Er freute sich schon auf die Verabredung. Hoffentlich sagte sie nicht ab ...

„Können wir uns eine halbe Stunde später treffen, um acht? Ich werde es sonst nicht pünktlich schaffen."

Markus fiel ein wahrer Hinkelstein vom Herzen.

„Kein Problem, ich habe ohnehin mit meiner Goldgeschichte genug zu tun."

„Wie entwickelt sich denn der Gold-Krimi?", fragte Lena.

„Es gibt einige neue Entwicklungen, die vielleicht zusammenhängen", begann Markus.

„Spann mich nicht auf die Folter", drängte sie halb im Scherz, „erzähl schon."

„In Luxemburg hat heute Morgen ein Kunde versucht, seiner Bank einen gefälschten Goldbarren zu verkaufen. Die Fälschung war aber so schlecht, dass das Ganze sofort aufflog."

„Und?"

„Die Bank hat den Vorfall der Luxemburger Polizei gemeldet. Und jetzt wird es interessant. Ich kenne jemanden von der Luxemburger Polizei. Den habe ich angerufen, und er meinte, vier Dinge hätte er noch nie so erlebt. Erstens: Die Luxemburger Polizei hat sofort die Ermittlungen aufgenommen und nicht erst Wochen später. Zweitens: Die Kollegen haben sich nicht hinter dem Image des Luxemburger Finanzplatzes versteckt, sondern sofort die deutschen Behörden um Amtshilfe gebeten."

„Was hat denn Deutschland mit der Fälschung zu tun?", unterbrach Lena.

„Der Kunde, der die Fälschung verkauft hat, kommt aus Deutschland. Und nun die dritte Besonderheit, die stutzig macht: die deutschen Behörden brauchten nicht wie üblich mehrere Tage, um das Amtshilfeersuchen zu prüfen, sondern nur ein paar Minuten."

„Hmh ... wirklich interessant ..."

„Genau. Bereits eine Stunde nach dem Amtshilfeersuchen hat die deutsche Polizei eine Hausdurchsuchung angeordnet. Meine Quelle meint, auf einen Durchsuchungsbeschluss wartet man im Normalfall eine Woche. Anscheinend gibt es eine Spezialabteilung für Falschgeld."

„Was haben sie gefunden?", fragte Lena.

„Das weiß ich noch nicht."

„Okay, und was ist die vierte Auffälligkeit?"

„So schnell wie die deutsche Polizei die Durchsuchung der Wohnung des Verkäufers beschließt, so schnell beschließen die Luxemburger die Durchsuchung der Bankräume."

„Die glauben, dass der Kunde Opfer und nicht Täter war?"

„Genau. Das ist auch die Theorie der Polizei."

„Spannend, aber wo ist der Zusammenhang zu dem Überfall auf den Goldtransport?"

„Richtig, dir fehlt ja ein Link. Ich habe nämlich noch was vergessen zu erzählen: Das Foto des gefälschten Goldbarrens hat die Luxemburger Polizei ins Netz gestellt. Vorhin habe ich mit Heraeus, dem Hersteller des Barrens, gesprochen ..."

„Und?"

„Die Nummer gehört zu einem Paket von zwanzig Barren. Das ist nur etwas für Zentralbanken oder Superreiche."

„Und da siehst du einen Zusammenhang?"

„Möglich wär's", antwortete Markus, „ich rufe gleich mal die Bundesbank an. Mal sehen, was die dazu sagen."

„Kannst mir alles genauestens heute Abend erzählen, okay? Ich bin schon gespannt. Also dann Ciao."

„Tschüss Lena", beendete Markus das Telefonat. Er freute sich auf den bevorstehenden Abend. Und wie ...

*

Berlin, Amerikanische Botschaft, 11:15 Uhr. Peter Redman saß an seinem Schreibtisch, vor ihm mehrere als geheim eingestufte Unterlagen ausgebreitet. Sie enthielten die Höhe der jährlichen Gold-Produktion in den USA sowie die Daten für die einzelnen US-Gesellschaften.

Redman grübelte. Woran, zum Teufel, hatte Felix Armbrüster erkennen können, dass die Produktion um hunderte Tonnen zu hoch ausgewiesen war? Und wie sollte jemand die Herkunft des in den Kreislauf eingeschleusten Goldes herausbekommen? Es gab keinen Hinweis darauf, dass es sich um das in den USA gelagerte Gold der Alliierten handelte. Und kontrollieren konnte sowieso niemand, ob das stimmte. Die USA ließen keine Kontrollen der Goldbestände zu, nicht einmal eine Kontrolle von Stichproben. Und die CIA sorgte dafür, dass es auch in Zukunft so bleiben würde. Andernfalls würde eine ihrer größten Finanzierungsquellen für verdeckte Aktionen ausfallen. Redman wusste genau, es gab viele teure Operationen, die ohne das Wissen des amerikanischen Kongresses finanziert werden mussten.

Zumindest hatte ihn sein Anruf heute Morgen in die USA einen kleinen Schritt weitergebracht. Die Kollegen hatten die Verantwortlichen der Goldmine unter die Lupe genommen. Die soeben per E-Mail eingetroffenen Unterlagen konzentrierten sich auf fünf verdächtige Personen, die den Zusammenhang zwischen Produktion und Goldverkäufen der Mine herstellen konnten. Einer der fünf musste die streng vertraulichen Unterlagen an den deutschen Journalisten Felix Armbrüster weitergegeben haben.

Es war zum aus der Haut fahren, ärgerte sich Redman. Der Zeitpunkt konnte kaum ungünstiger sein. Gelangten diese Informationen jetzt an die Öffentlichkeit, landeten nicht nur einige für ihn wichtige Menschen im Gefängnis. Auch die gegenwärtig laufenden Operationen wären gefährdet. Und das durfte auf keinen Fall passieren.

Für einen der fünf Verdächtigen hatte die CIA über Nacht bereits ein Dossier zusammengestellt. Jeremy Glenmore war Finanzvorstand der Rocky Mines Corporation und hatte diesen Posten schon seit über fünfzehn Jahren inne. Wer die Hintergründe kannte, der verstand, warum Glenmore sein Job vermutlich bis zur Pensionierung erhalten bleiben würde. Er saß sicher im Sattel und konnte sich auf einen Dollarvergoldeten Lebensabend freuen, an den andere Vorstände eines Unternehmens dieser Größe nicht herankamen.

Warum sollte gerade Glenmore einen derartigen Vertrauensverrat begehen?, grübelte Redman. Das Gleiche dachte er aber auch über die vier anderen Verdächtigen. Alle fünf kannte er persönlich. Das machte ihn befangen, und das erklärte auch, warum er sich so schwertat, einen von ihnen als den Verräter zu erkennen.

Die Liste der Telefonate der letzten vier Wochen ließ nichts Ungewöhnliches bei Glenmore erkennen. Mit Hilfe der NSA wurden alle Telefonate mitgeschnitten, von seinem Dienstapparat, von seinem Privatanschluss und von seinem Mobiltelefon. Natürlich screenten die Experten auch seinen E-Mailverkehr. Alles Fehlanzeige.

Auch seine Dienstreisen ließen keinen Rückschluss auf eine Verbindung mit Felix Armbrüster zu. Während der Zeit, in welcher der Deutsche in den USA weilte, hatte sich Glenmore stets mehr als tausend Meilen entfernt von dessen Aufenthaltsorten befunden. Nichts deutete auf einen Kontakt nach Deutschland hin.

Glenmore hat ein perfektes Alibi, dachte Redman.

Er legte die Akte zur Seite. Wenn Glenmore nicht die undichte Stelle war, blieben noch vier Verdächtige übrig. Jetzt galt es, einen nach dem anderen zu überprüfen. Das Informationsleck, das Felix Armbrüster mit Fakten versorgt hatte, musste abgedichtet werden. Rigoros und für immer.

*

Frankfurt am Main, Ulmenstraße, 11:25 Uhr. Markus wählte die Telefonnummer der Pressestelle der deutschen Bundesbank. Gestern hatte er sich den Namen der Mitarbeiterin nicht sofort notiert. Er musste erst peinlich nachfragen, damit er nachweisen konnte, von wem er die Auskünfte erhalten hatte. Jetzt lag auf dem Schreibtisch vor ihm ein Zettel mit skizzierten Fragen. Ganz oben stand dick und in Großbuchstaben: *NAME NOTIEREN!!!*

Heute brauchte er nicht durch die nervige Warteschleifen-Prozedur.

„Guten Tag, Sie sprechen mit der Pressestelle der Deutschen Bundesbank, mein Name ist Rose de Jong. Womit kann ich Ihnen helfen?"

„Markus Manx, guten Tag. Ich bin freier Journalist in Frankfurt", begann er. Gleichzeitig kritzelte er auf seinen Zettel Rose de Jong. *Glück gehabt. Wieder die Pressesprecherin persönlich.*

„Guten Tag Herr Manx, ich erinnere mich, wir hatten gestern schon das Vergnügen."

Sie war ein absoluter Profi. Obwohl sie am Tag unzählige Telefonate führte, konnte sie sich an ihn erinnern.

„Was kann ich heute für Sie tun?"

„Es geht wieder um den Überfall auf den Goldtransport. Dazu muss ich noch eine Frage loswerden."

„Fragen Sie, Herr Manx!"

„Welche Barrengröße haben die transportierten Goldbarren der Bundesbank?"

„In unseren Lagerstellen liegen fast ausschließlich Zwölfkommafünf-Kilogramm-Barren. Sie dienen zur eventuellen Besicherung. Kleinere Barren wären hierbei eher hinderlich. Entsprechend wurden auch diese Barrengrößen transportiert."

Vielleicht besteht tatsächlich ein Zusammenhang zwischen dem Vorfall in Luxemburg und dem Überfall in Frankfurt, fuhr es Markus durch den Kopf.

„Gibt es die Barrennummer 20863 in Ihren Goldbeständen?", fragte er direkt.

Er hörte, wie eine Nummer in die Tastatur eingetippt wurde.

„Ja, die Barrennummer gibt es in unseren Beständen. Sie wissen aber, dass die Nummern nicht genormt sind und auch von verschiedenen Goldscheideanstalten gleichzeitig verwendet werden können?"

„Sind Ihre Barren mit dieser Nummer von Heraeus?"

„Diese Information liegt mir nicht vor."

„Gibt es die Barrennummer auch in Ihrer Lagerstelle New York?", schob Markus schnell nach.

„Ganz genau. In New York haben wir mit der Nummer 20863 einen Melt mit 20 Barren, einen zweiten Melt mit 21 Barren und einen einzelnen Barren", antwortete Rose de Jong offen.

„Dann haben 42 Barren in New York dieselbe Nummer?"

„Genau", antwortete sie.

„Befanden sich Barren mit dieser Nummer in dem Transport, der überfallen wurde?"

„Das kann ich nicht sehen. Aber die Liste der Lagerstellen unserer Goldvorräte, auch New York, steht mit Angabe der Barrennummern im Internet und wird jährlich aktualisiert. Moment, ich gebe Ihnen am besten mal die Internetadresse: *www* - Punkt - *Bundesbank* - Punkt - *de* und dann nach 'Goldbarrenliste' suchen. Also nicht über die Presseseite zum gestrigen Überfall gehen."

„Okay ... Gibt es eigentlich schon Erkenntnisse zum Überfall?"

„Darüber liegen mir keine Informationen vor. Aber, Herr Manx, die polizeilichen Ermittlungen laufen weiter auf Hochtouren. Ergebnisse stellen wir sofort auf unsere Homepage."

Markus bedankte sich freundlich und legte auf.

„Ich fasse zusammen", dachte er laut, „angenommen, es gibt die Barren mit den Nummern 20863 in New York, und weiter angenommen, genau diese Barren wurden gestern transportiert ... warum taucht dann genau heute eine Fälschung mit dieser Nummer in Luxemburg auf?"

*

Frankfurt am Main, Bundesbank, 11:35 Uhr. Nach dezentem Anklopfen betrat Rose de Jong das Büro ihres Chefs, Dr. Jürgen Wieder, Präsident der Deutschen Bundesbank.

„Rose, was gibt's?"

Dr. Wieder zog es normalerweise vor, seine Mitarbeiter zu siezen. Er empfand sie als Untergebene. Rose bildete eine Ausnahme. Bei der Weltbanktagung in Washington vor einigen Jahren waren sich Rose und er sehr nahegekommen. Ihre Beziehung hatten sie kurz darauf in Frankfurt, in gegenseitigem Einvernehmen, erneut versachlicht, um ihre Familien nicht aufs Spiel zu setzen. Allein das Du war übriggeblieben.

„Ich hatte gerade einen Anruf von dem Journalisten Markus Manx. Ich habe ihm erzählt, was er auch kurzfristig im Internet findet. Er hat vermutlich bereits einen Zusammenhang zwischen der Luxemburger Fälschung und uns hergestellt. Jedenfalls hat er nach der Meltnummer und den Lagerstellen gefragt."

„Rose, sind die Fälschungen von uns?"

„Nein Jürgen, auf keinen Fall. Uns wurden immer echte Barren aus New York geliefert."

„Rose, man darf die Fälschungen auf keinen Fall mit uns in Verbindung bringen. Sonst kommen wieder diese Verschwörungstheoretiker und behaupten, unsere Bestände seien nicht echt."

„Und wie willst du das verhindern?"

„Keine Ahnung. Wir müssen uns etwas einfallen lassen!"

Stille im Raum. Beide dachten nach.

„Wissen wir überhaupt, ob bei den gelieferten Barren auch welche mit der Nummer 20863 waren?", wollte Rose wissen.

„Das werde ich gleich klären lassen. Meines Wissens haben wir vor dem Transport keine Liste mit den zu liefernden Barrennummern erhalten. Aber die müssen wir gleich anfordern!"

„Gut, ich werde bei Anfragen wie von diesem Manx wahrheitsgemäß antworten, wir wissen nicht, welche Barren geliefert wurden. Außerdem wäre es bei über hunderttausend Barren in New York schon Zufall, wenn sich unter den gelieferten zweihundertvierzig genau diese Nummer befunden hätte."

„Aber wenn doch, dann haben wir spätestens im nächsten Jahr ein Problem, wenn wir unsere Lagerstellenliste aktualisiert veröffentlichen ... Außerdem: Wenn die Nummer tatsächlich in der Lieferung war, dann müssen wir herausfinden, warum einen Tag nach dem Goldraub zufällig ein gefälschter Barren mit dieser Nummer auftauchte."

„Hast du schon Neues von der Polizei gehört?", wollte Rose noch wissen.

„Leider nein. Die tappen immer noch im Dunkeln. Sie haben keine Ahnung, wo sich unser gestohlenes Gold befindet."

Kurz nachdem Rose de Jong den Raum verlassen hatte, betrat Bernd Brandner, die rechte Hand des Bundesbankpräsidenten, den Raum. Brandner berichtete von der heutigen Sitzung des Krisenstabes Gold und von dem in Luxemburg aufgetauchten gefälschten 12,5-Kilo-Barren. Er war nervös, weil die Bundesbank zunehmend mit den Fälschungen in Zusammenhang gebracht wurde.

Dr. Wieder ergänzte, was ihm Rose de Jong in der Zwischenzeit berichtet hatte, und fuhr dann fort: „Fordern Sie die Nummernliste für den Transport von den Amerikanern an.

Sobald dort die Büros besetzt sind, will ich eine Aufstellung haben!"

„Dass eine Verbindung zwischen den Fälschungen und uns hergestellt wird, gefällt mir nicht", knurrte Brandner.

„Mir auch nicht. Aber daran können wir im Moment nichts ändern."

„Die Gefahr steigt, dass der Bundesrechnungshof kurzfristig unsere Bestände in der Gold-Pyramide stichprobenartig überprüft."

„Wie groß ist denn das Loch?", fragte Dr. Wieder.

Brandner wusste genau, was dieser meinte, ohne dass er es explizit ausgesprochen hatte.

„Zwanzig Tonnen. Knapp ein Prozent des hier gelagerten Bestandes."

„Außer den mir bekannten Personen weiß aber niemand von der Sache, oder?"

„Nein", sagte Brandner bestimmt. Er hoffte, dass alle Eingeweihten auch in Zukunft dichthielten.

„Bereiten Sie trotzdem alles für eine mögliche Überprüfung vor. Wir müssen vorbereitet sein, wenn der Rechnungshof kommt."

Damit schloss Dr. Wieder das unerfreuliche Thema ab und erhob sich. Brandner verstand das Zeichen und verließ den Raum.

*

Frankfurt am Main, Ulmenstraße, 11:35 Uhr. Markus Manx' Nervenkostüm befand sich im Hochspannungsmodus. Er spürte, dass er eine ganz heiße Geschichte am Haken hatte. *Die Pressesprecherin der Bundesbank, die nach dem Raub vermutlich Telefonate im Minutentakt führte, kann sich heute zufällig an meinen Anruf von gestern erinnern! Seltsam. Als freier Journalist, der eine Geschichte für die Hessische Neueste Presse recherchiert, bin ich im Grunde unwichtig für sie. Normalerweise weiß sie zehn Minuten später nicht mehr, wer sie vorher angerufen hat.*

Markus stand von seinem Bürostuhl auf und tigerte im

Zimmer auf und ab. So konnte er besser nachdenken. *Es muss an meinen Fragen gelegen haben. Ich habe gestern schon ins Schwarze getroffen. Und heute war sie anfänglich noch ganz cool, bei der Frage nach der Barrennummer wirkte sie aber irgendwie nervös. Als ob sie unsicher war, was sie mir erzählen darf und was nicht. Außerdem nehme ich ihr nicht ab, dass die Bundesbank nicht weiß, welche Barrennummern sich in der geraubten Lieferung befanden.*

Markus ging in den gemeinsamen Besprechungsraum des Redaktionsbüros. Vielleicht war er leer und er konnte den Flipchart nutzen. *Die Eckdaten übersichtlich auf Papier zusammenfassen, vielleicht bringt das was ...*

Er hatte Glück, das Zimmer war frei. Markus ging an den Flipchart und malte mit drei Strichen eine Pyramide in die Mitte. Das Innere schraffierte er mit einem dicken gelben Marker. Darunter die Schlagworte:
- *GOLD-PYRAMIDE SOLL BERUHIGEN*
- *240 BARREN NACH FRANKFURT GEHOLT*
- *MELT #20863 IN NEW YORK GELAGERT*
- *MELT #20863 GERAUBT WORDEN???*
- *WAS VERHEIMLICHT DIE BUNDESBANK???*

Rechts neben die Pyramide skizzierte er einen Lieferwagen:
- *GOLDRAUB, MONTAG, CA. 6:30 UHR*
- *RAUBDAUER 2 MINUTEN: PROFIS!*
- *SCHEIBEN MIT DECKE VERDUNKELT*
- *GABELSTAPLER, ABGESCHIRMTER FLUCHT-LKW*
- *WAS PASSIERTE MIT DEM GOLD???*

Zum Schluss strichelte er links ein dreidimensionales Kästchen, das wie ein Schuhkarton aussah, und beschriftete es mit LUX - das Bankschließfach.
- *UNTERNEHMER VERKAUFT FALSCHEN BARREN*
- *BARREN HAT DIE NUMMER 20863*
- *POLIZEI ARBEITET UNGEWÖHNLICH SCHNELL*
- *WIE KOMMT #20863 IN DAS SCHLIEßFACH???*
- *BARRENNUMMER ZUFALL???*

Wo liegt die gemeinsame Verbindung?, überlegte Markus während er einen Kreis um die Beteiligten zeichnete.

Markus riss das Blatt vom Flipchart herunter und nahm es

mit hinüber in sein Büro. Er musste Jonathan Schreiber anrufen und mit ihm eine weitere Geschichte in Gang bringen. Denn für die *Hessische Neueste Presse* stand jetzt die enorme Chance vor der Tür. Als kleine Zeitung bei einer großen Sache ganz vorne dran zu sein, das bedeutete Reputation pur.

*

Zwanzig Minuten später hatte Jonathan die Geschichte abgenickt. Markus bekam freie Hand, einen Beitrag mit spekulativen Elementen zu schreiben. Umgeben von sämtlichen Fotos, die er am Montag geschossen hatte, knobelte er daran herum, wie weit er mit seiner Spekulation gehen könnte. Keinesfalls durfte die Story wirken wie aus der Luft gegriffen. Zumindest gewisse Indizien musste er darin einbauen können.

Die Fotos vom Tatort brachten ihn nicht weiter. Er konnte nichts Auffälliges erkennen. Und die Fotos der Goldverladung, die er für die bisher nicht realisierte Reportage zu den Goldrückführungen nutzen wollte? Er sah die vermummten Soldaten mit ihren Maschinenpistolen. Er sah den Sicherheitstransporter mit offenen Türen. Er sah den Haufen Gold, fein säuberlich übereinander gestapelte Barren. Ein Foto mit vollem Zoom zeigte den Stapel in Nahaufnahme.

Gar nicht so schlecht, dachte er in einem Anfall von Selbstlob. Dann fiel ihm auf, dass sich fast sogar die Beschriftung erkennen ließ. Er vergrößerte den Bildausschnitt. Doch die Prägung auf den Barren blieb unscharf.

Mist, wenn ich doch nur ein besseres Objektiv gehabt hätte, dachte er enttäuscht ... Plötzlich durchfuhr ihn ein Gedankenblitz. *Vielleicht hat John Fotos geschossen, auf denen die Barrenbeschriftung zu lesen ist? Er hat die deutlich bessere Ausrüstung und auch mehr Erfahrung beim Fotografieren. Mit seinem 800er Objektiv in Verbindung mit dem Stativ muss doch jeder Krümel erkennbar sein!*

Aufgeregt durchsuchte er sein Adressverzeichnis nach der Telefonnummer von John Spencer.

Kurz darauf klingelte in Johns Büro drei Mal das Telefon,

bevor der Anrufbeantworter ansprang. *Schade, er ist nicht da.* Markus hinterließ keine Nachricht. Stattdessen wählte er Johns Handynummer. *Vermutlich ist er gerade zum Fotografieren unterwegs ...*

„Spencer."

In den Ohren von Markus klang das wie Musik.

„Hi John, störe ich dich gerade? Hier spricht Markus."

„Nein, es passt schon. Allerdings bin ich im Auto ohne Freisprechanlage unterwegs."

„Gut, dann mach ich es kurz. Bist du heute noch mal bei dir im Büro?"

„Ja, am späten Nachmittag. Ich bin gerade unterwegs zu einem Shooting. Danach fahre ich zurück ins Büro."

Markus steuerte direkt auf sein Anliegen zu.

„Sag mal, wie sind deine Fotos gestern von der Goldverladeaktion geworden?"

„Nicht schlecht. Es war keine große Herausforderung, von der Empore ein paar brauchbare Bilder zu schießen. Warum fragst Du? Sind deine vielleicht nichts geworden?" Es klang etwas hämisch.

„Doch, ganz gut, aber nicht gut genug", wollte Markus wenigstens etwas relativieren. „Kann ich nachher kurz vorbeikommen und deine Bilder durchsehen, ob etwas Brauchbares dabei ist?"

„Kein Problem. Ich bin spätestens um fünf Uhr zurück. Dann kannst du gerne bei mir aufkreuzen. Die Adresse hast du ja."

„Perfekt, dann bis fünf bei dir!"

Vielleicht, so hoffte Markus, konnte die Barrenbeschriftung das Geheimnis lüften helfen ...

*

Markus machte sich daran, die Geschichte mithilfe einer neuen Online-Meldung weiter voranzutreiben. Zur Kontrolle hatte er noch einmal Manfred Krüger von der Bundespolizei angerufen. Doch der hatte ihm nichts Neues berichten können. Offenbar wusste er selber noch nichts von dem falschen

Goldbarren in Luxemburg mit der Nummer, die auf eine Verbindung zur Bundesbank schließen ließ.

Die goldene Schweigemauer der Bundesbank

Gefälschter Barren aus Bundesbankbestand?

Die Hintergründe für den gestrigen Überfall auf einen Goldtransport der Deutschen Bundesbank, bei dem drei Tonnen Gold erbeutet wurden, sind weiterhin ungeklärt. Die Polizei ermittelt noch immer in alle Richtungen.

Mehr als ein zeitlicher Zufall könnte eine Meldung der Polizei im Herzogtum Luxemburg sein. Dort ist heute Morgen ein gefälschter Goldbarren mit einem Gewicht von 13 Kilogramm aufgetaucht. Die Qualität der Fälschung ist laut Angaben von Experten relativ schlecht. Die Barrennummer lässt auf eine Verbindung mit der Deutschen Bundesbank schließen. Diese bestätigte auf Anfrage, dass sich Gold mit der in Luxemburg aufgetauchten Barrennummer 20863 in ihrem Bestand in New York befindet. Eine Aussage, ob sich Barren mit dieser Nummer auf dem gestern gestohlenen Transport befanden, konnte sie nicht machen.

Das wirft die Frage auf, warum die amerikanische Notenbank, bei der immer noch über 800 Tonnen deutsches Gold gelagert sind, der Bundesbank nicht die Nummern der gelieferten Barren mitteilte. Der Bundesrechnungshof weist seit Jahren darauf hin, dass bei der Goldlagerung das Vertrauensprinzip nicht gilt. Er sieht das deutsche Gold im Ausland nicht sicher aufgehoben und fordert seine Rückführung nach Deutschland.

Hat der Bundesrechnungshof recht? Besteht ein Zusammenhang zwischen der aufgetauchten Fälschung und den deutschen Goldreserven? Es wird Zeit, dass die Bundesbank endlich mehr Offenheit beim Umgang mit den Goldreserven pflegt. Die goldene Schweigemauer muss endlich eingerissen werden.

Markus wusste, wie spekulativ seine Fragen waren. Aber bei mauernden Behörden half manchmal nur, berechtigte Fragen öffentlich zu stellen, damit sich möglichst viele Bürger einklinkten und eine Antwort einforderten. Immerhin war es das Gold aller Deutschen.

*

Frankfurt am Main, Lagezentrum der Bundespolizei, 16:30 Uhr. Ein Mitarbeiter von Kanzleramtsminister Sven Stahl hatte die Videoverbindung zu den vier in Frankfurt versammelten ständigen Mitgliedern des Krisenstabes Gold aufgebaut. Er informierte sie, dass der Kanzleramtsminister in ein bis zwei Minuten dazustoßen werde.

„Guten Tag die Herren. Bitte verzeihen Sie die kleine Verspätung", entschuldige sich Stahl bei den auf ihn Wartenden, als er sich auf den Platz vor die Kamera setzte. „Lassen Sie uns beginnen. Was gibt es Neues?"

„Bei der Fahndung nach den Goldräubern gibt es noch keinen Durchbruch", begann Hartmann die Ermittlungen der Bundespolizei zusammenzufassen. „Die Spur zu dem gefälschten Goldbarren in Luxemburg stellte sich als vielversprechend heraus. So konnten wir die Nummer auf dem falschen Goldbarren eindeutig dem Transport zuordnen. Der deutsche Unternehmer, der den Barren verkaufen wollte, hat wahrscheinlich nichts mit dem Raubüberfall zu tun. Es war offenbar reiner Zufall, dass er den Barren genau heute verkaufen wollte. Wie uns die Luxemburger Kollegen mitteilten, ergab eine Durchsuchung der Bank, dass dort noch eine Reihe weiterer gefälschter Zwölfkommafünf-Kilogramm-Barren in den Tresoren lagen. Alle Nummern passten zu den Nummern der Barren unserer Rückholaktion."

„Was heißt das?", wollte Stahl ungeduldig wissen. „Wie können gestohlene Barren, die echt sein müssten, am nächsten Tag in einem Tresor in Luxemburg auftauchen?"

„Höchstwahrscheinlich wurden die Barren dort gewaschen. Noch können wir das nicht beweisen, weil der Tresorchef flüchtig ist. Er muss mit den Goldräubern in Verbindung gestanden haben und echte Goldbarren gegen die Barren aus der Lieferung getauscht haben."

„Das verstehe ich nicht", verlangte General Steiner eine Erklärung.

„Die Goldbarren in dem Transport waren nummeriert. Somit konnten die Räuber sie nicht irgendwo verkaufen, ohne dass ein Verdacht auf sie gefallen wäre. Sie mussten die Bundesbank-Barren gegen saubere tauschen, um sie verkaufen zu können. Der Tresorchef, der offenbar als Goldwäscher fungierte, dachte vermutlich, dass die Barren aus dem Bundesbanktransport echt seien und für die nächsten Jahre in den Tresoren der Bank schlummern würden", erläuterte Hartmann.

„Wie viel Gold wurde bei dieser Bank gewaschen?"

„Die Kollegen aus Luxemburg konnten siebenunddreißig weitere Barren aus dem Transport sicherstellen. Da alle Nummern eindeutig aus der Rückholaktion stammten, ist ein Zufall ausgeschlossen. Und niemand wusste vorher von den Nummern, die uns bei dieser Rückholaktion geschickt werden sollten. Folglich müssen die falschen Goldbarren zwingend aus dem Goldtransport stammen", sagte Hartmann.

„Was wollen Sie damit sagen?", hinterfragte Brandner.

„Wenn hundertprozentig sicher ist, dass die Nummern aller Barren in Luxemburg mit den Barrennummern aus dem Transport übereinstimmen, und wenn gleichzeitig niemand über Nacht falsche Barren mit diesen Nummern herstellen und dort deponieren konnte, dann müssen die Barren im Banktresor tatsächlich aus dem Transport stammen. Und da alle achtunddreißig Barren in dem Banktresor falsch waren, waren vermutlich alle Barren in der Goldlieferung gefälscht."

„Sie wollen sagen, die Amis wollten uns falsches Gold unterjubeln?", hakte Gmeiner nach, sichtbar entsetzt über diese Unterstellung gegenüber den amerikanischen Kollegen, mit denen er ständig in Kontakt war.

„Danach sieht es eindeutig aus", bestätigte Hartmann.

„Das kann aber nicht sein", widersprach Brandner.

„Wieso nicht?"

„Wir haben schon zahlreiche Rückholaktionen unseres in den USA gelagerten Goldes durchgeführt. Zum Standardprocedere gehört eine Echtheitsprüfung. Es wäre uns aufgefallen, wenn früher schon einmal falsche Barren geliefert worden wären."

„Das kann ich nicht beurteilen", murrte Hartmann. „Fakt ist, dass dieses Mal die Lieferung aus falschen Goldbarren bestand."

„Okay", mischte sich Stahl ein. „Brandner, Sie klären dringend mit der Fed, wie das sein kann. Dieses Thema ist heikel und könnte gravierende Auswirkungen auf die Finanzmärkte haben. Daher gilt oberste Geheimhaltung."

„Das wird uns nicht mehr gelingen", warf Gmeiner ein. „Ich habe vorhin von meinen Kollegen einen Artikel aus der *Hessischen Neuesten Presse* gemailt bekommen. Darin wird bereits ein möglicher Zusammenhang zwischen dem falschen Goldbarren in Luxemburg und der Goldlieferung hergestellt."

„Wie kann das sein?", fragte Stahl empört.

„Ein Journalist namens ... Moment, bitte ...", Gmeiner schaute auf einem Ausdruck des Beitrages nach, „Markus Manx, hat die Barrennummer auf einem Foto der Luxemburger Polizei mit den Nummern der Bundesbankbestandslisten verglichen."

„So ein Ärger", stieß Stahl erbost hervor. „Wieso wurde von dem gefälschten Barren überhaupt ein Foto veröffentlicht?"

„Übliche Routine. Die Polizei muss schließlich auch Werbung für ihre Arbeit machen", erklärte Hartmann. Er verspürte einen wachsenden Groll, dass ausgerechnet der eingebildete Gmeiner einen Achtungserfolg beim Kanzleramtsminister gelandet hatte. Er, Hartmann, wusste natürlich auch von dem Artikel.

„Brandner, Sie sorgen dafür, dass die Presse die Nummern der Goldbarren des gestohlenen Transports nicht herausfindet. Sonst könnte sich daraus ein internationaler Zwischenfall entwickeln. Und so was können wir jetzt am wenigsten brauchen."

„Sehr wohl, Herr Minister."

„Gibt es sonst etwas Wichtiges?", fragte Stahl. „Oder haben diese Gauner wirklich ein perfektes Verbrechen durchgeführt?"

„Nicht ganz", warf Hartmann ein. „Durch diesen Zufall mit dem Goldbarrenfund in Luxemburg haben wir einen großen Vorteil, mit dem die Räuber nicht rechnen."

„Raus mit der Sprache. Ich habe nicht mehr viel Zeit", drängte Stahl.

„Mit Hilfe der Luxemburger Kollegen haben wir schon eine Reihe von Nummern der Originalbarren in den Tresoren ermitteln können. Da der Zeitplan der Goldräuber straff durchorganisiert war, werden diese die eingetauschten saubereren Barren vermutlich zeitnah verkaufen. Und wir versuchen, sie mit Hilfe dieser uns nun bekannten Nummern zu erwischen."

„Klingt gut, wir könnten eine Erfolgsmeldung gebrauchen", kommentierte Stahl. „Ich muss los. Dann sehen wir uns morgen um neun Uhr. Guten Tag."

Die Abschiedsfloskel war kaum beendet, als es auf Monitor zwei zuckte, das Gesicht verschwand, die Leitung war tot.

„Sie haben es gehört", ergriff Hartmann wieder die leitende Rolle. „Zumindest haben wir nun schon eine erste kleine Spur", lobte er sich indirekt selbst. Nach kurzer Verabschiedung ging er mit geballter Faust in der Tasche in sein Büro, lehnte sich in dem altmodischen Bürostuhl zurück und schloss kurz die Augen. *Nur noch diesen letzten Fall als Leiter eines Krisenstabes lösen! Dann sollen die jüngeren Kollegen ran. Noch zwei Jahre bis zur Pensionierung.*

Auch wenn der Tag heute gut gelaufen war, Hartmann reichte es …

*

Frankfurt am Main, Egestraße, 17:00 Uhr. Der große Wohnblock im Nordwesten von Frankfurt war für Markus mühelos erreichbar. Er musste nur dreihundert Meter bis zur U-Bahn-Station an der Alten Oper laufen und dann mit der U6 Richtung Praunheim bis zur vorletzten Station fahren: *Friedhof Westhausen.* Hier lag John Spencers „Fotostudio", eine kleine Wohnung in der Egestraße.

„Hallo Markus", begrüßte ihn John, eine Zigarette im Mundwinkel.

„Hi John. Danke, dass du Zeit hast."

Markus schüttelte ihm vorsichtig die Hand, da die Asche der Zigarette auf den Boden zu fallen drohte.

„Komm rein. Ich habe die Fotos schon rausgesucht. Wir können uns gleich an den Computer setzen. Vielleicht ist was für dich dabei ... Für wen brauchst du die Fotos denn überhaupt?"

„Ich mach's mal kurz. Du hast sicher mitbekommen, dass der Transport, dessen Verladung wir gestern fotografiert haben, überfallen wurde."

„Natürlich. Ich hatte mehrere Anfragen, weil einige Zeitungen und Magazine zur Bebilderung ihrer Geschichte noch Fotomaterial benötigten. Der Termin hat sich endlich mal richtig rentiert."

Mit zufriedenem Gesichtsausdruck schaute John zu Markus, der sich auf einen Stuhl neben ihn gesetzt hatte.

„Mir geht es nicht um ein Foto zur Veröffentlichung, sondern um eine Information, die ich für meine Recherchen brauche."

„Interessant. Was soll ich denn fotografiert haben, was du nicht selbst hast?"

„Kannst du mir die Fotos zeigen, bei denen der Stapel mit den Goldbarren möglichst großformatig zu sehen ist? Einige der Bilder hast du mit deinem Tele gemacht."

„Wenn es nur für dich als Hintergrundinformation ist, kann ich dir auch die Fotos zeigen, die ich schon exklusiv verkauft habe."

„Super. Mich interessieren die Barrennummern. Kannst du die Dateien öffnen, bei denen nur einzelne Barren zu sehen sind?"

John hatte sich eine neue Zigarette angezündet, einen übervollen Aschenbecher unter alten Fotos freigelegt und neben sein Keyboard gezogen.

„Ich habe hier eine ganze Serie."

Er klickte auf das erste der Barrenfotos und füllte damit seinen Bildschirm.

„Da stehen mehrere Nummern drauf. Welche ist denn die Barrennummer?"

„Es ist die unterste Nummer", sagte Markus, erfreut über die gut lesbaren Nummern.

„Die anderen Ziffern drücken Gewicht und Reinheitsgehalt aus."

„Gut, ich habe eine 4633, 4603, 8741 und 7299", las John vor. „Bei der letzten Nummer ist nur die 730 erkennbar. Die letzte Ziffer könnte eine 0 oder eine 8 sein."

„Mist! Kannst du das nächste Foto aufrufen, vielleicht erkennt man dort mehr …"

Die nächsten drei Fotos waren quasi Klone des ersten Bildes. Die Einstellung war nur minimal verändert. Doch das fünfte Foto war aus einer anderen Perspektive aufgenommen worden. Nun ließen sich auch andere Barren erkennen.

„Hier sind weitere Nummern. Ich erkenne eine 11266 und noch einmal 11266 sowie …"

Markus sprang auf.

„Ich hab's!", schrie er triumphierend. „Hier ist die 20863 zu sehen. Und hier – noch mal die 20863." Er zeigte mit dem Finger die gesuchte Nummer auf dem Bildschirm.

„Du hast also gefunden, was du gesucht hast?"

„Absolut … John, ich könnte dich knutschen, wirklich!"

„Nee, nee, lass das bloß sein! Sag mir lieber, was das jetzt heißt. Und wieso gibt es manche Nummern mehrfach?"

„Die Mehrfachnummern kommen zustande, weil früher häufig ganze Serien von Barren gegossen wurden. Man hat die Gussform mit der Nummer mehrfach verwendet. Von der 20863 gibt es beispielsweise 20 Exemplare. Eventuell sogar noch mehr, falls eine andere Scheideanstalt zufällig die gleiche Barrennummer verwendet haben sollte."

„Und warum ist diese Nummer für dich so wichtig?"
„Okay, berechtigte Frage. Ich schlage vor, wir machen einen Deal. Ich brauche das Foto mit der Nummer, um damit eine Theorie zu belegen. Sollte sich diese bewahrheiten, könnte für dich ein gutes Honorar rausspringen. Denn dann könnte das Foto mit der erkennbaren Nummer ziemlich wertvoll werden."

John brauchte weniger als eine Sekunde Bedenkzeit: „Einverstanden. Ich druck's dir schnell in Farbe aus und schick's dir zusätzlich per Mail. Dieses Foto habe ich ohnehin noch nicht verkauft. Es gibt also keine Probleme mit den Veröffentlichungsrechten. Und du informierst mich, wenn deine Geschichte heavy wird." John drückte die bis auf den Filter gerauchte Kippe im Aschenbecher aus.

„Du, kennst du den schon? fragte John, über den Drucker gebeugt.

Markus war klar, was jetzt folgen würde.

„Zwei Fans der Frankfurter Eintracht treffen sich. Du, meine Frau will sich scheiden lassen, wenn ich weiterhin jedes Wochenende ins Stadion gehe. - Das ist aber unangenehm, sagt der andere. - Ja, allerdings, sie wird mir sehr fehlen."

Mit den letzten Worten zog er den Ausdruck aus dem Drucker. Grinsend überreichte er Markus das Foto mit der gut erkennbaren Barrennummer.

„Und? Wie fandest du den ...?

„Du hattest schon bessere", kommentierte Markus mit einem verzweifelten Schmunzeln. Kurz darauf verließ er das Mini-Studio in einer geradezu euphorischen Stimmung.

Unterwegs rief er von seinem Handy Rose de Jong von der Bundesbank an. Er wollte von ihr ein offizielles Statement, warum ein gefälschter Barren die gleiche Nummer tragen konnte, wie ein Barren des geraubten Goldtransports aus New York.

Sie versprach ihm eine Mail bis spätestens 8:30 Uhr am nächsten Morgen. Angeblich war jetzt, nach 17:00 Uhr, niemand mehr erreichbar, um das zu klären.

Schon wieder eine Lüge, dachte Markus. Einen Tag nach dem größten Goldraub in der Geschichte der Bundesrepublik schoben garantiert alle Überstunden, schon der eigenen Karriere wegen.

*

Frankfurt am Main, Restaurant Gallo Nero, 19:55 Uhr.
Lena saß bereits an einem Tisch, als Markus das Restaurant betrat. Sie umarmten sich, dazu ein Kuss auf die rechte Wange, dann links.
„Hi Markus, mein Goldsucher."
Sie sah umwerfend aus. Ganz klassisch in einem schwarzen Minikleid. Mit ihrer schwarzen Strumpfhose und den kniehohen schwarzen Lederstiefeln hätte sie bei jedem Casting eine gute Figur abgegeben. Um den Hals trug sie eine Perlenkette, und ihre Augen strahlten. Markus kam sich beinahe schäbig vor neben ihr. Zwar hatte er heute sein bestes Sakko angezogen, anthrazitfarben, dazu ein dunkelblaues Hemd. Aber hätte er vielleicht doch die Jeans im Schrank lassen sollen? Und eine Krawatte wäre auch nicht falsch gewesen …
„Hi Lena, gut siehst du aus!"
„Danke. Setz dich und erzähl mir von Deinen Goldrecherchen. Wie hat die Bundesbank reagiert? Mich interessiert brennend, wie es weitergeht."
Markus fühlte sich ein wenig überrumpelt. Hatte er etwas falsch interpretiert, war dieses Treffen vielleicht gar kein Rendezvous? … *Na ja, machen wir's Beste draus …* Er setze sich und erzählte von der ersten ausweichenden Auskunft, von seinem Gefühl, belogen zu werden und schließlich von seinem Glück, das Foto mit der passenden Barrennummer zu finden. Zwischendurch bestellten sie einen gemischten Antipasti-Teller für Zwei und Ravioli, gefüllt mit Steinpilzen in Salbeibutter. Dazu gab es einen Chianti Classico Riserva von Banfi.
„Tolle Recherche, wirklich. Aber warum sollten die Räuber falsche Goldbarren stehlen? Und vor allem, wie kommt

ein am Montag gestohlener Barren bis Dienstagmorgen nach Luxemburg in ein Bankschließfach?"

„Na ja. Die Räuber wussten vermutlich nichts davon, dass die Barren nicht echt sind. Aber bei der zweiten Frage muss ich passen."

„Nimm es nicht persönlich, aber könnte es nicht sein, dass du dich verrennst?"

„Verrennen wäre wohl übertrieben. Ich halte es nicht für ausgeschlossen, dass es nur Zufall ist. Andererseits ist eines sicher: Die Bundesbank verschweigt etwas. Vielleicht ist es aber auch etwas anderes", erklärte Markus selbstbewusst.

„Weißt du, was ein Strategema ist?"

„Ist das nicht irgendeine Kriegsstrategie?"

„Sehr gut. Genau genommen ist es eine Art Kriegslist. Entwickelt von einem chinesischen General im fünften Jahrhundert. Insgesamt sechsunddreißig gibt es davon. Eine lautet *Auf das Gras schlagen, um die Schlange aufzuscheuchen.* Das hast du vermutlich schon mal gehört."

„Stimmt. Das heißt, du willst im Grunde die Bundesbank aus der Reserve locken. Klingt ein bisschen nach David gegen Goliath", bemerkte Lena.

„Was habe ich zu verlieren? Wenn es nicht funktioniert, ist es auch nicht schlimm", sagte Markus.

„Gute Überlegung."

„Mal sehen, wie es morgen weitergeht. Ich bin schon gespannt auf die Antwort zu den gleichen Barrennummern ... Aber jetzt erzähl Du, was du heute gemacht hast?"

„Ich hatte heute eine Abschlussbesprechung bei einem Unternehmen, deren EDV-System so löchrig war wie ein Schweizer Käse. Vor zwei Monaten konnte ich problemlos interne vertrauliche Dokumente und Produktionsprozesse downloaden. Das habe ich heute offengelegt und anschließend alle Dokumente gelöscht."

„Aber ganz umsonst machst du so etwas nicht, oder?", fragte Markus.

„Nein, natürlich nicht. Mehr als jedes zweite Unternehmen reagiert professionell und bedankt sich für die Hinweise. Meist wollen sie dann wissen, wie sie sich effektiv schützen können. Und da helfe ich gerne. In den anderen Fällen lösche ich alles und verbuche es gedanklich als vergebliche Akquisebemühung."

„Wirklich ein hochinteressantes Geschäftsfeld, das du dir da ausgesucht hast", lobte Markus. „Aber erzähl doch mal, wie du eigentlich zur Hackerin geworden bist? Hast du auch schon illegale Aktionen durchgezogen?"

„Na ja, früher mal. Ich war immer schon skeptisch, wie wasserdicht die so hoch gelobten neuen Technologien denn wirklich sind. Ich habe viel Zeit am Computer verbracht und daran geknobelt wie ich an vertrauliche Informationen auf anderen Rechnern kommen kann."

Sie machte eine Pause.

„Und wenn du in der Community bist, dann entsteht dort ein wirkungsvoller Wettbewerbsdruck."

„Inwiefern?"

„Alles ist transparent. Jeder weiß, wer welche Homepage geknackt hat. Natürlich nicht unter dem Echtnamen sondern mit Pseudonymen."

„Und wie war dein Nickname?"

„Snoopy", sagte Lena.

Markus schmunzelte. „Das ist doch der Haushund von Charlie Brown aus *Die Peanuts*. Ein lustiges Kerlchen. Aber in deinem Fall dürfte ein Spürhund vermutlich ein großes Kompliment gewesen sein."

„Schlecht war ich nicht. Ich habe so manche Nuss geknackt, an der sich andere die Zähne ausgebissen haben."

„Und wie hast du dann später auf den Pfad der Tugend zurückgefunden?"

„Im Grunde war es die Polizei. Sie konnten mir zwar nie etwas nachweisen, aber sie hatten mich regelmäßig auf der Liste der Verdächtigen. Und da wusste ich, dass es nur eine Frage der Zeit war, irgendwann einen Fehler zu machen."

„Und dann?"

„Bin ich in der IT-Abteilung der German Bank gelandet! Ich habe mich einfach beworben und meiner Bewerbung vertrauliche Dokumente beigelegt, die ich von deren Servern gehackt habe. Das hat sie wohl überzeugt."

„Donnerwetter, nicht schlecht", staunte Markus. „Aber wieso bist du dann später von dort weggegangen? Ein sicheres Einkommen wirft man doch nicht so einfach weg."

„Damals habe ich gerne mit meinem Aussehen kokettiert. Ich habe es genossen, meine männlichen Kollegen mit sehr kurzen Röcken zu reizen. Leider hat einer dann die Finger nicht von mir lassen können. Er wurde aufdringlich. Eine Anzeige bei der Frauenbeauftragten der Bank brachte aber nichts. Keiner glaubte mir. Also zog ich die Konsequenzen und ging."

„Was für ein Pech für die Bank", bemerkte Markus mit einem Lachen.

„Ob wir uns hier noch einen Kaffee bestellen sollten?", fragte Markus nach Mousse au Chocolat und Panna Cotta mit einem eindeutig zweideutigen Blick.

„Das hast du dir gemerkt. Warum überrascht mich das nicht?" Lena hatte die Anspielung verstanden und schmunzelte. „Wir können den Kaffee gerne bei mir trinken."

„Il conto, per favore", signalisierte Markus dem Ober, der gerade den Nachbartisch abräumte.

„Heute zahle ich", sagte Lena, keinen Zweifel an ihrer Absicht lassend. „Nach dem Abschlussgespräch heute habe ich der Firma die Rechnung gestellt. Der Deal war lukrativ. Außerdem bin ich an der Reihe."

„Okay, wir diskutieren nicht!"

Nachdem sie das Lokal verlassen hatten, legte Markus mit einem wissenden Lächeln seinen Arm um Lena. Sie ließ es gerne geschehen, sah ihn an und lächelte einladend zurück.

*

Zwanzig Minuten später parkten sie in der Tiefgarage, stiegen in den Aufzug des Mehrfamilienhauses, in dem Lena wohnte, und fuhren in den vierten Stock. Markus betrachtete sie von der Seite. Mit dem Handrücken strich er ihr leicht vom Haarscheitel über das Ohr bis zum Hals entlang.

„Weißt Du, dass du ein wunderschönes Profil hast?"

Lena erwiderte nichts. Mit einem Lächeln der Marke zauberhaft nahm sie seine Hand und zog ihn in die Wohnung hinein. Von innen drückte sie die Tür zu und zog Markus an sich. Ein leidenschaftlicher Kuss. Währenddessen streifte sie ihm seinen Mantel von der Schulter.

„Jetzt bekommst du erstmal deinen Kaffee!"

„Aber ...", protestierte Markus enttäuscht.

„Keine Widerrede, wir haben noch viel Zeit."

Lena bot ihm einen Platz auf der Couch an und ging in die Küche. Es machte ihr sichtlich Spaß, das Geschehen in die Länge zu ziehen.

Markus sah ihr nach, als sie durch das Wohnzimmer in die offene Küche schwebte. Er konnte den Blick nicht von ihr lassen. Sie spielte mit ihm und ging betont langsam. Wie ein Modell setzte sie einen Fuß vor den anderen.

Donnerwetter, ein extrem aufreizender Gang! hallte es aus dem Bereich seines Hirns, der für die Erotik zuständig ist. *Catwalk,* meldete sich naseweis das Großhirn zu Wort.

„Möchtest du lieber einen Cafe Crema oder einen Espresso?"

„Mir egal, Hauptsache es geht schnell."

„Na, na, na. Wer wird denn hier so ungeduldig sein?"

Lena füllte den Wasserbehälter des Kaffee-Vollautomaten. Dann nahm sie ein Geschirrtuch vom Haken, und wischte ein paar Wassertropfen weg, die auf der Anrichte gelandet waren. Dabei fiel es ihr, erkennbar absichtlich, auf den Boden. Betont langsam beugte sie sich vor, um es aufzuheben. Die Anspannung in Markus wuchs. Lena bückte sich, hob das Geschirrtuch mit einer Hand auf. Gleichzeitig strich sie mit der anderen über ihr Gesäß, hinunter zu den Oberschenkeln.

Wow, diese Frau macht mich verrückt!, dachte Markus halb anerkennend, halb erwartungsvoll. *In ihrem schwarzen Minikleid sieht sie wirklich absolut umwerfend aus. Am liebsten würde ich mich jetzt gleich auf sie stürzen ...*

Lenas Strategie war mit weitaus mehr Finesse gestrickt.

„Ich habe uns zwei Espressi gemacht. Ich hoffe, das ist okay?"

Sie setzte sich neben Markus und stellte die Tassen auf dem Couchtisch ab.

„Soll ich uns noch Zucker holen?"

„Nein, nein, ich trinke ihn schwarz", lehnte Markus ab.

Lena lächelte, schob ihn im Sessel zurück und setzte sich auf seinen Schoß. Ihr Minikleid rutschte verführerisch weit hoch, Markus erblickte den gemusterten Zierrand ihrer halterlosen Strümpfe, darüber lockte ihre makellos weiße Haut. Lena genoss seinen Blick. Sie drehte sich ein wenig zur Seite, griff sich eine Espressotasse, tauchte ihren Finger in den Espresso und leckte ihn genüsslich ab.

„Willst du auch davon?" Ohne ernsthaft auf eine Antwort zu warten, tauchte ihr Finger erneut in den Espresso, zog ihn wieder heraus und benetzte Markus damit die Lippen. Instinktiv nutzte er seine Zunge, um die Kaffeetröpfchen von ihrem Finger zu lecken.

Markus schoss ein Songtext von Elvis durch den Kopf. *You look like an angel. Walk like an angel. Talk like an angel ... But I got wise – You're the devil in disguise ...*

Ja, wie's aussieht steckt wirklich ein Teufelchen in dir, Lena Eck.

Nachdem Lena das aufreizende Ritual drei Mal wiederholt hatte, trank sie den Rest des Espressos in einem Zug aus. Sie tauschte die Tassen, führte die volle an Markus' Lippen.

Das war der beste Espresso, den er je in seinem Leben getrunken hatte. Und eine kreative Ouvertüre ...

*

Iphofen, Zehntkeller, 21:10 Uhr. Zwei schwarze Audi A8 hatten kurz nacheinander Iphofen erreicht und waren in den Innenhof des Zehntkellers eingebogen. Jetzt parkten die Fahrzeuge direkt nebeneinander, Scheinwerfer Richtung Torausfahrt. Die Fahrer standen in der Dunkelheit neben den Fahrzeugen und rauchten.

Der Besitzer des Zehntkellers hatte die Herren persönlich begrüßt und in das Separee neben dem Eingang geführt.

„Sven, wir sind in Schwierigkeiten!", eröffnete Dr. Jürgen Wieder sofort das Gespräch. Er war direkt nach der Bundesbanksitzung aus Frankfurt herübergekommen, und wirkte gehetzt. Ungewöhnlich für ihn.

Iphofen, ein Dorf von knapp dreitausend Einwohnern, konnte man von Frankfurt aus gut erreichen. Zudem lag es fast auf der Strecke Berlin – München. Die Anonymität des kleinen Weinstädtchens hatte für Iphofen gesprochen. Heute war die Wahl auf den Zehnkeller gefallen, ein historisches klosterähnliches Anwesen mitten im Ort.

„Lass uns zuerst bestellen, Jürgen. Seit dem Frühstück habe ich nichts mehr gegessen, außer diesen ekelhaften Konferenzkeksen", sagte Sven Stahl, Mitte Fünfzig, sportlich-muskulös, leichte Geheimratsecken, perfekt gekleidet, weißes Hemd, grauer Anzug. Mit Sonnenbrille meinten einige seiner Freunde, sähe er aus wie *Agent Mr. Smith* aus der Matrix. Im Gegensatz zu Mr. Smith stehe er aber auf der Seite der Guten, betonte Stahl regelmäßig bei diesen Anspielungen.

„Einverstanden", stimmte Dr. Wieder zu.

Ein Druck auf die Klingel und die Bedienung erschien. „Bitte, was darf ich Ihnen bringen?"

Kanzleramtsminister Sven Stahl bestellte: „Den rosa gebratenen Rehrücken mit Rosmarin-Kartoffeln für mich, und einen Schoppen Weisswein – Silvaner Iphöfer Julius-Echter-Berg, Kabinett, bitte. - Einer meiner Lieblingsweine hier in Franken", erklärte er zu Dr. Jürgen Wieder gewandt.

„Ich nehme das gleiche." Für eine eigene Auswahl war Dr. Wieder heute zu unruhig. Die letzten Stunden hatten ihm den Appetit vollständig verdorben.

Später genoss Stahl seinen Rehrücken, während Dr. Jürgen Wieder sein Essen eher umrührte, als dass er aß.

„Sven, wir sind in Schwierigkeiten. In großen Schwierigkeiten sogar!"

„Konkreter!"

„Die Geschichte mit den Goldbarren lässt sich nicht mehr unter der Decke halten."

„Wo liegt das Problem?", fragt der Kanzleramtsminister.

„Der Reporter bringt die Fälschungen in Zusammenhang mit der Bundesbank."

„Aber Fälschungen gibt es immer wieder. Ihr von der Bundesbank seid doch nicht für alles verantwortlich", versuchte der Kanzleramtsminister ihn zu beruhigen.

„Dieses Mal wird es enger."

„Wieso?"

„Schon heute Nachmittag erschien auf dem Online-Portal der *Hessischen Neuesten Presse* von einem Markus Manx ein Artikel, der geschickt einen Zusammenhang zwischen dem Goldraub und dem gefälschten Goldbarren aus Luxemburg herstellt."

„Du hast ihn mir mailen lassen. Wo soll da das Problem sein? Das ist doch alles spekulativ."

„Stimmt, aber der Journalist ist hartnäckig. Er hat heute Abend noch einmal eine Stellungnahme angefordert. Er kann nachweisen, dass der gefälschte Barren aus Luxemburg auf dem gestohlenen Goldtransport war."

„Wie denn das?"

„Er hat ein gestochen scharfes Foto, auf dem der Hersteller zu erkennen ist, auch die Nummer, der Goldgehalt und das Gewicht. Alle Angaben stimmen mit den Angaben auf dem gefälschten Barren überein. Sogar ein paar Einkerbungen in den Ziffern sind identisch."

„Wisst Ihr denn schon, wie ein Barren aus dem Transport am nächsten Tag in einem Schließfach in Luxemburg landen konnte?"

„Die Durchsuchung der Bank hat ergeben, dass noch mehr Barren aus dem Transport in Schließfächern der Bank lagen. Und alle waren gefälscht!"

„Hätten in diesen Schließfächern denn entsprechend echte Barren liegen sollen?"

„Das konnten die Kollegen bisher nur in zwei Fällen überprüfen. In einem Fall konnte der Besitzer den Kauf vor fünf Jahren nachweisen. Der Barren hätte somit echt sein müssen. Im anderen Fall geht es um Steuerhinterziehung. Am Anfang bestritt der Schließfachbesitzer, dort einen Zwölfkommafünf-Kilogramm-Barren gelagert zu haben. Und da wir die Informationen aufgrund des fehlenden Anfangsverdachts ohnehin nur schwer für eine Fahndung verwerten könnten, haben wir ihm Straffreiheit zugesichert, wenn er beim Finanzamt alles nacherklärt. Das hat er gerne angenommen, sonst hätte er den Diebstahl ohnehin nicht bei der Versicherung melden können."

„Da wir mehrere gleichgelagerte Fälle haben, können wir davon ausgehen, dass die gefälschten Barren in den Bankschließfächern von dem gestohlenen Transport stammen."

„Unzweifelhaft", bestätigte Dr. Wieder die Schlussfolgerungen des Kanzleramtsministers.

„Unglaublich. Die Burschen sind wirklich gut. Nicht nur, dass sie uns entwischt sind, sie haben offenbar noch am Raubtag einen Teil der Beute gewaschen", kommentierte Stahl. „Weiß man schon, wer so dumm war, gestohlene gefälschte Barren durch saubere auszutauschen?"

„Die Luxemburger haben den Kassenchef verhaftet. Meines Wissens hat er aber noch nicht gestanden."

„Ist das der erste Rücktransport mit falschen Goldbarren?"

„Mit Sicherheit. Routinemäßig werden bei der Einlieferung der Goldgehalt und das Gewicht nachgeprüft. Es wäre sofort aufgefallen, wenn falsche Barren dabei gewesen wären", versicherte Dr. Wieder.

„Das wissen doch die Amis. Die wären doch nie so blöd, uns Fakes zu schicken. Wir müssen davon ausgehen, dass alle großen Medien auf eine solche Meldung aufspringen würden. Und dann – dann brennt die Hütte, aber lichterloh, mein Lieber!"

„Genau", bestätigte Dr. Wieder. „Die Öffentlichkeit zweifelt dann die Echtheit der Goldbestände in der Pyramide an. Das mühsam aufgebaute Vertrauen in die deutschen Goldreserven wird dadurch massiv beschädigt. Dazu kommt noch die öffentliche Diskussion, wer uns falsche Goldbarren untergejubelt hat."

„Das darf nicht passieren", stellte Stahl fest. „Wir brauchen eine plausible Erklärung für das Auftauchen der falschen Goldbarren. Gerade jetzt dürfen wir das Vertrauen der Bevölkerung und der Finanzmärkte nicht weiter erschüttern."

„Hast du eine Idee?"

„Behauptet doch, eure Goldtransporte seien immer doppelt gesichert. Ein Fahrzeug mit dem echten Gold und ein Fahrzeug mit den Kopien."

Dr. Jürgen Wieder schaute skeptisch, während er den Vorschlag überdachte.

„Jürgen", bekräftigte Stahl seine Anregung, „stellt morgen ein Überwachungsvideo ins Internet, das die Ankunft und Entladung eines der letzten echten Goldtransporte zeigt. Die Ganoven haben halt das falsche Fahrzeug erwischt und gut."

„Mensch Sven, du bist genial!" Dr. Jürgen Wieder war die Erleichterung anzusehen.

„Ja, und schick vorab die Kopie der Überwachungsbänder an die Zeitungen und alle Fernsehsender", ergänzte Stahl.

„Machen wir. So ersticken wir jeden Verdacht gleich im Keim … Ein Problem bleibt aber doch noch. Die Bayern wollen wie immer eine Sonderlocke. Die Bayerische Landeszentralbank will ihren Anteil an den Goldbeständen physisch in München ausstellen."

„Jürgen, ich bin morgen in München. Ich kümmere mich drum. Das Thema kannst du getrost schon abhaken!"

Kurz vor Mitternacht verließen zwei schwarze Limousinen Iphofen.

*

Der Fahrer des Kanzleramtsministers lenkte den Wagen mit moderater Geschwindigkeit sicher durch die Dunkelheit in Richtung Autobahn. Stahl ließ sich tief in den beheizten Rücksitz sinken, machte es sich bequem und schaute aus dem Fenster in die fränkische Nacht hinaus. Neben ihm zwei ungelesene Referentenentwürfe für die nächste Kabinettssitzung. Stahl machte den Eindruck, als sollte sich kurzfristig daran nichts ändern. Die Papiere konnten warten. Minutenlang saß er regungslos da und dachte nach. Keiner durfte jetzt nervös werden ...

Stahl konnte sich gut erinnern, wie alles angefangen hatte. Damals in Frankfurt, vor knapp zehn Jahren, in der Bundesbank. Er war einer der jungen, aufstrebenden Staatssekretäre seiner Partei, Staatssekretär im Bundesfinanzministerium. Als die Stelle des Bundesbankpräsidenten frei wurde hatte der Finanzminister als erstes an ihn gedacht. Ein großartiger Karrieresprung! Stahl hatte ohne zu zögern angenommen.

Fast zwölf Monate war er Bundesbankpräsident gewesen, als der ihm direkt unterstellte Direktor des Dezernat III, zuständig für die Goldverwahrung, unerwartet starb. Zum Nachfolger des Dezernatsleiters hatte er unverzüglich Dr. Jürgen Wieder befördert, dessen Fähigkeiten er schon damals schätzte. Stahl streckte die Beine aus, der Fonds seines Fahrzeuges bot ausreichend Platz. Ja, mit Dr. Wieder hatte er auf den richtigen Mann gesetzt. Er drückte auf den elektrischen Fensterheber. Kalte, erfrischende Nachtluft strömte durch den geöffneten Spalt ins Fahrzeug.

Damals, wenige Tage nach Antritt seiner Stelle, war Dr. Wieder besorgt zu ihm gekommen. Die stichprobenartige Kontrolle hatte einen gefälschten 12,5-Kilogramm-Goldbarren zu Tage gefördert. Das Brisante an der Entdeckung: Die Fälschung war neueren Datums, auf keinen Fall älter als zwei Jahre. Das hatte die Materialanalyse bestätigt.

Es gab einen Dieb und Fälscher in den eigenen Reihen der Bundesbank! Stahl hatte, wie er sich selbst bestätigte, besonnen reagiert, eine Task-Force eingesetzt und alle infrage kommenden Personen überprüft. Das Ergebnis kam schnell, war aber überraschend: Der verstorbene Dezernatsleiter war der Täter. Zusammen mit zwei Mitarbeitern hatte er die Diebstähle über viele Jahre durchgeführt. Insgesamt dreihundert Kilo Gold fehlten, ausgetauscht durch wertlose Kopien. Die Sicherheitsstandards der Bundesbank galten eigentlich als mustergültig. Trotzdem war nie etwas aufgefallen. Aber dieser Vorfall war für die Bundesbank an Peinlichkeit nicht zu überbieten.

Die Methode der Verbrecher war genial. Alte Goldbarren umschmelzen, um dem neuen London Good Delivery Standard zu entsprechen – reine Routine. Manchmal fielen geringe Übermengen an, wenn die alten Bestandslisten die Barren mit abweichendem Feingoldgehalt oder Gewicht geführt hatten. Diese Kleinstmengen wurden abgezweigt. Als der Betrug nicht entdeckt wurde, entwendeten sie schließlich ganze Barren und ersetzten sie durch wertlose Kopien. Es war so einfach gewesen. Gelegenheit machte Diebe.

Er, Sven Stahl, war zu diesem Zeitpunkt bereits ein Jahr im Amt. Die Sicherheitslücken wären absolut rufschädigend für die Bundesbank gewesen. Er trug die Verantwortung, und er hatte entschieden, die Sache nicht zu veröffentlichen. Die Fälschungen blieben im Bestand, keiner merkte etwas. Stahls politische Karriere blieb unbefleckt.

Drei Männer wussten zu diesem Zeitpunkt von dem Vorfall: Stahl, Dr. Wieder und dessen Assistent, Bernd Brandner, der die Fälschungen als erster entdeckt hatte. Dann, ziemlich genau ein Jahr später, das Gespräch mit Dr. Wieder. Stahl war sich sicher, geantwortet zu haben, Dr. Wieder solle noch nicht einmal im Traum daran denken, als er die Anspielung das erste Mal hörte. Die Versuchung war groß. Warum sollte man es eigentlich nicht tun? Führungskräfte in der Wirtschaft strichen ein deutlich höheres Gehalt ein. Also tat man es.

Mit den Jahren wuchsen die Begehrlichkeiten, mit ihnen die Anzahl der Fälschungen. An den erhöhten Lebensstandard hatte man sich gewöhnt. Nur durfte niemand bei einer möglichen Überprüfung nervös werden. Stahl fröstelte, die kalte Nachtluft wehte noch immer ins Fahrzeug. Er schloss das Fenster. Sie hatten die Autobahn erreicht, draußen war es stockdunkel. Er nahm den ersten Referentenentwurf und begann zu lesen.

Mittwoch

Hofheim, Lenas Wohnung, 07:10 Uhr. Auf dem Frühstückstisch standen zwei Müslischalen, zwei Esslöffel daneben, außerdem haltbare fettarme Milch und die aktuelle Ausgabe der *Rundschau*.

Lena servierte Bananen und Körnermüsli.

„Guten Morgen", sagte sie und küsste ihn leicht auf die Wange.

„Guten Morgen."

„Es war wunderbar heute Nacht mit uns beiden", gurrte sie ihm zärtlich ins Ohr.

Markus nickte. Das hatte sie treffend analysiert.

„Du untertreibst. Es war eine irre Nacht."

Lena strahle ihn an.

„Ich hoffe, du bleibst noch zum Frühstück."

„Überredet", schmunzelte Markus.

Sie setzten sich an den Tisch.

„Hast du heute viel zu tun?", fragte Lena und reichte Markus eine Tasse mit Kaffee.

Er nahm einen großen Schluck und stellte die Tasse vor sich hin. *Porzellan,* registrierte er, *minimalistisches Design, gebrochenes Weiß, Kegelstumpfform.* Bewundernd drehte er die Tasse am Henkel behutsam um hundertachtzig Grad, zog dann belustigt die Augenbrauen nach oben. Die Rückseite zeigte in dezenter Prägung das Wort *sexy*. Neugierig drehte er mit dem Zeigefinger auch Lenas Tasse: *Tiger*. Er lachte laut los. Dann formte er einen Kussmund und nickte.

Auch Lena war amüsiert.

„Ein Geschenk von meiner besten Freundin", sagte sie, beinahe entschuldigend.

„Also raus mit der Sprache, hast du heute viel zu tun?", wiederholte sie ihre Frage.

„Na ja, geht so. Ein weiterer Artikel für die HNP muss bis drei Uhr fertig sein", entgegnete er, während er rasch die Zeitung durchblätterte.

„Aber wir sehen uns doch heute Abend?"

„Verdammt, das kann doch nicht sein!", entfuhr es Markus.

„Was ist denn?", fragte Lena verblüfft und etwas erstaunt. Das *verdammt* bezog sich doch nicht auf ihre Frage?

„Das kann doch nicht sein … Das gibt's doch nicht …"

„Nun sag doch, was los ist", drängte Lena.

„Felix Armbrüster ist tot!"

„Wer ist tot? Ich kann dir gerade nicht folgen."

Markus schlug die Rundschau jetzt ganz auf und deutet auf eine Todesanzeige, eine Viertel Zeitungsseite, nicht zu übersehen.

Wir trauern um einen Kollegen.
Der mit dem Schnigge-Journalisten-Preis ausgezeichnete Felix Armbrüster ist für uns alle plötzlich und unerwartet aus dem Leben geschieden.
Unser Mitgefühl gilt seinen Angehörigen.
Er hinterlässt Frau und zwei Kinder.

„Hier steht, Felix Armbrüster ist tot", sagte Markus ungläubig.

„Ein Kollege von dir?"

„Wir kennen uns aus der Journalistenschule. Felix hat manchmal auch für die *Rundschau* geschrieben … Er war in meinem Alter."

„War er krank?"

Markus las die Trauernachricht zum dritten Mal. „... für uns alle plötzlich und unerwartet", las er laut vor. „Das klingt eher nach einem Unfall."

„Schlimm. Die armen Angehörigen", sagte Lena voller Mitgefühl. „Kennst du seine Familie?"

„Die Kinder nicht, aber Melinda, seine Frau. Sie war mit uns zusammen auf der Journalistenschule. Bei Melinda und Felix war es Liebe auf den ersten Blick. Seit dem ersten Semester waren sie zusammen."

„Dann melde dich doch bei ihr", schlug Lena vor, „sie kann jetzt bestimmt Zuspruch gebrauchen."

„Ja, gute Idee."

Ein „Pling" signalisierte, dass soeben eine neue E-Mail eintraf.

An: mmanx@gmx.de
Betreff: Sicherheitsvorkehrungen der Bundesbank
Von: info@bundesbank.de

Sehr geehrter Herr Manx,
aufgrund der aktuellen Diskussion haben wir uns entschlossen, einige Sicherheitsdetails der Bundesbank bei Transporten öffentlich zu machen. Daher hier eine Antwort auf Ihre Presseanfrage von gestern Abend.
Bei Goldtransporten werden immer zwei gesicherte Fahrzeuge eingesetzt. Ein Fahrzeug enthält die echten Bestände. Das zweite Fahrzeug ist mit äußerlich identischen, aber wertlosen Duplikaten ausgestattet. Weder das Ladepersonal, noch die Wachmannschaften wissen, welches Fahrzeug die echte Ladung enthält.
Glücklicher Weise enthielt der vorgestern überfallene Transport der Bundesbank nur wertlose Duplikate. Die echte Ladung ist wohlbehalten in der Bundesbank angekommen.
Die Videoaufzeichnung unserer Überwachungskameras, die die Ankunft des Transports mit der echten Ladung zeigt, haben wir auf unserer Internetseite für die Presse bereitgestellt:
www.bundesbank.de/de/presse/gold

Mit freundlichen Grüßen
Rose de Jong
Pressesprecherin

Deutsche Bundesbank
Postfach 10 06 02
60006 Frankfurt am Main

Ein Klick auf den Link, ein weiterer Klick auf den Kreis mit nach rechts zeigendem Dreieck, schon lief die Aufzeichnung.

„Lena, schau mal", sagte Markus.

„Ist das der Goldtransport?"

Ein Transporter war zu sehen, wie er langsam in die Sicherheitsschleuse der Zentralbank einfuhr. Im Hintergrund, vor der Sicherheitsschleuse, war der Begleit-Jeep schemenhaft zu erkennen, als sich die massive Tür schloss.

„Das ist das Fahrzeug, das du auf dem Flugfeld gesehen hast?"

„Es sieht zumindest identisch aus."

„Konntest du Personen erkennen?"

„Nein", sagte Markus. „Aber schau mal hier rechts unten. Die Überwachungskameras drucken einen Zeitstempel auf jedes Bild." Beide sahen, wie die Hundertstel-Sekunden, der neben dem Datum eingeblendeten Uhr rasten.

„Logisch", sagte Lena, „sonst wäre die Aufnahme als Beweis wertlos."

„Okay, jetzt ist dein Know-how gefragt: Wie viele Bilder schießt eine Überwachungskamera?"

„Einfache Kameras zur Hausüberwachung sind auf zehn bis dreißig Bilder pro Sekunde ausgelegt. Das ergibt bewegte Bilder und spart Speicherkapazität."

„Und Profi-Überwachungen?"

„Machen fünfhundert fps, oder mehr."

„Was für Dinger?", fragte Markus irritiert.

„Frames per second, Bilder pro Sekunde, fps halt."

Inzwischen, nach mehreren Perspektivwechseln der Überwachungskameras, sahen beide, wie der Transport entladen wurde. Der Zeitstempel des Überwachungsvideos zeigte 06:59.

„An welchem Ort belädt die Bundesbank eigentlich das zweite Fahrzeug?", fragte Markus.

„Warum fragst du mich? Ich habe davon keine Ahnung."

„Weil ich immer nur ein gepanzertes Fahrzeug beim Beladen gesehen habe", antwortete er.

„Vielleicht, wenn der Flieger anschließend im Hangar ist."

Markus blieb skeptisch.

„Komisch ..."

Das Überwachungsvideo zeigte als letzte Einstellung den entladenen Transporter. Markus schaute halb in Gedanken versunken auf das Standbild des Transporters.

Die Küchenlampe flackerte einmal kurz.

„Ein Netzwischer", kommentierte Lena.

„Ein was?"

„Ein Netzwischer. Ein Stromausfall für Sekundenbruchteile. Deshalb hat die Lampe kurz geflackert."

„Wenigstens ist der Strom nicht so lange ausgefallen, wie vorgestern. Ich habe dir doch von der Fünfzig-Cent-fressenden Kaffeemaschine erzählt, die mich mal wieder um meinen Wake-Up-Coffee gebracht hatte."

„Ah, ich erinnere mich, und ich bin für den Stromausfall sogar dankbar", kommentierte Lena mit einem Schmunzeln. „Vielleicht hättest du sonst keinen Kaffee im Wackers getrunken und wir hätten uns nicht kennengelernt."

„Stimmt. So habe ich das noch nicht gesehen. Ich leiste hiermit Abbitte bei der Kaffeemaschine und verspreche, mich nie mehr über geklaute Fünfzig-Cent-Stücke aufzuregen."

Beide lachten.

Während Lena den Tisch abräumte, starrte Markus noch immer auf das Standbild mit dem entladenen Sicherheitstransporter.

„Mist, meine spannende Geschichte mit den gefälschten Goldbarren aus dem Sicherheitstransporter ist nun gestorben. Durch diese Version mit den doppelten Transportern steht die Bundesbank als sauclevere Siegerin da. Die Räuber sind nur noch ein jämmerlicher Haufen, der drei Tonnen falsche Goldbarren geklaut hat."

„Das hört sich fast so an, als wärst du mehr auf der Seite der Räuber, als auf Seite der Bundesbank."

„Nein, aber irgendwie kommt die Bundesbank besser weg, als sie es verdient hätte."

Lena schloss die Tür der Spülmaschine, als Markus fragte: „Wie ist das mit dem Stromausfall von vorgestern? Davon muss doch auch die Bundesbank betroffen gewesen sein, oder?"

„Eher nicht, denn sie ist mit einer perfekten Notstromversorgung ausgestattet."

„Du hast natürlich Recht. Sonst würden vermutlich zehn Sekunden in dem Film fehlen", folgerte Markus.

„Moment" Lena stutzte. „Du bringst mich da auf eine Idee. Selbst bei Notstromversorgung dauert es einige Millisekunden, bis die Akkus und die Notstromaggregate übernehmen. Die Stromschwankungen sind für unser Auge nicht wahrnehmbar, aber messbar", erklärte sie.

„Wie lange ist denn die Reaktionszeit von so einer Notstromversorgung?"

„Typischerweise zwischen fünfzehn und fünfzig Millisekunden. Bei der Bundesbank vermutlich nur fünfzehn. Das heißt, bei einer Profi-Überwachung mit fünfhundert Bildern pro Sekunde müssten dann fünf bis zehn Bilder fehlen."

Markus nickte, er brauchte aber noch ein paar Sekunden, um die Rechnung im Kopf nachzuvollziehen.

Lena zog ihren Laptop aus der Tasche und tippte den Link in ihren Rechner. Nach einer halben Minute war das Überwachungsvideo in maximaler Auflösung geladen.

„Weißt du, wann genau der Stromausfall war?"

„Ja, um sechs Uhr siebenundfünfzig oder achtundfünfzig", antwortete Markus.

„Bist du eine Blackout-Datenbank?", fragte Lena, überrascht über die präzise Antwort.

„Beeindruckt?" grinste Markus. „Leider war es aber nur Zufall. Ich musste meinen Wecker nach dem Stromausfall neu einstellen. Da war es sechs Uhr neunundfünfzig."

„Das macht die Suche einfacher. Wir schauen uns nur die Minuten um den Stromausfall herum mal genauer an."

Markus blickte fasziniert auf Lenas Bildschirm. Das Überwachungsvideo lief in slow motion ab, Lena steuerte mit minimalen Fingerbewegungen die Geschwindigkeit, mal schneller, mal langsamer.

„Siehst du?"

„Was?"

„Schau auf den Zeitstempel. Es ist tatsächlich eine Fünfhundert-fps-Kamera. Alle zwei Millisekunden ein neues

Bild."

„Das ist gut für uns, oder?", forschte Markus.

„Genau, es müssen mindestens fünf Bilder fehlen."

Das Überwachungsvideo war durchgelaufen. Lena startete es erneut. Nach dem dritten Durchlauf war klar:

„Du, da fehlen keine Bilder."

„Das heißt, die Bundesbank hatte keinen Stromausfall", folgerte Markus.

„Das wäre die eine Möglichkeit", nickte Lena.

„Und die zweite?"

„Die zweite wäre, das Video wurde zu einem anderen Zeitpunkt aufgenommen und da gab's keinen Blackout."

„Die erste Möglichkeit lässt sich leicht überprüfen", schlug Markus vor. „Die Hausratversicherungen betreiben eine Blackout-Datenbank. Einige Trittbrettfahrer haben in der Vergangenheit versucht, ihre Versicherungen mit falschen, blackout-bedingten Schadensmeldungen zu betrügen. Die Versicherungen haben mit einer Datenbank reagiert, die für jede Hausnummer überprüfbare Daten enthält."

Bald darauf hatte ein Anruf bei Markus' Versicherung Licht in den Sachverhalt gebracht. Sozusagen grünes Licht für Markus' Spekulationen.

„Mein Büro und die Bundesbank hatten um sechs Uhr siebenundfünfzig einen Stromausfall."

„Damit scheidet Möglichkeit eins aus", frohlockte Lena, „und das Video ist nicht vom Tag des Überfalls."

„Bingo!"

Beide sprangen auf und klatschten sich triumphierend ab.

„Aber was zum Kuckuck", rätselte Markus laut, „versucht die Bundesbank zu verheimlichen?"

*

Berlin, Amerikanische Botschaft, 07:30 Uhr. Mit eiligen Schritten durchquerte Aaron das Brandenburger Tor. Die Herbstkälte in Berlin fuhr ihm immer böse in die Knochen. Er musste vorsichtig sein. Ruckartig blieb er stehen und ließ seinen Blick aufmerksam über den Pariser Platz schweifen.

Keine Auffälligkeiten. Dann schwenkte er nach rechts und betrat kurz darauf die amerikanische Botschaft, ein kompakter Gebäudekomplex mit Festungscharakter. Seinen Wintermantel, für die Jahreszeit etwas zu warm, ließ Aaron im Eingangsbereich hinuntergleiten und warf ihn sich über den linken Arm. Um die Verspannungen zu lösen, die ihn plagten, rollte er mit den Schultern einmal nach vorn und einmal nach hinten. Mit hörbarem Knacken renkten seine Halswirbel ein.

„Hello Peter", grüßte er beim Betreten des Büros.

Er wurde schon erwartet.

„Hello, Aaron. Everything's okay?", erwiderte Peter Redman, ohne eine Antwort zu erwarten. Beide nahmen einander gegenübersitzend am Konferenztisch Platz. Schriftliche Unterlagen hatten sie nicht dabei.

„Lass uns kurz die wichtigsten Punkte durchgehen", eröffnete Peter Redman die Zusammenkunft. Ohne Pause fügte er hinzu: „Beginnen wir mit dem Informationsleck bei der Operation *Brilliance*. Glenmore, den Finanzvorstand der Rocky Mines Corporation, haben wir von der Liste der Verdächtigen gestrichen … Hat die Befragung des Minen-Direktors etwas ergeben?"

Aaron zog den Ausdruck einer E-Mail aus seiner Jackettasche. Er strich das aufgefaltete Blatt auf dem Tisch glatt und schob es zu Redman hinüber. Langley hatte den für die Produktion zuständigen Minendirektor auf Herz und Nieren überprüft. Weder bei ihm noch bei seiner Familie gab es irgendwelche Auffälligkeiten. Die CIA konnte sogar jeden US-Dollar, den er ausgab, anhand seines offiziellen Gehaltes nachvollziehen. Die E-Mail enthielt die überprüften Fakten und eine Conclusio. Stille herrschte im Raum, während Redman die Einschätzung der CIA-Kollegen aus den USA intensiv studierte.

„Wir können ihn von der Liste der Verdächtigen streichen. Unsere undichte Stelle war er definitiv nicht", beantwortete Aaron die noch offene Frage, nachdem Redman von dem Papier zu ihm aufsah.

„Dann bleiben noch drei Verdächtige."

„Eigentlich nur noch zwei", korrigierte Aaron. „Die Agency hat uns für Judy Stevens, die persönliche Vorstandsassistenz von Glenmore, ebenfalls Entwarnung gegeben. Damit bleiben noch zwei Verdächtige: Ray Hampton, Chef der internen Revision und Byron Lapeng, der persönliche Assistent des Minendirektors. Beide haben Zugriff auf alle relevanten Daten. Brisant sieht es in Sachen Lapeng aus – er ist seit gestern offenbar untergetaucht."

Obwohl es sich bei der Information um das Verschwinden eines Verdächtigen handelte, zeigte Redman keine Gefühlsregung.

„Er wird sich nicht lange verstecken können. Die Agency findet ihn, egal wo auf diesem Planeten er sich verkriecht!"

Er wusste zu gut, dass ein Direktionsassistent ohne ausreichende finanzielle Mittel nicht durchhalten konnte. Die Überwachung des Telefon- und Mailverkehrs seiner Eltern, seiner Schwester und seiner letzten Freundin würde vermutlich sehr bald einen Treffer ergeben. Außerdem waren sein Name und verschiedene persönliche Daten wie Sozialversicherungsnummer, Handy-Nummer und Mailadressen auf der NSA-Selektorenliste vermerkt. Sollten diese irgendwo im weltweiten Datenverkehr auftauchen - Redmans Kollegen würden es sofort erfahren und ihre Netze auswerfen.

Die nächsten Schritte zur endgültigen Schließung des Informationslecks waren schnell besprochen.

„Okay, kommen wir zur Operation *Snow White*."

Redman erhob sich und ging zu dem massiven Panzerschrank, der hinter seinem Schreibtisch in die Wand eingelassen war. Vier mechanische Scheibenschlösser sicherten den altmodischen Tresor. Die Zahlen waren schnell eingegeben, man hörte, wie sich im gepanzerten Schlossraum die stählernen Riegelbolzen lösten und die Safetür freigaben. Peter Redman öffnete den Tresor und entnahm ein dickes Dokument, rund hundert Seiten. Er ließ das Dokument vor Aaron auf den Konferenztisch fallen.

„Unsere Zeit wird knapp, Aaron. Die Bedrohungslage hat sich massiv verschlechtert."

Ohne genauer hinzusehen wusste Aaron, was da vor ihm auf dem Tisch lag – der streng vertrauliche CIA-Sicherheitsbericht. Wer die aktuelle Tagespolitik verfolgte, wusste, auch ohne den Bericht zu kennen, was den beiden Agenten solches Kopfzerbrechen bereitete: Seit Ende des Kalten Krieges hatten die europäischen Verbündeten ihre Armeen aus Kostengründen bis zur Handlungsunfähigkeit schrumpfen lassen. Gerade jetzt, wo die USA drei mächtigen Feinden gleichzeitig gegenüberstand, waren die europäischen Verbündeten mehr Last als Hilfe. Es drohten unmittelbar drei Kriege. Blieb Europa weiterhin so unvorbereitet, ließ sich kein einziger gewinnen.

Zum einen bedrohten die Russen mit massiver Aufrüstung das europäische Gleichgewicht. Diese neue Stärke hatten sie bereits zur Annektierung der Krim und von Teilen der Ukraine genutzt, jetzt bereiteten verstärkte russische Truppenkonzentrationen vor dem Baltikum den Vormarsch des Erzfeindes vor.

Gleichzeitig hatte China seine wirtschaftlichen Erfolge zur Aufrüstung genutzt, bedrohte im Pazifik mit dem Bau künstlicher Inseln und dem Sperren wichtiger Wasserstraßen das globale Gleichgewicht. Die CIA ging davon aus, dass ein Krieg im südchinesischen Meer unausweichlich werden würde, spätestens in ein oder zwei Jahren würde es so weit sein.

Die dritte Bedrohung, die Übernahme der arabischen Welt durch Islamisten und den sogenannten Islamischen Staat, veränderte die globale Verteilung der Ölressourcen und damit die größten Finanzströme massiv. Für die USA ein weiteres, nicht hinnehmbares Szenario.

Amerika musste sich wehren. Amerika brauchte die europäischen Verbündeten. Und diese sollten, verdammt noch mal, einen angemessenen Beitrag leisten. Etwas musste sich ändern, und zwar schnell.

„Unser worst-case wird gerade durch einen worst-worst-case abgelöst. Die europäischen Demokratien sind ein schlechter Witz!", fasste Peter die Bedrohungslage zusammen.

„Was habt ihr beschlossen?"

„Wir ziehen *Snow White* vor", erwiderte Redman. Seinem Gesichtsausdruck ließ sich nicht entnehmen, dass hiermit das Schicksal vieler Menschen endgültig besiegelt war.

„Wann soll es passieren?", fragte Aaron.

„Sofort. Wir nutzen die erste Gelegenheit", sagte Redman, nahm den Bericht vom Tisch und schloss ihn wieder im Tresor ein.

Im Befehlston seines abschließenden Satzes klang gleichermaßen eine Drohung mit: „Aaron, sorg' du dafür, dass die Gold-Geschichte uns nicht in die Quere kommt."

*

Frankfurt am Main, Lagezentrum der Bundespolizei, 08:50 Uhr. Nach kurzem Anklopfen hatte Gmeiner das Büro von Polizeidirektor Hartmann betreten, der ihn mit verwunderter Miene begrüßte. Gmeiner hatte ihn noch nie außerhalb offizieller Sitzungen aufgesucht, es war einfach nicht seine Art.

„Wir haben Manx durchgecheckt", kam Gmeiner übergangslos auf den Grund zu sprechen. „Bisher ein unscheinbarer Journalist, der in letzter Zeit nicht durch außergewöhnliche Geschichten glänzte. Er ist geschieden und hat zwei Kinder aus seiner Ehe. Mit seinen Honoraren kann er sich und seine Familie gerade so finanzieren. Ich glaube, gestern hatte er nur einen Zufallstreffer gelandet."

„Hoffentlich", antwortete Hartmann, immer noch irritiert von dem ungewohnt offenen Informationsverhalten seines Kollegen. „Er hat schon vorher zwei Artikel über den Tathergang veröffentlicht. Jeweils wusste er mehr als alle anderen großen Presseorgane. Offenbar liegt ihm die Sache. Ist schon unglaublich, dass ein kleines Blättchen wie die *Hessische Neueste Presse* die Meinungsführerschaft für ganz Deutschland innehat. Ich habe meinen Pressesprecher angewiesen, mich sofort zu informieren, wenn er wieder anrufen sollte, um eine Stellungnahme oder Ähnliches einzuholen. Wir sollten ihn nicht unterschätzen."

„Ich stimme Ihnen zu!", sagte Gmeiner kollegial. „Ich werde an ihm dranbleiben, damit uns hier nichts entgleitet."

Es war bereits fünf vor Neun, als beide in den Sitzungsraum nebenan gingen. *Wie angenehm Gmeiner sein kann, wenn er will*, sinnierte Hartmann auf dem kurzen Weg. *Vermutlich versucht er es auf die freundschaftliche Tour bei mir, weil er wieder keine Ergebnisse vorzuweisen hat. Aber das eherne Gesetz, Vorsicht vor dem BND, gilt trotzdem weiter ...*

Im Sitzungssaal baute ein IT-Experte der Bundespolizei gemeinsam mit einem in Berlin sitzenden Mitarbeiter von Kanzleramtsminister Stahl die Videoverbindung für die Konferenz auf, die gleich stattfinden würde. Die Leitung stand noch nicht einwandfrei, ein lautes Rückkopplungsgeräusch fiepte störend aus den Lautsprechern. Fieberhaft starteten die Experten die Verbindung erneut. Jede Sekunde Wartezeit hätte vermutlich einen kleinen Wutanfall bei Stahl ausgelöst. Das wusste jeder, der ihn einigermaßen kannte. Zwei Minuten vor neun stand die Verbindung. Gmeiner und Hartmann waren noch immer allein im Konferenzraum.

Eine Minute vor neun kam Bernd Brandner.

„Guten Morgen die Herren."

„Guten Morgen", kam es fast zeitgleich aus den Lautsprechern von Monitor Zwei. Kanzleramtsminister Stahl erschien ebenfalls pünktlich.

„Lasst uns beginnen."

Das fiepende Geräusch war verschwunden, dafür drang ein tiefes Brummen aus den Lautsprechern. Weil Stahl angesichts der Technikpanne keinen Wutausbruch bekam, vielleicht war das Brummen in Berlin nicht zu hören, ertrugen es die Sitzungsteilnehmer in Frankfurt ohne es zu erwähnen.

„General Steiner fehlt noch", stellte Hartmann fest, „aber ich denke, wir beginnen ohne ihn."

„Was gibt es Neues?", sprang Stahl ungeduldig mitten ins Thema.

Als Erster fasste Hans-Joachim Hartmann die neuesten Ermittlungsergebnisse der Bundespolizei zusammen: Am Vorabend wurde die Leiche des Fahrers gefunden, der den Begleitjeep gefahren hatte. Die Obduktion hatte eindeutig ergeben, dass er bereits am Tatort zu Tode gekommen war. Der Kopfschuss vor den beiden Insassen des Sicherheitstransporters diente lediglich dazu, eine glaubwürdige Drohkulisse aufzubauen.

Die Auswertung der Spuren in der Lagerhalle in Rödermark erbrachte keine Erkenntnisse, die Rückschlüsse auf die Täter zuließen. Offenbar waren alle Beteiligten ständig voll vermummt und hatten weder ein Haar verloren noch irgendwo einen Fingerabdruck hinterlassen.

Hartmann übergab das Wort an Brandner. Der berichtete von dem Video, das die offizielle Version vom erfolgreichen Transport des Goldes belegte. Hier im engsten Kreis, räumte er ein, dass die Bundesbank ein altes Video ins Netz gestellt habe.

„Wir mussten sicherstellen, dass sich der gefälschte Goldbarren aus Luxemburg zu keinem größeren Problem entwickeln kann."

„Eine kluge Entscheidung", kommentierte Stahl. Der Hintergrund dieses Eigenlobes blieb den anderen verborgen.

„Und was ist mit dem echten Gold?", drängte der soeben eingetroffene General Steiner.

„Unsere Nachfrage bei der Fed gestern Abend war nicht besonders ergiebig. Die Fed-Kollegen meinten, sie müssten das intern klären. Wobei ich nicht verstehe, was es da zu klären gibt", antwortete Brandner. „Wenn die Arbeitsebene hier nicht umgehend weiterkommt, wird sich noch heute der Bundesbankchef persönlich mit dem Fed-Chairman in Verbindung setzen."

Um nicht ständig mit leeren Händen dazustehen, berichtete Gmeiner von mehreren abgefangenen Mails und Telefonaten, die eventuell mit dem Raubüberfall in Zusammenhang stehen könnten. Seinen inhaltsarmen Beitrag trug er gewohnt eloquent vor, Aktionismus und Wichtigtuerei waren häufig zelebrierte Eigenschaften des BND.

„Wenn sonst niemand mehr Neues hinzufügen kann, beende ich unsere Sitzung. Welche Uhrzeit passt Ihnen heute Nachmittag für unsere nächste Sitzung, Herr Kanzleramtsminister?", fragte Hartmann Richtung Kamera.

„Siebzehn Uhr." Ohne Widerspruch in Erwägung zu ziehen, verabschiedete sich Stahl mit einem „viel Erfolg meine Herren" aus der Leitung.

Mit dem Verschwinden des Kanzleramtsministers vom Monitor, verschwand auch das störende Brummen.

Erfolg, ja, Erfolg könnten wir wirklich langsam mal gebrauchen, dachte Hartmann.

*

Frankfurt am Main, Ulmenstraße, 11:15 Uhr. Markus schloss die Bürotür hinter sich. Beschwingt vom Erlebnis der letzten Nacht tänzelte er die Treppen hinunter zum Eingang. Unten angekommen, spürte er seine stark erhöhte Atemfrequenz. *Ich sollte mal wieder Sport machen,* kam es ihm in den Sinn.

Im Eingangsbereich befand sich eine weiß lackierte Briefkastenanlage für bis zu zwölf Mieter. Markus öffnete die Front des Briefkastens, dessen ordentlich bedrucktes Namensschild auswies: *Markus Manx.* Er erinnerte sich noch gut, nach mehrfachen Beschwerden wegen Überfüllung der kleinen Briefkästen hatte der Vermieter diese moderne und geräumige Anlage aufstellen lassen. Die stattlichen Kosten für dieses Fabrikat *Made in Germany* wurden auf die Mieter umgelegt, ebenso die Kosten für die einheitlich erstellten Namensschilder.

Markus nahm vier Briefe heraus. Nach einem kurzen Blick auf den Absender wanderten drei davon ungeöffnet in den extra hierfür aufgestellten Papierkorb - Werbung für Büromaterial, Büroservice und teure Dienstwagen. Ganz anders der vierte Brief, ohne Briefmarke, per Hand an ihn adressiert und offenbar persönlich eingeworfen. Markus öffnete den Umschlag, indem er seinen Zeigefinger oben unter die selbstklebende Verschlusslasche schob und mit einem Ruck die Papierhülle oben aufriss. Er las die mit krakeliger Schrift geschriebenen Zeilen:

Guten Tag Herr Manx,
ich habe brisante Informationen zum Thema 'Gold' für Sie.
Ich rufe Sie heute um 15:00 Uhr mit dem Namen Miller an und sage Ihnen dann nur die Nummer des Treffpunkts und eine Uhrzeit. Seien Sie vorsichtig.
1. Minerva-Brunnen auf dem Römer
2. Katharinenkirche bei der Hauptwache
3. Haupteingang der Zeilgalerie
Vor Ort werde ich Sie nach einem Kaugummi fragen.
Bitte antworten Sie mit
Ich habe einen Spearmint, wenn alles in Ordnung ist
oder mit
Ich habe kein Kaugummi, wenn man Sie verfolgt oder Sie unsicher sind.
Bitte seien Sie pünktlich. Es ist wichtig für Sie!

Keine Unterschrift! Nachdenklich stieg Markus die Stufen zu seinem Büro hoch. *Wie in einem schlechten Agentenfilm. Was will dieser Typ von mir? ... Soll ich da wirklich hingehen? Warum soll ich vorsichtig sein? Brisante Informationen über Gold ... Welche Informationen hat er?* Im Büro schob er den Brief unter seine Computertastatur.

Den Telefonhörer schon in der Hand, überlegte er sich seine weitere Vorgehensweise. Wie viele Details über das falsche Video sollte er bei seiner Anfrage an die Bundesbank preisgeben? Würden fünf oder zehn fehlende Bilder pro Sekunde auffallen? Oder täuschte sich Lena vielleicht doch?

Markus tippte die Telefonnummer ein, die er schon auswendig kannte.

„Pressestelle der Deutschen Bundesbank, Marie Schneider, guten Tag."

„Hallo, guten Tag, hier spricht Markus Manx. Könnte ich bitte Frau de Jong sprechen?"

„Tut mir leid, aber sie ist gerade nicht an ihrem Platz. Kann ich Ihnen weiterhelfen?"

Fehlanzeige. Mit einer ihm unbekannten Mitarbeiterin funktionierte seine Strategie nicht. Er wollte Rose de Jong direkt mit dem Fälschungsverdacht konfrontieren. Sie war keine gute Schauspielerin, und Markus glaubte, anhand ihrer Reaktion erahnen zu können, ob er richtig lag.

„Leider nein", antwortete er. „Ich habe schon mehrfach in dieser Sache mit ihr gesprochen und müsste deshalb direkt mit ihr telefonieren."

Die Mitarbeiterin von Rose de Jong war hartnäckig. Offenbar hatte sie Anweisungen, nicht jeden ohne weiteres zu ihrer Chefin durchzustellen.

„Können Sie mir wenigstens ein Stichwort sagen, worum es geht Herr Manx?"

„Es geht um dieses Video, das sie mir heute Morgen geschickt hat."

„Okay, dann richte ich ihr aus, dass sie Sie zurückrufen soll."

„Vielen Dank. Sagen Sie ihr bitte noch, es wäre sehr wichtig. Meine Nummer hat sie."

Markus legte auf. Er war überzeugt, auf der richtigen Spur zu sein.

*

Frankfurt am Main, Bundesbank, 11.45 Uhr. „Frau de Jong, ein Herr Marx hat für Sie angerufen", teilte Marie Schneider ihrer Chefin mit, als diese in die Pressestelle zurückkam.

„Manx, meinen Sie?"

„Kann sein."

„Hat er gesagt, worum es geht?"

„Es geht um das Video, das Sie ihm heute Morgen geschickt haben. Er möchte mit Ihnen direkt sprechen und es wäre sehr wichtig."

„Jürgen, kann ich dich kurz sprechen", fragte Rose de Jong kurze Zeit später ihren Chef, den Bundesbankpräsidenten.

„Komm rein, was gibt's?"

„Dieser Markus Manx hat schon wieder angerufen. Er wartet auf meinen Rückruf. Ich glaube, er nimmt uns unsere

Geschichte mit den doppelten Transporten nicht ab."

„Okay, ich will diesen Typen kennen lernen. Du rufst ihn von hier aus an und wir schalten den Lautsprecher ein. Ich will genau hören, was er sagt und wie er es sagt. Aber erwähne nicht, dass ich im Hintergrund mithöre. Er soll nicht wissen, wie wichtig uns das alles ist."

Rose de Jong wählte die Nummer von Markus Manx und stellte die Mithörfunktion für ihren Chef an. Den Apparat würde Markus nicht erkennen können, weil bei ausgehenden Anrufen immer nur die Nummer der Zentrale erschien.

„Markus Manx."

„Guten Tag Herr Manx, hier spricht Rose de Jong von der Bundesbank. Sie möchten mich dringend sprechen. Was kann ich für Sie tun?"

„Vielen Dank für den schnellen Rückruf. Mir geht es um das Video, für das Sie mir heute einen Link geschickt haben."

„Ich hoffe, das hat Ihre Anfrage von gestern beantwortet", warf Rose de Jong ein, um die Gesprächsführung zu übernehmen.

„Nur zum Teil, wenn ich ehrlich bin …"

„Wie meinen Sie das? Wir sind froh, mit dieser, zugegebenermaßen etwas aufwändigen Strategie einen großen Goldraub verhindert zu haben."

„Da bin ich mir nicht sicher", steuerte Markus auf den kritischen Punkt zu. „Ich habe das Video einem Experten vorgelegt. Dieser bezweifelt allerdings, dass das Video vom Tag des Überfalls stammt."

Rose de Jong überlegte, wie sie reagieren sollte. Dieser dreiste, popelige Journalist stellte ein offizielles Video der Bundesbank in Frage! Sie entschied sich für gemäßigte Entrüstung.

„Das meinen Sie jetzt aber nicht ernst. Wir haben lange damit gerungen, unsere Sicherheitsstrategie mit den doppelten Transporten öffentlich zu machen und damit unsere Tarnung aufzugeben. Sie hat uns und damit der Bundesrepublik Deutschland einen Schaden von über einhundert Millionen

Euro erspart. - Ich kann Ihre Zweifel an der Echtheit des Videos nicht nachvollziehen."

„Ihre Erklärung kenne ich", entgegnete Markus selbstsicher. Wenn sein Gefühl ihn nicht täuschte, war die Entrüstung eindeutig gespielt. Noch zuversichtlicher machte ihn die Tatsache, dass er bei dem Telefonat einen leichten Wiederhall wahrnahm. Offensichtlich hörten weitere Personen bei dem Gespräch mit. Wenn es sich um eine Lappalie handeln würde, wäre das sicher nicht der Fall.

„Mich erstaunt an der ganzen Angelegenheit, dass Sie die Strategie der doppelten Transporte erst nach meiner Anfrage bekanntgaben. Einen solchen Triumph hätten Sie doch gleich zu Beginn verkünden müssen. Stattdessen haben Sie zugesehen, wie die dreisten Goldräuber geradezu idealisiert wurden."

Bingo, dachte Markus. *Sie hat nicht sofort dementiert. Sie spielt Entrüstung und will mehr wissen. Also liege ich richtig!*

„Wie auch immer", nahm Markus das Gespräch wieder auf. „Der Experte, dem ich das Video zur Prüfung vorgelegt habe, kann die Echtheit widerlegen. Fragen Sie mich bitte nicht nach den technischen Details. Davon verstehe ich zu wenig. Ich möchte nur ein offizielles Statement, was Sie zu den Vorwürfen sagen."

Erneut kurze Stille. Rose de Jong schaute zu Dr. Jürgen Wieder. Der schüttelte den Kopf und kritzelte auf das nächstbeste Papier das Wort *Dementi!*

„Herr Manx, denken Sie bitte gut darüber nach, ob Sie solche haltlosen Vorwürfe öffentlich machen. Und wie ich Ihnen bereits versichert habe: Unser Video ist echt und belegt die erfolgreiche Lieferung von drei Tonnen echter Goldbarren. Die Räuber haben nur Fälschungen erbeutet."

„Das nehme ich gerne so zur Kenntnis", entgegnete Markus. „Dennoch stellt sich mir eine weitere Frage: Wie Sie ja wissen, belegt ein mir vorliegendes Foto, das der in Luxemburg aufgetauchte falsche Barren aus ihrem Transport stammt. Wenn es nun doch keinen zweiten Transport geben sollte, dann hätten uns die Amerikaner gefälschte Barren geliefert. Sind also unsere in den USA gelagerten Goldreserven alle gefälscht?" Markus wusste, wie provokant seine Frage klingen musste. Aber er wollte unbedingt die Reaktion der Pressesprecherin testen.

Rose de Jong zögerte erneut mit ihrer Antwort und blickte auf ihren Chef. Dr. Wieder zuckte nur mit den Schultern. Sie entschied sich daraufhin, die offizielle Verlautbarung wiederzugeben.

„Herr Manx, Ihre Theorie ist rein spekulativ und entbehrt jeglicher Grundlage. Ich wiederhole noch einmal, dass das von uns veröffentlichte Video den erfolgreichen Transport des echten Goldes zeigt. Auch das früher von ausländischen Lagerstätten zurückgeholte Gold wurde von uns immer auf Echtheit überprüft. Und natürlich gab es nie Beanstandungen. Ich kann Ihnen nur raten gut darüber nachzudenken, was Sie veröffentlichen." Sie beendete das Telefonat.

„Wie kann dieser Typ belegen, dass unser Video falsch ist? Wir haben doch die Aufzeichnung vom vorletzten Transport benutzt, der um die gleiche Uhrzeit ankam. Das Video ist echt, nur eben nicht von diesem Transport."

„War darauf irgendetwas zu sehen, das auf einen anderen Tag schließen lässt?", fragte Dr. Wieder. „Haben wir irgendetwas übersehen?"

„Das kann ich mir nicht vorstellen. Wir haben das mehrfach überprüft. Soll ich vielleicht einen externen Experten hinzuziehen?"

„Nein, das bringt nichts mehr. Jetzt wäre es eh zu spät und wir machten nur unnötig die Pferde scheu. Vorerst können wir nur abwarten. Halte mich bitte auf dem Laufenden, falls dieser Manx etwas veröffentlicht oder anrufen sollte."

„Mach ich, bis später", verabschiedete sich Rose de Jong. Sie ließ einen nachdenklichen Bundesbankchef zurück.

*

Frankfurt am Main, Ulmenstraße, 13:45 Uhr. Markus checkte das Internet auf neue Meldungen zum Goldraub. Keines der führenden Newsportale konnte dazu etwas vermelden.

Er rief bei Manfred Krüger von der Bundespolizei an. Die Polizei tappte immer noch im Dunkeln bei der Suche nach den Goldräubern. Seine Frage, ob die Suche nun eingestellt werde, weil kein echtes Gold gestohlen worden sei, verneinte Krüger. Immerhin gab es den toten Fahrer des Begleitjeeps.

Markus grübelte. Wenn seine Vorwürfe sich als haltlos erwiesen, stand er vor der Blamage seines Lebens. Er telefonierte mit seinem Auftraggeber Jonathan Schreiber. Jonathan musste seine Spekulation absegnen und mittragen. Doch der war erstaunlich entspannt. Die Bundesbank verklage doch niemanden wegen einer Spekulation, kommentierte er. Das Imageproblem, falls sich die Theorie als falsch herausstellen sollte, hätte Markus allerdings zu tragen. Schließlich würde sein Name unter dem Artikel stehen.

Eine halbe Stunde später las er seinen Online-Beitrag noch einmal zur Korrektur. Er hatte sich für einen Kompromiss entschieden. Die Schlussfolgerung von der Lieferung falschen Goldes hatte er weggelassen.

Die Fakes der Bundesbank

Erbeuteten die Räuber nur gefälschte Goldbarren?

Die Hintergründe für den vorgestrigen Überfall auf einen Goldtransport der Deutschen Bundesbank, bei dem drei Tonnen Gold erbeutet wurden, sind weiterhin ungeklärt.

In der Zwischenzeit hat die Bundesbank veröffentlicht, dass sie aus Sicherheitsgründen immer zwei Sicherheitsfahrzeuge einsetzt. Ein Fahrzeug enthalte die echten Bestände, das zweite Fahrzeug sei mit äußerlich identischen, aber wertlosen Duplikaten ausgestattet, so eine Sprecherin der Bundesbank. Weder das Ladepersonal, noch die Wachmannschaften wissen, welches Fahrzeug die echte Ladung enthalte.

Der überfallene Goldtransport enthielt laut Aussagen der Bundesbank nur wertlose Duplikate. Um das zu belegen, hat die Bundesbank ein Überwachungsvideo veröffentlicht, das die Ankunft und Entladung des echten Goldes dokumentieren soll.

Die Echtheit dieses Videos wird von einem Experten bezweifelt. Während des aufgezeichneten Entladevorgangs ist bei der Bundesbank ein Stromausfall aufgetreten. Bis die Notstromversorgung sich aktivierte, müssten für einige Millisekunden Bilder fehlen. Dies ist nicht der Fall. Auf Nachfrage hat die Bundesbank versichert, das Video wäre echt und würde die Entladung des echten Goldes dokumentieren.

*

Frankfurt am Main, Ulmenstraße, 14:55 Uhr. Markus Manx saß an seinem Schreibtisch und überprüfte, ob sein Beitrag immer noch auf der Internetseite der HNP online war. Seit einer Stunde war der Artikel nun im Netz und die Bundesbank hatte keine Gegendarstellung veröffentlicht. *Ein gutes Zeichen! Die haben den Beitrag längst gelesen. Über welche Kanäle würden die wohl versuchen, den Artikel verschwinden zu lassen? Würde der Chef von Jonathan oder dessen Chef auf Drängen der Bundesbank kneifen? Bei dieser Geschichte wird es sich zeigen, wie es mit der journalistischen Unabhängigkeit bei der HNP in der Praxis aussieht.*

Das Telefon klingelte, eine unterdrückte Nummer.

„Markus Manx."

„Miller. Hat mein Brief Sie erreicht?"

„Hat er."

„Gut, dann schlage ich vor, wir sehen uns in dreißig Minuten bei Treffpunkt zwei."

Der Anrufer legte auf, ohne eine Antwort abzuwarten.

Was ist das für ein komischer Typ? Legt einfach auf und erwartet, dass ich Zeit für ihn habe. Markus zweifelte, ob er gehen sollte. An den Brief von heute Morgen hatte er nicht mehr gedacht. Er las ihn erneut. Die Art der Kontaktaufnahme – wie aus einem Agentenfilm. Er war neugierig und beschloss, der Sache nachzugehen. Bei dem geringsten Anzeichen von Gefahr würde er kneifen. Was sollte ihm schon passieren, in aller Öffentlichkeit, direkt neben der Frankfurter Hauptwache?

*

Berlin, Amerikanische Botschaft, 15:10 Uhr. Peter Redman war außer sich vor Zorn. „What the fuck!!"

„Peter, die alten Duplikate aus der Fed hätten wir nie nach Deutschland liefern dürfen. Uns ist eine nicht zu entschuldigende Verwechslung unterlaufen", entgegnete Aaron.

„In der jetzigen Situation können wir uns null Fehler leisten!", fauchte Peter aufgebracht.

„Ich weiß."

„Wo ist der Fehler passiert?"

„Operation *Brilliance* läuft immer gleich. Wenn Deutschland Gold-Lieferungen anfordert, werden die Duplikate aus der Fed entnommen und entsorgt. Wir produzieren gleichzeitig identische echte Barren für die Lieferung."

„Gibt es schon die echten Barren?", fragte Peter.

„Selbstverständlich", antwortete Aaron.

„Das erklärt noch nicht den Fehler."

„In der Fed standen beide Paletten vermutlich kurzzeitig nebeneinander. Da ist die Verwechslung passiert. Unsere Jungs haben nicht aufgepasst."

„Und die echten Barren?"

„Konnten wir gerade noch rechtzeitig vor der Entsorgung retten."

„Haben die Deutschen Verdacht geschöpft?", fragte Peter Redman.

„Unsere Telefonmitschnitte sprechen dagegen. Stupid German Gold!", sagte Aaron.

„Was sagen wir den Deutschen zur Beruhigung? Wir dürfen absolut keinen Verdacht erwecken."

„Die Deutschen haben für die eigene Presse gelogen, sie hätten zwei Transporte. Haben sie aber nicht."

„Und?"

„Wir übernehmen die Geschichte. Wir hätten aus Sicherheitsgründen auch immer zwei Transporte. Einen mit dem echten Gold und einen mit Duplikaten. Das erklärt zumindest das Vorhandensein von Dubletten und erregt keinen Verdacht. Die Deutschen werden das Ganze nicht hinterfragen, da sie keine Nachforschungen ihrer eigenen Erklärungen wollen."

„Wann liefern wir die echten Gold-Barren?", fragte Peter Redman.

„Liegen schon in Deutschland, auf unserer Airbase Ramstein. Lassen wir dort von der Bundeswehr abholen. Als Erklärung sagen wir ganz offen, wir hätten die Palette beim Verladen in New York vertauscht. Die echte wurde fälschlicherweise nach Ramstein geliefert. Macht einen soliden Eindruck. Die Deutschen werden keinen Verdacht schöpfen", versuchte Aaron, die unerfreuliche Unterhaltung zu beenden.

„Übrigens Aaron, was macht die Suche nach dem Informationsleck in unserer Mine? Seid ihr bei den beiden Verdächtigen weitergekommen?"

Es gab Momente, da wollte man nicht unbedingt mit Peter Redman zusammen in einem Raum sein. Immer dann nicht, wenn ihm etwas gegen den Strich ging oder wenn etwas schief lief. Aaron wusste das aus Erfahrung und versuchte, die Antwort entsprechend knapp und präzise zu fassen: „Die Agency ist gerade dabei, den Revisor, Ray Hampton, zu screenen. Die Kollegen haben uns für Morgen einen Bericht zugesagt."

„Und haben sie Lapeng geschnappt?", unterbrach ihn Peter Redman.

„Noch nicht. Lapeng ist noch flüchtig. Der Minendirektor hat keine Idee, warum sein persönlicher Assistent so plötzlich verschwunden ist. Lapeng hat weder Urlaub, noch ist er auf Geschäftsreise."

Peter Redman widmete sich jetzt seinem Computer, ein eindeutiges Zeichen, dass die Unterhaltung beendet war. Da Aaron nicht schnell genug den Raum verließ, schaute Peter auf: „Ist noch was?"

„Ja, es gibt einen Journalisten, der nervt zunehmend und begibt sich damit unnötig in Gefahr", echauffierte sich Aaron.

„Du meist unseren Frankfurter Gold-Freund?"

„Ja, Markus Manx. Er hat sich tief in diesen Gold-Raub reingefressen. Was uns im Grunde nicht stört. Aber er fängt jetzt an, Verbindungen zwischen Goldraub und Felix Armbrüster zu ziehen", sagte Aaron.

„Woher habt ihr die Information?"

„Telefonmitschnitte", sagte Aaron knapp.

„Okay. Und gibt es eine Verbindung zwischen Goldraub und Felix Armbrüster?", fragte Peter.

„Nein. Aber das können wir ihm schlecht direkt sagen."

„Habt ihr eine Möglichkeit, ihn von der Geschichte abzuziehen?"

„Nein. Manx kriegen wir vermutlich nicht von der Geschichte weggekauft."

„Dann überwacht ihn lückenlos", sagte Peter schroff.

„Ja. Wir spielen dem Journalisten einen Trojaner auf. Dann wissen wir wenigstens, was er recherchiert und schreibt."

„Aaron, wenn ihr den Burschen nicht kontrollieren könnt, sagt Bescheid. Er darf uns jetzt auf keinen Fall in die Quere kommen." Nachdem Aaron den Raum verlassen hatte, zog Peter Redman seinen Mantel an und verließ die amerikanische Botschaft.

*

Zwei Stunden später. Dieses Treffen konnte Peter Redman niemandem anvertrauen. Es war zu wichtig. Ein falsches Wort und der Deal würde platzen. Sein Gesprächspartner war sensibel zu behandeln. Andererseits wollte auch dieser am Ende unbedingt einen Erfolg präsentieren können. In der Hierarchie seiner Organisation würde ihn das weit nach oben katapultieren.

Vereinbarter Treffpunkt war ein irgendwann als Spielplatz angelegter, jetzt heruntergekommener Platz in Berlin-

Hellersdorf. Keine gute Gegend und deshalb bestens geeignet für ein konspiratives Gespräch. Peter Redman war kaum wiederzuerkennen. Statt Anzug trug er Jeans und eine an den Ärmeln abgewetzte Lederjacke, eine alte Sporttasche hing an seiner Schulter. Er wollte nicht auffallen, in der Nähe lungerten einige Jugendliche herum. Er setzte sich auf eine Bank und stellte die Sporttasche neben sich auf den Boden.

Sein Gesprächspartner ließ nicht lange auf sich warten. Mit seinem arabischen Einschlag fiel Mohamed hier nicht auf. „Salam alaikum, Allah sei mit Dir", begrüßte er Redman und setzte sich neben ihn auf die Parkbank.

„Wa alaikum Salam," erwiderte Redman.

Das war es dann auch schon mit den Höflichkeiten. Beide hielten sich nicht lange mit Vorreden auf, schließlich wollten sie rasch ein Ergebnis und dann wieder verschwinden.

„Wie weit seid ihr mit euren Vorbereitungen?"

„Wir sind soweit. Ich habe sechs Glaubensbrüder, die bereit sind zu kämpfen."

„Wie weit gehen die? Was wissen sie, falls sie erwischt werden?"

„Sie gehen in den Tod, um damit direkt ins Paradies zu gelangen. - Es sind drei Gruppen mit jeweils zwei Kämpfern. Die Gruppen wissen nichts voneinander. Auch kennen sie weder dich noch mich. Sollte eine Gruppe vorher entlarvt werden, ist die Operation also nicht gefährdet."

„Gut. Was braucht ihr noch?"

„Hast du das Geld?", fragte Mohamed mit gedämpfter Stimme, wohl aus alter Gewohnheit. Laut über Geld zu sprechen konnte in seinem Umfeld schnell tödlich enden.

Mit dem Fuß schob Redman die Sporttasche zu ihm herüber.

„Drei Millionen US-Dollar, die vereinbarte Anzahlung. Die restlichen sieben gibt es nach Durchführung."

Mohamed zog die Tasche neben sich auf die Bank, ohne sie zu öffnen.

„Hier ist die Liste mit Ausrüstung, die wir benötigen."

Peter faltete das Blatt auseinander und überflog die Liste: Kalaschnikows, Handgranaten, Plastiksprengstoff. Die Mengenangaben reichten für mehr als eine Operation, offenbar sollten bei der Gelegenheit noch gewisse Vorräte angelegt werden. Ihm war es egal. Das Material kurzfristig zu hinterlegen, kein Problem. Es war ihm sogar recht, wenn er die Ausrüstung stellte. So konnte er sicher sein, dass die Aktion problemlos funktionierte und niemand sie zurückverfolgen konnte.

„Wann soll die Operation durchgeführt werden?"

„Irgendwann in den nächsten zwei Wochen. Ich informiere dich!", sagte Redman.

„Salam." Mohamed stand auf und entfernte sich rasch mit der Sporttasche über der Schulter.

Peter blieb auf der Bank sitzen. Er war zuversichtlich, dass die Operation *Snow White* erfolgreich verlaufen würde.

*

Frankfurt am Main, Katharinenkirche, 15:30 Uhr. Markus ging zu Fuß zur Katharinenkirche. Von seinem Büro aus war es nicht weit, und die frische Luft dieses sonnigen Herbsttages tat ihm gut.

Wo genau soll ich denn hier diesen Herrn Miller treffen? fragte er sich, als er vor der Kirche stand. *Soll ich hineingehen? ... Am besten, ich warte hier draußen.*

Markus stellte sich etwas abseits vom Haupteingang und wartete, aufmerksam die Umgebung betrachtend. Er beobachtete eine ältere Dame, die in die Kirche ging, vermutlich zum Beten. Aus der Kirche heraus kam ein junges Pärchen. Der Mann trug eine Kamera um den Hals. Wahrscheinlich Touristen, die sich die Katharinenkirche angesehen hatten.

Fünf Minuten stand Markus dort und beobachtete das Treiben. Dann kam ein etwa fünfzig Jahre alter Mann mit Baseballkappe auf ihn zugeschlendert. Er trug Turnschuhe, schwarze Hose und Mantel. Er wirkte unscheinbar. Selbst die Kappe war für Frankfurt nicht auffallend.

„Hallo, hätten Sie vielleicht einen Kaugummi für mich?", sprach ihn der Mann tatsächlich an.

Markus hatte sich extra auf dem Hinweg eine Packung gekauft. „Ich kann Ihnen einen Spearmint anbieten", antwortete Markus und hielt ihm die aufgerissene Kaugummipackung hin.

„Sehr gut. Können wir zusammen etwas laufen?"

„Wenn Sie das möchten ... Sie machen es aber spannend."

Der Mann wirkte keinesfalls bedrohlich. Doch wie sah jemand aus, der Böses im Schilde führte? Markus taxierte ihn und kam zu dem Ergebnis, im Falle einer Auseinandersetzung zumindest körperlich mithalten zu können. Schließlich war er mindestens zehn Zentimeter größer und vermutlich zwanzig Kilogramm schwerer.

„Sie wundern sich, warum ich unser Treffen so ungewöhnlich eingeleitet habe? Okay, aber bevor ich Ihnen dazu mehr erzähle, möchte ich erst ein paar Meter gehen."

Ist dieser Typ paranoid? Oder ist es ein Spinner, mit dem ich meine Zeit verschwende?

Beide gingen schweigend nebeneinander her. Miller drehte sich mehrfach um und überprüfte offenbar, ob ihnen jemand folgte.

„Ich denke, die Luft ist rein", begann er. „Sie kennen doch Ihren Kollegen Felix Armbrüster?"

Markus stutzte. Die Todesanzeige seines Studienfreundes hatte erst am Morgen in der Zeitung gestanden.

„Bitte nicht stehenbleiben. Gehen Sie normal und unauffällig weiter."

„Wie kommen Sie auf Felix Armbrüster? Und woher wissen Sie, dass wir uns kennen?", fragte Markus verdutzt. Spätestens jetzt hatte dieser mysteriöse Miller seine volle Aufmerksamkeit.

„Vermutlich haben Sie schon mitbekommen, dass Felix vorgestern verstorben ist. Augenscheinlich war es kein normaler Tod."

„Was wissen Sie darüber?"

„Er ist von einem Zug überfahren worden. Es war mit Sicherheit kein Selbstmord."

„Wie kommen Sie darauf?" Markus erinnerte sich an die Formulierung in der Sterbeanzeige, es hieß, Felix sei '*plötzlich und unerwartet von uns geschieden*'.

„Das ist eine längere Geschichte. Wussten Sie, womit sich Felix beruflich beschäftigte?"

„Ehrlich gesagt nicht genau. Wir haben nach dem Studium bei einer Zeitung hier in Frankfurt zusammengearbeitet. Seit er nach Berlin gezogen ist, haben wir uns aus den Augen verloren."

„Kennen Sie seine Frau Melinda?"

„Ja, wir kennen uns ebenfalls vom Studium her. Sie war damals schon mit Felix zusammen … Aber wollen Sie jetzt nicht endlich die Katze aus dem Sack lassen?"

Bin mal gespannt, was jetzt kommt, dachte Markus. *Der paranoide Spinner, für den ich ihn anfangs gehalten hatte, ist zumindest gut informiert.*

„Also gut: Vor gut einer Woche hat Felix Armbrüster die USA besucht, um in New York und Washington zu recherchieren. Wie Sie vielleicht wissen, hatte er einen eigenen Gold-Blog."

Jetzt fiel es Markus ein. Er hatte Felix deshalb schon anrufen wollen. Am Rande seiner Reportage zu der Gold-Pyramide für die FAZ hätte er gerne ein Interview mit ihm gemacht. Doch sein schlechtes Gewissen wegen einer kurzen Romanze mit Melinda hatte ihn davon abgehalten. Zwar war die Affäre schnell vorbei gewesen, als Felix und Melinda ihre schwierige Phase überwunden hatten. Aber ob Felix etwas mitbekommen hatte, wusste Markus nicht.

„Ja, ich weiß von dem Gold-Blog. Ich habe ihn aber nicht näher verfolgt. Und zu Felix habe ich auch schon länger keinen Kontakt mehr gehabt."

„In den Staaten war er an einer sensationellen Geschichte dran", erzählte der Fremde weiter. „Es ging um die in den Vereinigten Staaten gelagerten Goldreserven der europäischen Staaten, insbesondere um die Gold-Reserven Deutschlands."

Miller checkte erneut, ob ihnen jemand folgte.

„Felix glaubte, zumindest ein erheblicher Teil der dort gelagerten Goldreserven wäre nur noch heiße Luft, mit anderen Worten: nicht mehr existent."

Markus zweifelte. Er hatte zwar die Bundesbank noch vor einer Stunde selbst mit dem Verdacht konfrontiert, aber die sehr spekulative These dann doch nicht veröffentlicht.

Offenbar bemerkte der Fremde sein skeptisches Gesicht.

„Ich erkläre es Ihnen: Felix hat seit längerem Unterlagen zusammengetragen, die belegen, dass die USA über Jahrzehnte erhebliche Mengen Gold an den Märkten verkauft haben."

Markus konnte seine Neugier nicht zügeln.

„Wie soll das funktionieren, ohne dass es auffällt?"

„Die USA haben die Förderstatistiken einer großen Minengesellschaft nach oben geschönt und das Notenbankgold als neu geschürftes Gold in den Markt gebracht."

„Warum sollten die das tun?"

„Die CIA hatte schon immer einen großen Geldbedarf für nicht durch den Kongress genehmigte Operationen. Die Milliarden der alliierten Goldreserven kamen da gerade recht."

„Die CIA? Aber wenn das an die Öffentlichkeit kommt, ist die Hölle los."

„Absolut richtig. Können Sie sich jetzt ausmalen, warum Felix vor einem Zug landete?"

„Ich kann das nicht glauben. Aber warum erzählen Sie das alles ausgerechnet mir?"

„Sie kannten ihn", erklärte Miller. „Außerdem sind Sie selbst an einer sensationellen Geschichte dran."

„Sie meinen den Goldraub der Bundesbank? Was hat das denn jetzt damit zu tun?"

„Herr Manx, woher kam das geraubte Gold? Was denken Sie?" Ohne eine Antwort abzuwarten, fuhr Miller fort: „Das Gold war Bundesbankgold, das von der Fed für die Bundesrepublik Deutschland in New York verwahrt wurde. Die CIA hat über Jahrzehnte die Goldbestände der Deutschen geplündert."

„Sie meinen, das deutsche Gold in den USA ist gefaked? Was ist das denn für eine Räuberpistole, bitteschön?"

„Felix war kurz davor, genau das zu belegen."

„Wie sollte er das können? Er konnte doch nicht einfach so in die Fed-Tresore spazieren und das Gold auf Echtheit überprüfen. Nicht einmal die Bundesbank oder die Bundesregierung haben es über Jahre hinweg geschafft, unsere Bestände in den Staaten zu besichtigen."

„Stimmt. Aber seien Sie ehrlich, wie weit würden Sie gehen, um so eine Nachricht an die Öffentlichkeit zu bringen?"

„Was meinen Sie damit? Natürlich würde ich so eine Geschichte ohne Zögern veröffentlichen. Das ist doch der absolute Hammer."

„Ich frage nicht ohne Grund. Vor einigen Jahren haben Sie Ihre Recherchen über das Offenbacher Rotlichtmilieu eingestellt, nachdem vermutlich Druck auf Ihre Familie ausgeübt wurde."

Woher weiß der Typ nun das schon wieder ...

„Noch einmal meine Frage: Wie weit gehen Sie?"

„Welche Wahl habe ich denn? Wenn das stimmt, was Sie erzählt haben, stecke ich schon mitten drin", antwortete Markus.

„Ja, aber hier haben wir es mit der CIA zu tun!"

„Wenn wir die Geheimnisse an die Öffentlichkeit gebracht haben, brauchen wir uns vor der CIA nicht mehr zu fürchten. Für die CIA gibt es dann eigentlich keinen Grund mehr, Mitwisser zu beseitigen, oder?"

„Correct", klang zum ersten Mal ein amerikanischer Akzent bei Miller durch. „Bevor wir auf die große Geschichte zurückkommen, lassen Sie uns über ihren Artikel von heute Nachmittag reden. Sie haben damit voll ins Schwarze getroffen."

„Sie meinen, das Video ist gefälscht? Woher wollen Sie das wissen?"

„Mit der Idee der fehlenden Bilder haben Sie gute Arbeit geleistet. Es gibt aber noch ein weiteres Indiz: Auf dem Video sind leichte Reifenspuren von dem Sicherheitstransporter zu erkennen. Das heißt, der Transporter muss über eine feuchte Straße gefahren sein. Bei dem Überfall vorgestern war das Wetter aber trocken. Anders dagegen bei dem vorletzten Transport. Dort hatte es in der Nacht geregnet. Vielleicht besteht da ein Zusammenhang?"

„Unglaublich. Langsam fangen Sie an, mich zu beeindrucken."

„Heute kann ich Ihnen nicht mehr erzählen. Nur so viel, es gibt Menschen im Hintergrund, die ein Interesse an der Aufdeckung dieser Schweinereien haben."

„Und wie soll ich bitte das alles belegen, was Sie mir erzählt haben? Ich bin Journalist, ich brauche Beweise."

„Das ist ein Problem, denn die Unterlagen hatte Felix Armbrüster irgendwo aufbewahrt. Also müssen Sie mit seiner Frau reden und herausfinden, wo sie sind. Ihnen wird sie vertrauen."

„Aha, deshalb brauchen Sie mich also. Ich soll unsere alte Freundschaft dazu missbrauchen, um an die Unterlagen zu kommen."

„Frau Armbrüster will bestimmt auch, dass die Wahrheit über den Tod ihres Mannes an die Öffentlichkeit kommt. Glauben Sie nicht?"

„Gut, ich werde sie um ein Treffen bitten."

„Okay ... und noch etwas ist wichtig, Herr Manx. Sie müssen ab sofort vorsichtig sein, bei allem, was Sie tun. Unterschätzen Sie das Risiko nicht. Die CIA wird keine Sekunde zögern, um eine Veröffentlichung zu verhindern. Und denen ist jedes Mittel recht, glauben Sie mir."

„Okay, ich passe auf ... aber wie bleiben wir in Kontakt?", fragte Markus.

„Ich habe hier eine Liste mit Anweisung, um Botschaften zwischen uns zu chiffrieren. Bitte stören Sie sich nicht an den Begrifflichkeiten. Täglich sind Milliarden von Spam-SMS unterwegs. Mit diesen Codewörtern wird jeder Kontakt zwischen uns wie eine dieser Spam-Nachrichten wirken."

Markus blickte entsetzt auf die aufgelisteten Codewörter.

„Sie meinen, ich soll diese Sex-Begriffe verwenden, um Ihnen eine verschlüsselte Nachricht zu senden ..."

„Genau. Niemand wird Verdacht schöpfen, falls unsere Nachrichten abgefangen werden. Und gehen Sie davon aus, wir werden überwacht!"

„Außerdem", setzte Miller seine Erklärungen fort, „hier sind noch fünf unbenutzte Handys und Pre-Paid-Karten. Sie sind nummeriert. Für jeden Tag ein neues Handy und eine neue Karte. Schalten Sie das jeweilige Handy nur immer für ein paar Minuten ein, um zu prüfen, ob eine SMS-Nachricht von mir für Sie vorliegt oder um mir eine SMS zukommen zu lassen. Am Abend zerstören Sie unbedingt Handy und Pre-Paid-Karte. Auf der Codeliste sind unten fünf Handy-Nummern angegeben. Jede für einen Tag."

Markus kontrollierte die Liste und sah die Nummern mit Benennung der Tage. Alles sauber durchdacht, das musste man anerkennen. Dennoch fremdelte Markus ein wenig mit dem Procedere.

„Ist das nicht etwas übertrieben?"

„Glauben Sie mir, Sie werden das sehr schnell verstehen. Wichtig ist: Vertrauen Sie niemandem. Keiner darf etwas von unseren Treffen erfahren." Miller ließ seine Worte nachwirken. „Schalten Sie morgen Ihr erstes Handy ein. Ich werde Ihnen einen neuen Treffpunkt mit Uhrzeit mitteilen. Versuchen Sie für morgen ein Treffen mit Frau Armbrüster in Berlin zu arrangieren. Wenn das klappt, schicken Sie mir eine chiffrierte Nachricht. Ich teile Ihnen dann umgekehrt Ort und Zeit für ein Treffen in Berlin mit."

„Alles Gute. Wir schaffen das", verabschiedete sich Miller. Er hinterließ einen fassungslosen Markus Manx.

*

Frankfurt am Main, Ulmenstraße, 16:35 Uhr. Markus war immer noch irritiert von dem Gespräch mit Miller. Um in seine tägliche Routine zurückzufinden, rief er in seinem Büro als Erstes das Video der Bundesbank auf. Es erschien ihm am einfachsten zu überprüfen, ob der Hinweis auf die Reifenspuren korrekt war. Und tatsächlich, im Video ließen sich bei genauer Betrachtung Reifenspuren des Sicherheitstransporters erkennen.

Eindeutig muss der Transporter kurz vorher auf leicht feuchter Straße gefahren sein. Am Montag war es aber tro-

cken. Ich war selber kurz vorher an der Gold-Pyramide und bin zu Fuß ins Büro gelaufen. Unglaublich, dieser Miller hatte Recht!

Als Nächstes checkte Markus, wann der vorletzte Goldtransport stattgefunden hatte. Es war genau vier Wochen vorher. Ebenfalls ein Montag um die gleiche Zeit.

Es dauerte ein paar Minuten, bis Markus eine Wetter-Homepage fand, auf der er das damalige Wetter nach Uhrzeit und Ort abfragen konnte. Markus kannte die Antwort, bevor er das Ergebnis vor sich sah. Es stimmte.

Tatsächlich. Zum Zeitpunkt des Transports hatte der Regen zwar schon aufgehört, die Straßen dürften aber noch nass gewesen sein. Die Bundesbank veräppelt uns tatsächlich!

Immer eindringlicher breitete sich in Markus das Gefühl aus, dass Miller mit seinen Behauptungen tatsächlich richtig lag.

Aber etwas paranoid ist er schon, dachte er, als er die Telefonnummer von Melinda Armbrüster in seinen fast leeren Akku-Funkapparat eintippte. *Der Akku wird schon noch reichen*, hoffte er, als er eine zarte Frauenstimme vernahm.

„Ja ...?"

Er erkannte sie sofort. Melinda.

„Hallo Melinda, hier spricht Markus ... Markus Manx."

Seine Stimme klang unsicher, denn er wusste nicht recht, wie er das Gespräch beginnen sollte.

„Markus! Von dir habe ich schon ewig nichts mehr gehört", kam es erstaunt zurück.

„Da hast du Recht", druckste Markus, dem die Situation höchst unangenehm war. „Seit Felix und du nach Berlin gezogen seid, haben wir uns aus den Augen verloren." Als Markus *Felix* sagte, zuckte er zusammen. Aber durch dieses emotionale Nadelöhr musste er jetzt durch. „Ich habe in der *Frankfurter Rundschau* die Todesanzeige von Felix gelesen", fuhr er fort, „das ist ja schrecklich."

Melinda rang hörbar um Fassung.

„Wir ... wir können es selbst noch nicht glauben ... Felix hat sich vor einen Zug geworfen, ... und wir ...", sie begann zu schluchzen, „... wir haben vorher nichts an ihm bemerkt ... nichts."

Markus fühlte sich unsicher und irritiert.

„Kann ich irgendetwas für euch tun?"

„Markus ... wir ... wir wissen selbst noch nicht, ... wie es ... wie es weitergehen soll", schluchzte Melinda. „Uns kann keiner helfen. Niemand kann uns Felix zurückbringen."

Das Gespräch kippte zunehmend ins Heikle. Melinda stand offenbar völlig neben sich. Markus versuchte, sie auf die Faktenebene zurückzuholen.

„Bitte mal ganz von vorne, Melinda. Du hast gesagt, Felix hat sich vor den Zug geworfen. War es wirklich Selbstmord?"

„Ich kann das alles nicht glauben ... aber man hat Felix obduziert."

„Melinda, hat Felix in letzter Zeit an einer besonders brisanten Geschichte gearbeitet?" Markus wollte das Gespräch sanft umlenken.

„Kann schon sein. Er war vergangene Woche in Amerika. Er hat gesagt, es wären wichtige Recherchen. Ich habe aber keine Ahnung, worüber er recherchierte. Diese Goldthemen haben mich nie interessiert."

Langsam gewann Melinda ihre Fassung zurück.

„Aber wieso fragst du? Hattet ihr in letzter Zeit Kontakt? Felix hat nichts davon erzählt."

„Nein, Kontakt hatten wir leider keinen. Ich wollte ihn vor längerer Zeit wegen einer Geschichte anrufen, die ich für die FAZ schrieb. Es hat sich dann doch nicht so ergeben. Aber seinen Gold-Blog, den habe ich regelmäßig verfolgt", log Markus, um Melinda ein Interesse an Felix' Arbeit vorzuheucheln.

„Ja, dieser blöde Blog. Wir haben oft deswegen gestritten. Seit er den in die Welt gesetzt hatte, arbeitete er viel zu viel. Und in den letzten Wochen war es ganz schlimm."

„Melinda, ich habe gehört, dass Felix an einer großen Geschichte dran war."

Markus versuchte auf die entscheidende Frage zu kommen. „Weißt du etwas von besonders wichtigen Unterlagen, die etwas mit seinem Tod zu tun haben könnten?"

Eine längere Pause entstand, bevor Melinda antwortete: „Markus, es gab eine Zeit, da mochte ich dich wirklich. Aber das ist jetzt geschmacklos."

Melinda redete sich in Rage. „Du meldest dich jahrelang überhaupt nicht. Dann stirbt Felix und du rufst an um dein Beileid zu heucheln. In Wirklichkeit willst du mich nur aushorchen, um an irgendwelche Unterlagen zu kommen. Weißt du, was du mir mit deinen bohrenden Fragen und Zweifeln antust? Es ist schon schwer genug, einen Selbstmord zu verdauen. Nein Markus, bleib, wo du die letzten Jahre warst und lass mich in Ruhe!"

„Melinda", setzte Markus zu einer Rechtfertigung an, aber Melinda hatte aufgelegt.

Der Schuss ging aber jetzt komplett nach hinten los! Okay, ich kann verstehen, dass Melinda angefressen ist über mein Verhalten. Aber ob jetzt jemals rauskommt, warum Felix gestorben ist?

*

Frankfurt am Main, Lagezentrum der Bundespolizei, 17:00 Uhr. Polizeidirektor Hartmann fühlte sich unwohl. Mehr mental als körperlich. Altersdepressionen, davon war seine Frau seit langem überzeugt. Bekanntlich setzte so etwas ab Mitte Fünfzig ein. Mit seiner Belastbarkeit wurde es dann immer schlechter, dafür nahm seine Ruppigkeit gegenüber anderen zu. Hartmanns Umfeld bekam das oft zu spüren.

Heute war wieder so ein Tag. Bis jetzt war nichts Negatives vorgefallen, dennoch dümpelte seine Stimmung auf Kellerniveau. Und jetzt stand auch noch die Sitzung des Krisenstabes bevor ...

Kanzleramtsminister Stahl hielt sich nicht lange mit Begrüßungsformeln auf. Er fragte die Teilnehmer direkt, ob sie endlich Ergebnisse präsentieren könnten. Hartmann schwieg. Er war froh, dass ihm Stahl die stereotype Anfangsmoderation abgenommen hatte, und begann, lustlos in seinen Sitzungsunterlagen zu kritzeln.

Als Erster antwortete Brandner von der Bundesbank. Er sah seine Chance gekommen, um mit dem aufgetauchten Gold zu punkten.

„Das echte Gold ist auf dem Weg zu uns. Die Amerikaner haben zwei Transporte organisiert. Ein falscher, der nach dem Umladen überfallen wurde und ein echter, der nun die nächsten Stunden eintrifft."

„Und das glauben Sie?" hielt Hartmann umgehend dagegen. „Wurde das in der Vergangenheit auch immer so gehandhabt oder war dieses Mal Premiere?"

„Die Amerikaner meinen, sie hätten Hinweise auf einen Überfall gehabt und hätten deshalb zum ersten Mal diese Strategie angewendet."

„Und warum wurden wir dann vorher nicht gewarnt und nicht wenigstens nach dem Überfall sofort informiert?"

Man merkte Polizeidirektor Hartmann seine Stimmung an. Ihm war klar, dass verschiedene Seiten mit gezinkten Karten spielten. Hier war zu viel Politik im Spiel, und damit konnte er nur schwer umgehen. Bei politischen Aktionen wurden am Ende immer Sündenböcke gesucht. Und als solcher wollte er keinesfalls enden.

„Ich glaube den Amerikanern die Erklärung mit den zwei Transporten so wenig, wie uns dieser Journalist glaubt", wagte er sich nun vollends aus der Deckung.

Nun ergriff BND-Mann Gmeiner, ganz entgegen seiner üblichen proamerikanischen Rolle, Partei für Hartmann.

„Mich wundert das alles nicht. Seit zwanzig Jahren arbeite ich nun schon eng mit CIA, NSA und Co. zusammen. Und trotzdem haben die mich vermutlich noch nie als ebenbürtigen Partner betrachtet. So lange du in deren Spiel passt, darfst du mitspielen. Wenn nicht, bist du sofort abgemeldet."

„Das entspricht durchaus auch meiner Erfahrung", schaltete sich General Steiner ein. „Viele Probleme könnte man partnerschaftlich erfolgreicher anpacken. Doch den Amerikanern geht es immer nur um ihre eigenen Interessen."

„Meine Herren", griff Stahl ein. „Das bringt uns alles nicht weiter. Erstens sollten wir froh sein, dass das Gold nun aufgetaucht ist. Und zweitens kann es uns egal sein, warum die Amerikaner eine im Nachhinein richtige Entscheidung getroffen haben."

„Ihre pragmatische Sichtweise in Ehren", Herr Kanzleramtsminister", konterte Hartmann vorsichtig. „Aber mit dieser Geschichte kommen wir in der Öffentlichkeit nicht durch. Dieser Journalist, dieser Manx, hat bereits seine Zweifel an der Echtheit des Bundesbankvideos veröffentlicht. Aber vielleicht kann uns Herr Brandner dazu mehr sagen?"

„Was soll ich dazu sagen. Nur weil ein paar Bilder in einem Video wegen Stromausfall angeblich fehlen müssten, ist es noch lange nicht falsch. Vielleicht hat unser Notstromaggregat so schnell reagiert, dass eben keine Bilder fehlen. Was weiß ich. Ich bin kein Techniker."

„Sehen Sie", merkte Hartmann an, der gegenüber Brandner deutlich offensiver agierte. „Sie sagten *Was weiß ich* und offenbaren damit, dass Sie es nicht wissen wollen. Sie fangen an, Fehler zu machen, und gefährden damit leichtfertig unsere Glaubwürdigkeit!"

„Jetzt muss ich aber entschieden protestieren", schaltete sich Stahl in den Streit ein. „Es hilft nichts, wenn wir uns gegenseitig anfeinden. Um das Problem in den Griff zu bekommen, wäre ein Fahndungserfolg hilfreich."

Das zielte klar auf Hartmann. Das Gesicht des Kanzleramtsministers verschwand kurz vom Monitor, es hatte den Anschein, als ob er jemandem eine Anweisung zuflüsterte. Damit gab er den Blick für die anwesenden Herren auf das prächtige Bundeskanzleramt frei, sozusagen die Hintergrunddekoration.

Sekunden später erschien Stahls Gesicht wieder auf dem Bildschirm, und Hartmann berichtete von einem entdeckten Fluchtfahrzeug. Es gab aber keine verdächtigen Fingerabdrücke, lediglich ein gefundenes Haar, das von einem der Täter stammen könnte. Die DNA-Datenbank der Bundespolizei half aber auch hier nicht weiter. Das Fahrzeug war, wie der VW Touareg, zwei Tage vorher gestohlen worden. Das Kfz-Kennzeichen in der Nacht vor dem Überfall ebenfalls. Die Ergebnisse blieben mau.

Anschließend versuchte BND-Mann Gmeiner noch mit einem abgefangenen Telefonat zu glänzen. Ein möglicher Täter hatte mit einem Goldwäscher telefoniert, aber keine verwertbaren Namen genannt und das Handy anschließend abgeschaltet. Hoffnungen setzte man auf die identifizierte Nummer des angerufenen Geldwäschers, die der BND umgehend an Hartmanns Mitarbeiter weitergab.

Hartmann hatte, während Gmeiner Richtung Kamera referierte, die Verzierung seiner Sitzungsunterlagen vollendet. Heute nicht, um Gmeiner zu ärgern, sondern weil seine Gedanken immer wieder Richtung Pensionierung abschweiften. Die Strichzeichnung zeigte einen Schrebergarten mit Gartenlaube, Obstbäumen, darunter eine Bank und diverse Phantasieblumen. An der Tür der Laube prangte ein Schild, auf dem in dunklen großen Lettern stand: HART-HOF. Hartmann wusste, nicht nur sein Berufsleben näherte sich dem Ende, sondern auch der Zustand seiner Ehe. Er wünschte sich endlich Ruhe.

„Wenigstens etwas", fasste Kanzleramtsminister Stahl wohlwollend zusammen und holte damit Hartmann aus seinen Gedanken zurück. Alle Beteiligten verabredeten sich für den nächsten Tag zu einer erneuten Sitzung.

Mich würde interessieren, ob in den früheren Transporten echtes Gold geliefert wurde oder ebenfalls nur Fakes, wie dieses Mal, dachte Hartmann beim Verlassen der Versammlung.

*

Hofheim, Lenas Wohnung, 18:50 Uhr. Wie abgemacht brachte Markus den Wein zum Essen mit. Er hatte einen ganz besonderen ergattert, einen Brunello di Montalcino von CastelGiocondo. Die letzte Flasche vom Jahrgang 2010, und der Weinhändler hatte ihm sogar noch zehn Prozent Rabatt gegeben. Markus liebte die reinrassige Sangiovese-Traube aus der Toskana. Leider erlaubte seine Verdienstsituation solche Besonderheiten nur in absoluten Ausnahmefällen.

Für die vier Stockwerke zu Lenas Wohnung hinauf nahm er die Treppe. Die ersten bescheidenen Steps, um seine Fitness zu verbessern, was er schon immer mal in Angriff nehmen wollte. Die Wohnungstür stand einladend offen. Als er eintrat, sah er Lena in der offenen Küche am Ofen hantieren.

„Hi Markus", begrüßte sie ihn, „ich bin sofort bei dir."

Markus konnte vom Wohnzimmer aus gut beobachten, wie sie etwas in den Ofen schob. Wie umwerfend sie wieder aussah! Hochhackige Pumps und schwarze Strümpfe, darüber ein knielanger Seiden-Kimono in rot, mit feinen floralen Ranken in beige.

„Der Kimono sieht toll aus, so japanisch."

„Schön, dass er dir gefällt! Ich habe ihn in Tokio gekauft. Ist aber schon einige Jahre her … Mit dem Essen musst du dich aber noch etwas gedulden. Wir ziehen die Nachspeise vor. Danach gibt es dann eine Lasagne."

„Wie, die Nachspeise vorziehen?"

Lena nahm Markus bei der Hand und zog ihn ins Schlafzimmer.

„Komm mit, ich zeige es dir."

Knapp eine halbe Stunde später wusste Markus mehr.

„Nach dieser vorgezogenen Nachspeise bin ich schon auf die Hauptspeise gespannt", lobte Markus mit zerzausten Haaren.

„Auch da wirst du nicht enttäuscht sein. Ich habe eine Lachs-Garnelen-Spinat-Lasagne für uns gemacht."

„Super, da passt der Wein ja perfekt!"

Markus half ihr beim Tischdecken.

„Du, ich muss dir erzählen, was mir heute passiert ist. Irgendwie kann ich es selbst noch nicht glauben. Rate mal, wer mich heute Morgen angerufen hat?", grinste Lena.

„Keine Ahnung. Ein neuer Auftrag für dich?"

„Ganz genau. Da sagt man immer, die Fachvorträge würden nicht zu echten Aufträgen führen, und dann: B-I-N-G-O!"

„Wenn du das Ganze so spannend machst, wird es kein kleiner Fisch sein, den du da an der Angel hast", folgerte Markus.

„Richtig kombiniert, Comisario, sozusagen goldrichtig."
Sie lachte ihr Lachen, das er so liebte.

„Na komm schon", lockte Markus, „ein Großunternehmen aus dem DAX, stimmt's?"

„Nein, nicht ganz so groß, aber ganz besonders", sagte Lena stolz.

„Also jetzt aber raus mit der Sprache. Wer ist es?"

„Geißen & Mapitier. Ja, genau, die Druckerei der Euro-Geldscheine."

„Was? Die arbeiten doch eng mit der Bundesbank zusammen!"

„Ja."

„Darf man Genaueres wissen, oder erst, wenn dir der dritte Brunello die Zunge gelöst hat?"

„Also gut. Heute Morgen klingelt mein Telefon. Eine Dame aus dem Vorstandssekretariat stellte sich vor und sagt, sie habe von ihrem Chef den Auftrag, kurzfristig ein Treffen mit mir zu arrangieren", begann Lena.

„Wie kommen die genau auf dich?"

„Genau die Frage habe ich auch gestellt. Und stell dir vor: Ihr Abteilungsleiter hat mich Montag auf dem IT-Symposium gesehen und ist offenbar begeistert gewesen", sagte Lena. „Ich habe einem Treffen zugestimmt."

„Spontan wie Lena nun mal ist, immer direkt zur Sache kommen", lachte Markus. „Und wann?"

„Die Sekretärin schlug heute Mittag vor. Ihr Chef und andere entscheidende Personen für den Auftrag seien nur noch heute in Frankfurt."

„Der Termin hat schon stattgefunden?", wunderte sich Markus.

„Ja, am Flughafen, zwölf Uhr dreißig, im Sheraton-Hotel. Ich kam an, eine Assistentin erwartete mich und brachte mich in einen extra gebuchten Sitzungsraum. Alles perfekt organisiert. Sofort kamen die angekündigten fünf Personen rein, die übliche Vorstellung, Austausch der Visitenkarten", schilderte Lena.

„Das nennt man einen Express-Auftrag", staunte Markus. „Und was sollst du für die machen?"

„Zusammen mit einem kleinen Team soll ich ein Konzept aufsetzen, um die Sicherheitssysteme auf Schwachstellen zu testen."

„Klingt spannend, weil deren Sicherheitssysteme vermutlich schon heute auf einem hohen Niveau sind."

„Davon gehe ich aus. Sie wollen aber um jeden Preis verhindern, dass irgendwann eine Schwachstelle doch zu einem Problem werden könnte."

„Verstehe. Und wenn du sagst, um jeden Preis, dann haben die dir sofort ein nicht abschlagbares erstklassiges Angebot vorgelegt und du hast sofort *Deal!* gerufen", neckte Markus.

„Genau. Das Angebot war doppelt so hoch, wie ich es gefordert hätte. Ich habe direkt unterschrieben."

„Alle Achtung! Und kein Haken an dem Angebot?"

„Doch. Der Haken ist, wir fangen gleich morgen in München an. Der Abteilungsleiter hatte nämlich Stress, weil sie letzte Woche nur knapp einen Angriff auf ihre Personendaten verhindern konnten."

Markus schluckte.

„Hey, du sollst dich mit mir freuen."

„München", sagte Markus sichtlich bedrückt, „ich sehe dich dann nur am Wochenende – Snoopy."

„Du nennst mich Snoopy?"

Markus antwortete nicht. *War vielleicht die falsche Situation jetzt,* ärgerte er sich.

„Okay, ich freu mich ja. Das ist wirklich eine tolle Chance für dich."

„Sei nicht albern. Wir kennen uns erst seit drei Tagen und du tust schon so, als wenn wir verheiratet wären. Erzähl mir lieber, was bei dir heute los war. Ich will wissen, wie die Goldraubgeschichte weiterging."

Markus musste den Vorwurf, wie ein besitzergreifender Ehemann zu reagieren, erst kurz sacken lassen. Dann schlüpfte er in die Journalistenrolle.

„Zuerst die Geschichte mit dem Video", begann er. „Ich habe die Bundesbank mit unserem Verdacht von heute Morgen konfrontiert und die haben die Echtheit noch einmal bestätigt. Das Telefonat mit der Pressesprecherin fand ich merkwürdig. Als wenn sie auf Lautsprecher geschaltet hätte. Deshalb habe ich mich entschlossen, einen spekulativen Artikel darüber zu schreiben. Der ging heute Mittag online und die HNP hat ihn auf ihrer Homepage, zumindest bis heute Abend."

„Wieso, hast du Angst, die könnten den Beitrag vom Netz nehmen."

„Na ja, bei so brisanten Themen ist es für kleinere Zeitungen nicht immer leicht, die journalistischen Fahnen hochzuhalten. Manche gehen lieber den einfacheren Weg und stellen bei zu massivem Druck einen Beitrag erst einmal offline."

„Und, gibt es sonst noch etwas Neues in deiner Goldgeschichte?"

„Da ist noch etwas, was mir an dem Video aufgefallen ist."

Markus wollte angesichts des ungewöhnlichen Auftrages für Lena vorerst nichts von dem ominösen Miller erzählen. Er tat so, als wenn er die Reifenspuren selbst bemerkt hätte.

„Markus, deine Entdeckung ist grandios", lobte Lena. „Jetzt kannst du nicht nur beweisen, dass das Video nicht den Goldtransport von Montag zeigt. Du kannst sogar belegen, von wann das Video wahrscheinlich ist. Damit hast du die Bundesbank überführt!"

„Das wird meine Geschichte für morgen. Ich will das Thema noch weiter vorwärts pushen. Außerdem ergab sich heute noch etwas Interessantes."

„Erzähl schon!", trieb Lena ihn an. Doch Markus nahm genüsslich einen Schluck Rotwein, bevor er weitererzählte.

„Kannst du dich an die Sterbeanzeige von meinem Studienkollegen Felix Armbrüster erinnern?"

„Natürlich, du wolltest doch seine Frau anrufen und ihr dein Beileid ausdrücken."

„Ich habe sie angerufen und sie hat mir erzählt, dass Felix sich vor einen Zug geworfen hat."

„Wie bitte?", kommentierte Lena ungläubig.

„Seine Frau kann sich das nicht erklären."

Markus vermischte jetzt die Geschichten von Miller und dem Telefonat, um Lena die neuen Informationen zu geben.

„Sie glaubt nicht an Selbstmord. Und jetzt kommt der Hammer: Felix hat für seinen Gold-Blog an einer ganz heißen Sache recherchiert. Dazu war er vergangene Woche sogar in den USA. Seine Vermutung war, dass die dort gelagerten Goldreserven nur noch Fälschungen sind."

„Unglaublich. Konnte er das irgendwie beweisen?"

„Vielleicht", sagte Markus.

„Wenn das stimmen würde, dann war Felix wirklich in Gefahr. Andererseits kann ich das fast nicht glauben … Was sagt seine Frau?"

„Seine Frau interessierte sich nicht für die Themen von Felix und wusste nichts Genaues. Sie hat aber erzählt, sie hätten sich in letzter Zeit häufiger gestritten, weil Felix seinen Gold-Blog oft über die Familie gestellt hat."

„Wenn deine Vermutung stimmt, ist hier eine große Sauerei am Laufen: Unser Goldraub, die geplünderte US-Goldreserve und der fiese Mord an Felix."

„Hast du eine Idee, wie wir die Vermutung überprüfen können?", fragte Markus.

„Lass mich überlegen …"

Lena nagte leicht an ihrer Unterlippe, wie immer, wenn sie gedanklich an etwas knabberte.

„… Weißt du, wo er sich vor den Zug geworfen haben soll?"

„Nicht genau, vermutlich irgendwo in Berlin", sagte Markus.

„Mir kommt da gerade eine Idee. Vor einigen Jahren habe ich den Zugang zur Charité in Berlin geknackt. Wenn wir Glück haben, wurde Felix dort zur Obduktion eingeliefert. Ich weiß, dass jeder Selbstmord von einem Pathologen auf Spuren von Fremdeinwirkung untersucht werden muss. Finden die Rechtsmediziner was, werden Obduktionsbericht und Totenschein im EDV-System hinterlegt."

„Einen Versuch wäre es wert, dort mal reinzuleuchten, ob sie bei Felix Fremdeinwirkungen festgestellt haben", stimmte

Markus Lenas Idee zu. „Obwohl seine Rechercheunterlagen viel spannender wären ..."

„Eines nach dem anderen, Sherlock!", sagte sie schnippisch.

„Sherlock?" grinste Markus.

Lena klappte flink ihr Notebook auf begann zu tippen. Ihre feinen Finger tanzten über die Tastatur, während Markus den Rest des Rotweins in seinem Glas genoss.

Seine Gedanken schweiften ab. Er träumte davon, mit Lena an einem Sandstrand zu liegen, das Meer rauschen zu hören, sie schlürften einen Cocktail und plauderten über Erlebnisse aus der Kindheit.

„Ich hab's!", riss Lena ihn aus seinem Tagtraum. „Die haben tatsächlich ihre Sicherheitsvorkehrungen nicht verbessert. Ich bin auf dem gleichen Weg wie damals reingekommen. Die Suche nach Felix war dann nur noch eine einfache Übung."

Wie elektrisiert sprang Markus auf.

„Was hast du gefunden?"

„Hier, schau her. Das ist der Totenschein von Felix. Hier steht *Todeszeitpunkt sechzehn Uhr. Vermutete Todesart Suizid.*"

„Damit sind wir jetzt aber auch nicht schlauer."

„Warte, vielleicht ist das noch nicht alles. Hier, schau dir die Eigenschaften des Dokuments an. Das Dokument wurde ursprünglich gestern um fünfzehn Uhr vierunddreißig von einem Dr. Müller erstellt. Zuletzt bearbeitet hat es ein Prof. Dr. Hellbrügge um siebzehn Uhr zweiundfünfzig."

„Und was heißt das nun?"

„Das heißt noch nichts. Aber lass uns mal überprüfen, was dieser Prof. Hellbrügge geändert hat." Zwei Klicks später: „Und jetzt wird es interessant. In der Version von Dr. Müller stand bei Todeszeitpunkt *zwischen acht Uhr und elf Uhr.* Als Todesart war *nicht natürlich* eingetragen. Und bei den weiteren Angaben zur Klassifikation der Todesursache gibt es ein Feld Anhaltspunkte für einen nicht-natürlichen Tod. Hier hat Dr. Müller *ja* angekreuzt und vermerkt *weil der Untersuchte bereits Stunden vor dem Unfall mit dem Zug tot war.*"

„Das gibt es doch nicht", rief Markus. „Die haben den Totenschein nachträglich geändert, damit es wie ein Selbstmord behandelt wird!"

Markus wirkte wie paralysiert. „Ich bin fassungslos! Wer zum Teufel ist so mächtig, dass er einen Totenschein ändern lassen kann? ... Und wer hat Felix umgebracht?"

Lena konnte ihren Blick nicht von dem entscheidenden Satz in dem ursprünglichen Totenschein losreißen, als sie antwortete.

„In Verbindung mit dem Verdacht von unechten Goldvorräten der USA fällt mir nur die CIA ein. Und wenn das stimmen sollte, dann ist es absolut kein Spaß mehr. Markus, ich glaube, du musst zukünftig vorsichtiger sein", beschwor ihn Lena.

„Ich brauche jetzt frische Luft", bemerkte Markus. „Wollen wir einen Spaziergang machen?"

„Nein, Markus. Ich muss noch etwas anderes prüfen. Du kannst aber meinen Schlüssel von der Anrichte beim Eingang nehmen, damit du nachher unten an der Tür nicht klingeln musst."

Sie gab ihm einen Kuss.

„Bis gleich. Hier oben an der Tür einfach klopfen."

Der Spaziergang tat gut. Markus konnte an der frischen Luft seine Gedanken sortieren. *Felix wurde umgebracht, nachdem er über die US-Goldreserven recherchierte. Wie konnte Felix beweisen, dass die US-Goldreserven gefaked sind? ... Wie passt der Goldtransport nach Deutschland mit unechten Goldbarren dazu? Wenn die von der Fed gelieferten Barren auch schon früher falsch waren, dann hätte das die Bundesbank bemerken müssen. ... Was war das heute für ein Typ, dieser Miller? Arbeitete er allein, welches Motiv könnte er haben, wer sind seine Auftraggeber? ... War es Zufall, dass genau jetzt ein enger Partner der Bundesbank Lena engagierte, oder hatte es etwas mit dem Goldraub und meinen Recherchen zu tun?* Eine Reihe von Fragen, auf die er dringend Antworten finden musste.

Lena öffnete ihm nach einem kurzen Klopfen die Wohnungstür. Sofort setzte sie sich wieder an ihr Notebook.

„Komm rein", forderte sie ihn auf, ohne ihre Finger von der Tastatur zu nehmen. Gebannt schaute sie auf den Bildschirm und zog dabei ihre Unterlippe mit den Schneidezähnen leicht nach innen.

Wieder dieses untrügliche Zeichen. Sie denkt konzentriert nach, lächelte Markus. Er wartete.

Wenig später schaute Lena auf: „Leider habe ich noch keine Neuigkeiten."

„Wieso ‚noch' keine? Was hast du denn im Visier?"

„Es ist nur ein Versuch. Aber heutzutage nutzen viele Menschen eine Cloud als Speichermedium. Falls das Felix auch getan hat, dann müsste man zuerst rausfinden, in welcher Cloud er sich tummelte. Das versuche ich gerade."

„Hmh ... Und wie willst du das anstellen?"

„Da Felix einen eigenen Blog hatte, liegt es nahe, dass er für seine Homepage und seine Cloud den gleichen Anbieter nutzt."

„Klingt logisch", nickte Markus.

„Es war nicht schwer, seinen Homepage-Hoster zu finden, und der bietet auch Cloud-Dienste an. Ich muss jetzt nur noch in die Cloud rein und checken, ob Felix dort Daten abgelegt hat. Und wenn ja, welche das sind."

Energisch drückte Lena auf die Enter-Taste.

„Jetzt müssen wir nur noch warten. Ich habe ein Tool in Gang gesetzt, das versucht, ein Passwort für uns zu finden. Das kann allerdings die ganze Nacht lang dauern ... Übrigens, zum Zeitvertreib hätte ich da eine Idee", lächelte sie vielversprechend.

„Weißt du, wie unglaublich du bist? Attraktiv, intelligent und immer für eine Überraschung gut. Der Traum jedes Mannes."

„Sag das nicht. Vielen Männern sind intelligente Frauen suspekt. Aber schön, dass du das anders siehst", lobte sie und nahm ihn bei der Hand.

Donnerstag

Hofheim, Lenas Wohnung, 07:30 Uhr. Als Markus aufwachte, lag Lena nicht mehr neben ihm. Er zog sein T-Shirt über und ging ins Wohnzimmer. Lena saß bereits am Esstisch vor ihrem Notebook.

„Guten Morgen. Na, du bist aber früh wach."

„Küsschen am Morgen vertreibt Kummer und Sorgen", sagte sie und wandte ihren Kopf demonstrativ zu ihm hin.

Markus lehnte nicht ab. Dann fragte er nach dem Grund ihrer frühen Aktivität.

„Irgendwann in der Nacht hat mein Programm mich mit einem Pling geweckt. Das Signal, dass es fündig wurde."

„Heißt das, du bist drin? Hast du was gefunden?"

„Die erste Frage kann ich mit ja beantworten. Auf die Zweite muss ich noch nein sagen. Aber ich bin dran."

„Soll ich uns etwas zum Frühstück holen?"

„Gute Idee. Du solltest dir aber noch etwas anziehen. Mit T-Shirt allein wird es etwas kalt draußen."

„Schlaumeierin. Ich hüpfe vorher noch schnell unter die Dusche und mache mich dann auf den Weg. Hast du einen Tipp?"

Lena erklärte ihm den Weg zu ihrem Lieblingsbäcker und konzentrierte sich dann wieder auf ihre Aufgabe. Viel Zeit blieb ihr nicht mehr. Sie musste noch für eine Nacht packen und sich spätestens um kurz nach zehn auf den Weg zum Flughafen machen. Der neue Auftraggeber in München erwartete sie bereits.

Als Markus mit einer Tüte frischer Brötchen zurück in die Wohnung kam, stand das Notebook verlassen auf dem Tisch und kopierte etwas auf einen USB-Stick. Markus hörte das Wasser in der Dusche rauschen. Er stellte die Tüte mit den duftenden Brötchen auf den Küchentisch und trug zusammen, was man für ein gemütliches Frühstück zu zweit benötigt. *Gar nicht so einfach für jemanden, der bei sich zuhause eher à la Bahnhofshallen-Imbiss deckt,* befand Markus. *Aber gut, dass sie eine funktionierende Kaffeemaschine hat, und ein automatischer Eierkocher ist auch da ...*

Lena kam in einem schwanenweißen Morgenmantel an den Tisch geschwebt.

„Voilà! Frühstück wie bei Tiffany!", strahlte sie ihn an.

„Höre ich da etwa Splitter von Spott in deiner Stimme, mahnte Markus mit gekünstelt tadelnder Tonlage. Immerhin reicht es für Frankfurter Frühstücksfeeling, finde ich …"

„Bestnote für den Bachelor!" Lena streckte den Daumen hoch. „Genau das Richtige für meinen Riesenhunger." Genussvoll griff sie sich ein Brötchen. „Und wie der Kaffee duftet …"

Markus konnte seine Neugier nicht mehr unterdrücken.

„Und, was hast du herausgekriegt?"

„Das kann ich dir nicht genau sagen. Ich habe einen Account gefunden, der Felix gehörte. Darin befinden sich jede Menge Unterlagen. Insgesamt achtzehn Gigabyte, die du nun durchsehen musst."

„Hört sich nach mächtig viel Arbeit an."

„Völlig richtig, aber du kannst die Auswahl chronologisch eingrenzen. Dich interessieren vermutlich vor allem die neueren Dokumente."

„Wie lange wird dein Rechner noch Daten runterladen?"

„Das wird schon noch eine halbe Stunde dauern. Die Download-Geschwindigkeit ist deutlich langsamer als im Normalfall, weil ich über verschiedene Knotenpunkte gehen musste, damit man mich nicht zurückverfolgen kann."

„Ist das sicher? Oder können wir dabei erwischt werden?"

„Hundertprozentige Sicherheit gibt es nie. Aber ich weiß schon, was ich tue …"

„Das sollte keine Kritik sein. Ich bin nur neugierig."

Lena lächelte.

„Ist schon in Ordnung … Übrigens habe ich ein kleines Geschenk für dich … Moment …"

Sie angelte einen Tesafilm-Abroller vom Schreibtisch und stellte ihn vor Markus hin.

„Er ist nur für Notfälle."

„Tesa für den Notfall? Was soll ich denn damit retten?"

„Schlimmstenfalls Gesundheit oder Leben. Genau genommen ist der Abroller nur die Tarnung für ein Notfall-Set.

Die Bodenplatte lässt sich abnehmen, aber du darfst nur reinsehen, wenn ich dich darum bitte. Der Inhalt kann uns helfen, falls wir mal in Gefahr geraten."

„Hast du vor etwas Angst?"

„Nein", sagte Lena. „Aber mein Job ist, möglichst ausgeklügelte Sicherheitsvorkehrungen zu basteln. Vermutlich färbt das in den Privatbereich ab."

Markus betrachtete den schweren Tischabroller mit dem funktionellen Design und der gezackten Schnittleiste. Üblicherweise war das Gehäuse aus Kunststoff mit Sand gefüllt, um für festen Stand zu sorgen. Die Idee, es stattdessen mit einem Notfall-Set zu befüllen, war nicht übel.

„Du bist wirklich eine spannende Frau."

Lena freute sich über das Kompliment.

Nach ihrem ausgiebigen Frühstück hatte auch der Download zu einem guten Ende gefunden. Lena überreichte Markus den USB-Stick mit den Daten, bevor sie sich zum Packen zurückzog. Sie wollte pünktlich am Flughafen sein. Markus machte sich auf den Weg ins Büro und nutzte die Zeit für ein Telefonat mit der Bundesbank. Er freute sich schon diebisch darauf, Rose de Jong mit der Fahrspur auf dem Video zu konfrontieren.

*

Frankfurt am Main, Lagezentrum der Bundespolizei, 07:45 Uhr. Polizeidirektor Hartmann lenkte seinen Mercedes rückwärts auf seinen reservierten Parkplatz. Über ihm hob ein Flugzeug ab. Er schaute hoch, ein Airbus der Lufthansa. Wie gerne er doch mitfliegen würde ... Wohin? Egal! Hauptsache weit weg. *Menschen sind einfach nicht für mehr als fünfundzwanzig Ehejahre ausgelegt.* Er war diesen ewigen Stress mit seiner Frau leid: Die dauernden Vorwürfe, ihre Tonlage, seine Kopfschmerzen ... *Warum konnte sie ihn nicht einfach in Ruhe lassen?*

Hartmann ging durch den langen Flur zu seinem Einsatzbüro. Er ließ sich in seinen Bürostuhl fallen, der quietschend nachfederte, als hätte auch er allmählich genug. Vor ihm lagen drei Aktendeckel aus grauem Karton. Die Kollegen waren fleißig gewesen. Das bedeutete Arbeit für ihn, viel Arbeit sogar.

Hartmann schlug den Deckel der ersten Akte auf. Darin lauerten die Abschriften des Verhörs der drei Soldaten auf ihn. In der zweiten Handakte mehrere Fotos von der Lagerhalle in Rödermark. Er kam schnell zu dem Urteil, dass eines aussah wie das andere. Akte drei enthielt den Artikel von Manx. Unwichtig, was soll ein kleiner Journalist von einer ebenso kleinen Zeitung schon zur Lösung eines so großen Falles beitragen können. Der Polizeidirektor klappte die Akten wieder zu.

Pensionierung und Schrebergarten sind auch keine Lösung, hallte es in seinem Kopf, als er aufstand und zum Sitzungsraum ging. *Ingrid wird mich dann vierundzwanzig Stunden am Tag nerven ...*

Sven Stahl war an diesem Morgen pünktlich auf die Minute. Hartmann rang sich eine minimalistische Begrüßung ab und übergab gleich Brandner das Wort.

Brandner hatte eine wichtige Information.

„Vor einigen Minuten hat sich dieser Journalist Manx wieder bei unserer Pressestelle gemeldet. Er hat um eine Stellungnahme gebeten, warum die Bundesbank mit dem Video des Transports lügt."

„Wie bitte?", fragte Stahl verblüfft. „Ist der so dreist oder hat er Beweise?"

„Unsere Pressesprecherin hat ihn ebenfalls nach den Beweisen gefragt, und er hat von einer Reifenspur auf dem Video berichtet. Er behauptet, damit beweisen zu können, dass das Video nicht von vorigem Montag stammt, sondern von der letzten Goldlieferung vor einem Monat. Damals hatte es vor dem Transport geregnet, was auf dem Video erkennbar ist, Montag dagegen war es trocken."

„So ein Mist!", polterte Stahl, der sofort die Dimension des Problems überblickte. „Wie konnte euch nur so ein dämlicher Anfängerfehler unterlaufen."

Stahl schimpfte sich richtig in Rage. Fehler waren etwas, auf das er absolut empfindlich reagierte.

Als er sich wieder unter Kontrolle hatte, wollte er von Brandner wissen, wie die Bundesbank nun reagieren werde.

Brandner hatte darauf keine überzeugende Antwort parat. Derzeit würde unter der Leitung des Bundesbankpräsidenten eine Strategie ausgearbeitet, flüchtete er sich ins Allgemeine.

„Wichtig ist", begann Gmeiner, „sofort das Belastungsvideo vom Netz zu nehmen. Andere Journalisten sollen nicht so einfach die These von diesem Manx überprüfen können. Vielleicht gibt es ja ein noch älteres Video von einem Goldtransport, das als Ersatz ohne Reifenspur tauglicher wäre."

„Kein schlechter Gedanke", räumte Stahl ein. „Andererseits würde das noch deutlicher unterstreichen, dass etwas vertuscht werden soll."

„Auf Nachfrage könnte man dann erklären, dass versehentlich das falsche Video verlinkt wurde."

„Glauben Sie wirklich, dass sich die Medien so einfach hinters Licht führen lassen?", gab Hartmann zu bedenken.

„Sicher würde es Spekulationen geben", versuchte Gmeiner seine Idee zu verteidigen. „Aber besser Spekulationen und Spott über einen dummen Fehler, als ein riesiger Skandal."

Der Krisenstab diskutierte weiter über die Idee von Gmeiner, als es klopfte.

„Herein!", rief Hartmann unwirsch.

„Entschuldigen Sie bitte die Störung", sagte ein führender Mitarbeiter Hartmanns. Ganz offensichtlich fühlte sich der Mann ziemlich unwohl in seiner Haut. „Mir wurde gerade eine Mail für Herrn Gmeiner geschickt, die ich sofort überbringen solle."

Auf den ersten Blick erkannte Gmeiner, warum die Nachricht tatsächlich eine Unterbrechung rechtfertigte.

„Meine Herren, das muss ich Ihnen vorlesen. Es ist der vor ein paar Minuten von Markus Manx veröffentlichte Beitrag zum falschen Bundesbankvideo."

Warum lügt die Bundesbank?

Entlastungsvideo wird zur Belastung

Vier Tage nach dem spektakulären Raub von drei Tonnen Gold sind die Täter immer noch auf freiem Fuß. Die Polizei tappt im Dunkeln, dabei ist mittlerweile offensichtlich, dass die Täter falsche Goldbarren geraubt haben. Die Bundesbank hat dies mit einer geheimen Strategie erklärt, wonach bei den Rückholaktionen von in den USA gelagertem Gold immer zwei Transporte stattfänden, einer mit echtem, der andere mit Falschgold. Die Goldräuber hätten nur falsche Barren erbeutet.

Doch zwischenzeitlich ist zumindest das Beweisvideo für den erfolgreichen Transport des echten Goldes als Fälschung entlarvt. Bereits gestern hat die HNP exklusiv berichtet, dass durch einen Stromausfall zu besagter Zeit einige Bilder auf dem Video fehlen müssten. Zu diesen ersten Zweifeln kam nun eine weitere belastende Erkenntnis: Der Sicherheitstransporter auf dem Beweisvideo der Bundesbank produzierte bei der Einfahrt in den Entladebereich Reifenspuren. Somit musste es an dem Tag leicht geregnet haben. Am vergangenen Montag war es aber strahlend klar und trocken.

Die Pressesprecherin der Bundesbank besteht zwar weiterhin auf der Echtheit des Videos, konnte aber keine plausible Erklärung für die erkennbaren Reifenspuren liefern.

Bleibt die Frage, warum die Bundesbank in dieser Angelegenheit gelogen hat. Warum durfte anfänglich niemand wissen, dass die Räuber falsche Goldbarren gestohlen haben? Am Ende bleibt nur eine Schlussfolgerung: Die USA haben der Bundesbank falsches Gold geliefert. Wenn das stimmt, stellt sich die Frage, ob auch frühere Lieferungen schon falsches Gold enthielten. Ist vielleicht sogar unser gesamtes in den USA gelagertes Gold nicht echt? Sind überhaupt die Goldbarren in der so schön glänzenden Gold-Pyramide in Frankfurt echt? Es wird Zeit, dass die Bundesbank uns endlich die Wahrheit sagt!

Eingebettet war der Beitrag in mehrere Fotos. Eines zeigte einen Screenshot von dem Video, auf welchem sich die Reifenspur gut erkennen ließ. Ein weiteres Foto zeigte den gefälschten Goldbarren aus Luxemburg, der darüber hinaus auf einem weiteren Fotoausschnitt von der Goldübergabe am Frankfurter Flughafen zu sehen war. Die Beschriftung stimmte inklusive kleinster Ecken in den gegossenen Buchstaben und Zahlen überein. Das Highlight war ein Foto der Gold-Pyramide in Frankfurt, darunter in fetten Buchstaben: *Ist das wirklich Gold, was hier glänzt?*

Nachdem Gmeiner den Text vorgelesen und die Fotos herumgezeigt hatte, verabschiedete sich Stahl geradezu hektisch. Er müsse umgehend zu wichtigen Gesprächen aufbrechen. Auch Brandner wollte unmittelbar zurück in die Bundesbank. Abrupter konnte eine Sitzung kaum zu Ende gehen …

*

Frankfurt am Main, Hauptbahnhof, 10:13 Uhr. Markus wartete auf den Zug. Nach den sensationellen Beiträgen der letzten Tage musste er nicht lange bei seinem Freund Jonathan Schreiber nachfragen, ob er auch seinen neuesten Beitrag veröffentlichen würde. Zumindest in dieser Hinsicht hatte sich sein bisheriger Einsatz schon gelohnt. Die HNP war mit Sicherheit auf absehbare Zeit ein verlässlicher Auftraggeber, nachdem sie in den letzten Tagen so oft von anderen Zeitungen zitiert wurde wie nie zuvor. Durch die Recherchen von Markus hatte sich das kleine Regionalblatt zum Opinion Leader in Sachen Goldraub hochgeschrieben.

Als Markus in wenigen Worten den Inhalt seiner neuesten Geschichte skizziert hatte, konnte Jonathan es kaum erwarten, den fertigen Artikel zu bekommen. Die Zugriffszahlen auf die Homepage der *Hessischen Neuesten Presse* hatten sich bereits am Vortag verdoppelt. Eine neue Enthüllung würde die Zahlen mit Sicherheit durch die Decke katapultieren.

Markus nutze die Gunst der Stunde, ließ sich von Jonathan die Zusage der Spesenübernahme für eine Spezialrecherche in Berlin geben. Bei der Fahrt ins Büro fasste er den Entschluss, Melinda, trotz des abweisenden Telefonats vom Vortag, in Berlin zu besuchen. Und wenn es nur um der alten Freundschaft willen war. Den Eindruck, den Melinda nun von ihm haben musste, wollte er so nicht so stehenlassen. Um 10:13 Uhr setzte er sich in den Intercity Express ICE 692 von Frankfurt nach Berlin. Ohne Umsteigen würde er planmäßig um 14:19 Uhr in der Hauptstadt eintreffen.

Im Zug begann Markus, die Dateien auf dem USB-Stick von Lena zu durchforsten. Er hatte sich extra einen Tisch entgegen der Fahrtrichtung reservieren lassen, damit die Wahrscheinlichkeit, allein zu sitzen, größer war. Neugierige Blicke von Sitznachbarn, darauf konnte er gut und gerne verzichten.

Die Uhrzeit war es auch, die ihm half, allein auf der Bank zu sitzen. Der ICE war nicht einmal zur Hälfte gefüllt, zudem türmte er seine Jacke und die Tasche demonstrativ neben sich auf. So blieb er während der gesamten Fahrt ungestört und konnte konzentriert arbeiten. Tausend Dateien hatte Lena aus der Cloud von Armbrüster kopiert. Die vier Stunden Fahrzeit würden sicher nur dafür reichen, die aktuellsten zu sichten.

Bevor er begann, kopierte er den gesamten Inhalt des USB-Sticks auf seine Festplatte. Das verkürzte die Zugriffszeiten, und er konnte sich schneller durch die Dateien klicken. Außerdem wollte er sichergehen, nicht versehentlich etwas zu zerstören. Nachdem der Kopiervorgang endlich abgeschlossen war, begann er mit der Suche nach der Nadel im Heuhaufen.

Das ist aber komisch, dachte Markus, als er auf ein paar Verzeichnisse im Ordner *d-LOG* gestoßen war. *Warum verwendet Felix Fischnamen für seine Ordner? Hat er vielleicht in den letzten Jahren eine Leidenschaft für das Angeln entwickelt?*

Er wollte den Ordner schon schließen und im nächsten weitersuchen, als ihm der Name *Muräne* ins Auge sprang.

Muränenfischen, so ein Quatsch! Außerdem war Felix nie und nimmer zu einem Angler geworden.

Markus las nun die übrigen Ordnernamen unter einem anderen Blickwinkel und überlegte, in welchen er als erstes hineinklicken sollte. *Muräne* klang interessant. *Hering* war langweilig. Am meisten faszinierte ihn *Goldfisch.*

In dem Ordner befanden sich diverse Unterordner, einige pdf-Dateien und das größte File mit dem Namen *Zusammenfassung.xlsx*. Mehr als 2 MB. Das öffnete Markus zuerst.

Er fand mehrere Reiter, einer davon gespickt mit Zahlenreihen. Hier hatte Felix offenbar die Transaktionen auf den Goldmärkten chronologisch gesammelt. Auch die Förderquoten großer Minengesellschaften fanden sich darin. Eine unendliche Fleißaufgabe, an der Felix vermutlich Monate gearbeitet hatte.

Unter einem anderen Reiter in dem Dokument fand Markus eine Pivot-Tabelle mit einer Grafik. Sie zeigte einen Ausschnitt von zwei Jahren und mehreren Spitzen, die offenbar ungewöhnlich hohe Umsätze darstellten. Markus konnte damit nichts anfangen.

Nachdem er auch die anderen Reiter durchgeklickt hatte, schloss er die Excel-Datei und sichtete einige der pdf-Dateien. Screenshots von Recherchen. Felix hatte offenbar seine in der Excel-Datei abgebildeten Eintragungen sorgfältig dokumentiert. Markus konnte aber nicht erkennen, was sein ehemaliger Kommilitone damit zum Ausdruck bringen wollte. *Welche Erkenntnisse sind so brisant, dass sie einen Mord rechtfertigten?,* rätselte er, während neben ihm die Landschaft Niedersachsens vorbeizog, ohne dass er sie wahrnahm.

Markus schloss den Ordner *Goldfisch* und überlegte, welchen er als nächstes öffnen sollte. Als er erneut *Hering* las, fiel ihm eine alte Geschichte aus seiner Zeit auf der Journalistenschule ein. Damals hatten er und einige seiner Freunde sich Informationen manchmal mit Codenamen zugespielt. *Red Herrings*, dachte er, als ihm spontan das englische Wort für Räucherheringe einfiel. Die Bezeichnung für falsche Spuren. Es bedeutet aber auch so viel wie Finte.

Das klingt doch vielversprechend. Damit steht fest, welchen Ordner ich als nächstes durchforste ... Markus klickte sich durch verschiedene Dateien bis er bei dem Word-Dokument *Thesenpapier.docx* landete. Ein Doppelklick sollte es öffnen. Stattdessen sprang ein Fenster auf: *Thesenpapier.docx ist geschützt. Kennwort eingeben.* Der Cursor blinkte und wartete.

Mist. Wieso hat Felix hier einen Kennwortschutz eingebaut? Hier müssen besonders brisante Informationen drin sein.

Markus war aufgekratzt. Am liebsten wäre er aufgesprungen und im Zug auf- und abgelaufen, um besser denken zu können. Doch dafür war das Abteil jetzt zu besetzt. Die meisten Reisenden waren mit sich selbst beschäftigt. Sie lasen Bücher oder Zeitungen, spielten mit ihren Handys oder aßen etwas. Keiner achtete auf ihn. Und so sollte es auch bleiben ...

Nachdem Markus sich wieder etwas entspannt hatte, versuchte er sachlogisch zu überlegen, wie er an den Inhalt der Datei gelangen könnte. Er versuchte es mit *Armbrüster*. Sein Rechner gab ein abweisendes *Pling* von sich. Auf dem Bildschirm erschien ein anderes Fenster: *Das eingegebene Kennwort ist ungültig. Stellen Sie sicher, dass die Feststelltaste nicht aktiviert ist und dass Sie die korrekte Groß-/Kleinschreibung verwenden.*

Nach dem Klick auf *ok* verschwand das Fenster und er musste erneut auf *Datei öffnen* gehen. Erwartungsvoll blinkte der Cursor einem neuen Passwort entgegen.

Markus überlegte. *Welches Passwort könnte Felix verwendet haben? Die Namen seiner Kinder oder seiner Frau kombiniert mit deren Geburtsdaten? Vielleicht der Name einer Katze oder eines anderen Haustieres? Seine Eltern, die er als Eselsbrücke verwendete? ... Es hat keinen Sinn, ich kann Tage damit zubringen, das Passwort zu knacken. Außerdem weiß ich nicht, ob Microsoft bei zu vielen Falscheingaben irgendwann den Zugang komplett verweigert.*

Dann fiel ihm ein, dass er einen ganz individuellen Trumpf vergessen hatte: Lena. Eine Hackerin wie sie würde vermutlich im Handumdrehen eine Möglichkeit finden, das Dokument zu öffnen.

Er schaltete sein Handy an, um einen persönlichen Hotspot aufzubauen. Ein Wischer auf dem Display und sein Handy stellte die W-LAN-Verbindung her. Ein paar Klicks später öffnete sich Outlook, und Markus tippte eine Mail an Lena:

LIEBSTE LENA,
ICH SITZE IM ZUG NACH BERLIN UND HABE MIR DIE DATEIEN DES USB-STICKS DURCHGESEHEN. EINE DAVON KLINGT BESONDERS INTERESSANT. VERMUTLICH HAT FELIX DARIN DIE ERGEBNISSE SEINER RECHERCHEN ZUSAMMENGEFASST. DA ICH ZUMINDEST BISHER MIT DEN ANDEREN UNTERLAGEN DIE BRISANZ NICHT ERKENNEN KANN, MÜSSTE ICH UNBEDINGT WISSEN, WAS ER IN DIESEM DOKUMENT GESCHRIEBEN HAT. LEIDER IST ES ABER PASSWORTGESCHÜTZT. KANNST DU MIR BITTE HELFEN. ES WÄRE SEHR WICHTIG.
DEIN DICH JETZT SCHON VERMISSENDER
MARKUS

Er hängte das Dokument an und schickte die Mail ab. Jetzt blieb ihm noch über eine Stunde Zeit bis Berlin. Er hatte keine Lust mehr, weitere Dokumente durchzuklicken. Sein Zeigefinger fühlte sich vom vielen Klicken ohnehin schon gereizt an.

Er klappte das Notebook zu und starrte aus dem Fenster. Seine Gedanken schweiften ab, zu Lena und den beiden vergangenen Nächten. Aber auch Melinda tauchte in seinem Tagtraum auf. Die zwei Wochen, in denen sie zusammen waren, hatten einen bleibenden Eindruck hinterlassen. Wären Felix und Melinda nicht wieder zusammengekommen, dann hätte es zwischen Melinda und ihm ernster werden können.

Schnee von vorgestern, und es war anders gekommen. Jetzt musste er Melinda unbedingt überzeugen, dass sie ihm zuhörte. Sie war schon immer extrem emotional. So leicht würde sie sich nicht beruhigen lassen. Am Telefon hätte er sicher keine Chance gehabt. Nur eine persönliche Begegnung könnte ihm die Chance eröffnen, Melinda vielleicht umzustimmen. Sein bester Joker, der ursprüngliche Autopsiebericht mit dem klaren Hinweis auf Mord, würde sie bestimmt überzeugen, ihm zuzuhören. Und Markus schwor sich, nicht erneut nach Unterlagen zu fragen. Wenn Melinda ihm zuhörte, dann sollte sie selber darüber sprechen. Er selbst würde sie nicht mehr erwähnen.

*

Berlin, Amerikanische Botschaft, 14:30 Uhr. *Um Großes zu erreichen, muss man bereit sein, Opfer zu bringen*, dachte Peter Redman. Die vor ihm liegenden Papiere waren mit *Top Secret* gekennzeichnet und nur für seine Augen bestimmt. Das Telefon klingelte, die abhörsichere Leitung, ein Anruf aus Langley.

„Hi", war alles, was Redman sagte, nachdem er den Hörer abhob.

„Hello Peter", kam es zurück. „We have a problem!"

Das klang nicht gut. Redman hatte langsam die Nase voll von Problemen. Aber es war eben sein Job, sich um solche zu kümmern und Lösungen zu finden.

„Was ist los?", bellte er.

„Markus Manx hat die Daten von Armbrüster."

„Was?" Redman konnte es nicht fassen.

„Dein Mann hat schon wieder Mist gebaut. Bei der Durchsuchung des Büros hat er offenbar nicht alle Daten gelöscht."

„Dieser Vollidiot!", erregte sich Redman. „Welche Informationen hat Manx?"

„Genau wissen wir das noch nicht, aber zumindest ein Dokument ist uns bekannt. Es ist allerdings das Entscheidende. Armbrüster hat es mit einem Passwort geschützt. Und da Manx es nicht öffnen konnte, hat er es seiner Freundin geschickt, dieser Hackerin."

„Er kennt folglich den Inhalt noch nicht!"

„Richtig, lange wird es aber vermutlich nicht dauern. Die Hackerin wird den Passwortschutz schnell knacken können.

Vielleicht kennt sie sogar das Masterpasswort und kann das Dokument öffnen."

„Was steht denn Brisantes in dem Dokument drin?"

„Es enthält eine genaue Beschreibung der Umsätze auf den Goldmärkten und die richtigen Rückschlüsse aus den Umsatzspitzen. Wenn das jemand veröffentlicht, rücken wir sofort in den Focus. Es gäbe einige, die dann explosive Fragen stellen könnten. Alles könnte auffliegen."

„Ich kümmere mich drum, damit das nicht passiert." Peter Redman war seit dem Anruf stocksauer: Manx hatte es tatsächlich geschafft, an die Informationen von Ambrüster zu kommen. „Shit! Shit! Shit!" Er schlug vor Wut den schweren Telefonhörer mehrmals so heftig auf seinen Schreibtisch, dass das schwarze Hartplastik Risse zeigte.

Wutschnaubend bestellte er Aaron ein. Als der wenige Minuten später sein Büro betrat, sprang Redman auf und brüllte sofort los: „Bin ich hier nur von Amateuren umgeben? Seid ihr zu doof, einfache Dateien zu Löschen? Wie kommt Manx an die Daten von Ambrüster? Man müsste euch ..."

Aaron blieb erstaunlich ruhig und ertrug Peters Explosion gelassen.

„Der Rechner von Ambrüster war blitz blank leer. Das Eraser-Programm der Agency hat jedes Byte der verfänglichen Dateien gelöscht, für immer. Das Büro war ebenfalls clean, ich habe das geprüft."

„Du hast wahrscheinlich einen zweiten Rechner übersehen!"

Peter Redman brüllte noch immer. Er sah noch keinen Anlass, sich zu beruhigen. Irgendjemand in seinem Team musste doch für den Fehler verantwortlich sein!

„Wir haben in der Zwischenzeit auch die Internet- und Telefonverbindungen von Ambrüster geprüft. Nichts deutet auf einen zweiten Rechner hin. Er hätte es uns in der Befragung auch nicht verschwiegen!"

Die Frage, wie Markus Manx an die Dateien gekommen war, blieb somit unbeantwortet.

In Redmans Gedankengängen nagte es. *Selbst wenn die Auswertung der Kommunikationsdaten keine Verbindung zwischen dem verdammten Journalisten und Ambrüster zeigt – hatten die beiden vielleicht auf anderem Wege Kontakt aufgenommen? Oder sind jetzt schon mehr Personen informiert, als wir glauben?*

„Scheiße!"

Aaron konnte von Glück sagen, dass nicht er es war, der den Fehler verbockt hatte. Anderseits war der Verdacht hinsichtlich mehrerer informierter Personen beängstigend. Fakt blieb, dass sie alle Überschneidungen zwischen Manx und Ambrüster noch mal von vorn durchsieben mussten. Irgendwo gab es eine Verbindung, die sie übersehen hatten.

„Seid ihr wenigstens bei den beiden Verdächtigen aus der Mine weitergekommen?", wechselte Redman das Thema.

Sie waren weitergekommen. Sieben Stunden vorher, 23:27 Uhr Ortszeit im US-Bundesstaat Nevada, hatte eine Polizeistreife auf der Interstate 80 einen Wagen entdeckt, der die zulässige Höchstgeschwindigkeit von fünfundsechzig Meilen pro Stunde um mindestens zwanzig überschritt. Der Fahrer wurde kurz vor der Kleinstadt Sparks gezwungen, rechts am Seitenstreifen anzuhalten. Auf die Polizisten wirkte er ungewöhnlich nervös. Der vorliegende Haftbefehl könnte der Grund gewesen sein.

Laut Protokoll verhielt sich der Mann den Beamten gegenüber die ganze Zeit korrekt. Er blieb regungslos im Fahrzeug sitzen, beide Hände gut sichtbar am Lenkrad, während er auf die Polizeistreife wartete. Bei der Vernehmung durch Spezialisten der Agency zeigte sich Byron Lapeng, langjähriger Assistent des Minendirektors der Rocky Mines Corporation, aussagebereit.

Laut eigenen Angaben war er auf dem Weg nach Carson City zu seiner Schwester gewesen, um dort für einige Tage unterzutauchen. Lapeng war seit zwei Tagen auf der Flucht. Als die CIA-Überprüfung am Montag in der Mine begann, hatte er Wind davon bekommen. Lapeng hatte Dreck am Stecken und konnte eine Überprüfung überhaupt nicht gebrauchen. Er musste vom Schlimmsten ausgehen. Vermutlich hatte ihn jemand angezeigt. Seine Verfehlungen würden unweigerlich ans Licht kommen.

Begonnen hatte alles damit, dass eine ehemalige Mitarbeiterin ihn erpresste. Sie drohte damit, ihn wegen sexueller Nötigung zu verklagen, wenn er nicht zahlen würde. Für zwei seiner aufdringlichen Annäherungsversuche hatte sie Beweise. Lapeng blieb keine Chance, er musste zahlen, wenn er seine aussichtsreiche Karriere nicht ruinieren wollte. Er brauchte dringend Geld. In den letzten Monaten hatte er sich einen sechsstelligen Betrag durch Begünstigung bei der Auftragsvergabe von Lieferanten besorgt – Bestechungsgelder. Lapeng wollte verhindern, dass sein bürgerliches Leben auseinanderfiel. Aber nach dem ersten Fehler hatte er direkt den zweiten hinterher geschoben. Jetzt war er froh, dass seine Flucht so schnell zu Ende war, hatte bereits im ersten Verhör umfassend gestanden. An ihm würde kein Exempel statuiert werden.

Die Agency hatte seine Aussagen bereits überprüft. Lapeng sagte die Wahrheit.

„Das Informationsleck muss anderswo stecken", sagte Aaron. „Die Agency hat den Fall Lapeng an die örtliche Polizei abgegeben. Damit liegt jetzt der Verdacht allein auf unserem Revisionschef, Ray Hampton. Wir warten schon auf den für heute versprochenen Bericht."

Das Telefon klingelte. Dieselbe Stimme aus dem CIA-Hauptquartier.

„Manx ist gerade in Berlin. Er hat sein Handy dabei, du kannst ihn problemlos orten."

Ein hämisches Grinsen durchzog Redmans Gesicht. *Das wird die Sache einfacher machen. Manx' Zeit ist endgültig abgelaufen.* Er gab alle notwendigen Instruktionen.

Aaron nickte und verließ ohne Verabschiedung das Büro. Ohne lange zu fackeln, war er bereit, sich die Hände schmutzig zu machen.

*

Berlin, U-Bahn, 14:50 Uhr. Viele U-Bahn-Linien in Berlin verlaufen oberirdisch. Daher funktionieren Handys ungestörter als in echten Untergrundbahnen. Gut für Markus, denn er war auf dem Weg zu Melinda, als es klingelte. Er nahm das Gespräch an, obwohl die Rufnummer unterdrückt war.

„Hi Markus", kam es blechern aus dem Handy.

Zuerst dachte er, es würde an der Verbindung liegen. Aber schnell erkannte er, dass es einen anderen Grund dafür gab.

„Sag jetzt bitte nichts. Sei einfach snoopig und hör mir zu."

Obwohl die Stimme mit einem Stimmenverzerrer entstellt war, wusste er sofort, mit wem er telefonierte. Lena klang hochgradig besorgt.

„Wenn du aufgelegt hast, schalte sofort das Handy aus und nimm den Akku raus. Schalte es auf keinen Fall wieder ein. Der Akku muss draußen bleiben. Dies ist leider kein Scherz, Markus! Nimm das absolut ernst, die wissen sonst, wo du bist. Wenn es unbedingt sein muss, erledige deinen Auftrag schnell und verschwinde aus Berlin. Sei aber vorsichtig und benutze keinesfalls vorhersehbare Wege. Fahre Umwege. Und verschicke unbedingt keine Mails mehr, hörst du! Schnapp dir den Tesa-Abroller! Gehe aber nicht zurück in deine Wohnung. Und nutze ab sofort keine Kreditkarte oder EC-Karte mehr. Beachte bitte unbedingt meine Anweisungen ... Hast du alles verstanden?"

„Ja, aber ...", weiter kam Markus nicht. Keine Verbindung mehr.

Ich soll snoopig sein. Echt schlau, wie Lena ihm signalisierte, mit wem er telefonierte. Seltsam, erst heute Morgen im Büro hatte er dem schweren Tesa-Rollbrocken einen Ehrenplatz im Regal neben seinem Wecker zugewiesen. Jetzt kam er schneller als gedacht zum Einsatz. Er schaltete das Handy aus, entfernte den Akku und verließ die U-Bahn am Nollendorfplatz. Dort entschied er sich für ein Taxi, um auf dem schnellsten Wege zu Melinda zu kommen.

Fünfzehn Minuten später stand er vor dem Wohnblock, in dem Melinda lebte. *Ob sie zu Hause ist? Ob sie mich über-*

haupt sehen will? Wie beginne ich das Gespräch am besten?

Markus stand vor der Wand mit den Klingeln. Er hatte die richtige mit der Beschriftung *Melinda und Felix Armbrüster* längst gefunden. Noch zögerte er. Zu wichtig war der erste Moment. Er nahm seinen Mut zusammen und drückte mit dem Zeigefinger auf den Klingelknopf. In diesem Moment fiel ihm ein, dass die Jugend heute Klingelköpfe per Daumen betätigt. Die exzessive Nutzung von Smartphones hatte dies bewirkt.

Niemand meldete sich. Markus drückt noch einmal auf den Knopf. Kurz danach kam das ersehnte „Ja bitte?" aus der Gegensprechanlage.

„Hallo Melinda, hier ist Markus. Darf ich hochkommen?"

„Was willst du?", kam es unwirsch zurück.

„Ich muss noch einmal mit dir reden, Melinda, bitte! Und ich muss dir unbedingt etwas zeigen, was Felix betrifft. Es ist absolut wichtig, glaube mir!"

„Okay, dritter Stock. Vom Aufzug aus links."

Markus fielen gleich zwei Steine auf einmal vom Herzen. Melinda war zu Hause. Und sie gab ihm eine Chance. Er verzichtete auf den Fahrstuhl und nahm den Weg über das Treppenhaus.

Oben angekommen, stand Melinda schon wartend in der Tür. Sie sah mitgenommen aus. Ihre Augen waren rot unterlaufen, vermutlich hatte sie geweint. Doch davon abgesehen, konnte Markus sofort ihre Leidenschaft für Mode erkennen. Der schwarze Rollkragenpullover und die anthrazitfarbene Hose passten ihr perfekt und betonten ihre fantastische Figur.

„Hallo Melinda", sagte Markus etwas außer Atem.

„Hi Markus, bist du zufällig in Berlin oder was verschafft mir die Ehre deines Besuchs?" Der Unterton Ton ließ erkennen, dass sie es ihm nicht einfach machen würde. Anscheinend war sie immer noch gekränkt.

Von außen sah der Plattenbau nicht einladend aus, aber Melinda und Felix hatten sich schön eingerichtet. Die Gestaltung des Flurs trug eindeutig Melindas Handschrift. Ein Gespür für einfache, aber harmonierende Dinge hatte sie schon immer gehabt.

„Ich bin nur wegen dir nach Berlin gekommen", begann Markus etwas holprig. „Ich wollte unser Telefonat nicht so stehenlassen. Es tut mir leid, Melinda." Er schaute ihr tief in die Augen, als er das sagte. „Das mit Felix hat mich wirklich hart getroffen."

Melindas Augen wurden ganz glasig. Sie kämpfte mit den Tränen. Dann ging sie auf ihn zu und umarmte ihn.

„Es ist so schrecklich. Und ich weiß überhaupt nicht, wie ich das alles schaffen soll."

Wortlos und mit einem Kloß im Hals erwiderte Markus ihre Umarmung. Der Prozess, den Schmerz des Verlustes zu überwinden, würde bestimmt noch lange anhalten. Jeder wusste, wie sehr Melinda Felix geliebt hatte.

„Wo sind die Kinder?", begann er ein unverfängliches Thema.

„Sie spielen im Kinderzimmer. Die beiden haben noch nicht richtig begriffen, dass er nie mehr wiederkommen wird", antwortete sie mit stockender Stimme.

Melinda bat ihn ins Wohnzimmer. Er setzte sich auf eine braune Ledercouch, Melinda gegenüber, die in dem großen Sessel sehr verloren wirkte.

„Mal ehrlich", begann sie, „was verschlägt dich nach Berlin?"

„Ich wollte mich entschuldigen."

„Und deswegen machst du den weiten Weg hierher?"

„Ja." Das kurze und überzeugende *ja* wurde durch die anschließende Stille glaubwürdig. Er meinte es wirklich ernst. Die alte Freundschaft war ihm wichtig.

„Melinda, ich muss dir etwas zeigen", begann er nach der Pause, in der sich beide direkt und durchdringend in die Augen schauten. „Ich hatte ja schon am Telefon davon gesprochen." Er holte zwei Zettel aus seiner Jackentasche. Es waren Ausdrucke der beiden Totenscheine.

„Melinda, das hier ist der offizielle Autopsiebericht, der einen Selbstmord von Felix bestätigt."

Melinda nahm das Papier und blickte darauf.

„Warum soll ich mir das ansehen?"

„Weil es zwei Autopsieberichte gibt. Jetzt schau dir den zweiten an. Er ist ein paar Stunden vorher von dem Pathologen verfasst worden, der Felix tatsächlich untersucht hat."

Melinda nahm auch dieses Papier. Mit ungläubiger Miene las sie die Formulierung am Ende, wonach Felix schon Stunden vor dem Unfall mit dem Zug tot gewesen war und folglich keinen Selbstmord begangen haben konnte.

Sie blickte ihn an.

„Woher hast du das?"

„Beide Papiere sind aus dem internen Verwaltungsprogramm der Charité. Meine Freundin kennt sich gut mit Computersystemen aus. Sie hat die Papiere für mich besorgt."

Melinda kämpfte erneut mit den Tränen.

„Felix war immer mein Traummann. Ich habe ihn immer geliebt. Es ist schwer, so plötzlich ohne ihn zurechtzukommen … Markus, was soll ich mit diesen Papieren?", fragte sie und hielt ihm die Autopsieberichte hin.

„Ich finde, du hast ein Recht darauf, die Wahrheit zu erfahren. Damals auf der Journalistenschule warst du es, die Lügen am meisten hasste. Ich habe nie verstanden, warum du nicht bei einem der großen Magazine oder Zeitungen im Investigativressort gelandet bist."

„Es war und ist noch immer eine Männerdomäne. Und als Mutter von zwei Kindern … vergiss es!"

Markus schaute sie fragend an.

„Nicht so schlimm. Die Arbeit für die Modemagazine macht auch Spaß. Da kann ich mir die Zeit auch besser einteilen."

„Und gut bist du sicher auch in diesem Job. Man muss sich nur die Wohnung ansehen, so geschmackvoll und so heimelig."

„Danke für das Kompliment."

Melinda blickte wieder auf die Kopien der Berichte, die sie immer noch in ihrer Hand hielt. „Und was soll ich damit nun anfangen?"

„Erst einmal nichts. Du sollst nur wissen, dass Felix euch nicht freiwillig verlassen hat."

„Aber soll der Mörder so damit durchkommen? Wer steckt überhaupt dahinter, wenn er sogar einen Totenschein fälschen kann?"

„Kann ich dir nicht sagen, vermutlich eine staatliche Organisation, vielleicht die CIA."

„Wie kommst du denn darauf?", fragte Melinda.

Markus erzählte den Verlauf seiner bisherigen Woche, beginnend am Montag mit der routinemäßigen Reportage der Goldübergabe bis hin zu den Recherchen des Goldraubes. Sogar das Treffen mit Miller erwähnte er. Auch von den Dokumenten, die Lena aus der Cloud von Felix geholt hatte. Markus erzählte alles. Melinda sollte alles wissen.

„Wo ist Felix da nur reingeraten?"

„Ich weiß es nicht. Aber ehrlich gesagt, habe ich Angst um dich und deine Kinder", sagte Markus.

„Jetzt übertreibst du. Wer sollte Interesse an einer Modejournalistin und ihren Kindern haben?"

„Melinda, es war nicht richtig von mir, am Telefon nach Unterlagen zu fragen. Du musstest einen falschen Eindruck von mir bekommen. Ich werde auch nicht erneut fragen. Aber die Mörder von Felix werden wissen wollen, ob es nicht noch Unterlagen gibt. Und genau das bringt euch in Gefahr."

Stille herrschte im Raum. Melinda saß gedankenverloren in ihrem Sessel. Irgendetwas schien sie abzuwägen. Dann stand sie entschlossen auf und holte einen Briefumschlag aus der Küche.

„Markus, dieser Brief kam heute mit der Post an. Er ist an Felix und mich adressiert. Das Ungewöhnliche daran ist, dass Felix selber ihn vor eineinhalb Wochen in den USA an uns geschickt haben muss. Das ist seine Handschrift."

Markus fragte nicht nach dem Inhalt. Vermutlich waren das die brisanten Dokumente. Melinda sollte alleine entscheiden, was mit ihnen geschehen sollte.

„Hier, nimm das Zeug."

„Willst du das wirklich?"

Auf einmal zweifelte Markus daran, ob er die Unterlagen überhaupt wollte. *Wenn das der Grund für den Tod von Felix gewesen sein sollte, dann befinde ich mich jetzt ebenfalls in höchster Gefahr ...*

*

Berlin, Amerikanische Botschaft, 16:35 Uhr. Peter Redman stand am Fenster und ließ seinen Blick über das Labyrinth des Mahnmals schweifen. In Gedanken lief er zwischen den unterschiedlich hohen Betonquadern hindurch. Ihn faszinierte, dass es fast unendlich viele Möglichkeiten gab, einen Weg dort hindurch zu finden. Für ihn war der Weg durch das Stelenfeld ein Sinnbild für das Leben. Ständig mussten Entscheidungen getroffen werden, die alles veränderten.

Die Probleme seines Jobs holten ihn ein. *Hampton, der Abschaum der Menschheit!*, schimpfte er in sich hinein. Gut eine Stunde vorher war das Dossier über Ray Hampton eingetroffen. Als Revisionschef war er für die Kontrolle und Überwachung der Ordnungsmäßigkeit aller internen Abläufe zuständig. Dazu zählte auch die Verhinderung von kriminellen Machenschaften in der Mine.

Redman kannte den Revisionschef gut und war deshalb tief enttäuscht von ihm. Mit Hampton hatten sie offenbar den Bock zum Gärtner gemacht! Statt Verhinderung von kriminellen Taten bildete Hampton selbst das Informationsleck. Kein Zweifel, denn die Agency hatte ihn auf Herz und Nieren überprüft und anfangs rein gar nichts gefunden. Bis ein Mitarbeiter auf ein zweites Konto stieß. Die Transaktionen auf diesem Konto bewiesen eindeutig: Zwei große Geldeingänge über mehrere hunderttausend US-Dollar in der fraglichen Zeit und viele Barabhebungen. Für viel Geld hatte Hampton die Informationen verkauft und damit die Gesellschaft in große Gefahr gebracht.

Hampton war der Verräter! Seine Flüge nach Las Vegas, beinahe wöchentlich, verrieten sein Motiv. Vermutlich spielsüchtig und trotz seines hohen Gehaltes chronisch pleite. Die Mine hatte bestätigt, dass Hampton heute, wie jeden Tag zur Arbeit erschienen war. Anscheinend fühlte er sich sicher, dass die Untersuchung nicht ihm galt.

So ein selbstsicherer Idiot!, resümierte Redman.

In der vor gut einer halben Stunde geführten Telefonkonferenz hatte Einigkeit geherrscht. Auf Hochverrat gab es nur eine einzige Antwort: Ray Hampton musste sofort aus dem Verkehr gezogen werden. Peter Redman schaute kurz auf seine Uhr, vermutlich erledigten die Kollegen die Aufgabe gerade in diesem Moment ...

Schwieriger war der zweite Auftrag an das Financial-Transaction-Team: Wer hatte gezahlt? Wer war der Auftraggeber? Welche Interessen verfolgte er?

Mit einem hörbaren Knacken seiner Halswirbel betrat Aaron das Büro.

„Hello Peter!"

„Hello Aaron ... everything's okay?", antwortete Peter routinemäßig.

„No!", sagte Aaron überraschend.

Jetzt hatte er die volle Aufmerksamkeit von Peter Redman. „Sprich!"

„Nach unserem Gespräch habe ich mich persönlich sofort auf den Weg gemacht. Die Jungs von der Überwachung haben mir den Aufenthaltsort von Manx durchgegeben. Er befand sich in der U2. Alles war gut und ich war fast dran. Aber kurz vor dem Nollendorfplatz war das Handysignal weg. Er muss es ausgeschaltet haben."

„Aber die Flugmodusaktivierung macht ihn doch nicht unsichtbar für uns", konterte Redman.

„Stimmt, aber er war komplett weg. Vermutlich hat er den Akku aus dem Telefon genommen. Oder er hat noch so einen alten Apparat, der nach dem Abschalten komplett aus ist."

„Und weiter?", drängte Redman.

„Ich konnte nur raten, wohin Manx verschwunden war. Mein vielversprechendster Gedanke war, in der U-Bahn zu suchen. Am Ernst-Reuter-Platz konnte ich die Bahn einholen und dort einsteigen. Manx war aber nicht mehr an Bord. Er muss vorher ausgestiegen sein. Und sein Handysignal ist bisher nicht mehr aufgetaucht."

„Verdammt! Er muss gewarnt worden sein. Warum sonst sollte er auf einmal sein Handy deaktivieren?"

Redman überlegt kurz. „Wohin will Manx in Berlin?"

„Vielleicht wollte er die Frau von diesem Armbrüster besuchen."

„Möglich. Schick ein paar Jungs hin, die sollen die Wohnung von ihr überwachen. Aber nicht mehr. Vermutlich ist es ohnehin schon zu spät, und Manx ist längst über alle Berge."

„Und wo wird er hin sein?"

Aaron gierte nach der Chance, seine bisherigen Fehler auszubügeln.

„Das kommt darauf an, wie eindringlich er gewarnt wurde. Wahrscheinlich fährt er direkt nach Frankfurt zurück. Deshalb wirst du dich sofort auf den Weg machen und vor seiner Wohnung Wache halten. Und dieses Mal solltest du keine Fehler mehr machen!"

Aaron verstand die Drohung genau. Er wusste, wie schnell man ihn in einen langweiligen Innendienstjob abschieben würde, wenn er nicht endlich performte.

„Habt ihr alle anderen Überwachungsmöglichkeiten aktiviert? Wir müssen wissen, wo Manx ist und was er tut, falls er doch nicht direkt in seine Wohnung zurückfährt."

„Yes, wir haben jetzt auf alles Zugriff", versicherte Aaron.

„Alles heißt was?", setzte Redman nach. „Kreditkartennutzung? Verfügung von Geldautomaten? Flüge? Computer?"

„Yes, auch alle Daten von der IT-Bitch", bestätigte Aaron zuversichtlich.

„Dann erwischen wir ihn."

Das Räderwerk der Agency lief an.

Jetzt haben wir Manx am Arsch, dachte Aaron …

*

Hamburg, Bahnhof Harburg, 19:55 Uhr. Nachdem Markus Melinda verlassen hatte, ging er zu Fuß in westliche Richtung. Er hatte kein konkretes Ziel, wollte nur sicher gehen, dass ihm niemand folgte. Er schlug Haken, lief kreuz und quer durch ein Einkaufszentrum und verließ es durch den Hinterausgang. Er sprang in ein Taxi und ließ sich zum Bahnhof Berlin-Spandau fahren. Dort bestieg er den Interregio-Express um 17:18 Uhr nach Hamburg-Harburg. Ticket und Taxi bezahlte er bar.

Nach der pünktlichen Einfahrt im Bahnhof Harburg verließ er den Zug, um sich nach Miller umzusehen. Ihm hatte er während der Taxifahrt zu Melinda eine SMS geschrieben, mittels Prepaidkarte und Wegwerfhandy, die er am Vortag von ihm bekommen hatte.

HABE ARSCH MIT BUCKEL UND RECHT GUT – HABE AUCH RICHTIG BUSEN UND RICHTIG GEIL. NUR 20,00 EURO.

Die Form der Nachricht irritierte Markus immer noch. Doch die Anweisung war nachvollziehbar. Solche Nachrichten würden sofort als Spam abgetan. Der wahre Inhalt würde selbst bei einer zufälligen Überprüfung der Nachricht nicht entdeckt. Dabei war der dahintersteckende Code denkbar einfach. Der Treffpunkt verbarg sich in den ersten Buchstaben der einzelnen Worte, der Preis war die Uhrzeit. HAMBURG-HARBURG 20:00 Uhr.

Ob es wirklich Menschen gibt, die auf so etwas antworten?, fragte sich Markus, als er über die vielen Spam-Meldungen nachdachte, die nun eine perfekte Tarnung für seine Nachricht waren.

Markus schlenderte durch den Bahnhof, immer noch auf der Suche nach seinem Kontakt. Zehn Minuten später war Miller immer noch nicht aufgetaucht. Markus zweifelte, ob er kommen würde. Aber er hatte doch geantwortet, wie Markus während der Zugfahrt nach Hamburg gecheckt hatte.

BIN AM HAUS NICHT HELFEN OHNE FICKEN, 20,00 EURO SIND O.K.

Zwischenzeitlich war es schon 20:15 Uhr, und Markus ging zum Abfahrtsplan. Er suchte sich eine Verbindung, um weiter nach Frankfurt zu kommen. 22.57 fuhr ein durchgehender Intercity. Um 07:02 Uhr sollte er ankommen. *Ich könnte auch schon in Mainz um 06:28 Uhr aussteigen und von dort mit der S8 direkt bis zur Taunusanlage fahren.*
„Hi."
Markus hatte das Gefühl als ob etwas in seinem Inneren implodieren wollte, als ihn jemand aus seinen Gedanken riss, indem er ihm von hinten an die Schulter fasste. Er fuhr herum. Es war Miller.
„Haben Sie mich erschreckt! Müssen Sie sich so von hinten anschleichen?"
Miller antwortete nicht, sondern lächelte nur.
„Kommen Sie mit, mein Auto steht am Haupteingang."
Sie stiegen in einen dunkelblauen 3er BMW mit DN-Kennzeichen, vermutlich ein Leihwagen.
„Zeigen Sie mir bitte Ihre Handys", sagte Miller.
Markus holte die Einzelteile der Handys aus seiner Tasche. Er wusste, dass es Miller nur darum ging, zu kontrollieren, dass er nicht geortet werden konnte.
„Zufrieden?"
„Sie lernen schnell."
Doch damit war Miller offenbar noch nicht zufrieden. Er holte ein merkwürdiges Messgerät aus der Mittelkonsole, um damit irgendwelche Strahlungen zu messen.
„Nur um sicher zu gehen, dass Sie nicht verwanzt oder anderweitig kontaminiert sind."
„Trauen Sie mir nicht?", wollte Markus wissen.
„Nein, darum geht es nicht. Es könnte aber sein, dass das ohne ihr Wissen passierte, um Sie auszuspähen."
„Und?"
„Nichts, Sie sind sauber. Wir können losfahren."
„Ist Ihre Vorsicht nur Show oder sind Sie paranoid?"
Markus ging der Agentenmist immer mehr auf den Geist. Und er war genervt, dass ihn Miller eine Viertelstunde in der Kälte hatte warten lassen.

„Herr Manx, in meinem Job hat mir die jahrelang antrainierte Vorsicht schon häufiger das Leben gerettet. Eine gesunde Paranoia ist für mich so wichtig wie für Sie ein Spürsinn für gute Geschichten."

„Dann erzählen Sie mir nun endlich, für wen Sie arbeiten und warum Sie sich wie James Bond aufführen."

„Alles der Reihe nach. Wir haben eine lange Fahrt vor uns und so viel vorneweg: Wir haben die gleichen Interessen. Nämlich, dass die wahren Hintergründe des Goldraubes an die Öffentlichkeit kommen."

„Hintergründe hinter dem Goldraub? Sie sprechen schon wieder in Rätseln."

„Ich meine damit das, was ihr Freund Felix Armbrüster recherchiert hat … Haben Sie etwas von seiner Frau bekommen?"

„Woher wollen Sie wissen, dass ich mit ihr gesprochen habe?"

„Wen sollten Sie sonst in Berlin besucht haben? Und dass Sie aus Berlin kamen, ist logisch, da in Hamburg-Harburg ein paar Minuten vor Acht der Zug aus Berlin einfuhr." Das Gespräch zwischen Miller und Markus wurde immer angespannter. Beide drehten sich im Kreis und wichen den Fragen des anderen aus.

„Herr Miller, oder wie Sie auch immer heißen mögen. Das Katz-und-Maus-Spiel zwischen uns beiden reicht mir jetzt! Ich fahre mit Ihnen bis Frankfurt und möchte dann nie mehr von Ihnen hören. Ich werde auch keine Minute mehr mit Ihnen sprechen, außer vielleicht über das Wetter oder die Fahrt selbst. Wenn Sie daran etwas ändern wollen, dann fangen Sie an, mir Ihre Geschichte zu erzählen."

„Sie pokern hoch und Sie riskieren viel, Herr Manx, ist Ihnen das klar? Wenn ich beispielsweise für den KGB oder einen anderen Nachrichtendienst arbeiten würde, dann hätte ich alle gewünschten Informationen längst. Mit welchen Methoden ich sie bekommen hätte, möchten Sie nicht wissen."

„Weichen Sie nicht aus! Für wen arbeiten Sie?"

„Ich habe schon für viele Auftraggeber gearbeitet. Im Moment ist es eine Firma aus den USA."

„Welche?"

„Infinite Benefits Associates."

„Kenne ich nicht. Was machen die?"

„Nein, jetzt sind Sie dran, mir eine Frage zu beantworten. Welche Informationen haben Sie von Felix Armbrüster?"

„Ich habe eine Datei, die offenbar seine gesammelten Rechercheergebnisse enthält."

„Warum offenbar? Wissen Sie nicht, was drin ist?"

„Noch nicht. Sie ist passwortgeschützt, ich konnte sie nicht öffnen."

„Welche Art von Datei ist es denn?"

„Ein Word-Dokument."

„Haben Sie es hier?"

„Ja, es ist auf meinem Notebook."

„Gut, ich muss schnell ein Telefonat führen."

Auf dem nächsten Rastplatz, kurz vor Soltau hielt Miller an. Er sprach mit jemandem auf Englisch. Markus konnte nicht verstehen, was er sagte, da Miller etwas Abseits stand und sich von ihm wegdrehte.

„In Kürze haben wir das Masterpasswort."

„Welches Masterpasswort?"

„Es gibt ein Masterpasswort, mit dem wir jede passwortgeschützte Datei öffnen können. Früher war das sogar noch einfacher. Aber bei den neuesten Programmen wurde der Passwortschutz verbessert. Wir könnten auch mit speziellen Programmen alle Kombinationen durchchecken lassen, das wäre aber aufwändiger. Und wir wollen doch beide noch heute wissen, was in der Datei steht." Miller lächelte, als er den letzten Satz sagte.

„Gut, dann bin ich wieder dran. Was will diese Firma mit dem komischen Namen *unendliche Wohltat* von mir?"

„Man könnte es auch mit *unendlicher Rendite* übersetzen. Diese Firma sammelt Geld von Investoren und will es vermehren."

„Ein Hedgefonds?"

„Richtig. Einer, der gerade stark auf steigende Goldkurse setzt." Eine kurze Pause entstand, bevor Miller weitersprach. „Und die Veröffentlichung der Geschichte von Felix Armbrüster wird zu deutlich steigenden Goldkursen führen."

Markus war irritiert, andererseits auch beeindruckt.

„Die spekulieren und helfen dann sogar nach, dass die Spekulation aufgeht …"

„Für einen Journalisten sind Sie ganz schön naiv. Glauben Sie, dass bei Milliardeninvestitionen noch nie jemand auf solche Ideen gekommen ist? Und das ist noch gar nichts im Vergleich zu den Manipulationen, mit denen die sogenannte große Politik Dinge in eine gewünschte Richtung steuert. Auf wessen Kosten, das können Sie sich denken. Doch meist bemerkt der Steuerzahler solche Lumpereien überhaupt nicht. Oder sie werden ihm sogar noch als staatliche Wohltat verkauft."

„Und Sie sind so skrupellos und spielen für Geld den Handlanger?"

„Wollen Sie jetzt ernsthaft eine Moraldiskussion führen, Herr Manx? Fragen Sie bei jeder Ihrer Geschichten immer, ob das die Menschheit weiterbringt oder nicht?"

„Ich handele im Sinne der Allgemeinheit, indem ich Dinge, die schief laufen, öffentlich mache."

„Das ist aber stark vereinfacht, finden Sie nicht? Ich sehe das so: Wenn Ihnen jemand eine Information zukommen lässt, dann macht er das, weil er sich davon einen Vorteil verspricht. Der Vorteil des Einen ist der Nachteil des Anderen. Wenn Sie also die Goldgeschichte veröffentlichen, dann profitieren manche Leute davon – zufällig oder nicht. Würden Sie deshalb einen Skandal nicht öffentlich machen?"

„Doch, doch, natürlich würde ich es tun", räumte Markus ein. Ihm war klar: Auch Journalismus ist oft ein knallhartes Geschäft. Nur wer exzellent ist, schafft es bis ganz nach oben. Und der Weg an die Spitze ist, wie überall, mit moralischen Stolpersteinen gepflastert.

Ein *pling* beendete die Diskussion, worüber Markus nicht unglücklich war. Miller hatte eine SMS erhalten.

„Schalten Sie jetzt bitte Ihr Notebook ein und rufen Sie das passwortgeschützte Word-Dokument auf."

Markus überlegte nicht, woher das Passwort kam oder wer davon profitierte. Seine Neugier und sein journalistischer Instinkt waren geweckt. Er wollte herausfinden, warum Felix sterben musste ...

*

Frankfurt am Main, Bundesbank, 20:30 Uhr. Es waren noch keine zwei Tage seit ihrem Treffen in Iphofen vergangen. Die vom Kanzleramtsminister Sven Stahl vorgeschlagene Strategie mit der Behauptung einer doppelten Sicherung der Goldtransporte hatte sich als Bumerang erwiesen. Das als Beweis veröffentlichte Video war gescheitert, die Umsetzung der Ausrede stümperhaft.

Dr. Jürgen Wieder saß sinnierend an seinem Schreibtisch, als Sven Stahl durchgestellt wurde.

„Guten Abend, Sven", eröffnete er das Gespräch. „Iphofen war ..."

Ohne abzuwarten, was Dr. Wieder sagen wollte, unterbrach ihn Stahl, hörbar gestresst.

„Vergiss Iphofen, Jürgen. Wir brauchen jetzt eine neue Idee. Die Einschläge kommen näher."

„Verstehe ich nicht. Das Gold ist doch aufgetaucht", entgegnete der Bundesbankpräsident merkwürdig leise.

„Jürgen, hör zu", antwortete der Kanzleramtsminister unwirsch. „Auf Drängen mehrerer Abgeordneter und des Bundesrechnungshofes hat die Bundeskanzlerin vorhin eine stichprobenartige Überprüfung der Goldbestände der Bundesbank angeordnet."

Die Worte des Kanzleramtsministers zeigten Wirkung.

„Wo soll geprüft werden?", fragte Dr. Wieder ernst.

„Am liebsten hätte der Rechnungshof New York und Frankfurt ausgewählt. Die Amerikaner haben aber vor fünf Minuten wieder einmal deutlich erklärt, dass eine physische Überprüfung bei ihnen ausgeschlossen ist", fuhr Stahl fort.

„Das heißt Frankfurt. Die Gold-Pyramide!", folgerte Dr. Wieder.

„Genau. Und zwar sofort."

Dr. Wieder schluckte.

„Wie viel Zeit bleibt uns zur Vorbereitung?"

„Keine! Der Bundesrechnungshof hat bereits ein Team zusammengestellt. Die Stichprobeninventur beginnt morgen", sagte Stahl.

„Wir sind doch als Bundesbank unabhängig. Wir müssen einer Prüfung doch noch zustimmen?", stotterte der Bundesbankpräsident.

„Jürgen, ein wenig Contenance bitte. Ihr seid auf dem Papier unabhängig. Und damit hat sich das auch."

Dr. Wieder schwieg.

Der Kanzleramtsminister schaltete in den persönlichen Kommunikationsmodus herunter.

„Jürgen, muss ich dich daran erinnern, wer dich als Präsidenten vorgeschlagen und ernannt hat … Ich habe der Bundeskanzlerin schon deine Zustimmung signalisiert. Der guten Ordnung halber solltet ihr aber noch eure Zustimmung schriftlich mitteilen. Am besten unverzüglich. Und, Jürgen, sieh zu, dass ihr das hinbekommt, und zwar fehlerfrei."

Ende des Gesprächs.

In Frankfurt stand eine lange Nacht bevor. Die Zeit wurde knapp. Viel stand auf dem Spiel …

*

München, Angelo Hotel, 22:10 Uhr. Der lange Tag hatte Lena erschöpft. Ihr neuer Auftraggeber zahlte gut, aber er verlangte auch viel dafür. Endlich im Hotel, ließ sie sich auf das Bett in ihrem Executive-Zimmer fallen. Das Hotel war modern und zu Fuß gut erreichbar. Der Highspeed-Internetzugang war ein weiterer Grund, warum sie sich gerade für dieses entschieden hatte. Nur die fehlende Badewanne bereute sie. Ein heißes Entspannungsbad wäre jetzt genau das Richtige gewesen. Nun musste eine Dusche reichen. Wenigstens fühlte sich der im Executive-Paket enthaltene Bademantel an wie eine flauschige Wolke.

Lena lag bäuchlings auf dem Bett, vor ihr das aufgeklappte Notebook. Das Passwort von Markus' Word-Dokument hatte sie zwischenzeitlich geknackt. Obwohl ihr Rechner für die Brute-Force-Attacke mehrere Milliarden Möglichkeiten ausprobieren musste, dauerte es nur wenige Minuten, bis er das Passwort ausspuckte: *GOL-d*.

Lena fühlte eine gewisse Unruhe. Sie musste warten, bis Markus sich meldete. Sie wusste nicht, wann er zurück sein und den Tesa-Abroller öffnen würde. Aber egal, wann er anrief, ihr Handy mit aktiver Krypto-App lag in Griffweite. Routinemäßig überprüfte sie die Funktionen ihres Rechners. Der hatte am Nachmittag ungewöhnlich zickig reagiert, als sie ihn mit dem Auftrag fütterte, das Passwort durch systematisches Ausprobieren aller Möglichkeiten zu entschlüsseln.

Während sie jetzt dalag und der Rechner vor ihr auf dem Bett ein individuelles Searchprogramm abspulte, schlug er plötzlich an. Ein nicht identifiziertes Programm, das sich offenbar selbständig eingenistet hatte!

Ungewöhnlich! Wo kommt das denn her?, fragte sich Lena, als sie in die Warnmeldung las. Sofort rief sie den Quellcode auf, um den Zweck des Programms zu durchleuchten. Ungewöhnlich komplex, kein einfach zu durchschauendes Programm, dazu noch sehr gut versteckt. Auf keinen Fall das Werk eines Anfängers. Hier konnten nur Spezialisten am Werk gewesen sein.

Blitzschnell verflüchtigte sich Lenas Müdigkeit. Adrenalin beschleunigte ihren Puls. Offenbar ein Hackerangriff! Ausgerechnet auf eine profilierte Kollegin. Sie musste unbedingt wissen, wer dahinter steckte. Es ging um ihre Hackerehre.

Lena öffnete eine VPN-Verbindung zu einem Server, der sie wiederum über mehrere Server weiterleitete. Insgesamt über fünf Ecken lief die Verbindung, die am Ende bei alten Freunden der Hacker-Community endete. Sie brauchte Hilfe.

Gegen Mitternacht kontrollierte sie ihr zweites Notebook. Schon nach wenigen Minuten erkannte sie, dass ihre Sicherheitsvorkehrungen zumindest hier funktioniert hatten. Der zweite Rechner war sauber.

Jetzt forderte der Stresstag endgültig seinen Tribut. Lena wurde immer müder, gähnend checkte sie abschließend noch einmal ihr Handy, stellte den Ton des Wecksignals so laut ein, dass er sie sogar aus tiefsten Träumen holen würde, falls es Neuigkeiten von ihren alten Freunden geben sollte. Oder von Markus. Trotz ihrer Müdigkeit brauchte sie lange, bis sie endlich in den Schlaf fand. Ein Verdacht ließ ihre Gedanken nicht zur Ruhe kommen. Beschützend hatte sie einen Arm über ihr Plüschtier Snoopy und ihr Notebook gelegt.

Freitag

Autobahn A66, kurz vor Frankfurt. Wenige Kilometer vor Hanau war Markus kurz davor, sich mit Miller zu streiten. Markus wollte trotz Lena's Warnung in seine Wohnung, um einige Sachen zu holen, dann noch kurz ins Büro. Aber Miller war strikt dagegen. Es sei viel zu gefährlich. Seiner Meinung nach sollten sie ein Hotel nehmen. Markus bestand darauf, sowohl in seine Wohnung als auch ins Büro zu gehen. Vor allem der Tesa-Abroller von Lena war ihm wichtig, obwohl er nicht genau wusste, was es damit auf sich hatte. Miller konnte sich nur mit dem Hotel in Hanau durchsetzen, in welches sie sich kurz nach ein Uhr nachts eincheckten.

Nach nur ein paar Stunden Schlaf fuhren sie weiter Richtung Frankfurt. Es hatte angefangen zu regnen. Während der Fahrt bohrte Miller erneut, wann Markus ihm die Informationen von Felix Armbrüster aushändigen würde. Markus hatte sich bisher geweigert. Er wollte selber erst einige Recherchen anstellen und dann entscheiden, was damit passieren sollte. Jetzt schwieg er und betrachtete die Scheibenwischer, wie sie den stärker werdenden Regen immer schneller von der Scheibe schoben.

„Okay, Herr Manx, ich biete Ihnen einen Deal an, wenn die Informationen von Armbrüster so spektakulär sind, und durch Ihre brisante Geschichte der Goldpreis um mindestens zehn Prozent steigt."

„An welches Angebot denken Sie?"

Miller schwieg eine Weile. Dann stieß er geradezu überfallartig drei Worte hervor.

„Eine. Million. US-Dollar."

Jetzt wurde Markus, angesichts der kurzen Nacht noch etwas schläfrig, blitzschnell hellwach. Überrascht starrte er Miller von der Seite an.

„Sie wollen mir ernsthaft eine Million US-Dollar anbieten, wenn ich die größte Geschichte meines Lebens veröffentliche?"

„Das will ich. Die Geschichte wird Ihr Leben verändern. Ein finanzielles Polster wird Ihrer Zukunft gut tun … Überlegen Sie es sich, mein Angebot steht!"

Den Rest der Fahrt schwiegen beide. Die einzigen Geräusche kamen vom Motor und vom Arm des Scheibenwischers, der zäh gegen die Regenmassen anschuftete.

In Frankfurt angekommen, fuhr Miller langsam am Haus vorbei und beobachtete aufmerksam die Gegend. Nach einer Runde um den Block ließ er Markus direkt vor der Tür aussteigen. Seinen Hausschlüssel in der Hand, sprintete Markus die wenigen Meter durch den Regen. Miller wartete in zweiter Reihe, bis Markus zehn Minuten später mit einer Tasche wieder ins Auto stieg.

„Sehen Sie, es ist nichts passiert. Sie haben sich grundlos Sorgen gemacht."

„Lieber hundert Mal zu vorsichtig als einmal unvorsichtig", konterte Miller, den die Leichtsinnigkeit von Markus gehörig nervte.

Seine Sorgen waren mehr als begründet. Aaron hatte sich mit zwei Kollegen die ganze Nacht auf die Lauer gelegt. Einer war vor Lenas Wohnung postiert. Aaron selbst wartete vor Markus' Büro und ein weiterer Kollege hier vor der Wohnung.

Der Mann verstand seinen Job. Selbst Miller bemerkte ihn nicht. Sofort, als er Markus erkannte, alarmierte er seine Kollegen. Aaron war bereits zu ihm gestoßen, als Markus aus der Wohnung lief und zu Miller in den Wagen sprang. Der befohlene *polish off* konnte nicht stattfinden, ohne mit dem unbekannten Mann im wartenden Wagen einen unerwünschten Zeugen zu haben.

Die beiden Männer hielten sich im Hintergrund. Aaron fiel ein deutsches Sprichwort ein: *Beharrlichkeit führt irgendwann zum Ziel*. Sie warteten geduldig auf ihre Chance. Die Beobachteten hatten keine blasse Ahnung, wie nah sie ihnen waren.

Um 07:35 Uhr kamen Miller und Markus in der Ulmenstraße an. Miller fuhr zur Kontrolle wieder um den Block. Keine Auffälligkeiten.

Markus wäre gern einige Meter gelaufen, um klarer denken zu können. Aber der massive Dauerregen hielt ihn davon ab, obwohl der Hersteller seiner Regenjacke, die er aus seiner Wohnung mitgenommen hatte, sie in einem Werbespot als atmungsaktiv und einer dreißig Meter hohen Wassersäule standhaltend gepriesen hatte. Beides Quatsch. Die Schulternähte ließen bereits nach zehn Minuten den Frankfurter Dauerregen durch. Wahrscheinlich, weil der Regen aus mehr als dreißig Meter Höhe auf die Jacke fiel.

Markus zog die neongelbe Kapuze über, und sprang aus dem Auto in den Regen. Nach wenigen schnellen Schritten erreichte er den Eingangsbereich. Er öffnete den Briefkasten. Nach einem kurzen Blick auf die Post flog alles ungeöffnet in den Papierkorb.

Er stapfte die Treppen hoch.

„Morgen Markus", begrüßte ihn sein Kollege Klaus aus der Redaktionsgemeinschaft. „Bei mir war auch nichts Brauchbares dabei."

„Hallo Klaus", sagte Markus. „du bist heute aber früh dran."

„Stimmt, ich habe Fotos aus dem Büro geholt und muss gleich zur Taunusanlage. Wie ist das Wetter?", fragte er grinsend. Beim Anblick von Markus eine rhetorische Frage.

„Mit deinem Schirm kommst du nicht trocken hin. Der Regen kommt fast von vorne. In wenigen Minuten bist du klitschnass. Aber wenn du willst, kannst du meine Regenjacke haben", bot Markus großzügig an. „Gegen Mittag hätte ich sie aber gern zurück."

Klaus zögerte. Die Jacke kam ihm extrem auffällig vor. Die obere Hälfte war bis knapp unter die Brust neongelb, ebenso der obere Teil der Ärmel. Die untere Hälfte froschgrün, beide Farben leicht fluoreszierend. Die Farbkombination konnte nur ein vollgekokster Designer erfunden haben.

„Ich nehme sie", entschied Klaus, dem der Regenschutz am Ende doch wichtiger war, als dass ihn die schrille Optik abschreckte. Sekunden später sah er aus wie ein neon-gelbgrüner Frosch.

Markus ging nach oben. Es brannte schon Licht und roch nach Kaffee. Klaus war heute wirklich ungewöhnlich früh dran. Markus zog sich einen Kaffee und checkte kurz seine Newsportale.

*

Frankfurt am Main, Bundesbank, 07:30 Uhr. Bernd Brandner, rechte Hand des Bundesbankpräsidenten, empfing die angekündigten Besucher persönlich. Brandner selbst hatte die ganze Nacht über die Vorbereitungen koordiniert und nur zwei Stunden geschlafen. Wer ihn gut kannte, konnte ihm die Übermüdung an den Augen ansehen. Der Bereich unter seinen Unterlidern war nicht dunkel, sondern hell – fast weiß. Hinzu kam ein leichtes Zucken der Augenmuskeln.

Brandner begrüßte die Damen und Herren des Bundesrechnungshofes und führte sie in das große Besprechungszimmer.

„Meine verehrten Damen, meine Herren, schön, dass es so schnell geklappt hat", log er. Brandner war vielmehr verwundert, dass die *Schnarchzapfen*, wie er die Kollegen des Rechnungshofes gern bezeichnete, so kurzfristig und gut organisiert auftauchten. Erstaunlich!

Eine Mitarbeiterin der Bundesbank erläuterte kurz die Sicherheitsregeln. Anschließend verteilte ein Kollege die angeforderten Inventarlisten an jeden Anwesenden. Die Untersuchung konnte beginnen.

Kurz darauf erreichte die Gruppe mit der Fahrbereitschaft der Bundesbank die unterirdische Sicherheitsschleuse der Gold-Pyramide. Hinter ihnen schloss sich das massive Eingangstor, dann öffneten sich die Türen nach innen. Die anschließende Überprüfung der Einzelpersonen ähnelte dem Vorgehen auf Flughäfen. Mit dem Unterschied, dass sich nur die zu überprüfende Person in einem kleinen Raum befand, den sie während der Überprüfung nicht verlassen konnte. Die Ganzkörperscanner sorgten dafür, dass kein Stück Metall unentdeckt in die Pyramide hinein oder heraus kommen konnte.

Brandner hatte sich die ganze Zeit gefragt, was die Kollegen vom Rechnungshof wohl in ihren schweren Koffern mitschleppen mochten. Als er schließlich den Inhalt sah, zuckten wieder seine Augenmuskeln. Noch weniger als das spontane Erscheinen hätte er eine solch professionelle Ausrüstung erwartet: Mobile Ultraschallgeräte, Röntgengeräte, Präzisionswaagen, digitale Messschieber und Fotoapparate. Jeweils drei an der Zahl.

Die gescannten Mitarbeiter des Rechnungshofes berieten sich kurz, schwärmten dann in drei 2er-Teams aus, jede Gruppe perfekt ausgerüstet. Brandner hatte vorsorglich für jedes Team einen Bundesbankmitarbeiter zur Begleitung bereitgestellt. Ohne die strenge Aufsicht der Bundesbanker bewegte sich hier niemand in der Pyramide.

Brandner verabschiedete sich.

Die Mitarbeiter des Rechnungshofes machen einen ungewohnt konzentrierten und kompetenten Eindruck, dachte er auf dem Weg zum Krisenstab Gold. Schleichende Angst griff nach ihm. Hatte jemand dem Rechnungshof einen Hinweis gegeben?

*

Frankfurt am Main, Ulmenstraße, 07:45 Uhr. Michaela, die nette Bürokollegin aus dem Zimmer nebenan, riss mit Schwung die Tür des Büros auf. Vom Regen durchnässt, stand sie da, bekam kein Wort heraus und starrte Markus nur an. Tränen rannen ihr über das nasse Gesicht.

Markus sprang auf und ging zu ihr hin.

„Michaela, du zitterst ja am ganzen Körper. Was ist denn passiert?"

Er nahm sie in den Arm und drückte sie leicht an sich.

Michaela fing an zu schluchzen. Sie schnäuzte sich mehrmals und rang mit ihrer Fassung.

Markus war ratlos.

„Magst du einen heißen Tee?", fragte er und reichte ihr ein paar Papiertücher von seiner Küchenrolle, die in allen Notlagen herhalten musste.

Michaela trocknete sich das Gesicht ab.

Markus versuchte es nochmals.

„Was ist denn passiert, Michaela?"

Stockend begann sie: „Direkt vor unserem Büro ist ein Fußgänger von einem Auto überfahren worden."

„Schlimm", sagte Markus.

„Notarzt! Polizei! Da unten ist die Hölle los."

„Hast du den Unfall gesehen?", fragte Markus.

„Nein", sagte sie leise, „ich hörte einen dumpfen Schlag. Und dann raste ein Auto mit Vollgas davon. Fahrerflucht ... Wir haben sofort Polizei und Notarzt gerufen. Ein Zeuge kümmerte sich um das Opfer. Auch der Notarzt war schnell da."

In Markus keimte ein böser Verdacht.

„Der Notarzt hat versucht ihn wiederzubeleben. Erfolglos. Er ist gestorben", seufzte Michaela und schnäuzte sich erneut.

„Wie hat der Mann denn ausgesehen", fragte Markus, zunehmend bleicher. Er hatte Angst vor der Antwort.

„Ich stand abseits und habe den Notarzt gerufen. Bei dem Regen konnte ich nichts erkennen. Außerdem war da ganz viel Blut."

Michaela stockte bei dem Gedanken an das blutverschmierte Unfallopfer.

„Und er trug einen ganz komischen Regenmantel mit Kapuze, die ihm tief ins Gesicht hing."

„Klaus!", schrie Markus und stürzte aus dem Raum, die Treppe nach unten. Michaela rannte ihm hinterher, konnte aber nicht Schritt halten.

Draußen goss es immer noch in Strömen. Der Notarzt und sein Sanitäter trieften vor Nässe. Sie hatten ihre Sachen bereits gepackt und sprachen mit einem der Polizisten. Der Tote war bis über das Gesicht zugedeckt. Markus erschauderte. An der Seite schaute eindeutig sein Regenmantel unter der Decke hervor. Verdammt, das konnte nur Klaus sein! Markus stand wie erstarrt in der Eingangstür, bis Michaela hinzu kam.

„Ist es wirklich Klaus?", fragte sie mit bebender Stimme.

„Ich ... ich habe so gehofft, dass ... dass er es nicht ist", stammelte Markus... „Aber nun bin ich sicher, dass er es doch ist ... Ich habe ihm meinen Regenmantel geliehen. Und jetzt ist er tot."

Michaela weinte hemmungslos. Nun war das Unfallopfer nicht mehr irgendein Mensch. Der Tote, der dort im Regen lag, war ein vertrauter Freund.

Sie gingen hoch in ihre Gemeinschaftsküche. Schweigend nahm Markus zwei Tassen, hängte Beutel mit Pfefferminzblättern hinein und goss kochendes Wasser darüber.

Er reichte Michaela eine Tasse.

„Vorsicht, ist noch sehr heiß."

Zu mehr Worten reichte es nicht.

Markus hörte das Telefon in seinem Büro läuten. Kurz überlegte er, ob er ran gehen sollte. Es läutete sehr lang. Jemand war verdammt hartnäckig. Hoffentlich nicht schon wieder eine Hiobsbotschaft!

Markus rannte in sein Büro und riss den Apparat aus der Ladeschale. Die Telefonnummer erkannte er sofort.

„Hallo Lena. Du, mir geht es gerade nicht sonderlich. Kann ich dich in einer Stunde zurückrufen?"

Markus hatte mit Lenas Verständnis gerechnet. Stattdessen entgegnete sie sehr bestimmt: „Nein, Markus. Es ist sehr wichtig."

„Klaus ist tot", sagte Markus mit trauriger Stimme.

„Markus?"

„Ja."

„Es ist sehr wichtig! Warum hast du den Tesa-Abroller noch nicht geöffnet?"

„Mein Kollege wurde gerade überfahren", rechtfertigte sich Markus.

„Schraub ihn auf. Alles was du brauchst, ist da drin", sagte Lena.

„Sofort?", fragte Markus, der noch um Fassung rang. Er verstand nicht, warum Lena so kurz angebunden und ruppig zu ihm war.

„Ja Markus, sofort! Darin ist ein Zettel mit einer Handlungsanweisung, die du genau ausführen musst", forderte sie in einem ungewöhnlich bestimmenden Ton.

„Dann bis gleich." Sie legte auf.

Markus öffnete die oberste Schreibtischschublade, die voll mit nützlichen Dingen war. Er klaubte einen feinen Schraubenzieher heraus und legte Lenas Tesa-Abroller umgedreht auf den Tisch. Da waren keine Schrauben, nur vier Anti-Rutsch-Pads aus Gummi, in jeder Ecke einer.

Markus stach mit dem Schraubenzieher in den ersten Pad und versuchte ihn rauszuhebeln. Tatsächlich, er löste sich und gab den Blick auf eine tieferliegende Kreuzschraube frei. Die Schrauben ließen sich einfach lösen, auch der Plastikboden. Markus breitete alles auf seinem Schreibtisch aus. Vor ihm lagen neben der Bodenpatte und den vier kleinen Kreuzschrauben ein HTC Smartphone, eine Prepaid-Telefonkarte mit fünfzig Euro Guthaben und ein Ladegerät. Dazu noch zweihundert Euro, aufgeteilt in zehn neue Zwanzig-Euro-Scheine, gerollt und mit einem Gummiband umwickelt sowie ein klein zusammengefalteter Zettel. Markus faltete ihn auseinander.

MARKUS - FÜR DEN NOTFALL
- *BENUTZE AUF KEINEN FALL DEIN FESTNETZTELEFON. SCHALTE DEIN HANDY AUS UND NIMM DEN AKKU HERAUS.*
- *BENUTZTE NUR NOCH DAS HANDY VON MIR MIT DER NEUEN SIM-KARTE.*
- *WENN DU UNBEOBACHTET SPRECHEN KANNST, RUF MICH SOFORT UNTER DER AUFGEFÜHRTEN HANDYNUMMER AN. ABER: NUTZE DAZU DIE KRYPTO-APP. AKTIVIERE DIE APP UND WÄHLE DIE BEIGELEGTE NUMMER.*
- *ALLES WEITERE SAGE ICH DIR AM TELEFON.*

DEINE LENA

Aus seiner Unruhe wurde plötzlich Angst. Er überlegte, ob er Michaela Bescheid sagen sollte. Oder direkt Lena anrufen? Er entschied sich für Lena und setzte die SIM-Karte ein. Der Ladezustand des Akkus zeigte neunzig Prozent. Das Handy war einsatzbereit. Die App funktionierte wie ein normales Telefon. Nur der Verbindungsaufbau dauerte etwas länger.

„Markus?", kam es etwas blechern aus dem Handy. Lenas Stimme erkannte er trotzdem sofort. „Hör mir gut zu jetzt, okay? Auf normalem Weg werden wir vermutlich abgehört. Diese App verschlüsselt unser Telefonat, deshalb klinge ich so ungewöhnlich. Bevor du etwas sagst, musst du immer kurz warten, da die Verschlüsselung eine leichte Verzögerung einbaut und wir sonst gleichzeitig sprechen ... Und jetzt erzähle mir, was mit deinem Kollegen passierte."

Markus berichtete von dem Zufall mit dem Regenmantel, von dem Unfall mit Fahrerflucht und von dem durch den Notarzt festgestellten Tod seines Kollegen Klaus.

Trotz der durch die Verschlüsselung etwas entstellten Stimme konnte Lena spüren, wie sehr das Ereignis Markus erschüttert hatte. Dennoch konnte sie ihm eine weitere Negativ-Nachricht nicht ersparen.

„Hör zu, jemand hat mir einen Trojaner aufgespielt", sagte sie.

„Du meinst, jemand will dich ausspionieren?"

„Das Programm ist so professionell, dass es vom BND oder den Amerikanern sein könnte."

Im Hintergrund klingelte ein Telefon.

„Warte kurz, Markus."

LENA: „BORIS?"

...

LENA: „PRIVET BORIS."

...

LENA: „ETO SOYEDINENIYE ZASCHCHISCHCHENO OT PROSLUSCHKI?"

...

LENA: „BORIS, MNE NUZHNA VASHA POMOSHCH'."

...

LENA: „KTO-TO RAZMESTIL U MENYA TROYAN. MOZHETE LI VI VZLOMAT' KOD?"

...

LENA: „MNE NEOBHODIMO VIASNIT', OT KOGO TROYAN I CHTO ON DELAYET NA MOYEM KOMP'YUTERE."

...

LENA: „YA PREDOSTAVLU VAM SEYCAS UDALENNYY DOSTUP K MOYEMU KOMP'YUTERU."

...
LENA: „SPASIBO ZA POMOSHCH'."

„Markus, bist du noch dran?", fragte Lena, als sie die zweite Leitung aufgelegt hatte.

„Ja, ich bin noch dran. Was war das denn?"

„Boris, mein Kontakt in Sankt Petersburg. Ich habe ihn um Hilfe gebeten."

„Und, kann er dir helfen?"

„Ja, er versucht den Trojaner zu knacken. Er ist mit einigen hundert Hackern vernetzt. Gemeinsam sind sie viel schneller und effektiver. Und insbesondere, wenn der Verdacht besteht, es könnte ein amerikanischer Trojaner sein, dann helfen alle mit. Das ist russischer Volkssport", erklärte Lena.

Markus hatte jetzt keinen Sinn für interkulturelle Spitzen.

Lena fuhr fort: „Wir müssen prüfen, ob dein Rechner auch verseucht ist."

„Wie willst du das von München aus machen?"

„Das machen meine Freunde aus Petersburg. Wir geben ihnen gleich Remote-Zugriff auf deinen Rechner. Dann können sie sich dort bewegen, als wenn sie direkt davorsitzen würden."

Markus fühlte sich mächtig mulmig bei dem Gedanken, gleich würden russische Hacker in seinem Computer unterwegs sein. Aber das Vertrauen in Lena siegte.

„Okay. Was muss ich tun?"

Lena erklärte, er müsse nur einen Link auf einer speziellen Internetseite anklicken und ein kleines Programm downloaden. Nach wenigen Sekunden hatte er dies erledigt und gab ein Passwort in ein entsprechendes Fenster ein.

Die Entfernung Petersburg – Frankfurt spielte keine Rolle mehr. Der Rechner wurde jetzt wie von Geisterhand gesteuert …

*

Frankfurt am Main, Lagezentrum der Bundespolizei, 09:00 Uhr. Wie ein Verrückter fuhr Bernd Brandner aus der Innenstadt zum Flughafen. Die Sitzung des Krisenstabes sollte pünktlich um 9:00 Uhr beginnen. *Jetzt ein Blaulicht!*, dachte er, als er an einer Ampel auf die nächste Grünphase warten musste. Sein Golf GTI konnte ihm erst auf der Autobahn etwas Zeit verschaffen. Unerbittlich und aggressiv blinkte er jeden vor ihm fahrenden Wagen von der linken Spur. Zweimal kam er nur durch Überholen auf der rechten Spur an Fahrern vorbei, die sich ihm verweigerten.

Am Ende traf Bernd Brandner pünktlich ein, auch wenn er etwas gehetzt auf die übrigen Sitzungsteilnehmer wirkte. Niemand merkte ihm an, unter welchem Druck er wegen der außerordentlichen Prüfung der Goldreserven durch den Bundesrechnungshof stand.

Brandner berichtete als Erster dem Krisenstab. Die Spekulationen des Journalisten Markus Manx hatten eine regelrechte Lawine ausgelöst. Viele Medien griffen die Geschichte der HNP auf und diskutierten, warum die Bundesbank mit dem Video eine kapitale Lüge in die Welt setzen wollte. Die Angelegenheit drohte völlig aus dem Ruder zu laufen.

Bundesbankpräsident Dr. Jürgen Wieder hatte keine andere Wahl. Er entschied sich für eine neue Strategie. Die Spekulation von Markus Manx wurde als korrekt bestätigt. Gleichzeitig versuchte die Bundesbank, ihm den schwarzen Peter zuzuschieben. Mit seiner Veröffentlichung hätte er die Sicherheitsstrategie der Bundesbank auffliegen lassen. Dadurch würden sich die zukünftigen Risiken erhöhen.

Laut neuster Darstellung der Bundesbank enthielten alle bisher von Journalisten öffentlich dokumentierten Sicherheitstransporte nur Fälschungen. Die echten Barren wurden an anderen Tagen still und heimlich über den US-Flughafen Ramstein abgewickelt.

Der Presse wurde eine neue Lüge aufgetischt. Um diese Version als glaubwürdig darzustellen, wurden zehn ausgewählte Journalisten zu der Übergabe des echten Goldes nach Ramstein eingeladen, Markus Manx bewusst ausgeklammert.

Die HNP durfte aber einen festangestellten Redakteur entsenden und übertrug die Aufgabe an Jonathan Schreiber.

Damit kein Journalist an der Echtheit dieses Goldes zweifelte, wurden sogar vor deren Augen und Kameras einige Barren auf Echtheit untersucht. Jeder Journalist durfte einen Barren aus den 240 Stück auswählen, den ein Experte vor Ort prüfte. Besonders interessiert waren die anwesenden Journalisten laut Brandner an den Barren aus dem Melt mit der Nummer 20863, der die ganze Geschichte erst ins Rollen gebracht hatte. Erwartungsgemäß gab es keine Beanstandungen, die Barren waren echt.

Allgemeines Aufatmen. Der befürchtete Skandal konnte verhindert werden und das echte Gold lagerte nun sicher in der Gold-Pyramide.

„Gute Arbeit", ließ sich sogar Stahl zu einem Lob hinreißen. Doch dann bohrte er nach: „Und was ist mit der außerordentlichen Prüfung des Goldes in der Pyramide durch den Bundesrechnungshof?"

„Begann heute Morgen um 07:30 Uhr", berichtete Brandner. „Die Prüfungsteams können beliebige Stichproben auswählen."

„Wie lange wird die Prüfung dauern?", erkundigte sich Stahl. Die nüchtern vorgetragene Frage ließ nicht erkennen, ob er bereits detailliert über dieses Thema informiert war.

„Sie ist nur für heute angesetzt. Bereits heute Abend werden wir eine Bestätigung haben, dass das Gold in der Pyramide echt ist."

Irgendwie wunderte sich Brandner über sich selbst, wie überzeugend er das Ergebnis vorwegnahm.

„Gut", fasste Stahl die Entwicklung zusammen. „Da nun das Gold komplett aufgetaucht ist, löse ich diesen Krisenstab auf. Herr Hartmann, Ihre Mitarbeiterinnen und Mitarbeiter werden natürlich den Raub und vor allem den Mord an dem Soldaten mit voller Kraft weiterverfolgen. Auf die Unterstützung aller Anwesenden können Sie sich weiterhin verlassen. Ich erwarte nächste Woche Fahndungserfolge."

Niemand sagte etwas. Alle nickten.

„Gut, meine Herren. Vielen Dank für Ihre Arbeit. Jetzt entschuldigen Sie mich bitte, ich muss zur Bundeskanzlerin."
Damit war der Krisenstab aufgelöst.
Zwei Männer verließen den Raum im Lagezentrum der Bundespolizei mit unguten Gefühlen. Hartmann musste endlich Ergebnisse liefern, und Brandner musste zurück zu der außerordentlichen Echtheitsprüfung des Goldes.

*

Berlin, Amerikanische Botschaft, 10:30 Uhr. Wieder einmal stand Peter Redman am Fenster und ließ seinen Blick über die grauen Betonquader des Mahnmals schweifen. Heute hatte er allerdings keine Zeit dafür, in Gedanken eine neue Route durch die Stelen zu laufen. Neben ihm stand sein oberster Vorgesetzter.

„Wie willst du das Problem mit dieser Zecke Manx nun endlich lösen?", fragte der CIA-Direktor.

„Wir überwachen Kontobewegungen, Kreditkartenzahlungen, Festnetztelefone, Handys, ebenso das Navi im Auto seiner Freundin. Die Überwachung ist lückenlos, nur eine Frage der Zeit, bis wir ihn haben."

„Hoffentlich! Ich will unsere ganze Arbeit nicht wegen eines deutschen Journalisten aufs Spiel setzen. Peinlich genug, dass der falsche Mann überfahren wurde."

Redman versuchte, das Gespräch in eine andere Richtung zu drängen. Er hatte es satt, sich ständig wegen Aaron Vorhaltungen anhören zu müssen. Bei nächster Gelegenheit würde er sich nach einem fähigeren Mann umsehen. Jetzt visierte er ein politisches Thema an.

„Habt ihr zuverlässige Informationen, dass die rechtskonservative Regierung in Polen jetzt massiv aufrüstet?"

„Positiv, haben wir. Die Bestellungen für Panzer und Ausrüstungen der Bodentruppen gehen im nächsten Monat überwiegend an US-Firmen. Allerdings finanzieren wir die neue polnische Regierung auch mit drei Milliarden US-Dollar."

„Polen ist also auf dem richtigen Weg?"

„Absolut!"

„Was ist mit Frankreich?", setzte Redman nach.

„Die Anschläge der Islamisten haben die linke Regierung stark erschüttert. Wir setzen weiterhin auf den Front National für eine militärische Aufrüstung. Laut aktuellen Umfragen erreicht der FN fast eine absolute Mehrheit."

„Wie viel hat uns das gekostet?"

„Hundert Millionen US-Dollar haben wir dem IS für die Vorbereitung und Durchführung von *Paris* gezahlt, wenn wir Waffen und Geld zusammenrechnen. Weitere 700 Millionen US-Dollar Wahlkampfhilfe für den FN kommen noch dazu."

„Frankreich wird kurzfristig also auch ein zuverlässiger Partner?", fragte Redman.

„Das ist ziemlich sicher", brüstete sich der CIA-Direktor. „Wir rechnen mit entsprechenden Ergebnissen bei den nächsten Wahlen."

„Dann bleibt als nächstes Deutschland ..."

Redmans oberster Vorgesetzter schnaufte verächtlich.

„Deutschland. Deutschland bleibt ein Totalausfall. Die Regierung hat eine weitere Kürzung des Verteidigungsbudgets und der Truppenstärke beschlossen, trotz Haushaltsüberschuss. Unsere Lobbyisten sehen keine Anzeichen der Einsicht bei den Deutschen."

„Dann muss *Snow White* den Umschwung bringen", sagte Redman.

„Absolut! Die Rechtspopulisten in Deutschland liegen aufgrund der Zuwanderung bei fast fünfzehn Prozent. Jetzt ein großes Ereignis und wir erhalten den gewünschten Rechtsruck."

„Wie gut sind unsere Kontakte?"

„Sehr gut, yes. Auch hier unterstützen wir den Wahlkampf aktiv."

„Dann wird die Operation hoffentlich ein Erfolg", sagte Redman.

Nun war sein Vorgesetzter wieder am Zuge. Der Grund für die weite Reise nach Deutschland war schließlich, sich persönlich von den perfekten Vorbereitungen zu überzeugen.

„Wie ist der Stand eurer Planung?"

„Die Gegebenheiten hier in Berlin sind ideal für unsere Operation. Noch besser als in Paris", erklärte Redman. „Ich habe mir gerade alles vor Ort angesehen."

„Wann läuft *Snow White*?"

„Wir nutzen das Staatsbegräbnis eines ehemaligen Bundespräsidenten. Das Timing bestimmen wir!"

„Brauchen die Ausführenden irgendwelche Hilfe beim Untertauchen?"

„Nein, sie opfern sich. Ihnen wurde eine gute Versorgung ihrer Familien versprochen und sie selbst glauben ohnehin, dass nach dem Tod das Paradies auf sie wartet."

„Perfekt! Können wir sie offiziell zu Sündenböcken machen?"

„Ja, es gibt bereits ein vorbereitetes Bekennerschreiben des IS für die Tat. Sie sind stolz darauf", sagte Peter.

„Damit liegt das Wer und das Wo fest. Bleibt nur noch das Wann", resümierte der CIA-Chef. „Das richtige Timing und die fehlerlose Durchführung der Operation obliegt nun dir. Ich verlasse mich auf dich, old Boy!"

„Kannst du! Du wirst sehen, Europa wird noch ein zuverlässiger Partner für uns werden."

Der Preis für eine bessere Welt erschien Peter Redman vertretbar ...

*

Frankfurt am Main, Ulmenstraße, 09:30 Uhr. Markus verließ sein Büro unauffällig durch den Hinterausgang. Der Regen hatte aufgehört, Krankenwagen und Polizei waren abgerückt.

Markus hatte Angst. Mehrmals drehte er sich um, bis er den Rothschildpark erreichte. Niemand folgte ihm, der Park war menschenleer. Mit der Hand wischte er den Regen von einer Parkbank und setzte sich. Er merkte nicht, dass die Feuchtigkeit des Holzes durch seine Jeans drang. Leicht zitternd aktivierte er die Verschlüsselungs-App und wählte die angegebene Nummer.

Lena kam sofort zum Punkt.

„Markus, ich habe vorhin Nachricht von Boris erhalten. Dein Rechner ist verseucht. Die kennen alles, was drauf ist, inklusive der Dateien von Felix. Meine Freunde haben herausgefunden, dass es vermutlich ein CIA-Trojaner ist."

Markus war wie gelähmt und brachte kein Wort heraus. Er spürte, wie die kalte Nässe ihm langsam die Beine hochkroch.

Lena fuhr fort: „Wie es aussieht, kommuniziert der Trojaner mit einem Server in Berlin, in der amerikanischen Botschaft ... Wenn Felix wegen seiner Nachforschungen umgebracht wurde, bist du in großer Gefahr, Markus. Der Tod deines Kollegen war bestimmt kein Zufall. Der Anschlag galt eindeutig dir!"

Markus konnte noch immer keinen klaren Gedanken fassen. „Und jetzt?"

„Wir müssen unbedingt wissen, wer uns verfolgt und welche Informationen die über uns haben!"

Lena erläuterte ihre Idee und die nächsten Schritte.

Über den Hintereingang schlich sich Markus zurück in sein Büro. Um keinen Verdacht zu erregen, führte er ein paar unwichtige Telefongespräche. Er kaufte im Internet noch sein Ticket nach München und druckte es aus. Um 12:15 Uhr verließ er sein Büro durch den Vorderausgang. Auf dem Weg kontrollierte er seinen Briefkasten und nutzte die Gelegenheit, sich in alle Richtungen umzuschauen. Alles schien ruhig. Immer den Schutz von Passagen und Hauseingängen nutzend, ging Markus zügig zum Bahnhof.

Fünf Minuten vor Markus hatte Michaela das Büro verlassen, unauffällig durch den Hinterausgang. Sie verfolgte von der gegenüberliegenden Straßenseite Markus' Weg. Sie hatte sich ein Kopftuch eng umgebunden und trug einen etwas zu langen schwarzen Mantel. Sie sah aus wie eine Türkin, selbst Freunde würden sie so nicht erkennen.

Markus saß im Zug 12:54 Uhr ab Frankfurt und las die *Hessische Neueste Presse*. Michaela hatte sich vier Reihen hinter ihn gesetzt, Markus beachtete sie nicht. Die Zeit bis München nutzte er, um per Smartphone mit der Bundesbank und der Polizei in Frankfurt zu telefonieren. Er war unruhig.

Der Schaffner kontrollierte die Fahrkarten. Michaela löste Frankfurt - München 2. Klasse hin und zurück - Rückfahrt am selben Tag. Den Fahrpreis zahlte sie bar, ihre Bahncard 25 nutzte sie nicht.

Der Schaffner hatte soeben Würzburg angekündigt, und der Zug war kurz darauf im Bahnhof zum Stehen gekommen. Markus schaute scheinbar desinteressiert aus dem Fenster. Doch kurz nach dem Abfahrsignal des Zugführers stand er blitzartig auf, schnappte sich seinen Rucksack und sprang in letzter Sekunde auf den Bahnsteig. Direkt hinter ihm schloss sich mit einem Piepen die Waggontür. Der Zug fuhr ohne ihn weiter Richtung München.

Michaela beobachtete Markus bei seinem fluchtartigen Ausstieg. Niemand folgte ihm. Sein Smartphone und sein Portemonnaie lagen noch auf dem Tisch.

Michaela stand auf und setzte sich auf Markus' Platz. Ihre Handtasche und ihren Mantel legte sie so auf den Tisch, dass sie Telefon und Portemonnaie verdeckten.

Eine Stunde später erreichte der Zug den Hauptbahnhof von Nürnberg. Michaela hatte sich bis dahin nicht bewegt, sondern mit gespielter Langeweile die Mitreisenden im Waggon betrachtet. Kurz bevor das Abfahrsignal ertönte, schnappte sie sich hastig Mantel und Handtasche. In der Hektik blieben Telefon und Portemonnaie zurück.

Nach Abfahrt des Zuges setzte sich ein älterer Mann schnell auf Michaelas Platz. Er schaute sich um, aber die Besitzerin hatte den Zug verlassen. Nach wenigen Minuten begann er, das Portemonnaie zu untersuchen: Bargeld, gültige EC-Karte auf den Namen Markus Manx, BahnCard 25 und ein kleiner Zettel mit Telefonnummern.

Der Unbekannte entnahm Bargeld und Plastikkarten. Das leere Portemonnaie stopfte er in den aufklappbaren Tisch-Mülleimer. Jetzt galt seine Aufmerksamkeit dem Smartphone und dem Zettel. Von den Namen kannte er keinen. Doch, einen! *Markus Manx,* dachte der Unbekannte, *das war doch der Name auf der EC-Karte. Kein Mensch schreibt sich seine eigene Telefonnummer auf ...*

Die Nummer war interessant: Frankfurter Vorwahl - Lücke - vier Ziffern - Lücke - vier Ziffern. Er griff sich das Smartphone und gab zum Entsperren die ersten vier Ziffern ein. Das Telefon brummte: Fehleingabe! Der Versuch mit den zweiten vier Ziffern war erfolgreich. Glück muss man haben! Dann waren die ersten vier Ziffern vermutlich die PIN der EC-Karte ... Mit einem zufriedenen Gesichtsausdruck verstaute der Mann alles in seinen Jackentaschen.

Die Zugdurchsage kündigte als nächsten Halt München Hauptbahnhof an. Einige Sitzreihen dahinter beobachtete Michaela, die den Zug nicht verlassen hatte, die Lage. Sie sah, wie der unehrliche Finder Mantel und Pudelmütze anzog und mit seinen neuen Schätzen den Zug verließ. Sie folgte dem Mann, der sofort den nächsten Geldautomaten ansteuerte, mit einigen Metern Abstand.

Offensichtlich war die Transaktion am Geldautomaten sehr erfolgreich. Mit zufriedenem Gesicht zählte der Mann in Ruhe sein Geld und verließ den Hauptbahnhof Richtung Stachus.

Michaela war erstaunt, wie schnell auf einmal alles passierte. Bereits beim Überqueren des Karlsplatzes erfolgte der Zugriff. An der gegenüberliegenden Ampel hatten zwei jüngere Männer gewartet. Als der Unbekannte die andere Straßenseite erreichte, griffen die beiden zu. Im selben Moment fuhr ein Kleintransporter vor und nahm alle drei mit. Es hatte keinen Kampf gegeben. Keiner der Umherstehenden hatte etwas gemerkt.

Lena hatte mit ihrer Vermutung also Recht gehabt.

*

Der Kleintransporter war nur wenige Straßen entfernt vom Karlsplatz in eine Halle gefahren. Die Fassade des Gebäudes im Stil des Karlsplatz-Rondells, repräsentativer Neubarock mit reich verzierten Balustraden. In der Gebäudemitte ein großes sandsteinfarbenes Stahltor, welches sich automatisch geöffnet und hinter dem Fahrzeug geräuschlos wieder geschlossen hatte. High-Tech-Sensoren sicherten das gesamte Gebäude.

Im modern ausgestatteten Keller unter der Halle herrschte ausnahmslos hektische Betriebsamkeit. Mindestens ein Dutzend Personen lief durcheinander, schauten auf Bildschirme oder telefonierten. Im Nebenraum saß, mit einem schwarzen Sack über dem Kopf, die aufgespürte Zielperson. Das Verhör der männlichen Person hatte noch nicht begonnen.

Ted Branigan blickte aufmerksam auf den Großbildschirm an der Wand. Der Mitarbeiter rechts neben ihm wies aufgeregt auf den Bildschirm. Was Branigan sah, ließ seinen Gesichtsausdruck einfrieren. Der zweite Mitarbeiter zog jetzt sein Klemmbrett hervor und deutete auf einen darauf fixierten Computerausdruck. Erbost machte Branigan eine wegwerfende Handbewegung, als sich die beiden Männer entfernten.

Der Spezialist für Befragungen schnappte sich sein Satellitentelefon und forderte einen dringenden Rückruf von seinem Chef. Der Rückruf auf einer abhörsicheren Leitung kam unverzüglich.

„Ted, was ist schiefgelaufen?", fragte Peter Redman.

„Die aufgegriffene Person ist definitiv nicht Markus Manx", sagte Ted Branigan.

„Seid ihr euch sicher?", fragte Peter.

„Blutgruppe und Iris-Scan waren eindeutig. Es ist nicht Manx, sondern irgendein Penner."

„Welche Fakten hattet ihr bei der Verfolgung von Manx?"

„Wir haben die Internet-Buchung nach München, wir haben die Kreditkartenzahlung, wir haben die Telefondaten von Manx bis München und wir haben eine Geldabhebung in München! Und wir hatten ein Team im Bahnhof und am Stachus", sagte Ted entschuldigend.

„Er hat uns reingelegt. Er muss etwas mitbekommen haben", rief Redman wütend.

„Wie machen wir jetzt weiter?", wollte Branigan wissen.

„Den Penner braucht ihr zumindest nicht zu befragen. Schmeißt ihn irgendwo in München raus. Aber lebend!"

Peter Redman hatte das Gefühl, dass sich soeben die Spielregeln zu seinen Ungunsten geändert hatten. Peinlicher ging es kaum noch: Manx war ihnen erneut durch die Lappen gegangen! Noch bedenklicher: Die Agency hatte ihr Überraschungsmoment verloren. Manx war gewarnt!

*

Siebenhundert Kilometer von München entfernt rauschte der ICE Westerland mit zweihundert Stundenkilometer Richtung Hamburg. Ungläubig starrte Markus auf sein klingelndes Prepaid-Handy.

„Ja", sagte er.

„Die Muräne hat zugebissen", hörte er Michaelas Stimme den vereinbarten Code sagen. Dann legte sie wie abgesprochen einfach auf.

Wie in Trance starrte Markus aus dem Fenster. Nun konnte er den Verdacht nicht mehr länger verdrängen. Nur eine Regierungsorganisation wie der BND oder die CIA konnte eine so engmaschige Überwachung organisieren. Offensichtlich wurden sein Telefon, sein Internet und auch seine Kreditkartentransaktionen überwacht und sofort ausgewertet. Nur durch einen Trick war Markus seinen Häschern um Haaresbreite entkommen. Dieses Mal!

Die beschauliche Landschaft Niedersachsens, die vor dem Fenster an ihm vorbeizog, wirkte wie eine höhnische Kontrastkulisse zur Realität des Journalisten Markus Manx. Innerhalb einer Woche hatte sich sein ruhiges, fast langweiliges Berufsleben dramatisch verändert. Jetzt wurde er sogar gejagt. Wegen einer Gold-Geschichte von Felix Armbrüster, in die er zufällig hineingeraten war. Wenn Lenas Information stimmte und der Trojaner mit der US-Botschaft kommunizierte, hatte vermutlich die CIA versucht, ihn aus dem Verkehr zu ziehen.

Immer wieder lief es Markus eiskalt den Rücken hinunter. Er registrierte kaum, dass sich in Hannover das Abteil füllte. Ein junger Schwarzer mit einer großen IKEA-Tüte stieg zu und setzte sich zu ihm an den freien Vierertisch. Er schaute wie Markus aus dem Fenster, als der Zug wieder losfuhr.

Bald konnte Markus wieder einigermaßen panikfrei denken. Das Gefühl der Unsicherheit blieb. Er wusste nicht, wie er mit dieser Situation umgehen sollte. Wie sollte es jetzt weitergehen? Wo sollte er hin? Sein Blick fiel auf seine Fahrkarte, die auf dem Tisch vor ihm lag. Warum hatte er eigentlich bis Hamburg-Altona gebucht? Vermutlich, weil das der Endbahnhof war und er so weit weg wie möglich wollte. Einen konkreten Plan hatte er nicht. In Hamburg kannte er kaum jemanden näher. Bis auf seinen Stefan Wallner, mit dem er während seines Studiums freundschaftlichen Kontakt hatte und der heute bei einem Nachrichtenmagazin arbeitete.

Aber bei Stefan untertauchen? Ausgeschlossen! Er hatte eine junge Familie mit zwei kleinen Kindern in einer 3-Zimmer-Stadtwohnung in der Hafencity. Damit war die Aufnahmekapazität wahrscheinlich erschöpft. Außerdem hatte Markus sich die letzten zwei Jahre kein einziges Mal bei ihm gemeldet. Nicht einmal zu dessen Geburtstagen.

Aber wo die Nacht verbringen?, grübelte Markus. In Hotels müsste er sich ausweisen, selbst wenn er bar bezahlte. Das war zu gefährlich. Vielleicht wurden auch die Hotelbuchungssysteme überwacht.

Plötzlich riss ihn die Stimme des gegenüber sitzenden Schwarzen aus seinen Gedanken

„Hallo."

„Hallo", entgegnete Markus verunsichert, weil er nicht einordnen konnte, zu welcher Sprache das international übliche Hallo gehörte.

„Du foahrst' auch bis Hambourg?", fragte der Mann der leidliches Deutsch sprach, gemixt mit englischen Vokabeln und bayerischen Einsprengseln.

„Ja", antwortete Markus, der sich überlegte, ob er das übliche Sie oder das du seines Gegenübers verwenden sollte.

„Woher sprichst du so gut Deutsch?"

„Hab isch gelernt auf mein' Foahrt nach Deutschland. Und in München, do hob i gwohnt. Hoast mi?

Markus musste lachen, obwohl ihm nicht danach war.

„Wie heißt du?"

„Ich bin Rahuaa, und du?"

„Mein Name ist Markus ... Und woher kommst du, Rahuaa?", fragte Markus, nicht gerade unglücklich über das Gespräch. Immerhin lenkte es ihn ein wenig von seinen Problemen ab.

„Isch komm' from Eritrea. Bin scho' two Years unterwegs. Freu' mi auf Hambourg ... You ... du wohn' in Hambourg?"

Markus schätzte den jungen Afrikaner auf etwa achtzehn Jahre, vielleicht zwanzig. Er wirkte sehr einnehmend mit seiner offenen Art. „Nein, ich wohne nicht in Hamburg", räumte Markus ein.

„Was macht' du in Hambourg?", wollte Rahuaa wissen.

Markus fühlte sich auf dem falschen Bein erwischt.

Rahuaa bemerkte das Zögern.

„Du mus' mi nich' ..."

„Nein, nein", wiegelte Markus schnell ab. Er wollte seinem Gesprächspartner nicht das Gefühl geben, eine unhöfliche Frage gestellt zu haben.

„Ach, ich weiß selbst nicht, was ich dort will. Ich bin ohne Plan in diesen Zug gestiegen, weil ich einfach nur weg wollte."

„Das is' gut' so. Isch wollt' weg von Eritrea."

„Na ja, ganz so ist es bei mir nicht", begann Markus zu erklären. Er wollte einem Fremden nicht den wahren Grund seiner Flucht offenbaren. Also erzählte er ihm etwas von einer Art Abenteuerlust, die ihn manchmal überkomme. Dann setze er sich immer in die Bahn und fahre los, möglichst weit weg.

Trotz des erheblichen Altersunterschiedes entstand zwischen beiden ein Gespräch, das immer mehr Sympathie füreinander entstehen ließ.

„Was macht' du nachher in Hambourg?", fragte Rahuaa.

„Ehrlich gesagt, ich habe noch keinen Plan."

„Du konnst mitkomm' zu mein' best Friend Amanuel. Zusamm' geflücht' aus Eritrea. Dann ham' wir uns' verloren.

In Hungary ... wie sagt man?

„Ungarn", half Markus aus.

„Genau. Ungarn."

„Letzt' Woche hab i gehört, er is' in Hambourg. Lebt hier in Refugee ... wie heißt?

„Erstaufnahmelager für Flüchtlinge."

Beide lachten. Deutsche Sprache schwere Sprache.

Angesichts fehlender Alternativen entschied sich Markus, das Angebot anzunehmen. Er war noch nie in einem Flüchtlingslager gewesen und machte sich keine Gedanken, ob er dort überhaupt eingelassen würde. Irgendwie befand er sich ja selber auf der Flucht.

In Hamburg-Altona stiegen sie in die S1 bis Hamburg-Othmarschen. Rahuaa nahm sein Telefon und wählte eine deutsche Nummer. Am anderen Ende war sein Freund, der ihm offenbar den Weg beschrieb. Dieser führte sie auf einem Fußweg parallel zur A7 Richtung Norden. Der Weg war ein Trampelpfad, es war stockdunkel und es begann leicht zu nieseln. Markus fühlte sich erleichtert, als aus der Dunkelheit ein hell erleuchteter großer Parkplatz auftauchte, vollgepflastert mit Zelten des Technischen Hilfswerkes. Hunderte weiße Zelte, in Reih und Glied aufgebaut. Sie hatten den Platz noch nicht ganz erreicht, als ihnen ein junger Mann entgegenrannte und Rahuaa freudig umarmte.

*

Frankfurt am Main, Bundesbank, 17:30 Uhr. „Jürgen, kann ich dich kurz sprechen", drängte Rose de Jong ihren Chef, während sie durch die halb geöffnete Tür in das Büro des Bundesbankpräsidenten schaute.

„Komm rein, was gibt's?"

„Ich war eben in der Abschlussbesprechung vom Rechnungshof", entgegnete sie, „Soll ich dir kurz eine Zusammenfassung geben?"

„Bitte, leg los."

Dr. Jürgen Wieder saß hinter seinem Schreibtisch und wirkte, als ob ihn das Thema nicht besonders interessierte.

Dabei hatte er den ganzen Tag an nichts anderes gedacht.

„Zuerst die schlechte oder die gute Nachricht?", fragte Rose schnippisch.

„Zuerst die gute", sagte Dr. Jürgen Wieder.

„Der Rechnungshof hat festgestellt, dass unsere Organisation, Abläufe und die Sicherheit der Bestandsverwaltung einwandfrei sind."

„Das ist doch schon mal was."

„Jetzt die schlechte Nachricht?", fragte sie.

Man konnte es Dr. Wieder nicht anmerken, dass er innerlich zum Zerreißen gespannt war.

„Ja, jetzt die schlechte Nachricht."

„Der Rechnungshof hat mit seiner High-Tech-Ausstattung neun Barren gefunden, die nicht echt sind. Also Fälschungen. Aber das war deutlich unter einem Prozent der Stichprobe."

Rose de Jong schien mit dem Ergebnis zufrieden.

„Hat der Rechnungshof über die weitere Vorgehensweise gesprochen?", fragte Dr. Wieder leicht nervös.

„Nein. Aber die Genehmigung des Kanzleramtes für eine Stichprobe galt nur für einen Tag. Und der ist jetzt um."

„Was ist mit den Fälschungen? Gibt es Nachprüfungen?"

„Darüber wurde nicht gesprochen."

Rose de Jong machte Anstalten, den Raum zu verlassen.

„Rose, willst du die in Luxemburg gefundenen Fälschungen sehen?", fragte Dr. Wieder und zeigte zwei auf seinem Schreibtisch liegende 12,5 kg Goldbarren in der Größe von Kinderschuhen. Jeweils 22 Zentimeter lang, 7,8 Zentimeter breit und 5 Zentimeter hoch.

„Interessant."

Sie nahm einen der Barren mit beiden Händen hoch, legte ihn angesichts des Gewichts aber schnell zurück. Dann begutachtete sie ihn genau.

„Ich finde, er sieht ziemlich echt aus."

„Ist er aber nicht. Billiges Blei mit Gold ummantelt", sagte Dr. Wieder, „haben uns die Luxemburger Kollegen geschickt."

Er zeigte auf ein fertiges Päckchen in ähnlicher Größe, das neben den beiden Barren lag, in braunes Packpapier eingewickelt und mit Klebeband verschlossen.

„Rose, kannst du bitte den Barren morgen früh in die Post geben? Es ist eine der Luxemburger Fälschungen. Geht an die Kollegen des Bundesrechnungshofes. Ich weiß, er ist etwas schwer, aber von den Männern ist gerade keiner greifbar."

„Kein Problem, ich kann das Päckchen sogar noch heute aufgeben."

„Nein, lieber morgen früh. Sonst sind die Kollegen vom Rechnungshof mit ihren Analysen zu schnell", entgegnete Dr. Wieder, mit einem Lächeln, aber bestimmend.

„Lass dir bitte eine Post-Quittung für die Abrechnung geben."

Rose de Jong nahm das schwere Paket hoch.

„Soll ich es versichern lassen?"

„Eine wertlose Fälschung zu versichern wäre verschenktes Geld. Nein, Rose, du brauchst es nicht zu versichern."

Sie verließ mit ihrem Päckchen das Büro. Es war adressiert an:

Bundesrechnungshof, Adenauerallee 81 in 53113 Bonn.

*

Hamburg, Zentrale Erstaufnahme am Volksparkstadion, 20:00 Uhr. Um das Lager herum stand ein provisorischer Zaun. Zur Autobahn hin hatte er ein Loch, durch das Amanuel seinen Freund Rahuaa und Markus ins Lager schleuste. Am Eingang stand Security, an der Markus als erkennbar Deutscher vermutlich nicht vorbeigekommen wäre.

In einem der Zelte standen mehrere Klapptische. Amanuel organisierte Tee für die beiden Neuankömmlinge, die das wärmende Getränk dankbar annahmen. Die Flüchtlinge an den anderen Tischen nahmen keinerlei Notiz von ihnen.

Amanuel konnte sich nur sehr mühsam in Deutsch ausdrücken, wechselte oft in seine Heimatsprache. Rahuaa antwortete konsequent auf Deutsch, wahrscheinlich, um Markus nicht auszuschließen. Irgendwann fing Rahuaa an, von seiner Flucht aus Eritrea zu erzählen.

Die Geschichte begann in einer einfachen Hütte im nordöstlichen Afrika. Sie hätten gewusst, dass sie kommen würden, doch zur Flucht sei es zu spät gewesen, erzählte Rahuaa. Sein Vater, seine Mutter, seine drei Schwestern und er saßen in ihrer Hütte, ein einfacher Raum mit Kochstelle. Plötzlich flog mit einem lauten Knall die Tür auf, drei Soldaten stürmten mit Gewehren im Anschlag hinein. Sein Vater sprang auf und stellte sich schützend vor seine Familie, doch nach wenigen Sekunden traf ein Gewehrkolben seinen Kopf. Blut floss, und seine Versuche, die Schläge mit den Händen abzuwehren, verzögerten nur das Unausweichliche.

Er habe sich nicht getraut, ihm zu helfen, gab Rahuaa zu, dessen Augen glänzten.

Dann stürmte der größte der drei Soldaten zu Rahuaas Mutter und zog sie von seinen drei Schwestern weg. Seine Mutter schrie, die Soldaten sollten die Kinder verschonen. Und die Soldaten schrien seine Schwestern und seine Mutter an.

Er habe vor Angst nicht schreien können, berichtete Rahuaa mit stockender Stimme. Er habe seine kleinen Schwestern gepackt und sie in seine Arme gezogen. Ob sein Vater noch lebte oder tot vor ihnen lag, wusste Rahuaa nicht.

Am Ende ging der Anführer der Soldaten auf Rahuaa zu und befahl, er solle aufstehen und mitkommen. Er brüllte nicht, er sagte es in einem beängstigend ruhigen Ton. Rahuaa stand auf. Er wusste, sie waren wegen ihm gekommen. Er sollte einer der ihren werden. Rahuaa schwor sich, nie so ein Tier zu werden wie die Soldaten. Eher wollte er sterben.

Auf einmal war es ganz still in dem Zelt, nur das Atmen von vielleicht zehn Personen, die sich um das Trio geschart hatten. Markus hatte ihre Anwesenheit nicht bemerkt, so fest hatte ihn Rahuaas Bericht in seinen Bann gezogen. Unauffällig wischte er sich eine Träne aus den Augenwinkeln. Markus konnte es nicht fassen, wie ruhig der Achtzehnjährige wirkte.

„Weißt du, was aus deiner Familie geworden ist?", fragt Markus.

Lange Zeit hätte er das nicht gewusst, antwortete Rahuaa. Erst ein Freund hätte ihm später erzählt, sein Vater sei tot. Seiner Mutter und seinen Schwestern ginge es gut. Sie leben jetzt bei einem anderen Mann, einem guten Mann.

„Und wie bist du den Soldaten entkommen?"

Die Soldaten hätten ihn auf einem Lastwagen mitgenommen und in ein Ausbildungslager gebracht. Dort habe er, zusammen mit anderen Kindern, lernen müssen, mit dem Gewehr zu schießen. Aber weil er nicht auf Frauen und Kinder habe schießen wollen, sei er zusammen mit einem Freund geflohen.

Er erzählte, wie sie sich Richtung Äthiopien durchschlugen, immer das Fernziel Deutschland vor Augen, von dem so viele Flüchtlinge schwärmten.

Dann fiel ein Satz, der Markus zusammenzucken ließ.

„Polizei hier is' korrekt. Zu Haus' viel schlimme Leute."

Vor einer Woche hätte er ohne zu zögern zugestimmt. Momentan wusste er nicht, was er darüber denken sollte.

Es war spät geworden. Als die ersten begannen, sich schlafen zu legen, fiel Markus ein, dass er noch nicht wusste, wo er selber die Nacht verbringen sollte. Doch das hatte Rahuaa schon mit Amanuel geregelt. Der hatte ihnen beiden sein Bett angeboten, sie müssten nur etwas zusammenrücken.

Überwältigt von der Gastfreundschaft von Menschen, die ihn nicht kannten und selber vor dem Nichts standen, schlief Markus schließlich ein. Ein Flüchtender unter Flüchtlingen.

*

Hofheim, Lenas Wohnung, 21:20 Uhr. Lena hatte vor wenigen Stunden im Büro von Geißen & Mapitier in München die SMS von Michaela bekommen: *Die Muräne hat zugebissen.* Sie war alarmiert, ließ sich aber nichts anmerken und hatte die letzten Stunden normal weitergearbeitet. Immer wieder eilte sie an eines der Bürofenster, beobachtete jede

Bewegung in der Umgebung. Aber nichts erschien ihr auffällig.

Nach der Landung in Frankfurt hatte sie ein Taxi nach Hofheim genommen und stand jetzt oben vor ihrer Wohnung. Mit der Hand strich sie über einen Schalter rechts neben der Eingangstür, ohne diesen zu berühren. Der Fingervenenscanner erkannte ihren Blutdurchfluss und öffnete die Wohnungstür mit einem leisen Klick. *Fingervenenscanner sind sicherer als ein Iris-Scan*, beruhigte sie sich.

Innen, im Flur, blinkte eine Diode ihrer Smart Home Anlage rot. Ein Alarmsignal! Lena gab ihren Code im Display ein und rief die Video-Aufzeichnung ab. Der Bewegungsmelder hatte reagiert und die Überwachungskamera gegen 15:10 Uhr einen Einbruchsversuch aufgezeichnet. Eine Person in der Uniform eines Paketdienstes wollte sich Zutritt zu ihrer Wohnung verschaffen. Profi-Werkzeug, wie es Schlüsseldienste benutzen, wurde ausgepackt. Als Transportbehälter diente allerdings kein Werkzeugkoffer, sondern zur Tarnung ein DHL-Paket. Der Kerl wusste, was er tat. Er hatte die Ruhe weg.

Die Haustür unten, nicht besonders gesichert, war kein Hindernis gewesen. Lenas Wohnungstür aber ließ sich selbst von dem Profi nicht ohne weiteres öffnen. Das Schloss mit modernem Schließzylinder war nur Tarnung. Die mit Stahlbolzen gesicherte Tür ließ sich ausschließlich über den Venenscanner öffnen. Doch die Gelassenheit des falschen DHL-Mannes ließ darauf schließen, dass er genau wusste, dass Lena ihn nicht stören würde. Vielleicht stand unten auch noch ein Zweiter Schmiere. Die Video-Aufzeichnung des Treppenhauses vor Lenas Wohnung hatten beide offenbar nicht bemerkt. Nach vier Minuten gab der Mann den Versuch auf. Einbruchspuren hinterließ er keine.

Die Smart Home Technik hatte die Attacke sofort an Lenas Handy geschickt. Weil sie aber ihr Telefon in München abgeschaltet hatte, erreichte sie die Meldung erst später.

Wollten die meine Wohnung verwanzen, oder wollten sie dort Unterlagen suchen?

Normalerweise war Lena gern allein in ihrer Wohnung.

Aber jetzt, nach dem Einbruchsversuch, und allem, was Markus passiert war, fühlte sie sich dort nicht mehr sicher. Zügig packte sie eine frische Jeans, T-Shirt und Wäsche für zwei Tage in eine Sporttasche, dazu ihre Kosmetiksachen. Nach einem kurzen Blick auf die Uhr verließ sie die Wohnung. Das Smart Home Display zeigte *Anwesenheit simulieren.* Das Licht in der Wohnung blieb an.

Ihren Fiat ließ Lena vor dem Haus stehen, als sie Richtung S-Bahn rannte. Die S2 fuhr gerade ein, die Falttüren öffneten sich, sie sprang direkt in den nächsten Wagen.

Außer ihr war kein Fahrgast in dem Wagenteil. Sie stellte ihre Sporttasche auf den Platz neben sich, zog ihr uraltes Nokia-Handy mit neuer Prepaidkarte aus der Jackentasche und wählte die Nummer von Petra, ihrer besten Freundin.

Immerhin haben diese alten Dinger einen Vorteil, sie haben kein Bluetooth, GPS oder WLAN. Sie lächelte, wenngleich etwas gequält. *Nur Telefon und SMS dazu eine nicht trackbare alte Technik. Drogendealer und andere Kriminelle schwören darauf ...*

„Ja?", fragte eine Stimme nach mehrmaligem Klingeln. Es war eindeutig Petra.

„Ich bin's. Lena."

„Hi Lena. Schön, dass du anrufst. Hast du deine Telefonnummer geändert? Mein Telefon erkennt dich nicht und zeigt dich als *unbekannt.*"

„Ja, ich habe eine neue Nummer ... Petra, hast du heute Zeit?"

„Na klar. Bist du in der Nähe?"

„Noch nicht, aber ich kann um Null Uhr vierunddreißig in Kassel-Wilhelmshöhe sein. Kann ich bei dir übernachten?"

„Klar, ich hole dich vom Bahnhof ab. Ich freue mich!"

Petra klang entzückt.

„Ich freue mich auch. Alles andere können wir nachher besprechen. Bis gleich", sagte Lena, die das Gespräch schnell beenden wollte, weil andere Fahrgäste zustiegen.

*

Der ICE erreichte Kassel-Wilhelmshöhe pünktlich um 00:34 Uhr. Lena hatte die Waggontür noch nicht ganz verlassen, als Petra sie schon herzlich umarmte.

„Schön, dass du da bist. Und so unverhofft."

„Ja. Das Timing war gerade ziemlich perfekt."

„Ich freue mich. Heute Nachmittag habe ich mich noch geärgert, dass dieses Wochenende so gar nichts los ist."

„Das ist Gedankenübertragung", lächelte Lena.

Petras Wohnung in der Innenstadt von Kassel lag nur wenige Minuten mit dem Auto entfernt. Die Straßen waren jetzt frei.

Lena kannte Petra schon seit der ersten Klasse. Sie waren zusammen eingeschult worden. Hier in Kassel. Petra hatte sich nie aus Kassel wegbewegt und hatte jetzt eine Stelle als Grundschullehrerin.

„Mensch Lena, wir haben uns doch bestimmt schon drei Jahre nicht mehr getroffen. Dabei wohnen wir nur zwei Zugstunden entfernt."

„Hier in Kassel hat sich auf den ersten Blick nichts verändert."

„Stimmt. Eine Boomtown ist Kassel in den letzten Jahren nicht geworden."

Sie erreichten die Wohnung. Petra holte zwei Gläser Rotwein und ein Stück Parmesan.

„Los Lena, erzähl schon. Du schuldest mir noch die Begründung für deinen Spontanbesuch."

Petra ist immer noch genauso neugierig wie früher, dachte Lena. „Der Grund heißt Markus."

„Aha, Männergeschichten", grinste Petra.

„Na ja, aber nicht so, wie du vielleicht jetzt denkst …"

„Also los, raus mit der Sprache!"

Lena erzählte ausführlich von ihrem neuen Freund, von dem Kaffee bei Wackers und ein wenig von ihrem Job.

Petra hörte interessiert zu. Besonderes die Geschichte mit Markus und das Kennenlernen fand ihre volle Aufmerksamkeit.

„Großartig! Lena, ich habe dich vor einer Stunde gegoogelt. Du bist ja in der Zwischenzeit richtig berühmt geworden."

„Na, jetzt übertreibst du aber."

„Hallo? Die Fachpresse hypt dich als die absolute Kompetenz in Fragen der IT-Sicherheit in Deutschland", setzte Petra hinzu. Lenas Entwicklung beeindruckte sie.

„Es läuft ganz gut", gab Lena zu. Die Geschichte der Gold-Recherche verschwieg sie ganz bewusst.

„Aber den Grund deines Besuches hast du ausgelassen."

„Du passt gut auf, das muss man dir lassen."

„Reine Neugier, meine Liebe."

„Du", bremste Lena, „darf ich dir den Grund für meinen Spontanbesuch ein anderes Mal erzählen? Ich bin gerade so angenehm unbelastet – hier bei dir."

„Na klar. Ich war nur neugierig. Du musst mir aber versprechen, mit deinem nächsten Besuch nicht wieder so lange zu warten."

„Versprochen", sagte Lena. „Ich finde auch, wir treffen uns viel zu selten."

„Nächstes Mal kommst du, wenn es wärmer ist, für ein langes Wochenende. Wir machen dann die Touren wie früher. Wir können dann wieder mal zum Herkules rauf wandern."

„Klingt gut. Oder wir spazieren Händchen haltend stundenlang durch die Fuldaaue und essen hinterher in der Orangerie. Und abends gehen wir dann ins Theater."

Es ist toll, solch eine Freundin zu haben, dachte Petra. *Aber irgendwie habe ich den Eindruck, dass Lena etwas bedrückt ...*

Samstag

Frankfurt am Main, Sachsenhausen, 07:30 Uhr. Die letzten Tage waren extrem anstrengend gewesen. *Aber heute ... wer soll schon am Samstag um diese Uhrzeit anrufen?* Bundesbankchef Dr. Jürgen Wieder saß in einem 50 Quadratmeter großen Wohnzimmer, das dominiert wurde von einem mächtigen Mahagonitisch, an dem problemlos zehn Menschen platznehmen konnten. Eigentlich mehr wie eine Tafel, wie man sie von Festessen her kennt. Dr. Wieder saß an der Stirnseite mit seitlichem Blick durch die Fensterfront in den Garten. Auch den übrigen Raum, perfekt eingerichtet von einer Innenarchitektin, konnte er gut überblicken. Zweifellos sein Lieblingsplatz in dem prächtigen Jugendstil-Haus im noblen Frankfurter Stadtteil Sachsenhausen.

Der Bundesbank-Chef vertiefte sich in einen Artikel der Schweizer Zeitung *Finanz und Wirtschaft*. Er liebte dieses Blatt wegen seiner hintergründigen Beiträge fernab vom Mainstream.

Und dann klingelte doch das Telefon.

Er hörte seine Frau mit dem Anrufer sprechen.

„Guten Morgen, Herr Brandner. Ja, einen kleinen Moment bitte."

Der Anrufer musste einige Sekunden warten, bis sie das großzügige Wohnzimmer durchschritten hatte und ihrem Mann den Telefonhörer überreichte.

„Herr Brandner, was ist so wichtig?", fragte er bewusst unwirsch. Er konnte sich schon denken, worum es ging.

Brandners Stimme klang fahrig.

„Herr Dr. Wieder, sie ... sie haben Rose de Jong verhaftet!"

„Langsam Herr Brandner, was ist genau passiert?"

„Bei Frau de Jong wurde ein echter Goldbarren aus dem Bestand der Bundesbank gefunden. Sie wird des schweren Diebstahls bezichtigt."

„Also mal langsam ... Hat man Beweise?"

„Ja, die Beweiskette ist offenbar erdrückend. Nach einem Hinweis hat die Polizei bei ihr heute Nacht eine Hausdurchsuchung durchgeführt und einen Goldbarren gefunden. Gut versteckt in einem Paket ... Es trägt eindeutig die Fingerabdrücke von Frau de Jong."

„Gibt es denn kein entlastendes Material?"

„Nein", sagte Brandner, „auf den ersten Blick spricht alles gegen sie. Die Staatsanwaltschaft behauptet, sie ... sie hätte einen Tipp bekommen."

Brandner wirkte ratlos.

„Aber ... Frau de Jong gehört doch gar nicht zu den Eingeweihten." Seine Stimme überschlug sich. „Wir müssen doch etwas für sie tun!"

„Herr Brandner, beruhigen Sie sich und denken Sie nach. Der Rechnungshof hat gestern neun Fälschungen in unseren Beständen gefunden. Wir mussten etwas unternehmen und schnell eine plausible Story liefern."

„Aber ... ausgerechnet Frau de Jong?"

„Bieten Sie sich stattdessen an?", knurrte Dr. Wieder zurück, der inzwischen mit dem Telefon in seinem Arbeitszimmer verschwunden war und die Tür hinter sich geschlossen hatte.

Das *Nein* am anderen Telefonende konnte man nur noch erahnen.

„Wir stellen ihr die besten Anwälte und werden sie nach ihrer Entlassung großzügig versorgen."

Damit beendete der Bundesbankpräsident das Telefonat. Niemand ahnte in diesem Moment, dass dieses Lösungsmodell tödlich enden würde ...

*

Kassel, Petras Wohnung, 07:40 Uhr. Lena kam nur mühsam zu sich, als das Telefon sie aus dem Schlaf riss. *Wer zum Kuckuck ...* Sie hatte den Eindruck, sich gerade erst hingelegt zu haben. Die Unterhaltung mit Petra hatte ihr gut getan, auch das Glas Wein. Aber auf dem ausklappbaren Sofa hatte sie extrem schlecht geschlafen. *Vermutlich von IKEA Marke*

RIKWEY, konstruierte sie galgenhumorig ein Synonym für ihre Rückenschmerzen.

Snoopy war aus dem Bett gefallen. Sie hob ihn auf und deckte ihn mit einem Zipfel der Bettdecke zu.

Das Telefon blieb penetrant.

Anrufer unbekannt, zeigte das Display, als sie mit schlitzschmalen Augen endlich das Telefon in die Hand nahm.

„Ja?", meldete sie sich mit müder Stimme.

„Lena?"

„Ach Boris, du bist's ... Und?", fragte sie, immer noch halb im Schlafmodus.

„Lena, endlich! Pass auf, meine Freunde haben heute Nacht intensiv das Netz abgesucht. Die USA haben bei Interpol einen Haftbefehl gegen dich und deinen Freund ausgestellt."

„Waaaas?"

Lena wurde schlagartig wach.

„Der Haftbefehl gilt bereits seit Null Uhr. Wir haben ihn gleichlautend bei Interpol und bei Europol gefunden."

„Shtopat! Verdammt! Warum stellen die einen Haftbefehl gegen uns aus? Das macht doch keinen Sinn."

„Das darfst du uns nicht fragen", antwortete Boris. „So vieles macht keinen Sinn."

„Habt ihr gefunden, was uns vorgeworfen wird?"

„Hochverrat! Hardcore. Mit so einer Begründung kriegen sie jeden. Wenn ihr außerhalb von Deutschland aufgegriffen werdet, liefern die euch sofort an die USA aus!"

Boris nannte ihr noch Namen und Koordinaten der für den Haftbefehl verantwortlichen Person.

„Danke, Boris!"

Lenas Gedanken fuhren Psycho-Achterbahn. An Schlafen war nicht mehr zu denken. Und auf jeden Fall musste sie Petra aus der Sache raushalten. Jede weitere Kommunikation aus Petras Wohnung musste sie vermeiden. Kein Telefon, keine E-Mails, kein Surfen im Netz.

Lenas Nerven lagen blank wie nie. Ein Haftbefehl! Was nun? *Am besten erstmal duschen, damit ich einen klaren Kopf kriege ...*

Petras Badezimmer war eingerichtet wie das Zimmer eines vierzehnjährigen Mädchens. Alles rosa: rosa Handtücher, rosa Duschvorhang, rosa Seife. Sogar der Brauseschlauch war rosa.

Was für ein grotesker Gegensatz, dachte sie, *Petras heile Welt und gegen mich liegt ein Haftbefehl vor. Hilfe! Ich muss schnell weg.* Als sie die Dusche verließ, roch es nach frischem Kaffee und Brötchen.

„Guten Morgen", wurde sie von Petra begrüßt. „Du bist wirklich ein Earlybird. Viel Schlaf brauchst du wohl noch immer nicht?"

„Heute hätte ich schon noch etwas mehr Schlaf gebraucht. Hat dich das Klingeln geweckt?"

„Das macht nichts. Ich habe schlecht geträumt und nicht besonders gut geschlafen."

„Wow! Wo hast du denn so schnell frische Brötchen her?"

„Knack-und-Back. Frisch von mir aufgebacken."

„Toll!"

Lena wollte auf keinen Fall länger als nötig bleiben. Die Gefahr für Petra war zu groß, als Unbeteiligte auch noch in die Sache hineingezogen zu werden. Der Anruf eben sei von Markus gewesen, flunkerte sie. Er wolle sich gleich mit ihr treffen und ihr Hamburg zeigen.

Nach dem Frühstück brachte Petra Lena zum Bahnhof.

Der ICE kam pünktlich. Lena ließ sich in den Sitz fallen und versuchte, das Treibgut ihrer Gedanken zu ordnen. Die kommenden Tage machten ihr Angst. Mehr Angst, als sie in ihren aktiven Hackerzeiten jemals empfunden hatte. Bisher war alles irgendwie Sport, aber jetzt wurde es absolut bedrohlich für sie.

Lena richtete sich auf, um sich in dem Großraumwagen besser umschauen zu können. Es war vollkommen leer. *Lächeln ist einfach,* behauptete das Werbeplakat einer Großbank, das ihr genau gegenüber hing. *Gerne, aber vielleicht ein andermal wieder,* dachte Lena sarkastisch. Sie analysierte systematisch das Telefonat von heute Morgen. Boris hatte ihr die IP-Adresse eines Rechners und einen Namen genannt.

Der zugehörige Rechner stand in der amerikanischen Botschaft in Berlin. Der Name, den Boris ihr genannt hatte, hörte sich amerikanisch an: Peter Redman. Ihre Feinde saßen quasi vor ihrer Tür. Offenbar sehr einflussreiche Feinde.

Die CIA war berüchtigt für ihre Cyber-Attacken. Ebenso die Israelis. Aber auch die Russen waren längst keine Anfänger mehr. Das bestätigte sich erneut, als sie ihr Postfach öffnete. Boris hatte genug Informationen mitgeschickt, mit denen sie der amerikanischen Botschaft einen Hausbesuch abstatten konnte, rein virtuell und in voller Fahrt.

Ihr seid Spitze. Petersburg liefert zuverlässig, wenn man Hilfe braucht.

Jetzt galt es Antworten zu finden. Wer war dieser Peter Redman? Was sollte mit allen Mitteln verheimlicht werden, das einen Haftbefehl rechtfertigte oder sogar einen kaltblütigen Mord? Und vor allem: Wie kamen sie da wieder heil heraus?

Der ICE befand sich noch im Hotspot des Göttinger Bahnhofes, zwanzig Minuten hinter Kassel, als sie sich über die Internetadresse des Druckers Zugang zum internen Netzwerk der amerikanischen Botschaft in Berlin verschafft hatte. Die IP-Adresse stimmte. Wie gut, dass Netzwerk-Drucker wie Computer waren, aber oft ohne Sicherung.

Die meisten Schwachstellen liegen in den ganz einfachen Dingen, dachte Lena. Auch das Administrator-Passwort herauszubekommen, für sie nur ein Kinderspiel. Es war irgendwie immer das Gleiche: Wurden Dutzende Drucker im Drei-Schicht-Betrieb genutzt, nahm man gerne Drucker-Passwörter, die sich jeder Systemadministrator leicht merken konnte. *Germany One* war mal wieder der beste Beweis dafür.

Als erstes lud Lena über die Reprint-Funktion alles herunter, was in den letzten Tagen über diesen Drucker gegangen war. Die Reprint-Falle war eines der Lieblingsthemen für IT-Spezialisten. Freute sich doch jeder, wenn sein abgebrochener Druckauftrag später automatisch beendet wurde. Wer dachte schon darüber nach, dass der Drucker die Aufträge lange speicherte.

Als der Zug Göttingen hinter sich gelassen hatte und seine Fahrgeschwindigkeit erhöhte, war die Historie vollständig ausgelesen. Lena nahm sich die Dokumente der Aktualität nach vor.

Als der Zugchef Hannover ansagte, hatte sie alles gesichtet. Viel allgemeiner Botschaftskram, aber nichts, was ihr weiterhalf. Sie speicherte alle Dokumente in einen Ordner und ließ ein selbstgeschriebenes Suchprogramm die Dateien scannen. Felix Armbrüster? Nichts ... Redman? Nichts ... Gold? Nichts ... Manx? Nichts.

Und was war mit ihr selbst ...Eck? Bingo! Lena öffnete sofort die gefundenen Textstellen. Aber Fehlanzeige. Die Textstellen enthielten Wörter wie *Decke*, *Deckel* und *Eckbüro*, aber nicht ihren Namen. Die Analyse hatte sie nicht weitergebracht. Es gab keine Hinweise auf einen Redman oder den Goldraub.

Ab Hannover versuchte Lena, über den Drucker an die einzelnen Rechner der Mitarbeiter zu kommen. Auf die Schnelle war das nicht möglich, da die internen Firewalls der Botschaft für eine gute Abschottung der einzelnen Computer sorgten. Helfen würden jetzt die aufgezeichneten Telefongespräche von diesem *Redman*. Aber kurzfristig an diese Daten zu kommen – ausgeschlossen.

Lena hatte ein mulmiges Gefühl. Es war ein Kampf David gegen Goliath. Nur in der Realität ging dieser nicht immer wie im Alten Testament aus, als der junge David den riesigen Krieger der Philister mit seiner Steinschleuder besiegte.

*

Um 13:15 Uhr fuhr der Intercity mit nur drei Minuten Verspätung in Hamburg-Altona ein. Endstation.

Lena nahm ihre Sporttasche, verließ rasch den Zug und schaute sich um. Weit und breit nichts zu sehen von Markus! Langsam ging sie Richtung Ladenzeile. Hier wollte er sie doch abholen! Zu dumm, das sie keinen alternativen Treffpunkt vereinbart hatten. Kurz vor dem Ende des Bahnsteigs entdeckte sie ihn dann doch. Er winkte ihr kurz zu, lief ihr entgegen und umarmte sie.

„Lena, endlich!"

„Pass auf, dass du mich nicht zerquetscht", sagte sie, weil er ihr fast die Luft nahm mit seiner Umarmung.

„Lena, du hast mir so gefehlt", sagte Markus ernst und küsste sie auf die Wange. „Soll ich deine Tasche nehmen?"

„Danke, brauchst du nicht." Lena hatte mit zwei Handgriffen aus ihrer Sporttasche einen Rucksack gemacht und trug ihn jetzt auf dem Rücken.

„Du hast auch nicht viel Gepäck dabei", sagte Lena und schaute auf Markus, der nur seinen schwarzen Laptop-Rucksack über die Schulter hängen hatte.

„Computer, Telefon, Handtuch, Wechselsachen. Mehr nicht."

„Zahnbürste hast du vergessen?", wollte sie ihn aufheitern.

„Stimmt. Gestern ist die Zahnpflege ausgefallen. Aber hier unten im Bahnhof gibt es einen Discounter, da gehen wir jetzt als erstes shoppen."

Die Rolltreppe brachte sie nach unten und die Einkäufe waren schnell erledigt. Zahnbürste, zusätzlich Brötchen, Käse, Rotwein.

„Wo hast du geschlafen?"

„Erzähle ich dir alles gleich in Ruhe", antwortete Markus.

„Haben wir schon eine Unterkunft für heute?"

„Ja. Ganz in der Nähe. Mein Freund Stefan Wallner hat ein leeres Zwei-Zimmer-Apartment, das wegen Renovierung bis auf eine Matratze, Bettzeug und einen alten Kühlschrank vollkommen leer ist", antwortete Markus. „Es soll zwar eine halbe Baustelle sein, wir können es aber für ein paar Nächte haben."

„Immer noch komfortabler, als unter einer Brücke zu schlafen!", kommentierte Lena ironisch.

„Stefan ist gerade im Urlaub", erklärte Markus. „Er wollte uns beim Hausmeister ankündigen, der den Schlüssel für die Handwerker hat. Die Wohnung liegt auf der Reeperbahn."

„Reeperbahn?"

Lena war noch nie auf der Reeperbahn gewesen. Aber alle ihr bekannten Geschichten hörten sich anstößig an.

Während des Fußweges erzählte Markus Reeperbahn-Anekdoten aus seiner Sturm- und Drangzeit. Lena hörte kaum zu, sie beobachtete die Umgebung: Menschenleere Straßen, überquellende Mülltonnen von der letzten Nacht, daneben Abfall, in dem sich Möwen um die besten Brocken stritten. Aus einigen Häuserecken schlug ihr ein penetranter Geruch entgegen.

Drei Obdachlose, in zerrissene Decken gehüllt, lagen schlafend auf dem Gehweg. Zwischen ihnen ein abgemagerter Schäferhund, der mit hängenden Ohren traurig in den Tag blickte. Imbisse, Kneipen, Restaurants, Sexshops - alle jetzt grau und leer. Die Party war längst gelaufen, der Kiez wirkte wie tot. Überall nur Elend, Langeweile und Ernüchterung pur. Inmitten dieser Tristesse wirkte das Schild *Waffen verboten* irgendwie höhnisch. Lena ekelte sich. Der Kiez war nicht anstößig, sondern dreckig, fand sie.

Ihre Unterkunft befand sich in einem Altbau direkt neben der Kultkneipe *Zum Silbersack*. Der Hausmeister gab ihnen den Schlüssel: vierte Etage, direkt unter dem Dach, kein Aufzug. Die Wohnung fanden sie vor, wie Stefan sie geschildert hatte. Auf dem Fußboden lag eine Matratze, in einem klapprigen Schrank frisches Bettzeug und Decken. In der Küche stand ein alter Kühlschrank, der Herd und der Rest der Einbauküche waren bereits abtransportiert. Wenigstens das Bad wirkte benutzbar.

Lena und Markus breiteten ihre Einkäufe auf einer umgedrehten Bierkiste aus, die in der Küche gestanden hatte. Teller und Messer gab es nicht. Markus brach ein Brötchen in der Mitte durch, legte eine Scheibe Gouda zwischen die Hälften und reichte es Lena.

„Da haben wir als Studenten schon besser gelebt", sagte sie schmunzelnd, um sich etwas aufzuheitern.

„Wenigstens sind wir hier sicher! Und das Licht funktioniert", meinte Markus, als er den Schalter drückte. An der Zimmerdecke baumelte eine einzelne Vierzig-Watt-Birne in einer eleganten 50-Cent-Baumarkt-Fassung und tauchte den großen Raum in funzeliges Licht.

„Zum Glück funktioniert auch die Heizung", ergänzte Lena, „sonst wäre es hier schon lausig kalt."

Markus berichtete, was er seit Donnerstagnachmittag alles erlebt hatte. Anschließend erzählte Lena alle Details ihrer Odyssee. Die gegenseitigen Berichte verunsicherten beide.

„In was sind wir da nur reingeraten, Markus?"

Markus schwieg.

Draußen dunkelte es. St. Pauli erwachte und machte mobil zur nächsten Runde.

*

Berlin, Amerikanische Botschaft, 17:00 Uhr. Peter Redman las in seinen Unterlagen noch schnell die letzten Absätze.

Aaron genoss aus den bodentiefen Fenstern die Aussicht auf das in der Dämmerung beleuchtete Berlin. Er war es gewohnt zu warten. Gefühlt hatte er mehr als die Hälfte seiner Dienstzeit bei der CIA auf irgendetwas gewartet. Er nutzte die unfreiwillige Wartezeit, um seine nachmittägliche Zahnhygiene zu vollenden. Als hilfreich erwies sich der silberne Clip seines Kugelschreibers, der umgebogen als Zahnstocher diente. Anschließend blieb sogar noch Zeit, sich mit dem gleichen Werkzeug die Fingernägel sorgfältig zu reinigen.

Peter Redman klappte seine Unterlage zu und schaute Aaron musternd an.

„Seid ihr mit der Vorbereitung soweit?"

Aaron beendete in Ruhe seine Körperpflege, zog sich einen Stuhl heran und setzte sich Redman gegenüber.

„Ja, Peter. Wir haben die geforderte Ausrüstung an den vereinbarten Stellen deponiert. Unsere Akteure sind jetzt komplett ausgerüstet. Sie warten nur noch auf die Bekanntgabe des Zeitpunktes."

„Wo warten sie?"

„Alle sind bereits hier in Berlin."

„Gut", sagte Peter Redman kurz. „Habt ihr euch bereits für einen der drei Trigger entschieden?"

„Die drei pensionierten Bundespräsidenten sind alle gleich gut. Alle bekommen ein Staatsbegräbnis mit allen Ehren in Berlin", sagte Aaron. „Berlin ist bei allen Dreien ganz sicher gesetzt!"

„Wen habt ihr ausgewählt?"

„Den mit plausiblen Vorerkrankungen, du weißt schon. Es wird unauffällig über die Bühne gehen. Der Hausarzt arbeitet für uns."

„Gibt es noch offene Punkte?"

„Nein", sagte Aaron ohne den geringsten Zweifel in der Stimme. „Nur der Zeitpunkt ist noch offen."

Aaron wartete auf eine Reaktion. Redman überlegte. Auf Aaron wirkte es fast, als hätte er Gewissensbisse. Aber das konnte nicht sein. Vielleicht wollte er ihm nicht sagen, wann es losgehen sollte. Oder er wusste es selbst noch nicht.

„Den Zeitpunkt erfährst du kurzfristig", sagte Redman. „Wie gut kennen wir den genauen Ablauf von *Snow White*?"

„Nur ungefähr", antwortete Aaron. „Bei dem Begräbnis wird vermutlich fast die komplette Bundesregierung anwesend sein. Auch viele ausländische Politiker. Ich denke, dass alles kommen wird, was Rang und Namen hat."

„Können wir dabei zwischen Freund und Feind unterscheiden?", hakte Redman nach.

„Nein. Wenn wir den Erfolg der Operation sicherstellen wollen, müssen wir einen maximalen Personenschaden einplanen. Insbesondere bei der Bundesregierung ist das notwendig, um unser Ziel zu erreichen."

„Kollateralschäden sind manchmal eben nicht zu vermeiden", bestätigte Redman. „Alle müssen ab jetzt hellwach sein! So eine perfekte Gelegenheit bekommen wir nicht wieder!"

Sie waren ihrem Ziel näher denn je. Nur ein einziges Problem mussten sie noch lösen …

*

Hamburg, St. Pauli, 19:00 Uhr. Draußen war es jetzt stockdunkel. Die kahlen Wände der Wohnung wirkten in dem schalen Licht der Glühbirne bedrückend auf Lena und Markus. Es gab keine Ablenkung. Sie konnten nur warten. Aber auf was? Die CIA war hinter ihnen her. Das Gefühl einer diffusen Bedrohung verdichtete sich.

Zur Ablenkung verließen sie die Wohnung. Sie wussten um die Gefahr. Andererseits kannte niemand ihren Aufenthaltsort. Und in dem regen Treiben auf der Reeperbahn würde sie keiner erkennen. Das Restrisiko mussten sie eingehen. In der leergeräumten Wohnung konnten sie es jedenfalls nicht aushalten.

Kurze Zeit später standen sie unten vor dem *Silbersack*. Auf einmal strahlte rundum alles bunt und glitzernd! Die Leuchtreklamen blinkten in allen Farben und versuchten, Kunden anzulocken. Auf der gegenüberliegenden Straßenseite standen zwei strohblonde Mädchen, vermutlich aus Osteuropa und minderjährig. Sie trugen auffällige weiße Stiefel mit Kaninchenfellsaum, die durchsichtigen Nylonstrumpfhosen betonten ihre langen schlanken Beine. Ihre bauchfreien Jacken schienen für die kalte Jahreszeit ungewöhnlich. Nicht für die Mädchen, es war ihre Arbeitskleidung. Sie gingen ihrem Gewerbe nach, käuflichem Sex. Markus musterte sie. Lena ertappte ihn dabei und lächelte. Eine Bemerkung verkniff sie sich.

Lena nahm Markus' Hand. Sie gingen die Reeperbahn entlang. Rechts lag die Davidwache. Gegenüber von Deutschlands bekanntestem Polizeirevier standen mehrere in die Jahre gekommene Prostituierte, um die ersten Freier des Abends zu erwischen. In ihren verlebten Gesichtern konnte man lesen, dass auf der Reeperbahn auch viele Träume endeten. Sozusagen in der Gosse und für schmales Geld.

Rundherum lockte Leuchtreklame, wortgewandte Koberer versuchten, Passanten mit derben Sprüchen in Amüsierbars zu verfrachten. Freizügige Fotos vor Striptease-Lokalen und Erotikshops verbreiteten frivole Illusionen von Eros, Sex und großer Freiheit – in den Nebenstraßen auch zum Geizpreis oder als Flatrate-Vergnügen.

Viele Touristen standen schon biertrinkend vor den Bars und Tanztempeln, amüsierten sich lautstark auf dem Gehweg. Menschen jeden Alters waren unterwegs, ausgelassene Stimmung überall. Der Kiez hatte sich herausgeputzt. Jetzt wirkte alles geradezu säuberlich, kein Müll zu sehen und noch etwas früh für grölende Betrunkene. Die Reeperbahn war nicht wiederzuerkennen. Ein krasser Gegensatz zu ihrem verkaterten Tagsüber-Gesicht, das sie Lena und Markus heute Mittag gezeigt hatte.

Sie tauchten in die Menschenmenge ein, die sich langsam die längste Amüsiermeile der Welt entlang schob. Dem zweifelhaften Abenteuer entgegen, dem Vollsuff oder der Pleite im Portmonee.

Lena genoss das Gefühl, unerkannt in der Masse mitzutreiben. Die Anonymität gab Geborgenheit. Sie drückte sich eng an Markus, der seinen Arm um ihre Schulter legte.

Vor dem Bismarckdenkmal bogen sie rechts ab, hinunter zu den Landungsbrücken. Der Hafen leuchtete, von Blohm & Voss drangen die nie endenden Geräusche der Werftarbeiten herüber.

Die Beiden wechselten kein Wort, jeder war in seine eigenen Gedanken vertieft. Wäre ihnen jemand gefolgt, vermutlich hätten sie es nicht einmal bemerkt.

Sie gingen die Elbe entlang, vorbei an der Fischauktionshalle und kamen durchgefroren zu ihrem Domizil zurück. Markus holte die Rotwein-Flasche aus der Einkaufstüte und stellte sie auf die Astra-Kiste.

„Es ist schon irgendwie verrückt", bemerkte er, „eben saßen wir noch in Frankfurt mit allem Luxus im Gallo Nero und jetzt langt's weder für Flaschenöffner, noch Gläser."

Lena stand auf und kam mit zwei Gläsern zurück.

„Die Zahnputzgläser?"

Sie nickte, nahm ihre Zahnbürste und drückte mit dem harten Kunststoffgriff den Korken der Weinflasche langsam nach innen.

„Du bist nicht nur Expertin für High-Tech. Low-Tech kannst du auch ganz gut!", lobte Markus und goss Wein ein.

„Danke für das Kompliment, aber lass uns die Fakten ordnen."

Markus begann, angefangen bei der Verladung auf dem Frankfurter Flughafen, dem Überfall in Neu-Isenburg bis zu der Freilassung von drei Geiseln und den Falschmeldungen der Bundesbank.

„Halt", sagte Lena. „Über die Täter des Überfalls wissen wir doch bis jetzt überhaupt nichts, oder?"

„Stimmt! Wir kennen nur den Verlauf des Überfalls und das Auftauchen der gefälschten Goldbarren in Luxemburg."

„Und die Bundesbank hast du das erste Mal erwähnt, als sie anfing, Falschmeldungen zu veröffentlichen. Die Bundesbank wurde offenbar erst nach dem Auftauchen von Fälschungen nervös! Hast du dafür eine plausible Begründung?"

„Die Bundesbank will vermutlich nicht in eine Überprüfung geraten. Vielleicht haben dort einige Dreck am Stecken."

„Haben die Dateien von Felix Armbrüster etwas mit der Bundesbank zu tun?"

„Ich glaube nicht. Alle Nachforschungen von Felix richteten sich auf die USA, keine auf die Bundesbank."

„Vielleicht gibt es keine Verbindung zwischen Felix und der Bundesbank, außer, dass es um Gold geht", spekulierte Lena.

Markus nickte.

„Bis zu meinem Vortrag am Montag hatte ich keine Verbindungen zu dieser Gold-Geschichte", setzte sie ihre Zusammenfassung fort und zog die Augenbrauen zusammen. Über ihrer Nase bildete sich eine kleine Denkfalte.

„Ich lerne dich kennen. Du berichtest mir von deiner Recherche und den Falschmeldungen der Bundesbank. Bis dahin ist mir nichts Ungewöhnliches aufgefallen. Als ich anfange, dir bei den Recherchen wegen Felix zu helfen, ändert sich alles: Erst der CIA-Trojaner, dann der Einbruchsversuch in meiner Wohnung. Und jetzt der Haftbefehl."

„Glaubst du, dass dein Jobangebot von der Gelddruckerei etwas mit der Sache zu tun hat?"

Lena zuckte mit den Schultern.

„Alle Fäden, die bei mir zusammenlaufen, haben etwas mit Felix und der CIA zu tun."

Sie überlegte einen Moment.

„Auch die Informationen von Boris zeigen auf die amerikanische Botschaft in Berlin, und diesen Peter Redman. Markus, es gibt bei uns zwei Überschneidungen. Einer hat uns den gleichen Trojaner aufgespielt und es liegt ein gleichlautender Haftbefehl gegen uns vor. Beide Überschneidungen haben mit der CIA zu tun."

Wieder nickte Markus. „Warum sind wir für die CIA so gefährlich?"

„Die CIA war vor Jahren in Waffengeschäfte und Drogenschmuggel zur Finanzierung von illegalen Aktivitäten verwickelt. Vielleicht war Felix, und jetzt du, dabei, eine der neuen Finanzierungsquellen aufzudecken ..."

„... und das will die CIA mit allen Mitteln verhindern", strickte Markus ihre Gedankenfäden weiter.

Lena trank einen Schluck Rotwein.

„Aber was hat der Goldraub in Frankfurt mit der CIA zu tun?"

„Ich weiß es nicht."

Sie schaute ihn fragend an.

„Markus? Ist es diese Goldgeschichte für dich wert, dass wir uns in Lebensgefahr begeben?"

„Nein, wir sind da zufällig reingerutscht." Nach einer Pause fuhr er fort: „Keine Geschichte der Welt ist es wert, dass wir uns dafür in Lebensgefahr begeben."

„Dann lass uns überlegen, wie wir hier heil wieder rauskommen. Das Schlimmste an der Sache sind die persönliche Bedrohung und der Haftbefehl."

Markus stimmte ihr zu. Er hielt das Zahnputzglas in der Hand, roch an dem Rest von Rotwein, leerte es in einem Zug. Er konnte es nicht genießen, aber die Wirkung war hilfreich, um den Gedanken mehr Freiraum zu geben. Sie brauchten eine Idee.

„Die CIA hält uns vermutlich aufgrund unseres Wissens für gefährlich", begann Markus mit einem Lösungsansatz, wie er typisch für einen Journalisten war.

„Solange wir leben, sind wir mit unserem Wissen aus Sicht der CIA eine Gefahr. Erst wenn die Information veröffentlicht ist, besteht kein Grund mehr, uns zu verfolgen." Und nach einer Pause: „Zudem haben wir die Aussicht auf eine Million Dollar von diesem Miller."

„Oder wir werden vor einer Veröffentlichung ermordet."

„Also müssen wir die Informationen möglichst schnell in Umlauf bringen", folgerte Markus.

Lena stimmte nicht zu. Markus' Vorschlag hatte sie nachdenklich gemacht. Ihre Denkweise war mehr von der einer Hackerin geprägt. Sie glaubte nicht daran, dass Informationen ungefährlich wurden, nur weil sie bereits veröffentlicht worden waren. Hass, Rache und die Angst vor weiteren Enthüllungen konnten mörderische Motive sein. Unwahrscheinlich, dass in einer Organisation wie der CIA niemand nach Vergeltung schrie.

„Denk nur an Julian Assange von WikiLeaks und Edward Snowden, dem Whistleblower. Beide haben die Informationen veröffentlicht und können sich bis heute keinen einzigen Meter mehr frei bewegen. So möchte ich nicht enden!"

Die negative Perspektive schockierte sie.

„Eine Veröffentlichung kommt nicht in Frage", fauchte sie.

„Gibt es Alternativen?", fragte Markus, der seine Position nicht so leicht aufgeben wollte. Die schnellstmögliche Veröffentlichung war für ihn Option Nummer eins. Sich selbst gegenüber musste er ehrlich einräumen, dass die heißeste Geschichte seines Lebens nicht in einer Schreibtischschublade vergammeln sollte. Dafür war er nicht Journalist geworden.

„Vielleicht sollten wir irgendwo untertauchen? Wir brauchen einen Trumpf. Etwas, mit dem wir lebend und frei wertvoller für die CIA sind als tot."

„Und was soll das sein?", fragte Markus, der sich keinen solchen Trumpf vorstellen konnte. Lena blieb die Antwort schuldig. Aber ihr Bauchgefühl signalisierte ihr, dass sie dem richtigen Weg folgte. Nur das Wie, das wollte sich ihr nicht erschließen. Schweigend trank sie ihren letzten Schluck

Rotwein. Mit einem beklemmenden Gefühl rollten sie sich in die Decken ein, während draußen das Nachtleben auf dem Kiez Fahrt aufnahm.

*

Trotz der Anspannung schliefen sie miteinander. Doch dieses Mal waren beide nur halb bei der Sache, zu sehr lastete die bedrohliche Situation auf der Stimmung. Markus lag jetzt wach auf dem Rücken, verfolgte das leichte Pendeln der Lampenfassung. Pinkfarbene Lichtreflexe zuckten über die Decke. Die Leuchtreklame auf der gegenüberliegenden Straßenseite tauchte den Raum in unruhiges Halbdunkel, aus dem *Silbersack* klangen Musikfetzen und robustes Kneipengelächter.

Markus war viel zu nervös, um auch nur ein Auge schließen zu können. Lena hingegen hatte sich auf die Seite gedreht, ihm den Rücken zugewandt, und schlief bereits. Er hörte ihren gleichmäßigen Atem. In Gedanken ging er den nächsten Tag durch. Schritt für Schritt.

Zuerst würde er morgen mit der amerikanischen Botschaft in Berlin Kontakt aufnehmen. Wenn Lena und er richtig lagen mit ihrer Vermutung, dass die CIA sie bedrohte, war die Botschaft ganz sicher die entscheidende Schaltzentrale. Daran bestand absolut kein Zweifel.

Sie hatten alle Argumente hinterfragt. Irgendwann hatte es auch Markus akzeptiert und sie hatten eine Veröffentlichung der Dokumente ausgeschlossen. Es blieb nur eine einzige Möglichkeit …

Markus beschloss, nach Berlin zu fahren und ihnen einen Deal vorzuschlagen. Er wog alle Argumente noch einmal sorgfältig ab. Der CIA würde er alle Originaldokumente und alle Kopien übergeben, die elektronischen Kopien bei entsprechenden Zusicherungen sofort löschen. Keine einzige Zeile über die mögliche CIA-Finanzierung! Sie müssten ihn nur in Ruhe lassen und den Haftbefehl aufheben.

Lena hatte mehrfach versucht, ihn von der Idee abzubringen. Er solle nicht nach Berlin fahren, das Ganze sei zu gefährlich. Ihre Bedenken waren durchaus berechtigt. Was wäre, wenn die CIA ihnen nicht glaubt? Was, wenn die CIA ihnen eine Falle stellen würde? Markus hatte versucht, ihre Bedenken auszuräumen. Schließlich hatten sie sich auf die Übergabe der Dokumente geeinigt. Es gab keine vernünftige Alternative. Markus hatte Angst vor dem anbrechenden Tag.

Die Lichtreflexe von der Straße waren erloschen. Die Uhr zeigte kurz nach sechs Uhr morgens. Ohne geschlafen zu haben, stand Markus auf und zog sich an. Er ging leise zum Fenster, Lena sollte nicht wach werden. Die einfach verglasten Fensterscheiben waren von der Nachtkälte beschlagen und nass. Markus wischte mit der Hand darüber. Draußen alles stockdunkel. Die Straße leer. Zwei junge Männer torkelten vorbei, sie stützten sich gegenseitig so gut es ging.

Er nahm sein Handy, ging in die Küche, schloss die Tür geräuschlos hinter sich und wählte eine Telefonnummer, die er sich abends schon herausgesucht hatte. Er sprach leise.

Es war einfach, nicht so kompliziert wie befürchtet, dachte er, als er auflegte. Auf einen Papierfetzen kritzelte er eine Short Message: *Lena, ich liebe Dich, Dein Markus - PS. Mach dir keine Sorgen, ich bin heute Abend zurück.*

Er nahm seinen Rucksack mit den Dokumenten. Den Zettel legte er auf den Boden vor die Küche. Lena schlief noch, als er leise die Wohnung verließ.

*

Lena hatte die Augen geschlossen, als Markus nach ihr schaute, aber nichts entging ihr. An den Geräuschen konnte sie erkennen, dass er sich anzog und telefonierte. In der leeren, hellhörigen Wohnung war das Gespräch trotz geschlossener Küchentür einigermaßen zu verstehen. *Die amerikanische Botschaft! Also doch ...*

Als die Haustür leise ins Schloss fiel, schlug sie die Augen auf. Ohne sich anzuziehen ging sie langsam zum Fenster. Die freigewischte Stelle war noch nicht wieder beschlagen. Sie sah, wie Markus das Haus verließ. Auf der gegenüberliegenden Straßenseite drehte er sich noch einmal um und schaute nach oben. In der unbeleuchteten Wohnung konnte er sie nicht erkennen. Als er außer Sichtweite war, nahm Lena ihr Telefon und wählte eine Nummer, die sie auswendig kannte.

„Ja", meldete sich der Teilnehmer.

„Lena Eck hier. Er ist auf dem Weg zu euch nach Berlin. Er hat alle schriftlichen Dokumente bei sich. Alle elektronischen Dokumente habe ich bereits gelöscht. Die Dateien auf seinem Rechner zerstören sich, wenn er ihn einschaltet."

„Gute Arbeit, Lena, komm jetzt auch nach Berlin."

„Tut mir leid, Markus", murmelte sie, als sie das Telefon auf die Astra-Kiste legte.

*

„In wenigen Minuten erreichen wir Berlin Hauptbahnhof", verkündete der Lautsprecher im Zug. Markus schreckte hoch, er war übermüdet eingeschlafen. Verdammt! Er hatte nicht aufgepasst, sein Rucksack, vorher neben ihm auf dem Sitz, war weg. Panisch schaute er sich um.

„Hab ich in die Gepäckablage über Ihnen gelegt", sagte der Fahrgast neben ihm lapidar. Markus bedankte sich, doch der Schock saß. Mit einem Mal hellwach, stand er auf, zog den Rucksack aus der Ablage und ging Richtung Waggontür.

Kurz darauf verließ Markus den Hauptbahnhof. Er kannte die amerikanische Botschaft. Vor Jahren war er als Vertreter der *Frankfurter Allgemeinen* bei einem Empfang des Botschafters eingeladen. Er erinnerte sich noch genau. Es gab ein reichhaltiges Buffet mit kanadischem Hummer, norwegischem Lachs und russischem Kaviar.

Er erreichte die Botschaft, die Empfangsdame begleitete ihn nach oben. Der Fahrstuhl hielt in der vierten Etage. *Empfangsbereich des Botschafters*, verriet die Aufzugbeschriftung: Brachte die Dame ihn zum amerikanischen Botschafter? Steckte der Botschafter persönlich hinter ihrer Verfolgung? Markus konnte nicht genau orten, was in ihm vorging. Alles wirkte bedrohlich. Er wischte sich die schwitzenden Hände an der Jeans ab. Ohne einen klaren Gedanken fassen zu können, ging er hinter der Empfangsdame her. Wie durch Watte nahm er wahr, dass sie stehen blieb und eine Tür öffnete: „Bitte, treten Sie ein!" Sie schloss die Tür hinter ihm.

Er stand in einem dunkel holzgetäfelten Raum. Markus erschrak, als er den Mann neben der Tür bemerkte. Ein bulliger Typ mit Funkknopf im Ohr, vermutlich der Bodyguard des Botschafters.

In der Mitte des Raumes befand sich ein ovaler Konferenztisch aus Nussbaum. Durch seine schiere Größe beherrschte er den Raum. Obwohl um den Tisch herum sechs Personen saßen, wirkte er fast leer.

Einer der Männer stand auf und stellte sich als Botschafter vor. Markus hörte nicht, was der Botschafter dann sagte. Wie in Trance, starrte er auf die Sitzenden. Es war wie ein Faustschlag in den Bauch. Er hatte sie sofort gesehen. Die Luft blieb ihm weg. Wie konnte das sein? Was tat sie hier? Lena!

Sie saß am Tischende und flüsterte ihrem Nachbarn etwas ins Ohr. Markus erkannte keine Spur von Angst in ihrem Gesicht. Im Gegenteil, ihre Gesten drückten eher Vertrautheit aus. Lena hatte ihn verraten! Als sie Markus' verzweifelten Blick sah, schaute sie zur Seite.

Sie hatten Lena von vornherein auf ihn angesetzt! Jetzt wurde ihm einiges klar. Es hatte begonnen wie in jedem Krimi. Immer dasselbe. Sie war in sein Leben getreten. Sie hatten sich verliebt. Dann begannen Verfolgung und Anschläge. Die Agency hatte immer gewusst, wo er sich gerade aufhielt.

Markus schwitzte. Der Rucksack entglitt ihm und fiel auf den Boden. Er wischte sich mit dem Handrücken über die feuchte Stirn. *Was bin ich für ein Idiot gewesen! Ein verdammter Trottel! Ihre Warnung gestern, nicht nach Berlin zu fahren, nur eine Ablenkung.* Er hatte Fragen an Lena, viele Fragen. Seine Enttäuschung war ebenso niederschmetternd wie seine Angst. Er saß in der Falle.

Während der Begrüßung durch den Botschafter stand ein zweiter Mann auf und trat zu ihnen. Seinen Namen hatte Markus nicht verstanden. Er konnte noch immer keinen klaren Gedanken fassen. Alles verschwamm wie im Nebel. Immer wieder schaute er, fast ohnmächtig vor Enttäuschung, zu Lena. Vergeblich! Von ihr konnte er keine Hilfe erwarten, das sah er ihr an.

Unmittelbar nach der Begrüßung, ohne Markus einen Platz anzubieten, öffnete der Botschafter die Glastür, die den Konferenzraum von der Dachterrasse trennte. Er bat Markus auf die Dachterrasse hinaus. Der Bodyguard folgte ihnen. Den kalten Wind spürte Markus nicht. Alles passierte wie in Zeitlupe. Markus sah den Angriff des Bodyguards nicht kommen. Der überraschende, heftige Stoß gegen seine Brust warf ihn aus dem Gleichgewicht. Er taumelte rückwärts, in der Erwartung, mit dem Rücken gegen die Edelstahl-Brüstung zu schlagen. Der Aufschlag blieb aus. Die Brüstung gab nach und kippte nach hinten. Markus fiel. Noch im Fallen hörte er: „Es war ein Unfall. Die Handwerker sollen die Brüstung wieder befestigen."

Markus fiel! Es dauerte. Sein Leben flog in Sekundenbruchteilen an ihm vorbei. Die Angst vor dem Kommenden. Dann das Unausweichliche. Der Aufprall.

Vollkommene Stille. Der Platz vor der amerikanischen Botschaft war menschenleer. Markus lag mit verdrehten Gliedmaßen auf der Seite. Das Atmen fiel ihm schwer. Schweiß auf der Stirn, er konnte sich nicht bewegen. Blut rann aus seinen Ohren. Der Boden um ihn färbte sich langsam dunkelrot. Alles, was in den letzten Tagen geschehen war, erschien ihm unendlich fern: Lena, der Goldraub, die CIA, alles. Markus spürte seine Beine nicht, auch nicht seine Arme. Ihm wurde kalt. *Der Tod ist so unwirklich ... Diese unendliche Müdigkeit ...*

Das Letzte, was er sah, war Lena. Seine Lena! Sie kam aus der Botschaft und ging in einigen Schritten Entfernung an ihm vorbei. Er konnte seinen Kopf nicht bewegen, nur mit den Augen folgte er ihr. Einige Meter weiter blieb sie stehen und dreht sich ein letztes Mal um. Markus sah ihren versteinerten Gesichtsausdruck. Lena verschwand. Liebe! Verrat! Der Tod hat allem ein Ende gemacht. Er schloss die Augen ...

Sonntag

Frankfurt am Main, Sachsenhausen, 07:30 Uhr. Bundesbankchef Dr. Jürgen Wieder hatte sich gerade seine Sonntagszeitung zurechtgelegt. Allein dafür liebte er die wenigen Wochenenden, an denen er die Zeit fand, sich ausführlich und in völliger Entspanntheit seiner Lektüre hinzugeben. Gut so, oft genug waren seine Wochenenden mit Terminen vollgestopft. Sonntags, um diese Uhrzeit, schlief Sachsenhausen noch. Auch in seinem Haus völlige Ruhe. Sein Kaffee duftete.

Beim ersten Klingelton hatte er das Telefon in der Hand.
„Ja."
„Brandner hier."
„Was gibt es Neues?"
„In den ersten Verhören hat Frau de Jong geleugnet. Sie behauptet, man habe ihr etwas untergeschoben."
„Hat sie Namen genannt?"

Er wusste, Rose de Jong konnte ihn schwer belasten, auch wenn man am Ende ihre Aussage vermutlich nicht ernst nähme. Sie konnten ihm nichts nachweisen. Überhaupt nichts. Weder auf dem Karton noch auf dem Barren gab es Fingerabdrücke von ihm. Trotzdem würde er sich rechtfertigen müssen. Und vielleicht würde etwas von dem Schmutz, der dann zutage kam, an ihm hängenbleiben.

Dr. Jürgen Wieder hoffte, dass Rose keine Beschuldigungen aussprechen würde, die ihr am Ende nichts bringen würden. Er schätzte sie wegen ihrer Besonnenheit. Eine Eigenschaft, der sie ihren Job verdankte.

„Nein, sie hat keinen einzigen Namen genannt", antwortet Brandner.

Der Bundesbankpräsident atmete auf. Offenbar wollte Rose ihn nicht unnötig verprellen. Er würde es ihr danken. Am Geld sollte es nicht scheitern.

„Der Staatsanwalt sagt, es spricht alles gegen sie", setzte Brandner seinen Bericht fort. „Der Goldbarren, die Fingerabdrücke, die Zugangsgenehmigung, einfach alles. Es bleiben aber noch offene Fragen."

„Und? In welche Richtung gehen die Ermittlungen der Staatsanwaltschaft?"

„Der Staatsanwalt geht davon aus, dass Frau de Jong mit Sicherheit Komplizen gehabt haben muss."

„Was hat sie in den Vernehmungen dazu gesagt?"

„Sie hat behauptet, man habe ihr etwas untergeschoben. Die Frage nach Komplizen hat sie nicht beantwortet. Auf die Drohung des Staatsanwaltes, wenn sie andere Mittäter decken würde, wäre das nicht förderlich für ihr Strafmaß, hat sie geschwiegen."

„Die Situation ist für uns nicht besonders angenehm", sagte Dr. Wieder.

„Stimmt! Die Auswertung der privaten und beruflichen Telefonmitschnitte und E-Mails von ihr läuft noch. Der Staatsanwalt meint, ihr Verhalten in Zusammenhang mit ihrer fehlenden Kooperationsbereitschaft spricht für eine klare und planmäßige Wiederholungstat. Seiner Meinung nach reichen die Indizien für eine Verurteilung von Frau de Jong aus."

„Manchmal müssen wir Opfer bringen", sagte Dr. Wieder und beendete das Telefonat. Rose de Jong unschuldig zu opfern fiel ihm leichter als gedacht. Wenn Rose in den Verhören weiterhin schwieg, konnte der auf die Bundesbank fallende Verdacht schnell ausgeräumt werden.

Jürgen Wieder holte sich den zweiten Kaffee an diesem Morgen. Er hatte einen robusten Magen. *Oft sind einfache Lösungen am effizientesten ...*

*

Hamburg, St. Pauli, 07:34 Uhr. Mit pochendem Herzen wachte Markus auf, das Handy klingelte ungewöhnlich schrill. Seine Stirn war schweißnass, das T-Shirt klebte am Körper. Er brauchte fast eine halbe Minute, um wieder ins Leben zurückzukehren. Sein Puls raste. Ängstlich tastete er mit der Hand die Decke neben sich ab. Lena lag schlafend neben ihm. Er atmete tief durch. Der Sturz von der Dachterrasse, er hatte sich als Albtraum entpuppt, als absolut übler Albtraum.

Das Telefon neben seiner Matratze klingelte noch immer. Nach wie vor reichlich benommen, meldete er sich.

„Sie waren gerade bei mir zu Hause", hörte er Michaela flüstern.

„Wer?", fragte Markus, mit heiserer Stimme, den Mund von der Nacht noch ganz trocken. Vergeblich versuchte er, seine Benommenheit abzuschütteln.

„Zwei Typen. Ihrem Dialekt und Auftreten nach Amerikaner", sagte Michaela. „Unsympathische Kerle. Die wussten alles, was vorgefallen war. Und einer knackte immer so fies mit dem Hals."

„Was wollten die von dir?"

Markus schlug seine Decke zurück und setzte sich aufrecht hin. Mit der freien Hand fuhr er durch seine verschwitzten Haare.

„Sie wussten, dass du untergetaucht bist. Vermutlich haben sie deine Spur verloren. Sie wissen, dass wir in Kontakt stehen. Sie wollen dich heute treffen."

„Wo?", fragte Markus, überrascht von der Situation.

„Sie meinten, du solltest wählen. Sie brauchen zwei Stunden Vorlauf. Wenn sie nichts von dir hören, erwarten sie dich heute um fünfzehn Uhr in Berlin, in der amerikanischen Botschaft."

Michaela gab eine Handynummer durch.

„Ich soll dir sagen, wenn du vorher auch nur eine Zeile veröffentlichst oder deine Informationen weitergibst, würdest du es teuer bezahlen."

Die unerwarteten Besucher hatten Michaela scheinbar massiv eingeschüchtert. Dermaßen aufgeregt hatte Markus sie noch nie erlebt. Ihre Angst war selbst durch das Telefon noch zu spüren. Zu Recht, er wusste nur zu gut, wozu diese fiesen Typen fähig waren.

„Sie meinten noch, du solltest auch an deine Kinder denken." Diese Drohung war eindeutig, sie saß wie ein Faustschlag. Markus blieb die Luft weg. Fieberhaft fahndete sein

Gehirn nach einem Ausweg. Er musste jetzt handeln, er musste seine Familie schützen, seine Kinder. Er liebte sie über alles. Durch nichts in aller Welt würde er sie in Gefahr bringen wollen.

„Pass bitte auf dich auf", flehte Michaela und legte auf.

Lena war aufgewacht und saß jetzt neben ihm auf der Matratze. Sie bemerkte sein durchgeschwitztes T-Shirt, registrierte seinen maßlos besorgten Gesichtsausdruck. Erst als sie ihm mit der Hand leicht über den Rücken strich, legte er das Telefon zur Seite. Stockend berichtete er, was Michaela gesagt hatte. Seinen Alptraum verschwieg er.

Bevor er zu Ende erzählen konnte, sprang Lena auf und drängte ihn, sich anzuziehen.

„Wir müssen sofort weg!"

Markus schaute sie verwirrt an.

„Ich erkläre es dir später. Komm!"

Minuten später waren beide angezogen, Lena hatte das Handy von Markus ausgeschaltet und den Akku entnommen. Beide stürmten mit ihren wenigen Habseligkeiten die Treppe hinunter. Unten an der Haustür schaute Lena kurz nach links, dann nach rechts. Sie rannte los und zog Markus in die erstbeste Kneipe auf der gegenüberliegenden Straßenseite.

Um diese Zeit saßen nur noch ein paar in der Nacht gestrandete Gestalten an den Tischen, tranken den ersten Kaffee oder das letzte Bier. Sie steuerte auf den ersten freien Fensterplatz zu. Von hier aus hatten sie den Hauseingang ihres Ausweichquartiers, vielleicht sechzig Meter entfernt, gut im Blick.

„Also jetzt mal in Ruhe, Lena. Warum sind wir so überstürzt aus der Wohnung geflüchtet?"

Noch bevor sie antworten konnte, preschten zwei Autos mit auffallend hoher Geschwindigkeit heran und stoppten mit quietschenden Reifen direkt vor dem Haus, in dem sie noch vor wenigen Minuten schlafend auf der Matratze gelegen hatten.

Obwohl sie von außen nicht gesehen werden konnten, duckten sie sich instinktiv tief in ihre Stühle.

„Da siehst du es live", flüsterte Lena. „Die Typen, die Michaela eine Nachricht für dich auftrugen, haben damit provoziert, dass sie dich anruft. Der Rest geht einfach. Sie müssen nur prüfen, welches Handy nach ihrem Besuch von dem Standort aus telefoniert und vor allem, welche Nummer angerufen wird. Sie haben uns geortet."

Beide schwiegen. Wie sollten sie mit der neuen Situation umgehen? Ihre Gegner hatten unglaublich viel Macht. Da konnte Fliehen dauerhaft keine Lösung sein.

Markus unterbrach das Schweigen. Sich ewig zu verstecken, das kam für ihn nicht in Frage, allein schon wegen seiner Familie und seines Jobs. Sie mussten eine andere Lösung finden. Doch welche? Die Variante des Hase-und-Igel-Spiels würden sie nicht ewig durchhalten. Hätten die Häscher sie in der Wohnung erwischt, der einzige Trumpf wäre verspielt. Die Gold-Unterlagen waren ihre Lebensversicherung.

„Felix muss vor einer ähnlichen Problematik gestanden haben", warf Markus ein. „Wir könnten die Unterlagen ebenso in die Post geben und müssten sie bei Bedarf nur vom Empfänger abholen."

„Es muss aber jemand sein, der nicht mit uns in Verbindung gebracht wird. Nur so sind die Informationen dort sicher", schränkte Lena die Möglichkeiten ein. Eine Lösung lieferte sie gleich mit.

Markus stimmte bereitwillig zu. Sofort begann Lena, alle Daten auf einen USB-Stick zu spielen und anschließend alle verbliebenen Spuren auf ihren Festplatten zu beseitigen. Sie beschriftete das Kuvert neu, das Markus von Melinda erhalten hatte. Stick und Papierdokumente würden die nächsten Tage von der Post überbracht. Bei Bedarf konnte Lena sie irgendwann abholen.

„Sie ziehen wieder ab", kommentierte Markus das Geschehen auf der gegenüberliegenden Straßenseite, als er die sechs Männer wieder aus dem Haus kommen sah. Einer trat wütend gegen den Kotflügel seines Wagens, bevor er einstieg.

„Unglaublich, wie dreist diese Typen in Deutschland auftreten. Gesetze haben für sie anscheinend keine Bedeutung."

Lena widersprach nicht. Als ehemalige Hackerin wusste sie nur zu gut, wie weit der Arm amerikanischer Behörden auf deutsches Hoheitsgebiet reichte. Wie weit dies allerdings auch außerhalb der virtuellen Welt ging, war ihr neu.

Über eine Stunde saßen sie nun schon in der Trinkhalle. Der zweite Kaffee schmeckte genauso schlecht, wie die erste Tasse. Die Zeit verstrich. Wo sollten sie jetzt hin? Sie hatten noch nicht geduscht. Ein Hotelzimmer stand weiterhin auf der No-Go-Liste.

„Lass uns doch in die Wohnung zurückgehen. Jetzt sucht uns dort garantiert niemand mehr", schlug Lena vor. Markus stimmte zu, da ihm keine bessere Alternative einfiel. Wahrscheinlich war die Wohnung im Augenblick tatsächlich die sicherste Lösung.

Sie zahlten und überquerten zügig die Straße. Alles wirkte unauffällig. An der Haustür unten waren keine Schäden. Vielleicht war sie auch nicht richtig ins Schloss gefallen, als sie das Haus überstürzt verlassen hatten. Die Wohnungstür dagegen wurde offensichtlich eingetreten. Der Türstock, durch die Gewalt innen aufgerissen, hatte die Verriegelung freigegeben.

Sie gingen hinein, Markus machte den Küchenbesen passend und schob ihn unter die Türklinke.

„Wie lange braucht man von Hamburg nach Berlin mit dem Zug?", erkundigte sich Lena.

„Ab Hamburg-Altona zwei Stunden mit dem ICE. Plus fünfzehn Minuten Fußweg zur amerikanischen Botschaft."

Es war kurz nach halb neun Uhr.

„Dann müssen wir spätestens um zwölf los, wenn wir nach Berlin wollen. Bleiben uns drei Stunden für einen Plan."

Markus verschwand als erster in der Dusche. Aus der verkalkten Brause kamen nur drei lauwarme Wasserstrahlen, aber immerhin kamen überhaupt welche. Als Lena folgte, war Markus schon fertig angezogen und auf dem Sprung zur Haustür.

„Ich hol uns schnell was zum Frühstück."

Vielleicht half die frische Morgenluft, den Kopf wieder frei zu bekommen. Als er zurückkam, hörte er Lena am Handy telefonieren. Seinen fragenden Blick beantwortete sie mit einem Daumen nach oben. Sie signalisierte ihm, dass er sich wegen des Handys keine Sorgen machen müsste.

„Boris hat eine Idee", sagte Lena, nachdem sie ihr Telefonat, in russischer Sprache, beendet hatte.

Markus legte die Brötchen auf den Astra-Kisten-Tisch. Er riss die Tüte komplett auf, Tischtuchersatz wie in Studentenzeiten.

Er schaute Lena fragend an.

„Boris meint, die CIA bringt uns selbst dann um, wenn die Dokumente veröffentlicht sind. Allein schon zur Abschreckung für andere."

„Rosige Aussichten …"

Markus hielt sein Brötchen unangebissen in der Hand. Die Entscheidung für oder gegen eine Veröffentlichung hing nicht mehr von der Chance auf das versprochene Geld ab. Es ging um ihr Leben.

„Wir haben nur eine Chance, sagt Boris."

„Und die wäre?"

„Massiver Bluff. Die CIA hat Angst vor unseren Dokumenten. Was genau wir haben, wissen die seiner Meinung nach aber nicht. Er meint deshalb, auf keinen Fall über Inhalte reden."

„Die Strategie verstehe ich nicht", erwiderte Markus.

„Warte! Boris meint, die CIA hat mittlerweile gerafft, dass ich IT-Spezialistin bin. Davor haben sie Respekt. Er schlägt vor, ich solle behaupten, dass ich ein Programm geschrieben hätte, das alle unsere Dokumente an sämtliche wichtigen Medien verschickt, wenn wir es nicht wöchentlich durch Eingabe eines Codes deaktivieren."

„Verstehe. Dann wären wir zumindest lebend wertvoller als tot", folgerte Markus und biss nachdenklich in sein Brötchen.

„Genau."

„Gibt es das Programm schon?", fragte Markus nach einiger Zeit.

„Nein. Jedenfalls nicht in der Form, dass wir es der CIA zeigen könnten. Die haben auch IT-Spezialisten, und wenn die das Gefühl haben, das Programm ist schlecht verschlüsselt, versuchen die es zu hacken. Und anschließend jagen sie uns wieder."

„Aber glaubt die CIA uns die Geschichte, ohne etwas Vorzeigbares?"

„Nein, aber Boris hat versprochen, er schickt mir bis zwölf Uhr etwas, womit wir die CIA beeindrucken können. Es klang, als hätte er schon etwas vorbereitet."

„Heißt, du willst nach Berlin fahren?", stutzte Markus.

„Ja, dann werde ich nicht über die Gold-Geschichte reden, sondern nur über unser Programm."

„Dass du dich mit diesem Plan in Gefahr begibst, gefällt mir nicht", sagte Markus bestimmt. „Es ist meine Schuld, dass wir uns in dieser miesen Situation befinden. Es waren meine Nachforschungen, mein Fehler!"

Wie sollte er weiterleben, wenn ihr etwas zustoßen würde?

„Markus. Nur ich kann glaubwürdig behaupten, nichts von den Inhalten zu wissen. Nur so funktioniert der Bluff."

Markus blieb dabei. Er allein würde nach Berlin fahren. Lena sollte ihm weiterleiten, was Boris ausgebrütet hatte. Als IT-Laie brauchte er nicht über die Details des Programms Bescheid zu wissen, er konnte sich hinter Lena verstecken.

„Wie halten wir Kontakt? Wie kann ich sicher sein, dass es dir gut geht?", fragte Lena besorgt und schaute ihn an. Markus' Beschluss gefiel ihr überhaupt nicht.

„Ich bin mit dem Zug um achtzehn Uhr achtunddreißig zurück in Hamburg. Wenn nicht, ..."

Er beendete den Satz nicht, einen Plan B hatten sie nicht. Beiden war klar, dass sie nur diesen einen Versuch hatten. Dieses Wissen verursachte ihnen Beklemmungen.

Lena brachte Markus zum Zug, auf dem Bahnsteig umarmte sie ihn.

„Ich habe Angst. Um uns beide", sagte sie leise.

Markus küsste sie eilig und stieg ein. Als der Zug anfuhr und Lena ihm zuwinkte, wurde auch ihm mulmig zumute.

Auf der Suche nach einem freien Sitzplatz durchquerte er mehrere Waggons. Er hatte ganz bewusst den Zug zwei Stunden eher genommen, um ausreichend zeitlichen Puffer zu haben. In einem Großraumwagen fand er einen freien Platz ohne Nachbar. Er ließ sich in den Sitz fallen. Jetzt hatte er Zeit, in Ruhe nachzudenken.

Bargeld für die Fahrt nach Berlin war nicht das Problem gewesen. Am Vortag hatte Markus einen Pfandladen entdeckt und dort seine Rolex Oyster versetzt. Der Bandit hinter der Theke bot ihm magere 1.500 Euro für das gute Stück. In Wirklichkeit war sie mindestens das Vierfache wert. Aber Markus hatte keine Zeit für lange Diskussionen und nahm das Angebot an. Er hatte ohnehin vor, seine Uhr in ein paar Tagen wieder auszulösen. Die stattliche Provision zu zahlen war immer noch besser, als das Erbstück billig zu verschleudern. Und welche Möglichkeit hatte er denn sonst? Letztendlich war es auch egal. Wenn ihr Plan misslang, brauchte er die Uhr nicht mehr.

Plötzlich fielen ihm wieder seine Recherchen im Offenbacher Rotlichtmilieu ein. Die Drohungen. Seine Familie. Die Angst. Claudia hatte damals so Recht mit ihren Vorwürfen.

Markus sehnte sich nach seiner Familie, seinen Kindern. Eigentlich hatte er in den vergangenen Jahren nichts dazugelernt. Jetzt war er schon wieder im Begriff, durch seine Arbeit etwas enorm Wichtiges zu zerstören, seine Beziehung mit Lena. Vielleicht sogar sein ganzes Leben. Auch Felix hatte diesen Fehler gemacht. Warum konnte er nicht die Finger von dem verdammten investigativen Journalismus lassen?

Gedankenverloren schweifte sein Blick durch den Gang, als die automatische Abteiltür des Großraumwaggons aufging. Zwei Bundespolizisten traten ein. Der erste Beamte begann direkt, die Personalausweise der Reisenden zu überprüfen. Er trug eine Pistole, Schlagstock und Handschellen am Gürtel. Der zweite Beamte sicherte mit einer auf den Boden zeigenden Maschinenpistole in den Händen seinen Kollegen. Aufmerksam schweifte sein Blick über die Fahrgäste. Zwischen beiden Beamten ein deutscher Schäferhund mit bedrohlicher Haltung.

Markus hatte sich keine Gedanken über mögliche Kontrollen gemacht, bis einige Reihen vor ihm zwei Farbige aufstanden und zügig das Abteil in die entgegengesetzte Richtung verließen. Die Beamten blickten nur kurz auf und setzten ihre Kontrolle ohne weitere Reaktion fort. *Vielleicht eine Kontrolle, weil die Zahl der illegalen Flüchtlinge ständig anschwillt ...*

Der ICE hielt in Berlin-Spandau. Noch zehn Minuten bis Berlin Hauptbahnhof. Plötzlich keimte Panik in Markus auf. Gegen ihn lag ein Haftbefehl vor. Den hatte er total verdrängt. Er raffte seine Sachen zusammen, stopfte sie hastig in den Rucksack und verließ das Abteil. Vorsichtig spähte er in den nächsten Waggon. Keine Kontrollen. Er setzte sich in die Waggonmitte. Der zeitliche Vorsprung musste für zehn Minuten bis zum Berliner Hauptbahnhof reichen. Hoffentlich fuhr der Zug schnell wieder an.

Die Waggontüren schlossen sich mit dem üblichen piepsenden Geräusch, aber der ICE fuhr nicht an. Markus ging so nah mit seinem Gesicht an die getönte Scheibe, dass seine Nasenspitze fast das kühle Glas berührte. Mit einer Hand schirmte er die störenden Lichtreflexe ab. Er wollte sehen, was draußen passierte. Er zuckte zurück. An beiden Seiten des Bahnsteiges stand Bundespolizei in Gruppenstärke. Ganz nah vor seinem Fenster führten die Polizisten zwei mit Handschellen gefesselte Farbige ab. Markus erkannte sie wieder, dieselben, die vor ihm das Abteil fluchtartig verlassen hatten. Eine Vollkontrolle aller Fahrgäste, durchfuhr ihn eine böse Vorahnung. In diesem Moment erreichten die beiden Bundespolizisten den Großraumwagen und begannen mit der Ausweiskontrolle. Der Zug verharrte noch immer bewegungslos mit geschlossenen Türen in Spandau.

Markus schnappte sich seinen Rucksack und wollte aufspringen, erschrocken ließ er sich direkt wieder in seinen Sitz fallen. Von der anderen Seite näherte sich ebenfalls eine Kontrolle.

273

Er war gefangen. Angst stieg in ihm hoch. Welche Möglichkeiten hatte er jetzt noch? Er musste dringend zur amerikanischen Botschaft. Eine Verhaftung war das Schlimmste, was ihm jetzt passieren konnte.

Markus rutschte tiefer in den Sitz. Unbeholfen zog er sein Handy aus der Jeans und wählte Lenas Nummer. Markus flüsterte sofort mit der Hand vor dem Mund, als sie das Gespräch annahm:

„Ich bin in eine Polizeikontrolle geraten ..."

In diesem Moment hatte der erste Polizist ihn erreicht.

„Ausweiskontrolle!"

Seine Stimme klang kalt und stahlhart.

Markus reichte ihm den Personalausweis. Kleine Schweißtropfen bildeten sich auf seiner Stirn. Mühsam widerstand er dem Reflex sie abzuwischen. Jetzt nur keine Aufmerksamkeit erregen.

Der Polizist zog den Ausweis von Markus durch ein Kartenlesegerät, nicht größer als ein Taschenbuch, und wartete. Abwechselnd blickte er ruhig auf Markus und das Display. Auf der Flucht zu sein war das Schlimmste, was Menschen passieren kann. Markus erschauerte. Das Warten kam ihm wie eine Ewigkeit vor, bis sich der Kartenleser mit einem kaum hörbaren Summen zurückmeldete.

Der Polizist drehte sich zu seinem Kollegen um und wies durch Kopfnicken in die Richtung von Markus. Das Zeichen war angekommen. Der Polizist richtete sich sofort mit noch mehr Körperspannung auf, fasste seine Maschinenpistole fester und stellte sich breitbeinig in den Gang. Auch der Schäferhund hatte verstanden, setzte sich aufrecht und wartete auf einen Befehl.

Markus hatte das Gefühl, er müsste sich übergeben.

„Bitte erheben Sie sich ganz langsam!", forderte ihn der Polizist auf, der einen Schritt zurückgetreten war.

Markus befand sich jetzt zwischen beiden Polizisten.

„Beide Hände langsam hochnehmen. Rucksack liegenlassen!"

Markus gehorchte, stand auf und streckte die Arme seitlich von sich. Widerstand war zwecklos. Der Polizist tastete ihn ab: Beine, Brust, Achseln.

„Und jetzt langsam umdrehen!"

Die gleiche Prozedur noch mal.

Die Leibesvisitation förderte Portemonnaie, Handy und Schlüssel zutage, die in einer durchsichtigen Plastiktüte verschwanden.

Der Polizist nickte bestätigend seinem Kollegen zu.

„Folgen Sie mir!", forderte er Markus auf, nahm dessen Rucksack und ging langsam vorweg. Erst jetzt bemerkte Markus, dass die Menschen im Zug ihn anstarrten. Vor lauter Angst hatte er sie nicht wahrgenommen. Er folgte dem Polizisten Richtung Waggontür. Mit jedem Schritt wuchs seine Verzweiflung. Wie sollte er jetzt mit Lena Kontakt aufnehmen, wie die amerikanische Botschaft pünktlich erreichen?

*

Berlin, Amerikanische Botschaft, 13:00 Uhr. Büro von Peter Redman, CIA-Koordinator für Europa. Aaron eröffnete das Gespräch.

„Da er sich bis jetzt nicht gemeldet hat, kommt er nach Berlin."

„Oder er kommt gar nicht!", erwiderte Redman.

„Manx hat genug Angst, er wird kommen. Er will bestimmt nicht den Rest seines Lebens auf der Flucht verbringen."

„Gut, dann lass uns nochmal alles durchgehen. Woher wissen wir, dass er uns alle Dokumente übergibt, die er hat? Und wie können wir überprüfen, dass keine Kopien existieren?"

„Gar nicht", sagte Aaron. „Unsere Optionen sind einfach. Wir glauben ihm und lassen ihn am Leben. Oder wir glauben ihm und bringen ihn zum Schweigen. Aber glauben müssen wir ihm in jedem Fall. Sicherheit haben wir nicht, dass er uns alles geben wird."

„Unsere Fehler rächen sich jetzt. Wir haben zu lange gebraucht, um Manx aus dem Verkehr zu ziehen. Zumindest seine Freundin ist eingeweiht, vermutlich auch seine Kollegin. Vielleicht sogar noch weitere Personen."

„Lässt sich jetzt nicht mehr ändern. Bleiben die beiden Optionen."

„Welche birgt für uns weniger Risiko?", wollte Redman Aarons Einschätzung wissen.

„Ein Restrisiko bleibt immer. Wenn er tot ist, hat er nichts mehr zu verlieren. Wenn wir ihn massiv bedrohen, aber am Leben lassen, hat er etwas zu verlieren."

„Ich bevorzuge in diesem Fall die zweite Möglichkeit", sagte Redman.

Aaron legte zwei DIN-A4 Blätter mit Namen auf den Tisch.

„Auf dem Blatt hier sind alle Menschen, die Manx wichtig sein dürften, auch Familie und Freunde."

Aaron schob das erste Blatt zu Redman.

„Auf dem zweiten Blatt sind die Namen aus dem Umfeld von Lena Eck, seiner Freundin. Manx muss klar sein, dass, wenn er irgendetwas veröffentlicht, was uns schadet, dieses nicht nur für ihn Konsequenzen haben wird. Wir könnten ihm drohen, einen nach dem anderen aus seinem Umfeld umzubringen. Und zwar unabhängig davon, ob die Personen eingeweiht sind. Reine Vergeltung!"

„Einverstanden!", sagte Redman.

Die Tür öffnete sich und ein Mitarbeiter von Peter Redman betrat den Raum.

„Langley hat keines Ihrer Stichworte in den letzten vierundzwanzig Stunden im Netz gefunden", übergab er seine Meldung und verschwand wieder.

„Gut", sagte Redman, „Manx hat bisher nichts veröffentlicht."

„Die Drohung wirkt. Variante zwei könnte funktionieren", kommentierte Aaron. „Ich bin um fünfzehn Uhr zurück."

Aaron drehte sich um und verließ das Büro.

*

Der Anruf traf Lena wie ein Keulenschlag. Polizeikontrolle, Markus war in eine Polizeikontrolle geraten! Sie versuchte mehrmals ihn zurückzurufen, erfolglos. Keine Reaktion. Sie steckte ihr Handy ein und rannte instinktiv zum Bahnhof, wo der nächste Zug nach Berlin über den Lautsprecher soeben sein Go erhielt. Ohne zu zögern sprang sie in den ersten Wagen, gerade noch rechtzeitig. Unmittelbar hinter ihr schloss sich zischend die Waggontür. Während der Zug langsam in Richtung Hauptbahnhof Fahrt aufnahm, versuchte Lena sich zu konzentrieren. Ihr Vorschlag von heute Morgen, selber nach Berlin zu fahren und nur über das IT-Programm zu reden, kam ihr auf einmal ziemlich schwach vor. Warum sollte die CIA ihrem Bluff glauben? Was wäre, wenn die Botschaft schon wusste, dass Markus vielleicht verhaftet worden war? Sie hatte nichts Konkretes in der Hand.

Jetzt musste Boris liefern, mehr noch, er musste ein kleines Wunder vom IT-Himmel holen. Sie brauchte ein perfektes Programm. Es musste die CIA täuschen. Boris würde es schaffen. Noch nie hatte er sie im Stich gelassen. Aber dieses Mal? Er war längst überfällig, hatte sich noch immer nicht gemeldet. Er war ihre letzte Hoffnung.

Boris, wo bleibst du? ...

Lena stand im Zug mehrmals auf und sah sich um. Aber nichts deutete auf eine Kontrolle hin. Wie ging es Markus? Sie hatte Angst, die Augen auch nur für eine Sekunde zu schließen.

Plötzlich zuckte sie zusammen. Sie hatte den Mann nicht kommen sehen, der jetzt neben ihr stand und mit tiefer Stimme forderte:

„Ihren Fahrausweis bitte!"

Nur der Schaffner!

Lena blickte erleichtert zu ihm hoch und atmete tief durch.

Lena erreichte ohne Zwischenfall ihr Ziel. Aber sie stand unter argwöhnischer Spannung, und die Enge im Zug hatte sie bedrückt. Sie verließ den Berliner Hauptbahnhof, überquerte die Spree und folgte der Straße am Bundeskanzleramt vorbei über den Platz der Republik. Wenige Meter vor ihr erhob sich das Reichstagsgebäude. Heute kam ihr der massive Renaissancebau bedrohlich vor. Hinter dem Gebäude bog sie ab, der Ostwind, der durch das Brandenburger Tor pfiff, war unangenehm kalt.

Lena läutete den Countdown ein. Sie hatte jetzt absolut nichts gegen die CIA in der Hand. *Verdammt! Boris wollte doch liefern*! Wie auf Zuruf meldete sich ihr Handy mit einem PLING. Mitten im Brandenburger Tor blieb sie stehen, so abrupt, dass eine Frau ihr mit dem Fahrrad nur knapp ausweichen konnte. Lena registrierte es nicht. Die SMS von Boris! Sie starrte auf das Display:

HP: CIA - Klick: Eye of the Eagle - PW: InTeLlIgEnCe.

Hoffentlich funktionierte das, Zeit zum Ausprobieren blieb keine. 14:57 Uhr, Lena ließ ihr Telefon wieder in der Tasche verschwinden und brachte die letzten Meter hinter sich. In einem Nervenkostüm, das aus allen Nähten zu platzen schien, betrat sie die amerikanische Botschaft durch den Haupteingang.

Die Empfangsdame begrüßte sie höflich. Lena nannte ihren Namen und ihren Kontakt: Peter Redman. Ein Blick auf die Besucherliste verriet der Frau, dass der Besuch nicht angemeldet war. Ruhig nahm sie das Telefon und wählte eine interne Nummer. Lena konnte nicht verstehen, welche Anweisung sie erhielt. Dann legte sie auf.

„Frau Eck, man erwartet Sie."

Lena folgte ihr durch den Eingangsbereich zum Aufzug. Er brachte sie ein oder zwei Stockwerke nach unten, offenbar lagen die Sitzungsräume im Kellergeschoss. Sie stiegen aus und befanden sich nach ein paar Schritten direkt in einem hell erleuchteten Konferenzzentrum. Am Empfangstisch saßen zwei weibliche Bedienstete, beide telefonierten. Daneben stand ein großgewachsener Mann in einem anthrazitfarbenen, bis oben zugeknöpften Anzug, der sie aufmerksam musterte. Sofort registrierte Lena das In-Ohr-Headset, dessen gedrehtes Kabel hinter seinem Rücken verschwand. Lena folgte der Empfangsdame bis diese wenige Schritte später stehen blieb und eine Tür öffnete.

„Bitte. Nehmen Sie Platz. Die Herren kommen gleich."

In dem Raum befanden sich Sitzgelegenheiten für acht Personen. Lena nahm Platz und wartete. Die Zeit verstrich, klebrig wie eine Schneckenkarawane reihte sich eine Minute an die andere.

Beobachten sie mich? Wollen sie mich in einer Psycho-Warteschleife weichkochen?, fragte sie sich und versuchte ruhig zu atmen. *Denk daran, was Boris gesagt hat: bluffen und selbstsicher auftreten.*

Demonstrativ legte sie ihre Bahnfahrkarte Hamburg - Berlin sichtbar auf den Tisch. *Wenn unsere Strategie aufgeht, können sie ruhig wissen, wo ich hinfahre.*

Ohne Anklopfen wurde die Tür geöffnet. Schnellen Schrittes betraten Peter Redman und Aaron den Raum. Die Begrüßung fiel kurz und kühl aus.

Redman fragte, warum Markus Manx nicht gekommen sei.

„Ich vertrete ihn", antwortete Lena kurz und in forscher Tonlage. Dennoch hatte sie das Gefühl, ihre Stimme würde leicht zittern. Doch Redmans Frage gab ihr einen wichtigen Hinweis.

Sie wissen noch nichts von Markus' Verhaftung. Das verbessert meine Situation ein wenig.

Redman sah überhaupt nicht so aus, wie sie sich einen CIA-Agenten vorstellte. Kein Trenchcoat, keine Sonnenbrille, nicht hager und fies. Im Gegenteil, groß und übergewichtig, rundes Gesicht, eingerahmt von Glatze und Doppelkinn. Eher wie man amerikanische Urlauber kennt.

Rosa Gesichtshaut. Deutet auf einen hohen Blutdruck hin, dachte Lena, *wahrscheinlich Choleriker.*

Peter Redman, im dunklen Anzug, weißes Hemd mit offenem Kragen, kam sofort zum Thema. Er sprach sehr ruhig und bestimmt. Die Dokumente, die Markus Manx sich illegal beschafft hätte, seien für die CIA extrem wichtig, begann er. Sie wollten jedes einzelne Blatt zurück, und jede einzelne Kopie. Eine Veröffentlichung würde für die CIA einen immensen Schaden bedeuten, und das würden sie zu verhindern wissen.

Redman redete weder über Art noch Inhalt der Dokumente, noch über die Art des Schadens.

Lena beruhigte sich langsam.

Die scheinen wirklich im Dunkeln zu tappen.

Der bislang unbeteiligte Aaron legte zwei Blätter vor ihr auf den Tisch. Seine Augen blitzten gefährlich, tückisch musterte er Lena. Sie las Namen, die ihr bekannt waren, darunter dreimal, mit unterschiedlichen Vornamen – ‚Manx'. Auf dem anderen Blatt auch den Namen ihrer Mutter.

Aaron drohte ihr, ohne dabei seine Stimme auch nur eine Nuance anzuheben. Doch gerade diese offensive zur Schau getragene Selbstsicherheit verschärfte den Druck. Hinzu kam sein Äußeres, das durch Akne vernarbte eingefallene Gesicht, in dem auffiel, dass seine Augenbrauen fehlten und die pomadigen schwarzen Haare. All das entsprach ziemlich genau ihren Vorstellungen eines Agenten, einem von der besonders skrupellosen Art.

Sie begriff sofort. Welch eine teuflische Drohung, das nahe familiäre Umfeld mit einzubeziehen! *Absolut niederträchtig*, dachte Lena erbost. Ihr war klar, der CIA konnte man durch Weglaufen nicht entkommen. Ihre Anspannung wuchs.

Jetzt kam es ganz auf sie an. Lena sammelte sich, bündelte ihre gesamte Energie und pokerte. Sie hatte nur diese eine Chance.

„Die von der CIA gesuchten Dokumente sind in einem Programm sicher geparkt!"

Auch Lena ging mit keinem Wort auf den Inhalt oder Umfang der Dokumente ein.

Nur kurze und knappe Sätze, schärfte sie sich ein. Jedes Wort zu viel konnte ihre Position verschlechtern.

„Eine Herausgabe kommt nicht in Frage."

Die Dokumente sind meine Lebensversicherung.

„Ohne wöchentliche Schlüsseleingaben von uns wird das Programm die Dokumente in die Welt hinausschicken. Und zwar an viele Stellen."

„Frau Eck, die Spielchen können Sie sich schenken. Jedes Programm ist für uns wie ein offenes Buch", sagte Peter Redman jetzt hörbar ungehalten.

Das Klingeln eines Telefons unterbrach seinen beginnenden Wutanfall. Peter Redman machte nicht die geringsten Anstalten, das Gespräch entgegenzunehmen.

Ein neuer Psychotrick? Wieder einer mit warten?

Nach mehrfachem Klingeln stand schließlich Aaron auf, ging zu einem Sideboard in der Ecke und nahm den Hörer ab. Nachdem er einige Sekunden ohne eine Mine zu verziehen still zugehört hatte, legte er auf.

Er ging zu Redman und flüsterte ihm ins Ohr: „Der Botschafter möchte dich sprechen. Sofort!"

Redman stand auf, Aaron nahm die beiden Zettel, zusammen verließen sie den Raum.

Durch Lenas Kopf schwirrten wüste Gedankensplitter.

Was für eine Information kann das sein ... was ist so wichtig, das Gespräch zu unterbrechen? Ist die Verhaftung von Markus durchgesickert? Sitze ich jetzt in der Falle?

Lena überlegte, aber sie traute sich nicht nachzusehen, ob die Tür von außen verschlossen war.

Nach einigen Minuten flog die Tür auf, Aaron stürzte herein, ohne eine Gefühlsregung in seinem vernarbten Gesicht. Zwei Schritte hinter ihm, höhnisch grinsend, Peter Redman.

Aaron setzte sich und betrachtete Lena einige Sekunden lang, schweigend und genüsslich. Sie konnte seine Selbstsicherheit förmlich riechen.

„Ihr Freund ist uns ins Netz gegangen!"

Er machte eine Pause, um seine Worte wirken zu lassen. Der Triumph in seinen Worten umhüllte Lena wie eine klebrige Masse.

„Ihr Kanzleramtsminister hat gerade unseren Botschafter von der Verhaftung unterrichtet."

Aaron beugte sich so weit vor, dass sein Gesicht nahe an Lenas kam.

„Die Zeit für Spielchen ist jetzt vorbei! Wir wollen alle Dokumente, und zwar sofort", fauchte er sie drohend an.

Sie roch seinen widerwärtigen Raucheratem, sein durch übermäßigen Tabakkonsum verstärkter Mundgeruch ließ einen fortgeschrittenen Fäulnisprozess vermuten.

Lena starrte ihn angeekelt und ungläubig an. Sie hatte diese Wendung befürchtet. Die Panik, die jetzt in ihr aufstieg, blockierte jeden neuen Gedanken. Wie sollte sie sich und Markus retten?

Sie blieb stoisch bei ihrer Strategie.

„Wir geben die Dokumente nicht raus", wiederholte sie und versuchte ihre Unsicherheit zu verbergen, „ohne wöchentliche Schlüsseleingaben werden die Dokumente verschickt." Intuitiv ergänzte sie noch: „Die erste Schlüsseleingabe muss heute bis Mitternacht erfolgen!"

Kaum hatte sie es gesagt, zweifelte sie daran, ob dieser Satz so klug war. Wenn die CIA sie bis Mitternacht festhielt, und nichts passierte, flog der Bluff auf und sie saß in der Falle. Aber ging die CIA dieses Risiko ein?

Weder Redman noch Aron reagierten auf ihre Aussage.

Aaron begann, Nummern vor die Namen auf seinen Blättern zu kritzeln. Redman schaute sie ruhig an, ganz offensichtlich genoss er seine Überlegenheit.

Lena musste handeln. Das Schweigen war bedrohlich. Sie zwang sich, Peter Redman direkt anzusehen und fragte gespielt beiläufig:

„Wann waren Sie eigentlich das letzte Mal auf Ihrer CIA-Homepage?"

„Sehr witzig. Was hat das mit der Sache zu tun?", brauste Redman auf. Das Spiel begann ihn zu nerven.

Lena versuchte sich zu konzentrieren.

HP: CIA - Klick: Eye of the Eagle, hatte Boris geschrieben.

„Haben Sie dem Adler im CIA-Emblem schon mal ins Auge geklickt?"

Trotz ihrer Minus-Situation hatte sie eine enorme Neugier gepackt. Was würde passieren? Sie musste sich blind auf Boris verlassen.

Redman schaute zu Aaron. War die Dame trotz der massiven Bedrohung so cool und wollte ihn gerade verscheißern?

Er überlegte, ob er sich die Blöße geben und die Homepage aufrufen sollte.

Wortlos sah Lena ihn an.

Redman schaute auffordernd zu Aaron, der stand auf und nahm das kabellose Keyboard vom Konferenztisch. Ein Klick und mit einem summenden Geräusch an der Decke sprang der Beamer an, warf ein gestochen scharfes Bild an die weiße Wand.

Kurzes Tippen auf der Tastatur. Die CIA-Homepage. Oben links das CIA-Wappen: Außen die Beschriftung *CENTRAL INTELLIGENCE AGENCY* und *UNITED STATES OF AMERICA* vor einem blauen Hintergrund; in der Mitte das Wappen mit der Kompass-Rose, darüber der amerikanische Adler.

Alles sah aus wie immer.

„Und?", fragte Redman mit Blick auf Lena.

Eye of the Eagle, hatte Boris geschrieben.

„Haben Sie schon auf das Auge des Adlers geklickt?", stichelte sie.

Aaron überlegte nicht lange, das Ganze nervte ihn sichtlich. Bei einem Klick auf das Auge vergrößerte sich das Wappen und schob sich in die Mitte der Homepageseite. Dann waren alle überrascht. Der Adler drehte seinen Kopf. Hatte er vorher nach links gesehen, schaute er jetzt nach rechts. Gleichzeitig klappte die Kompass-Rose langsam weg und gab ein Eingabefeld frei.

Uiiih, Boris und seine Freunde haben wirklich gute Arbeit geleistet!

Redman sah kurz zu Aaron, dann wieder auf das Wappen.

Lena registrierte, wie erstaunt beide waren.

„Und?", fragte Redman in harschem Tonfall, „wie nun weiter?" Aaron stand abrupt auf und verließ den Raum, noch in der Tür riss er sein Telefon ans Ohr.

Zwei Minuten später, halb acht US-Ortszeit, explodierte die Dechiffrierabteilung im Research Center in Langley vor operativer Hektik. Die diensthabenden EDV-Spezialisten im Hauptquartier der CIA mussten schnellstmöglich eine Antwort auf die Frage liefern, wie das, was sie soeben erfahren hatten, möglich sein konnte.

Aaron hatte den Raum wieder betreten und nickte Peter kurz zu.

„Und?", fragte Redman erneut an Lena gewandt. Seine Stimme wurde drängender.

„Kann der Gimmick noch mehr – oder war's das schon?"

„Sie brauchen nur das Passwort einzugeben. Versuchen Sie es mit *Intelligence*, aber jeden ungeraden Buchstaben großschreiben", sagte Lena. Sie spürte, dass ihre Lage in einen leichten Steigflug wechselte.

Aaron gab das Passwort ein. Jetzt war das CIA-Wappen in seine ursprüngliche Form und Position zurückgekehrt. Mit einem kleinen, kaum auffälligen Unterschied. Anstelle von

UNITED STATES OF AMERICA

stand dort in kyrillischen Buchstaben.

VIGILIA PRETIUM LIBERTATIS

Aaron konnte weder die Schrift lesen, noch hätte er den Hintergrund verstanden. Aber Redman sprach russisch, fließend. Außerdem war er Klassenbester in amerikanischer Geschichte gewesen.

„Was heißt das?", fragte Aaron schroff.

„Wachsamkeit ist der Preis der Freiheit, Thomas Jefferson, dritter Präsident der Vereinigten Staaten", antwortete Redman spontan. Er sah Aaron dabei nicht an, sondern starrte weiter ungläubig auf das Wappen. Nach erneuter Eingabe erschien wieder das richtige Emblem.

Das Grinsen in den Gesichtern der beiden Männer hatte sich zu einer Maske aus Ratlosigkeit verändert.

Lenas Strategie zeigte Wirkung. Und wie. Statt sich zu verkriechen, traute sich dieses Mädchen, die CIA frontal anzugreifen!

Aaron verließ erneut den Raum. Seine gebrüllten Worte *fucking hell* hallten durch den Flur.

Als er zurückkam flüsterte er Redman etwas zu. *Schlechte Neuigkeiten* las Lena aus dessen Minenspiel. Damit lag sie richtig. Die Dechiffrierabteilung der CIA vermutete, dass die High-Tech-Verschlüsselung des Programmes russischen Ursprungs sei. Sie konnte keine Angaben machen, wie lange es dauern würde, um den Gimmick von der Homepage zu entfernen, die Art der Codierung war unbekannt.

Redman hatte ungläubig zugehört. Er sagte nichts, aber seine Augen funkelten vor Wut.

Lena hatte den Eindruck, die CIA habe die Drohung verstanden, dass ohne wöchentliche Schlüsseleingaben die Dokumente in der Welt verschickt würden.

Jetzt ging alles ganz schnell. Redman hatte sich wieder vollständig unter Kontrolle und bündelte ruhig und bestimmt die Position der CIA.

Jetzt bloß keinen Fehler machen, dachte Lena. *Keine Verlierer produzieren. Eine win-win-Situation schaffen!*

Sie gab klar zu verstehen, dass sie die CIA-Drohung absolut ernst nahm. Weder sie selbst, noch Markus, versicherte sie, würden eine einzige Zeile veröffentlichen. Solange ihnen nichts passierte, würden die Dokumente verschlossen bleiben. Ein kluger Schachzug, der Redman sein Gesicht wahren ließ, indem er zumindest in diesem Punkt einen Erfolg melden konnte.

Auch wenn Redman die Bedingungen nicht schmeckten, so stimmte er dem Deal zähneknirschend zu.

Aaron stand auf und telefonierte leise, das Gesicht zur Wand.

„Der Haftbefehl ist aufgehoben", sagte er, als er sich wieder an den Tisch setzte.

Damit endete das Gespräch. Die Verabschiedung fiel ebenso kurz und kühl aus wie die Begrüßung.

Lena fühlte sich federleicht, als sie im Aufzug stand, der sie nach oben brachte. Nur noch wenige Meter trennten sie von der Freiheit, einer neuen Freiheit. Zügig verließ sie die Botschaft. Auf einmal empfand sie das Wetter gar nicht mehr windig und feuchtkalt, eher freundlich, sogar mit einem Stich ins Frühlingshafte.

... Markus! Lena schnappte sich ihr Telefon. Umgehend hatte sie ihn am Ohr, nach zwei Sätzen wusste sie das Wichtigste: Die Bundespolizei hatte ihn vor wenigen Minuten in den Zug gesetzt. Was sie in Berlin erlebt hatte – „Alles gut, Markus" –, würde sie ihm in gut einer Stunde berichten.

Lena beeilte sich und erwischte den nächsten ICE nach Hamburg. Sie ließ sich auf den erstbesten freien Sitzplatz fallen, zog ihr Handy aus der Tasche und schickte eine SMS an St. Petersburg:

Spasibo - Danke Boris!

*

Der ICE hatte Berlin verlassen und fuhr zügig seinem Ziel entgegen. Lena schaute aus dem Fenster. Die flache Landschaft Mecklenburgs, ordentlich gepflügte Ackerflächen, dazwischen kleine Dörfer aus rotem Backstein. Dann wieder weitläufige Weiden mit prächtigen Pferden, die ersten Rehe, die ruhig in der beginnenden Abenddämmerung ästen. Wie ruhig und wie friedlich auf einmal alles wirkte ... Die Hochspannung des Tages bröckelte langsam von ihr ab.

Das war höllisch knapp, liebe Lena, dachte sie.

Sie ließ ihren Blick durch das Abteil wandern. Zwei junge Frauen unterhielten sich angeregt über ihr Wochenende in Berlin, ein älterer Herr telefonierte, eine Mutter las ihrem Kind leise eine Geschichte vor, ein Bahn-Steward zog seinen Karren durch den Gang und bot Getränke und Snacks an.

Nichts wirkte jetzt mehr bedrohlich. Kaum zu glauben, dass das die gleiche Welt von heute Morgen sein sollte.

Sie winkte den Bahn-Steward heran und kaufte sich einen Kaffee. Niemand nahm Notiz von ihr. Sie genoss das Gefühl und freute sich auf Markus, auf ihr normales Leben.

Als der ICE um 18:40 Uhr im Bahnhof Hamburg-Altona einfuhr, stand Markus bereits unruhig am Bahnsteig. Er konnte es kaum erwarten, Lena wieder in die Arme zu schließen. Was mochte sie erlebt haben? Nur gut, dass sie ein Happy End durchklingen gelassen hatte.

Endlich, der ICE fuhr ein. Als hätte ein unsichtbarer Regisseur die Hand im Spiel, sah er Lena in der Zugtür stehen. Er winkte ihr zu und ging die letzten Meter neben ihr her, bis der Zug zum Stehen kam.

Leichtfüßig sprang Lena heraus, Markus direkt in die Arme.

„Willst du mich nach dem glücklichen Ende wieder zerquetschen?", scherzte sie. „Ich habe noch nie einen Mann kennengelernt, der nach sechs Stunden Trennung schon solche Sehnsucht nach mir hatte wie du."

„Ich werde dich nie mehr loslassen", sagte er und strich ihr über das Haar, dann küsste er sie erleichtert auf die Wange. Er konnte ihr ansehen, dass alles gut gelaufen war.

„Ich habe einen Riesenhunger", sagte Markus. „Falls wir unsere Kreditkarten wieder benutzen können, könnten wir zur Feier des Tages fein Essen gehen. Wie sieht es aus?"

Später, beim Abendessen, erzählten sie sich ausführlich die Details ihrer Odyssee.

„Bauen wir das Programm wirklich?"

„Nein", sagte Lena, „wir löschen alle belastenden Dateien. Allein deren Glaube an solch ein Programm wird uns schützen."

Montag

Frankfurt am Main, Zentrale der Bundesbank, 10:00 Uhr. Die Bundesbank hatte unter *Pressenotizen* eine kurze Meldung eingestellt:

> ÜBERPRÜFUNG DES BUNDESRECHNUNGSHOFES ABGE-SCHLOSSEN
>
> DER BUNDESRECHNUNGSHOF HAT IM AUFTRAG DER BUNDESREGIERUNG UND MIT ZUSTIMMUNG DER BUNDESBANK DIE IN FRANKFURT AM MAIN GELAGERTEN GOLDBESTÄNDE STICHPROBENARTIG ÜBERPRÜFT. DIE ÜBERPRÜFUNG ERGAB IM WESENTLICHEN KEINE BEANSTANDUNGEN.
>
> IN EINEM FALL ERMITTELT DIE STAATSANWALTSCHAFT WEGEN EINES PERSÖNLICHEN FEHLVERHALTENS EINES MITARBEITERS DER BUNDESBANK.

Damit wurde die Überprüfung geräuschlos zu den Akten gelegt.

*

Frankfurt am Main, Hauptbahnhof, 14:00 Uhr. Die letzte Nacht in Hamburg hatten sie, auf Lenas Wunsch hin, im Hotel Atlantic verbracht. Lena träumte schon immer davon, einmal dort zu übernachten, wo Alt-Rockstar Udo Lindenberg zwanzig Jahre den prominenten Dauergast gab. Markus hatte sich nicht widersetzt, auch wenn der Zimmerpreis seinen Kontostand rasieren würde.

Montagmorgen führte ihr erster Gang schnurstracks zum Pfandleiher. Gleich nach Ladenöffnung löste Markus seine Uhr gegen Zahlung des Pfandbetrages inklusive Zinsen und Leihgebühr aus.

„Der Halsabschneider hat ja nicht schlecht gestaunt", lachte Markus hinterher. „Wahrscheinlich hätte er die Rolex viel lieber nach Ablauf der Frist auf eigene Rechnung verkauft, zum echten Marktwert."

Sie nahmen den Zug um 10:24 Uhr nach Frankfurt. Was für eine verrückte Woche lag hinter ihnen.

„Eigentlich haben wir sogar Glück gehabt", sagte Lena, als sie den Bahnsteig Richtung Ausgang verließen. „Vor genau einer Woche haben wir uns kennengelernt.", sagte sie mit einem provozierenden Seitenblick.

Markus musste lachen.

„Was ist", lockte sie.

„Ich liebe dich", sagte Markus. „Lass uns irgendwo neu anfangen."

„Neuseeland!", schlug Lena scherzhaft vor und küsste ihn.

„Vielleicht", sagte Markus auf ihre Neckerei eingehend.

„Sofort?", fragte sie keck.

„Was hältst du davon, wenn wir vorher noch einen Kaffee trinken – natürlich bei Wackers", schlug er vor.

„Natürlich Honduras Marcala!" … „Oder darf ich dich auf einen Espresso zu mir einladen?", fragte sie mit einem vielsagenden Lächeln und nahm seine Hand.

*

Frankfurt am Main, Flughafen, 14:40 Uhr. Die Maschine der American Airlines nach Washington D.C. war planmäßig gestartet und befand sich bereits über dem Atlantik. Die Stewardessen machten ihre übliche Runde mit dem Getränkewagen.

„Was darf ich Ihnen bringen, Sir? Kaffee oder Tee?"

„Tea, please!", antwortete der Gast auf Platz 32 D.

Die Stewardess goss den Tee in einen Pappbecher und reichte ihn auf einer Papierserviette an.

„Sugar or Lemon?"

„No, thanks."

„Mineral water?", fragte sie.

„No, thanks."

Die Stewardess schob ihren Getränkewagen weiter nach vorne und fixierte ihn mit der Fußbremse gegen Wegrollen.

Hinter sich vernahm sie ein deutliches Knacken, wie von blockierten Halswirbeln.

„Alles in Ordnung, Sir?"

Der Mann nickte nur. Auf dem freien Sitz neben ihm lag eine *Frankfurter Allgemeine Zeitung*, das Titelblatt mit schwarzem Trauerflor umrandet. Der Leitartikel würdigte den vorletzten Bundespräsidenten wegen seiner Verdienste für Deutschland. Sein Tod gestern Abend sei für viele unerwartet gekommen, aber aufgrund seiner Vorerkrankungen nicht ganz überraschend. Am Freitag würde er in Berlin mit militärischen Ehren beigesetzt. Neben der Bundesregierung und zahlreichen Präsidenten aus ganz Europa hätte auch der amerikanische Botschafter seine Teilnahme zugesagt.

Um Großes zu erreichen, muss man bereit sein, Opfer zu bringen, reflektierte Aaron zynisch, wohl wissend, dass der eigene Botschafter diesen Termin möglicherweise nicht überleben würde.

Er war stolz darauf, seinem Land dienen zu dürfen. Und das tat er mit großem Erfolg. Nicht zuletzt mit seiner Hilfe waren Polen und Frankreich wieder auf dem Weg, zuverlässige Bündnispartner für Amerika zu werden. In wenigen Tagen würde auch durch Deutschland ein Ruck gehen. Der Plan war perfekt. Aaron war sich sicher, schon in Kürze würden sie die Deutschen auf Linie gebracht haben.

Er lehnte sich zurück und genoss seinen Tee. Zum ersten Mal an diesem Tag glitt ein Lächeln über sein vernarbtes Gesicht ... *Snow White* war nicht mehr zu stoppen ...

*

Berlin, Kanzleramt, 19:20 Uhr. Sven Stahl hatte bereits dreizehn Stunden Arbeit hinter sich, immer noch ließ sich ein Ende nicht absehen. Am Vorabend hatte ihn die Information vom Tod des ehemaligen Bundespräsidenten erreicht. Für Freitag hatte er in Berlin das Staatsbegräbnis angesetzt. Am Ende der Woche würde sich vieles in die richtige Richtung verändert haben, davon war Stahl überzeugt. Und er würde zu denen gehören, die am meisten davon profitierten.

Eine andere Nachricht schmerzte ihn allerdings dann doch sehr. Sie hatte mit Dr. Jürgen Wieder, Präsident der Bundesbank, und seiner Pressesprecherin zu tun. Direkt nach der Verhaftung von Rose de Jong hatte Stahl eine der besten Anwaltskanzleien engagiert. Die Top-Juristen hatten die inzwischen suspendierte Pressesprecherin schon heute Morgen aus der Untersuchungshaft geholt. Dr. Jürgen Wieder hatte die Aufgabe gehabt, ihr die Situation zu erklären. Die Indizienlage sei erdrückend, am Frauengefängnis würde kein Weg vorbeiführen. Aber man würde sie nach ihrer Entlassung in zwei bis drei Jahren großzügig versorgen, wenn sie kooperierte.

Zwei Stunden nach Rose de Jongs Freilassung fand man Dr. Jürgen Wieder erschossen in seinem Auto auf. Neben ihm auf dem Beifahrersitz eine Tote. Die Untersuchung ergab, dass es sich um Rose de Jong handelte, die sich offenbar selbst gerichtet hatte.

Bernd Brandner, der Überbringer der traurigen Nachricht, sah kein Risiko für sich, ebenso wenig für Stahl, und auch nicht für die anderen Eingeweihten. Selbst wenn die Polizei einen Abschiedsbrief bei Rose de Jong fände und daraufhin die Wohnung von Dr. Wieder durchsuchte, ergäben sich keine Hinweise auf die Veruntreuung. Im schlimmsten Fall würden sie Dr. Wieder als Komplizen von Rose de Jong hinstellen. Nach dem Tod der beiden wäre das allerdings unerheblich.

Das Gespräch zwischen Brandner und Stahl war schnell beendet.

Jetzt musste Stahl entscheiden, wer als Nächster die Bundesbank leiten sollte. Immerhin wusste er jetzt, mit welcher offiziellen Begründung er der Begräbnisfeier des Ex-Bundespräsidenten am Freitag fernbleiben konnte. Alle würden Verständnis dafür haben, dass er sich mit Hochdruck um einen Nachfolger für Dr. Wieder kümmern musste. Sicher würde er noch innerhalb der nächsten Stunde zur Bundeskanzlerin gerufen werden, um über geeignete Kandidaten für den Chefposten der Bundesbank zu sprechen.

Stahl öffnete seine Aktentasche und zog sein privates Notebook heraus. Viele Dossiers unterschiedlichster Politiker und Wirtschaftsbosse waren hierauf gespeichert. Einen davon musste er auswählen. Einen, den er lenken konnte und der sich nahtlos in ihr Team einfügen würde.

Als er den Rechner hochgefahren hatte, forderte dieser die Eingabe des Passwortes. Bei drei Fehlversuchen würden alle Daten auf dem Rechner sofort zerstört werden.

Der Kanzleramtsminister zögerte kurz. Dann tippte er mit aller Vorsicht das Passwort ein:

S-n-o-w-w-h-i-t-E

*

Epilog

Frankfurt am Main, Direktion der Bundespolizei, sieben Jahre später. Nils Schuhmacher, Polizeidirektor der Bundespolizei, schloss die Tür seines Büros hinter sich und öffnete das Paket, das die serbische Polizei ihm hatte zukommen lassen.

Schuhmacher hatte inzwischen leicht ergraute Schläfen und residierte im großen Eckbüro, seit sein Vorgänger Hans-Joachim Hartmann vor fünf Jahren in Pension gegangen war. Er blickte auf eine erfolgreiche Zeit bei der Bundespolizei zurück. Bisher hatte er fast alle Fälle erfolgreich gelöst, in die er im Laufe seiner Dienstzeit involviert war.

Vor ihm lagen jetzt ein geöffnetes Päckchen und ein auf Englisch abgefasstes Schreiben der serbischen Polizei. Daneben ein großer Goldbarren. Schuhmacher nahm den schweren Barren in beide Hände und betrachtete ihn interessiert. Die eingeprägte Beschriftung war gut zu erkennen: Heraeus - 997.4 - 13023.7 - 20863.

Er las das Schreiben. Laut Angaben der serbischen Polizei handelte es sich um ein gefälschtes Exemplar, das als

Türstopper auf einem Flohmarkt in Belgrad verkauft worden war.

Schuhmacher sah sich den Barren gedankenversunken von allen Seiten an. Er erinnerte sich: Der spektakuläre Überfall auf den Goldtransport der Bundesbank vor sieben Jahren. Der Mord an dem Fahrer des Begleitfahrzeugs. Er, Schuhmacher, hatte damals die Befragung der entführten Soldaten geleitet. Alles hatte sich fest in seiner Erinnerung eingebrannt.

Die Sache gehörte zu einem der wenigen Fälle, die nie aufgeklärt wurden. Seit dem Auftauchen der Fälschungen in Luxemburg waren keine weiteren gefunden worden. Auch von den zur Fahndung ausgeschriebenen Nummern der aus den Luxemburger Tresoren entwendeten echten Goldbarren fehlte nach wie vor jede Spur. Die Täter des Goldraubes hatten nie ermittelt werden können. Alles war wie verhext gewesen.

Nils Schuhmacher legte den Barren zurück in das Päckchen. Für ihn war der Fall abgeschlossen. Auf den Deckel schrieb er:

ASSERVATENKAMMER

Lesen Sie auch den zweiten Teil von Over & Out!

John Kellermann
Die Snow White Verschwörung

Peking zieht Flotte im Süd-Chinesischen Meer zusammen.
„Shit!", brüllte Redman, griff sich die Presseschau und feuerte sie Richtung Tür. Die Russen bedrohten massiv das europäische Gleichgewicht, und die Islamisten wollten an das arabische Öl. Da fehlten ihm die Chinesen gerade noch! Amerika brauchte jetzt die europäischen Verbündeten! ... Verdammt! Peter Redman, CIA-Koordinator für Europa, schlug frustriert mit der Faust auf seinen Schreibtisch. Die Zeit lief ihnen davon. Es gab nur eine Lösung: Operation Snow White musste die Deutschen aus ihrer Lethargie reißen!
In einem heiklen Aktionsdreieck zwischen rabiaten Attentätern, fanatischen Umweltaktivisten und der CIA entdecken der Reporter Markus Manx und die Hackerin Lena eine entscheidende Spur: Ein perfider Anschlag steht bevor, mitten ins politische Herz Berlins, eiskalt geplant und radikal ausgeführt. Ist die Katastrophe noch aufzuhalten? ...

*„... bedrohlich nah an der Wirklichkeit,
aber hoffentlich keine Prophezeiung."*

Einen Tag vorher ...

Sonntag, Berlin-Dahlem, 19:55. Der Anruf erreichte Dr. Klaus Schulz fünf Minuten vor acht. Schulz stand in seinen besten Jahren, beruflich und privat lief alles ausgezeichnet, die Arztpraxis florierte, und seine Erfolge wurden sogar von kritischen Kollegen anerkannt. Um sein Privatleben beneidete man ihn. Andrea, seine zwanzig Jahre jüngere Frau, hatte ihm zwei bezaubernde Kinder geschenkt, welche die Grundschule in Dahlem besuchten.

Ein klarer Herbstabend. Der Wind wehte Kühle aus dem Osten heran, um diese Jahreszeit in Berlin durchaus normal. Soeben hatte Dr. Schulz den dunklen Grunewald durchquert, seine LED-Stirnlampe leuchtete die entscheidenden Meter vor ihm aus, die nötig waren, um Hindernissen frühzeitig ausweichen zu können. Der Wendepunkt seiner kleinen Joggingrunde lag vor ihm. Er hatte die Havel erreicht.

Ein kurzer Blick auf seinen Fitness-Tracker zeigte ihm: Grundlagenausdauer. Puls 160. Zurückgelegte Entfernung 6,2 Kilometer. Das Training wirkte.

Sein Handy klingelte. Er verlangsamte das Lauftempo und blieb schließlich mit Blick auf die nachtschwarze Havel stehen. Es war seine VIP-Nummer, die nur wenige Patienten kannten. *Anrufer unbekannt*, zeigte das Display. Obwohl er keine ärztliche Rufbereitschaft hatte, meldete er sich sofort.

„Ja bitte?"

*

Die schmucke Villa am Rande von Dahlem war hell erleuchtet. Vom großen Saal aus hatte man am Tage einen phantastischen Blick auf den Hundekehlesee. Drinnen verströmte ein Kachelofen behagliche Strahlungswärme. Matthias Röhler,

78 Jahre alt, ehemaliger Präsident der Bundesrepublik Deutschland, genoss seinen Ruhestand.

Röhler nippte an einem Glas Chianti, er fühlte sich hervorragend. Geistig waren seine Frau und er noch top fit, das bewiesen sie nicht nur beim Schachspielen. Er lächelte in sich hinein. Gelegentlich versuchten seine beiden Enkel, ihm gemeinsam Paroli zu bieten. Sie hatten keine Chance, es sei denn, er ließ sie mit Absicht gewinnen, um ihnen den Spaß nicht zu verderben. „Schach matt, Opa!", riefen sie dann begeistert, sprangen im Zimmer herum, klatschten sich ab und fühlten sich dabei wie kleine Könige. Der Ex-Bundespräsident gönnte es ihnen.

Röhler und seine Frau liebten sich noch wie am ersten Tag, nach fast fünfzig Ehejahren eine tolle Bilanz. Liebevoll blickte er hinüber zu ihr. Sie hatte es sich mit der Schwiegertochter auf der beheizten Bank vor dem Kachelofen bequem gemacht.

Bettina Röhler schaute kurz auf und lächelte zurück, als sie den Blick ihres Mannes wahrnahm, bevor sie ihr Gespräch fortsetzte.

Eine tolle Frau, dachte er, *und noch immer wunderschön.*

Die Untersuchung gestern bei seinem Hausarzt hatte ihm bestätigt, dass alles in Ordnung war. „Tadellose Gesundheit, die Blutwerte ausnahmslos im grünen Bereich!", lautete das Lob von Dr. Schulz.

Der Ruhestand tat Röhler gut. Vor zehn Jahren, gegen Ende seiner zweiten Amtszeit, hatte das ganz anders ausgesehen. Die vielen Reisen, der pralle Terminkalender, das Repräsentieren – der Stress hatte seinen Tribut gefordert. Auch ein Bundespräsident ist eben kein Übermensch. Zwei Herzinfarkte innerhalb eines Jahres hatten ihn fast das Leben gekostet. Aber gestern versicherte ihm Dr. Schulz mit Überzeugung, mit seiner gegenwärtigen Konstitution würde er noch die Neunzig schaffen. Mindestens! Wahrscheinlich sogar mehr. Mit Dr. Schulz hatte er seit Jahren einen Leibarzt an seiner Seite, dem er blind vertraute, wie man so schön zu sagen pflegt.

Die Haushälterin der Röhlers deckte den kleinen Saal für das Abendessen ein. Akribisch richtete sie die Bestecke auf der weißen Tischdecke aus. Dann ging sie in die Küche, holte den gusseisernen Bräter aus dem Ofen. Heute gab es, der Jahreszeit entsprechend, gemischten Schweinebraten mit Äpfeln, Zwiebeln und Kartoffeln. Sie öffnete den Deckel, der feine Geruch von Oregano und gebratenen Äpfeln stieg ihr in die Nase. In den vergangenen Jahren bei den Röders hatte sie viele prominente Freunde der Familie bekocht. Ihre Kochkunst galt als geradezu legendär.

Mühelos schnitt das scharfe Küchenmesser durch den saftigen Braten. Die Röhlers hatten sie immer gut behandelt, fast wie einen Teil ihrer Familie.

Ihr Handy vibrierte.

Rasch wischte sie sich die Hände ab und meldete sich. Sie hörte den Anrufer das vereinbarte Codewort sagen, daraufhin ging sie zum Medikamentenschrank. In der Küche pulverisierte sie die Tablette in einem Mörser aus Carrara-Marmor. Es war 20:35 Uhr.

*

Zwei Straßen entfernt wartete Dr. Schulz in seinem Auto auf einen Anruf, frisch geduscht und mit gepackter Arzttasche.

Der Notruf der Haushälterin erreichte ihn um 20:50 Uhr. *Der Herr Bundespräsident hat plötzlich das Bewusstsein verloren. Vermutlich Herzinfarkt!*

Zwei Minuten später erreichte Dr. Schulz die Villa. Ein Personenschützer nahm ihn in Empfang und führte ihn eilig hinein.

Der Bundespräsident a. D. lag mitten in dem kleinen Saal auf dem Boden, um ihn herum, ängstlich und planlos, seine

Familie und die Hausangestellten. Auf dem Tisch standen noch die Reste des Abendessens.

Dr. Schulz kniete nieder und öffnete seinen Arztkoffer. In fünf Minuten würde der Rettungswagen hier sein. Er schickte alle Anwesenden aus dem Raum. Als er mit dem Patienten allein war, schob er behutsam seinen Zeigefinger unter den rechten Augapfel und löste ihn etwas aus der Augenhöhle. Der Augapfel fühlte sich an wie eine warme, gelartige Masse und gab den Blick in die leere Augenhöhle frei, die Augenmuskeln und der Sehnerv waren gut zu erkennen.

Die Zeit war knapp. Dr. Schulz wusste, in wenigen Minuten würde die harmlose Tablette ihre Wirkung verlieren und der Bundespräsident erwachte. Während er das Auge mit der linken Hand vorsichtig hielt, nahm er mit der rechten eine fertig aufgezogene Spritze aus seinem Koffer. Es eilte, jede Sekunde konnte ein Mitglied der Familie hinzukommen.

Ohne zu zögern, führte er das aus, was er sich schon dutzende Male in Gedanken ausgemalt hatte. Die scharfe Nadel drang tief in den Sehnervkanal ein, die Durchtrittsstelle zwischen Augenhöhle und Gehirn. Der Kolben der Spritze schob sich langsam nach vorne. Der tödliche Inhalt der Spritze ergoss sich direkt in Röhlers Gehirn.

Dr. Schulz hörte die Sanitäter über den Flur eilen, das Geräusch der Fahrtrage, das Klackern des zusammenfaltbaren Aluminiumgestänges und das Rappeln der Hartgummirollen auf den Terrakottafliesen im Entree. Er zog die Kanüle heraus, mit einem Griff war der Augapfel wieder an seiner Stelle, alles ohne einen Tropfen Blut.

Die Tür flog auf, der Notarzt und zwei Sanitäter stürmten in den Raum. Dr. Schulz informierte sie schnell und präzise: *Verdacht auf Herzinfarkt!*

Ohne weitere Worte legten sie den Patienten behutsam auf die Trage. Die Schnellverschlüsse schnappten zu, und die Sicherungsgurte sorgten für festen Halt.

Der Bundespräsident a. D. atmete ruhig. In seinem rechten Auge bildete sich eine kleine Träne. Dr. Schulz wischte sie mit dem Zipfel seines Arztkittels vorsichtig weg, bevor der Notarzt die Sauerstoffmaske fixierte. Auf der Fahrt ins Krankenhaus würde er, bedauerlicherweise und trotz der schnellen Hilfe der anwesenden Ärzte, nur noch den Tod feststellen können.

*

In den 22:00 Uhr Nachrichten brachten es alle Sender als Top-News: Matthias Röhler, Bundespräsident a. D., war heute im Kreise seiner Familie gestorben. Sein Tod kam für alle völlig überraschend, hieß es.

*

Operation Snow White war angelaufen!

Über den Autor: John Kellermann

Hinter dem Pseudonym John Kellermann steht das Autorenduo Dr. Georg Friedrich Doll und Stefan Loipfinger.

Dr. Georg Friedrich Doll studierte Betriebswirtschaft und ist Autor mehrerer Fachbücher zu Finanzthemen. Viele Jahre arbeitete er für Unternehmen und Banken. Seit zehn Jahren ist er Unternehmensberater. Er lebt und arbeitet in Hamburg.

Stefan Loipfinger ist freier Wirtschaftsjournalist und Experte für Fonds und Beteiligungen. Der Inhaber des Helmut Schmidt Journalistenpreises und Autor vieler Fachbücher, unter anderem Die Spendenmafia (Knaur-Verlag), wurde auch für verbraucherfreundliche Berichterstattung ausgezeichnet. Er lebt und arbeitet in Rosenheim.

Danke!

Mit diesem Thriller haben wir uns einen Herzenswunsch erfüllt. Wir wollten endlich ein unterhaltsames Buch für alle schreiben und kein weiteres Fachbuch für Experten.

Damit aus einer guten Idee ein spannendes Buch wird, braucht man ganz viele Impulse und kritisches Feedback. Jetzt, da das Buch gedruckt ist, möchten wir uns bei unseren Familien und Freunden bedanken: Ohne Eure Hilfe würde das Buch nicht in dieser Form vorliegen.

Den schwierigsten Part hatten diejenigen, die sehr früh über noch nicht ausformulierte Manuskriptteile geschaut haben. Die Plausibilität der Story wächst mit der Zeit.

Liebe Wera, Moritz, Hendrik, Wolfgang, Judith, Anna, Hildegard, Manfred, Jakob, Eberhard und Uta: Danke für Eure Hilfe, Eure Ideen, Eure Geduld und Eure Korrekturen.

John Kellermann

www.john-kellermann.de